La
Filière

Christian Morissette

La
FILIÈRE

Édition électronique : Infoscan Collette
Design de la couverture : Geneviève Patry

Diffusion pour le Canada :
   DLL PRESSE DIFFUSION INC.
   1665, boul. Lionel-Bertrand
   Boisbriand (Québec) J7H 1N8

ISBN 978-2-922889-60-4

Dépôt légal : 3ᵉ trimestre 2010
Bibliothèque nationale du Québec
Bibliothèque nationale du Canada

Imprimé au Canada

PROLOGUE

Le soleil inondait la pièce et réchauffait l'atmosphère, faisant oublier que l'hiver régnait en maître à l'extérieur. Les murs avaient été tapissés d'affiches de joueurs du Canadien, l'équipe de hockey professionnelle de Montréal, la préférée du jeune homme qui dormait dans cette chambre d'hôpital. Pendant quelques années, il avait pratiqué ce sport. Tous ses entraîneurs s'entendaient pour dire qu'il avait un talent certain et la détermination pour s'améliorer et espérer, peut-être un jour, faire partie du nombre infinitésimal de jeunes joueurs qui atteignaient la Grande Ligue. Il n'avait d'ailleurs pas ménagé ses efforts pour y parvenir. C'était une véritable passion. Et il réussissait. Comme d'ailleurs tout ce qu'il entreprenait. Il avait survolé l'enfance et l'adolescence sans connaître l'échec. Il était un compagnon recherché, un étudiant intelligent et appliqué, un jeune choyé qui avait des parents· riches qui lui permettaient tout et lui offraient le reste. Bref, un enfant dynamique, curieux et absolument adorable. C'est, en tout cas, ce qu'aurait affirmé sans hésitation sa mère qui était, encore aujourd'hui, à son chevet.

Puis, soudainement, tout avait basculé. Son cœur s'était mis à s'emballer pour rien. Sa respiration devenait plus difficile. Son énergie contagieuse avait disparu. Il ne restait plus qu'un jeune consterné qui ne comprenait pas ce qui arrivait à son corps. On avait diagnostiqué une myocardiopathie caractérisée par une sévère et complexe malformation du cœur. Comment n'avait-elle pas été détectée auparavant demeurait une énigme.

À dix-sept ans, pendant que ses amis s'amusaient et profitaient de la vie, Gabriel entamait une longue et pénible tournée des médecins et des hôpitaux, subissant traitement sur traitement et chirurgie sur chirurgie pour tenter de corriger ce mal qui le rongeait. Finis les sports, finies les sorties entre amis, finies même les études. Il devait consacrer tout son temps et toute sa volonté à guérir. Depuis près de deux ans, il avait connu plus d'infirmières et de spécialistes que la très grande majorité de ses aînés. Il avait vécu, successivement, des périodes d'allégresse, selon les espoirs suscités par tel ou tel traitement, et des moments de dépression quand les résultats arrivaient, immanquablement négatifs. Car malgré tous les efforts et toutes les douleurs, il n'y avait aucune amélioration. Le personnel médical qu'il côtoyait, même s'il faisait l'impossible pour rester optimiste, ne pouvait cacher que les options devenaient de moins en moins nombreuses.

Gabriel reposait dans son lit, enchaîné à des solutés et différentes machines qui écoutaient et transmettaient ses signes vitaux. Au cours des mois, il avait maigri, perdant sa belle musculature. Son teint terreux reflétait le combat de son organisme pour tenter de vaincre le mal et l'effet des innombrables et puissants médicaments qu'on lui administrait pour qu'il puisse tenir le coup.

Pourtant, en ce moment, son visage irradiait le calme et la sérénité. Il semblait dormir paisiblement, comme n'importe quel jeune homme. Il allait s'éveiller dans quelques minutes et reprendrait ses occupations comme si de rien n'était. Ça, c'était le fantasme que continuait d'entretenir sa mère. Depuis des mois, elle était à son chevet. Elle passait tout son temps aux côtés de ce fils unique.

La dernière chirurgie avait été particulièrement éprouvante. Et l'attente des résultats des examens, pour voir s'il y avait effectivement amélioration de son état, devenait absolument interminable.

La vie de Marguerite avait basculé quand son fils était devenu malade. Elle était bien consciente que le terme « maladie » n'était pas exact, car la malformation cardiaque existait depuis la naissance. On le savait maintenant. Mais pour elle, ça ne changeait rien, son fils était devenu malade. Presque du jour au lendemain. Tous les espoirs qu'elle avait pour lui avaient été détruits en quelques jours. Même si on le guérissait, les médecins doutaient qu'il puisse redevenir exactement celui qu'il était avant. Peu importait cependant, pourvu qu'il vive. Or, lentement, le doute avait commencé à fissurer une confiance inébranlable. Son cœur de mère lui disait que tout allait se replacer très bientôt. À la prochaine opération ou au prochain traitement. Mais l'esprit logique et calculateur de celle qui avait, jusqu'à tout récemment été l'une des avocates les plus impitoyables de la profession, lui susurrait qu'il ne fallait pas trop espérer. Que la vie de son fils ne tenait qu'à un fil qui devenait de plus en plus ténu.

Dieu qu'elle aussi avait changé.

Pendant des années, elle avait carburé presque exclusivement à l'adrénaline engendrée par le pouvoir et l'argent. Elle avait consacré tout son temps à sa carrière. Quand elle était tombée enceinte, elle avait accepté la nouvelle sans ressentir de joie. Elle savait, au plus profond de son être, qu'elle devait être mère ; que cette passion aurait dû irradier toute sa vie et son entourage, mais tout ça était étouffé par une approche intellectuelle et rationnelle de la vie et de son déroulement. Logiquement, ce n'était pas encore le temps. Si bien que la grossesse avait été un mauvais moment à passer. Un léger handicap qui la ralentissait dans ses engagements. Aussi, moins de dix jours après la naissance de Gabriel, elle était de retour au bureau. Comme si de rien n'était. Elle et son mari avaient amplement d'argent pour que l'aspect matériel de la vie de son fils soit assuré. Il y avait des nounous et des personnes qualifiées qui s'occupaient de lui. Comme si, elle s'en rendait compte maintenant, cela avait la moindre importance. Car elle était passée à côté de sa vie, ce qui était embarrassant, et de celle de son fils, ce qui était pathétique. Elle ne se le pardonnait pas.

Aujourd'hui, elle était certaine que c'était à cause d'elle que son fils souffrait. Le remords la minait. Elle avait la certitude d'être coupable de ce qui lui arrivait. Le destin la punissait. Marguerite prenait conscience de son peu de présence à la maison. Elle savait qu'elle aurait dû profiter de chaque instant avec Gabriel. Aussitôt que la gravité de la maladie de son fils était devenue plus claire, ses erreurs lui étaient apparues. Évidentes. Elle avait, dès ce moment, tout abandonné pour rester près de lui.

Elle savait pertinemment que rien ne le ramènerait. Mais c'était son chemin de croix. Sa façon de se châtier de ce qu'elle n'avait pas fait.

Georges, le père de Gabriel, n'avait pas non plus été très présent pour son fils, trop occupé à gérer des entreprises et à faire son chemin dans la haute finance du pays. S'il venait à l'hôpital aussi souvent qu'il le pouvait, il n'avait pas tout mis de côté pour tenir la main de Gabriel. Ses obligations l'amenaient souvent à l'extérieur de la ville et du pays. Il adorait son fils, mais ne comprenait pas pourquoi il devrait passer tout son temps à son chevet. Doucement, ses relations avec Marguerite s'étaient envenimées. Il savait que sa femme refusait de comprendre qu'il avait besoin de travailler et de s'occuper l'esprit pour passer au travers cette épreuve. Elle avait trouvé refuge au chevet de son fils, lui, il l'avait trouvé dans son bureau. Comme d'ailleurs toutes les fois où ses relations avec sa femme devenaient compliquées. Il ne passait pratiquement plus à la maison. Il était soit au travail, soit à l'hôpital. Et, il se l'avouait franchement, il était beaucoup plus souvent au bureau qu'il ne l'aurait dû... Et pourtant, il adorait vraiment son fils. Il aurait tout fait pour lui. Depuis que le diagnostic était tombé, il avait consacré des heures à en apprendre plus sur cette maladie. Il avait choisi les hôpitaux les plus réputés et les spécialistes les plus reconnus pour s'occuper de Gabriel. Il avait aussi donné de très généreuses contributions à des centres de recherche sur les maladies du cœur, espérant que des traitements pourraient un jour être découverts, même s'il savait que son fils n'en profiterait probablement pas. Et ça n'avait d'ailleurs pas d'importance. C'était sa façon à lui d'exprimer sa douleur et de calmer ses peines.

De l'entrebâillement de la porte, il regardait son épouse, penchée sur Gabriel. Il aimait encore passionnément cette femme. Comme aux premiers jours. Ce sont les obligations professionnelles et la routine de la maison qui les avaient lentement éloignés. Peut-être avaient-ils tous les deux fait les mauvais choix dans la vie. On ne devrait jamais choisir la carrière au détriment de l'amour et de la famille. Mais c'était comme ça. Le train de la vie les emportait inexorablement. Et lui, comme elle, avait adoré être tout près du conducteur. « Bof, se dit-il. À quoi bon repenser encore à tout ça. On n'y pouvait plus rien maintenant. Les remords sont, généralement, peu productifs. »

Il en était là de ses réflexions quand une main se posa délicatement sur son épaule.

— Ah, Docteur, dit-il en se tournant et en reconnaissant le spécialiste qui s'occupait de son fils. Alors, quels sont les résultats ?

— J'aimerais vous parler en privé, répondit le docteur Tremblay. Ne les dérangeons pas pour le moment, ajouta-t-il en regardant Marguerite qui tenait la main de Gabriel.

Ils s'éloignèrent en silence de quelques pas dans le corridor.

— Les résultats sont arrivés, reprit le médecin.

À son ton, Georges Dupont savait déjà que c'était une mauvaise nouvelle.

— Allez-y directement, Docteur, dit Georges. Qu'est-ce qui se passe ?

— L'intervention n'a pas donné les résultats que nous espérions. Je n'irai pas par quatre chemins, continua-t-il après une courte pause. Il ne reste plus d'autre recours qu'une transplantation. C'est sa seule chance.

L'homme d'affaires savait être pragmatique. Il avait l'habitude d'aller droit au but. Aussi s'était-il mis automatiquement en mode solution de problèmes.

— D'accord, dit-il. Et comment procède-t-on pour lui obtenir un donneur?

— J'ai déjà mis le nom de votre fils sur la liste des patients pour une transplantation cardiaque. Il faut maintenant attendre et espérer qu'un miracle se produise prochainement.

— Combien de temps lui reste-t-il?

— Difficile à dire. Il est fort et lutte avec acharnement. Mais son cœur est usé. Prématurément. Il est impossible de dire avec certitude de combien de temps nous disposons. Mais le plus tôt sera le mieux.

— Un nouveau cœur lui permettrait de vivre normalement?

— Absolument. Il pourrait reprendre la plupart de ses activités. La guérison est assez longue, mais tous les espoirs sont permis.

— Y a-t-il, alors, répéta-t-il, une façon de faire accélérer les choses?

— Il est sur la liste. C'est tout ce que je peux vous dire pour le moment.

— Vous me comprenez mal, Docteur. Je sais qu'il y a toujours une façon d'aller plus vite.

— Pas dans ces cas-là. Les donneurs sont rares et nous devons espérer qu'un cœur compatible sera disponible à temps.

— Vous avez certainement d'autres solutions. Il y en a toujours. Si c'est une question d'argent, ça s'arrange. Il faut lui trouver un cœur. Je suis prêt à tout pour qu'il guérisse, répliqua-t-il à voix basse. J'ai investi beaucoup d'argent dans votre clinique et dans vos recherches. Vous DEVEZ trouver un cœur.

* * * * *

Georges regardait son fils et s'approcha de sa femme. Il lui mit délicatement la main sur l'épaule et se pencha pour lui donner un baiser sur la tête.

— Il va guérir, n'est-ce pas ? le supplia-t-elle en le regardant.

Il la regarda à son tour avec une tendresse infinie.

— Oui, mon Amour. Tout va s'arranger…

1

Théo commençait à sentir la nausée envahir son organisme. Certaines drogues ne sont pas appelées « dures » pour rien. Il avait souvent l'impression qu'il avait toujours ressenti ce genre de malaise. Une horloge interne qui l'avertissait qu'il devait impérieusement penser à s'injecter cette mort lente dans les veines. Pourtant, si depuis des années il avait essayé presque tout ce qui était disponible pour oublier son mal d'être et de vivre, il n'y a pas si longtemps qu'il avait découvert l'héro. Dès la première injection, sa douleur psychologique s'était évaporée. Il était devenu accroc instantanément. En fait, Théo aurait été bien incapable de dire que moins de deux ans auparavant il était encore un être humain. Cette époque allait au-delà de ses souvenirs. Maintenant, le passé c'était hier et c'était déjà presque trop loin pour qu'il s'en rappelle. Quant à l'avenir, il consistait essentiellement à trouver l'argent pour sa prochaine dose.

Aujourd'hui, il n'était plus qu'un fantôme errant, sortant seulement à la nuit tombée, qui, même alors, affectionnait les renfoncements plus sombres qui le rendaient invisible. Ça expliquait pourquoi, comme d'habitude quand il venait dans le métro, il se sentait oppressé par la lumière froide qui envahissait tous les coins, ne laissant aucun endroit pour cacher son corps et son âme. Il avait l'impression d'être livré en pâture à ses démons. Et c'était encore pire quand, au hasard d'une vitrine, il apercevait son teint vert et terreux dans le reflet qui lui était renvoyé. Toutefois, au moins ici il faisait chaud. Un véritable luxe pour quelqu'un qui vit dehors en plein hiver dans une ville comme Montréal.

Les nombreux chandails et le long manteau usé qu'il portait parvenaient à peine à cacher sa maigreur et ses bras noueux. Ses yeux fiévreux, masqués par le large capuchon qui lui descendait sur le front, bougeaient dans tous les sens comme pour anticiper le coup qui fatalement, croyait-il, devrait le frapper. Théo savait très bien qu'il n'aurait pu se promener ici sans la présence rassurante de Rat. Lui, il semblait toujours savoir quoi faire et comment le faire. Une bouée à laquelle il pouvait se raccrocher. Au fil du temps et de leurs voyages, ils étaient devenus compagnons, complices, et aussi amis qu'on pouvait l'être avec une autre personne quand on a autant de difficultés à s'accepter et à s'aimer soi-même. D'une certaine façon, quand il pouvait s'arrêter assez longtemps pour réfléchir logiquement, Théo comprenait que le métro était une place magnifique pour voler un portefeuille ou une sacoche à une personne seule et sans défense. Une façon rapide et pas trop dangereuse de trouver les fonds indispensables pour une quête qui n'aurait jamais de fin. C'est Rat qui avait eu cette idée et ça marchait à tous les coups. Ou presque. Il fallait juste être patient, ce qui n'était certainement pas la qualité première de Théo.

— J'me sens pas bien, Body. On devrait peut-être s'en aller? On va trouver ailleurs. Dans un dépanneur, peut-être, hasarda-t-il.

— Ta yeule. Y faut qu'on trouve un peu d'argent et ici on va en trouver, répliqua Rat.

— Mais y a tellement de lumière et de monde...

— Ta yeule, j'ai dit. Ce sera pas long. Juste le temps de..., s'interrompit-il. Regarde, là! C'est lui qu'il nous faut.

Théo jeta un coup d'œil dans la direction indiquée par Rat. Un homme seul était assis au fond de la station de métro et consultait un ordinateur qu'il tenait sur ses genoux.

Malgré leurs grosses bottes, Rat et Théo s'approchèrent sans bruit et, comme dans une chorégraphie maintes fois répétée, ils prirent simultanément place de chaque côté du jeune homme. Théo entendait à peine le dialogue entre Rat et l'homme. Il avait déjà commencé à fouiller leur victime et avait trouvé un portefeuille bien garni. L'homme continuait à parler, ce qui irritait Théo, d'autant plus qu'il ne comprenait pas vraiment ce qu'il disait, trop occupé par sa découverte.

— Arrête de parler, le Grand, répliqua-t-il en comptant l'argent. Wow! Pas loin de deux cents piastres. Excellent, pas vrai, Body? lança-t-il à Rat en jetant le portefeuille dans l'une de ses larges poches de manteau.

— Deux cents? Ouais, c'est plus que correct. Pis y a plein de petits gadgets électroniques extras, ajouta son complice en fouillant de son côté dans la serviette de leur proie.

Au même moment, le métro entra en gare. Rat savait qu'il fallait faire vite. Même s'il n'y avait que peu de passagers à cette heure de la journée, un dimanche soir, les risques étaient réels.

— Tu bouges pas pendant que les gens sortent, cracha Rat au jeune homme. Si tu fais un geste ou si tu cries, je t'enfonce ça dans les côtes, continua-t-il en lui montrant son couteau à cran d'arrêt.

Théo regardait la scène en couinant un petit rire qui laissait des doutes sur sa santé mentale. Les rares passagers s'éloignaient déjà vers la sortie sans un regard pour les trois hommes. Puis, calculant parfaitement son coup, Théo voulut s'emparer de l'ordinateur en se préparant à s'élancer vers le wagon qui les emporterait au loin. L'homme résista. Aussitôt, Rat lui enfonça le couteau dans la poitrine. Une fois, puis une autre et une autre. La victime lâcha le portable et les deux hommes s'engouffrèrent dans le train au moment ou les portes se fermaient. En quelques secondes, le métro prit de la vitesse, sortit de la station en respectant un horaire parfaitement planifié, complètement indifférent à ce qui venait de se passer et amenant les voleurs vers une autre station et la fuite.

Le jeune homme les regardait partir mais ses yeux devenaient de plus en plus éteints à mesure que les gouttes rouges tombaient sur le sol, formant une mare lugubre, signe que la vie l'abandonnait.

* * * * *

Nampula, Mozambique

Le docteur Keller ne s'était jamais vraiment adapté à la chaleur étouffante de cette ville surpeuplée et polluée dans laquelle il trouvait la matière première pour son boulot. Nampula, située au nord-est du Mozambique était, statistiquement parlant, la ville la plus densément peuplée de ce pays. Entourée de plaines, elle était à ce moment-là balayée par les vents humides de la mousson, ce qui n'ajoutait absolument rien à son confort. Elle devait son développement d'une part à cette caractéristique géographique qui la plaçait au cœur de terres cultivables, mais surtout au fait que les Portugais y avaient installé leur quartier général pendant ce qu'il était aujourd'hui convenu d'appeler « l'administration coloniale ».

Keller appréciait cependant la gentillesse et l'esprit vif des Macua, l'ethnie la plus répandue. Il avait même pris plaisir à prendre, un jour, une bière avec quelques-uns d'entre eux. Mais, pour être franc, sa connaissance du pays se limitait à ces quelques données, et il n'en avait cure.

Dans la cinquantaine, le docteur était d'une maigreur qui le faisait paraître plus grand qu'il ne l'était. Son visage anguleux, son nez aquilin et ses yeux très enfoncés donnaient l'impression qu'il était toujours de mauvaise humeur. Ce qui n'était finalement pas une impression. Il avait un sale caractère et le reconnaissait lui-même de bon gré, croyant qu'il s'agissait même d'une qualité dans sa « profession ».

Le regard qu'il jeta autour de lui finit de le déprimer. Comme toutes les fois qu'il venait ici. La pièce sombre, mal éclairée et lugubre faisait piètre figure, même dans ce quartier de la ville où les taudis foisonnaient. C'était tout dire. Les moisissures couvraient les murs et l'air déjà chaud et lourd lui semblait encore plus épais et irrespirable.

Le propriétaire, une fameuse crapule, demandait un prix d'or pour cet endroit que même les rats avaient abandonné.

Keller reconnaissait toutefois que la plus grande partie de la somme versée servait essentiellement à ce que Joachim – c'était le seul nom que son locateur avait voulu donné – soit particulièrement discret sur ce qui se passait occasionnellement ici. Joachim avait du même coup garanti que les autres locataires tiendraient toujours leur langue. Et le docteur n'était pas assez naïf pour ignorer de quelle façon le propriétaire obtenait ce silence. De toute façon, les quelques autres locataires qu'il avait eu la malchance d'entrevoir étaient tellement drogués, malades et amaigris qu'il aurait été étonné que même l'explosion d'une bombe atomique sur l'étage puisse les troubler. Joachim était un être ignoble, toujours prêt à profiter des vices et des bassesses des autres pour réaliser un profit. En un mot comme en mille, le docteur détestait cet homme.

Voilà pourtant, se disait-il, une des tristes réalités de cette époque pourrie où tout a un prix. Si vous pouvez payer, il n'y a jamais de problème.

Keller savait aussi parfaitement que s'il avait une piètre opinion du propriétaire des lieux, ses employeurs portaient probablement le même jugement à son égard. Comme quoi il n'était peut-être qu'un rat au milieu de cancrelats. Il comprenait qu'il devait toujours prendre des précautions pour assurer sa sécurité, mais que tant qu'il serait utile et muet, il n'aurait pas à s'inquiéter. Dans le cas contraire, on l'éliminerait aussi rapidement et efficacement qu'il anéantirait lui-même, sans aucun remords, son propriétaire si jamais il parlait. Tout le monde connaissait les règles, il suffisait ensuite de les respecter.

Alors qu'il regardait la ville à travers une minuscule fenêtre crasseuse, Hilary entra dans la pièce avec ses trois assistants et beaucoup de matériel. Elle était aussi différente de lui qu'il était possible de l'être. Dans la jeune trentaine, elle avait un charme et une classe indéniables. Ses cheveux longs et bruns cascadaient sur ses épaules encadrant un charmant visage et faisant ressortir ses yeux noisette. Des fossettes aux joues ajoutaient à son air coquin et juvénile. Bref, Hilary Mento était une belle femme. Une très belle femme même. Mais sous ces apparences candides se cachait un être résolu et déterminé qui était prêt à tout. Elle semblait n'avoir aucun scrupule. Comment d'ailleurs aurait-elle pu en avoir en travaillant avec Keller. Ce dernier s'était souvent demandé ce qui s'était passé dans sa vie pour qu'elle aboutisse dans ce milieu infect qui semblait à des années-lumière de ce à quoi elle semblait destinée. Ils travaillaient ensemble occasionnellement depuis deux ans et jamais elle ne s'était confiée à lui. Jamais non plus il ne lui avait posé de questions, parce qu'au fond, il s'en foutait complètement. Elle faisait bien son travail et c'est tout ce qui comptait. Qu'elle soit mignonne agrémentait le paysage et rendait la besogne un peu moins pénible. C'était déjà ça.

Pendant que les assistants préparaient la pièce, Hilary expliquait la nuit qui s'annonçait.

— Nous aurons quatre personnes ce soir, dit-elle. Deux yeux pour la cornée et deux reins. Tous est en place pour le transport.

Keller ne l'écoutait pas vraiment. Il regardait les hommes qui travaillaient. Comme toujours, il était fasciné par l'économie des gestes et l'efficacité des résultats. Ils étaient en train de transformer cette pièce, sale et lugubre, en salle d'opération grâce à une chambre auto portante hyper *hi-tech* dans laquelle il pourrait enfin travailler. Une pièce dans la pièce. Quelqu'un venant ici la veille ou le lendemain de leur séjour aurait été incapable de trouver le moindre indice qui laisserait entrevoir le genre de boulot qu'on y faisait.

Les hommes avaient déjà monté les murs, le plafond et le plancher à l'aide d'une toile plastique aseptisée et transparente. Le sas d'entrée, s'il n'était pas parfaitement hermétique, était malgré tout suffisamment adéquat pour protéger l'intérieur des bactéries et des moisissures qui envahissaient la pièce. À l'intérieur, quelques spots créaient un éclairage froid et cru qui inondait une table à côté de laquelle on installait les instruments que Keller allait utiliser dans quelques minutes.

Il était le premier à reconnaître qu'il s'agissait d'une sale besogne. Mais c'était très bien payé et c'était suffisant pour faire taire les rares remords qu'il aurait pu avoir. Le réseau qui l'employait était d'une discrétion absolue. Il était toujours convoqué de la même façon par un courriel d'apparence anodin qui lui parvenait quarante-huit heures avant le moment requis de sa présence. Une fois le boulot complété, un montant plus que substantiel était déposé dans l'un de ses comptes. Quelques minutes après, suivant les instructions précises de Keller, sa banque faisait transférer cette somme dans d'autres comptes un peu partout dans le monde, ce qui la rendait pratiquement introuvable. Il n'avait aucune idée de l'identité des hommes qui l'engageaient. Il ne les connaissait pas et ne désirait pas les connaître. Tout ce qu'il avait pu apprendre par un malheureux hasard, c'est qu'un des intervenants était Canadien. Et même cette maigre information, il aurait préféré ne pas l'obtenir. Mais c'était comme ça. Il s'en accommodait.

Hilary continuait son exposé sur le travail de la nuit tout en se préparant. Une femme et trois hommes. Tous jeunes. Même pas trente ans. Mais, dans ce pays, trente ans c'était déjà un âge vénérable. Ils étaient sortis vivants de la guerre civile qui avait déchiré et ravagé le pays dans les années quatre-vingt-dix. L'important déficit économique qui avait suivi et quelques sécheresses successives avaient ensuite continué à prélever un lourd tribut auprès d'une population qui parvenait de plus en plus difficilement à passer au travers.

Tout ce contexte expliquait que le recrutement de volontaires était relativement facile.

Cette tâche était sous la responsabilité d'Hilary. Elle avait établi un réseau de « solliciteurs » qui était chargé de convaincre et de faire un premier tri. Hilary rencontrait seulement ceux et celles qui remplissaient certaines exigences de base pour effectuer le choix final. La suite était une simple opération commerciale. Tant pour un œil, tant pour un rein, tant pour tel autre organe, etc. Le tout selon les commandes qui étaient soumises par les patrons. L'objectif était de pouvoir soigner rapidement les riches Européens, Arabes et Américains de ce monde. Ces gens qui se foutaient éperdument de la provenance de l'organe, pourvu qu'on les soigne efficacement et rapidement. Même le prix avait peu d'importance. Le fait que des gens puissent pâtir de leurs exigences n'y faisait vraiment rien. D'ailleurs, c'était le genre de réflexions qui ne leur venaient jamais. On achetait un œil comme on se procurait une auto. Il y avait un bien à vendre et il y avait quelqu'un disposé à l'acheter. Aussi simple que ça.

Hilary ne voyait, elle non plus, aucun problème à sa « profession ». Si elle ne faisait pas ce travail, pensait-elle, quelqu'un d'autre s'en occuperait avec certainement moins de respect et d'empathie qu'elle n'en avait. Son rôle dans ce réseau de trafic d'organes ne lui causait aucun problème moral. Elle achetait ce que quelqu'un était disposé à vendre. Elle payait un prix « honnête » selon les normes du pays dans lequel elle recrutait. Toutefois, elle admettait volontiers que les donneurs ne se mettaient pas riches dans cette transaction et qu'ils étaient ceux qui en souffraient le plus. Mais la transaction était « juste », pour autant qu'on accepte qu'il soit équitable de payer pour acheter un organe.

Ses principes se situaient à un autre niveau. Hilary était intraitable sur la qualité de l'opération chirurgicale, la salubrité de la salle dans laquelle ils travaillaient et les talents du chirurgien qu'elle assistait. Voilà pourquoi elle avait fait faire une pièce transportable et autoportante qui offrait toutes les propriétés retrouvées dans les meilleurs hôpitaux. Hilary était tout aussi ferme sur le « contrat » passé avec les donneurs. Il fallait que les répercussions soient minimales et qu'ils réintègrent leur vie aussi rapidement et souplement que possible. Jamais elle n'avait perdu un donneur. Jamais un organe prélevé n'avait causé de problèmes d'infection au receveur. C'est d'ailleurs ce dernier argument qui avait permis d'obtenir l'accord des bailleurs de fonds pour faire cet investissement. Pour eux, le sort des donneurs n'entrait pas en ligne de compte, mais la mauvaise réputation qu'aurait apportée à leur groupe la perte d'un client à cause d'un organe avarié était réelle et devait être évitée. Simple question de marketing.

Bref, Hilary était une professionnelle. Elle était devenue la clé de voûte de toute la planification du travail. Pourtant, même si elle prenait beaucoup de place dans le planning et l'organisation de ce qui se faisait avant la nuit, supervisant tous les détails liés aux préparatifs, Hilary savait très bien que durant les interventions à proprement parler, elle n'était, au mieux, que l'assistante de Keller. Une infirmière. À partir de maintenant, c'est lui qui prenait les décisions. Bien entendu, Keller savait aussi pertinemment qu'il n'était pas non plus le vrai patron. Il était parfaitement conscient que pour ses employeurs, il n'était qu'un pion. Et un pion, estimait-il, doit faire le travail qu'on lui demande. Sinon, il n'a plus d'importance. Et Keller avait bien l'intention de continuer à faire ce qu'on exigeait de lui. Voilà pourquoi, ici et ce soir, il était le maître.

Pendant qu'Hilary continuait de présenter le topo, Keller avait enfilé sa tenue de chirurgien et son bonnet caractéristique sur lequel étaient imprimés des motifs de Bugs Bunny, le célèbre lapin des dessins animés.

Le premier donneur avait été installé sur la table quand Keller s'avança. Les mains gantées tenues bien devant lui pour éviter tout contact, il se pencha sur son « patient ». Tout était prêt. Il tendit la main et ce simple geste fut suffisant pour qu'Hilary sache quel instrument y déposer. Sous anesthésie, le « volontaire » ne verrait jamais le scalpel s'approcher de son œil et ne sentirait pas la coupure... Du moins, pas pour le moment.

2

Roger Boutin était assis devant un mur de moniteurs qui lui retransmettaient les images prises par les nombreuses caméras qui surveillaient, en tout temps, les stations du métro de Montréal. Chaque caméra était reliée par fibre optique à la centrale de contrôle située dans les locaux de la Société de transport qui trouvait refuge quelque part dans la station Berri du centre-ville.

Ses yeux roulaient régulièrement d'un moniteur à l'autre suivant l'action ou l'inaction. C'est cette seconde option qui caractérisait plus de la moitié des écrans. Vingt et une heures venaient de sonner et il n'y avait rien à signaler. Voilà en tout cas ce que Roger allait inscrire à son rapport.

« RAS » n'impliquait toutefois pas qu'il ne se passait rien. Il y avait toujours quelque chose quelque part sur les dizaines de kilomètres que couvrait le métro et qu'utilisaient des dizaines de milliers de personnes chaque jour. Des jeunes chahutaient à la station Henri-Bourassa ; un couple d'amoureux s'enlaçait tendrement – très tendrement en fait – à celle d'Angrignon ; un groupe en tenues chics entrait à la station Place-des-Arts où un spectacle venait probablement de se terminer... Bref, il y avait quand même et toujours de l'activité sur le réseau.

En ce dimanche soir, pourtant, l'agent s'emmerdait un peu et trouvait que le métro était étrangement
calme. Roger Boutin avait été un des pionniers de
ce service. Au fil des ans, sa silhouette s'était consi-
dérablement modifiée et son tour de taille avait bien
profité, atteignant des proportions « intéressantes ».
Ses cheveux ternes, rares et de plus en plus blancs
faisaient, sans succès, le maximum pour embellir
un regard porcin. Il arborait depuis toujours la
moustache réglementaire des policiers de soutien
et appréciait surtout être au cœur de l'action sans
y participer vraiment. Le courage n'était pas sa
qualité première. Il était lâche, le savait et acceptait
cet état de fait sans problème de conscience. Il
vivait en parfaite harmonie avec ses peurs.

Soudain, son œil fut attiré par deux personnes
qui avançaient dans la station Peel. Il fit pivoter
la caméra 256 pour tenter d'avoir une meilleure
perspective. La démarche et la tenue des jeunes
l'intriguaient. Depuis quelques semaines, il y avait
eu des incidents dans ce secteur. On avait soulagé
quelques passants isolés de leur portefeuille ou de
leur sac à main. Jamais il n'avait été possible d'identifier ces voleurs qu'on croyait d'ailleurs être toujours
les mêmes. Les rares images qu'on avait pu obtenir
montraient des gens avec de lourdes bottes noires,
hautes, lacées et sales et portant de longs manteaux
d'hiver défraîchis. Le capuchon de leur chandail
relevé couvrait presque tout le visage. Ils avançaient
le dos légèrement vouté, comme accablés par le
poids des soucis. Boutin estimait plutôt que leurs
corps étaient usés prématurément par l'usage abusif
de drogues et qu'ils soulageaient simplement des

passagers pour obtenir rapidement leur dose quotidienne de venin. Mais on ne lui demandait jamais
son opinion et la seule idée de faire du zèle en préparant une note à cet effet pour ses patrons l'aurait
bien fait rire. Il faisait ce qu'on lui demandait.
Jamais plus, quelques fois moins.

Quoi qu'il en soit, ceux qu'il suivait actuellement
correspondaient parfaitement aux portraits établis
par ses supérieurs. Le secteur de la station de métro
vers laquelle ils avançaient était presque désert. Un
homme seul était assis consultant ou travaillant sur
son ordinateur portable. La prochaine rame n'arriverait que dans... quatre minutes, vérifia-t-il. Largement suffisant pour leur permettre d'attaquer
l'homme et de s'enfuir, soit en utilisant le métro,
soit en se mêlant aux passagers qui descendraient.

Boutin jeta un œil pour savoir qui patrouillait
dans ce secteur et serait en mesure, s'il le fallait,
d'intervenir rapidement.

* * * * *

Tony Palomino détestait l'hiver. Il n'avait jamais
compris pourquoi il fallait qu'il fasse si froid et
encore moins pourquoi il devait, lui, supporter ce
froid. Or, ce soir il gelait sec, et le sergent détective
grelottait dans une ruelle sombre. Le seul avantage,
se disait-il, c'est que le froid empêche les exhalaisons
de se répandre. Tout gelait bien avant de se décom-
poser. Il était certain qu'en juillet, l'odeur aurait été
presque insupportable. Mais ce mince avantage ne
l'empêchait pas de détester l'hiver et le froid. Au fil
des ans, le seul autre atout qu'il avait trouvé à cette

saison résidait dans le fait que les biscuits soda restaient croustillants plus longtemps. Des avantages mineurs finalement par rapport à l'interminable liste des inconvénients.

Il portait un regard frigorifié sur ses collègues de l'escouade technique qui s'empressaient autour du cadavre. Comme s'il allait partir, se dit-il. Allons donc, il va encore être là dans un mois. Exactement dans le même état, songea-t-il. À moins, bien entendu, qu'un « plouc » ne décide de lui donner un coup de pied. Dans ce cas, le corps se briserait probablement en mille morceaux comme du cristal. C'est assurément le seul résultat possible pour un objet qui est aussi gelé.

Emmitouflé dans un manteau gris signé Bottega Venetta qu'il venait de se procurer à prix d'or, Tony portait un petit chapeau à la Gene Kelly et une paire de gants en cuir minces, chics... et pas très chauds. Palomino devait en convenir, ce n'était pas la tenue idéale pour se trouver sur les lieux d'un crime par une froide – ou plutôt carrément glaciale – soirée de janvier. Mais, à l'évidence, il était là.

Tony Palomino ne passait jamais inaperçu. Son teint foncé, ses yeux sombres, son tempérament italien, ses cheveux noirs toujours légèrement imbibés de gel, et surtout ses habitudes vestimentaires coûteuses faisaient en sorte qu'on le remarquait partout. Cet enquêteur criminel de la Sûreté du Québec portait une attention particulière à son corps et à ses tenues. Fanatique des gymnases, il s'entraînait plusieurs heures chaque semaine dans ces nouveaux temples voués au culte du corps. Une religion dans laquelle cet homme, dans la mi-trentaine, avait

résolument décidé de s'investir. Mais ce sont toutefois ses qualités d'enquêteur qui avaient forgé sa
véritable réputation dans les bureaux de la SQ et
qui faisaient en sorte qu'il se trouvait toujours sur
les lieux de certains crimes plus « délicats », principalement ceux qui risquaient d'avoir un lien avec la
pègre. Il savait qu'il était victime des préjugés qui
prétendaient que tous les Italiens étaient des
membres de la Mafia. Allez savoir pourquoi !

Quoi qu'il en soit, la situation était actuellement
très tendue dans ce milieu. Depuis quelques
semaines, une guerre était commencée à Montréal.
Depuis, en fait, que le chef en titre de la *Famille*
avait été extradé aux États-Unis pour subir un
procès pour un geste posé il y avait plusieurs
années. Comme quoi le vieil adage selon lequel « *le
passé nous rattrape toujours* » est peut-être vrai. Et,
le moins qu'on pouvait dire, c'est que la succession
du parrain montréalais semblait intéresser beaucoup
de monde. À preuve, le bonhomme qu'on avait
découvert près d'un conteneur à déchets ce soir. Pas
mal amoché le type. Il avait reçu une bonne raclée
avant qu'on se décide à l'achever en lui tirant une
balle entre les yeux. Du travail de professionnels.
Pour que le corps soit aussi frigorifié, il fallait
quand même que le crime ait eu lieu depuis un bon
moment. Avoir mis tout ce temps pour trouver le
mec prouvait encore que les ruelles de Montréal
n'étaient pas très fréquentées en plein hiver.
Le cadavre avait été identifié comme étant Franky
« les gros bras » Moniari, le présumé lieutenant d'un
des prétendants dans la lutte qui faisait rage dans
le « milieu ».

Grelottant, Palomino balaya de nouveau la scène d'un œil détaché, ne comprenant pas ce qu'il foutait là à regarder les autres tenter de découvrir des indices. Mais pourquoi, bon Dieu, fallait-il toujours que les tueurs abattent leurs victimes dehors. Une fois de temps en temps, ils ne pourraient pas faire leur travail à l'intérieur, au chaud? Parce que c'est ça qui est le pire, s'avoua-t-il encore une fois, on gèle!

En continuant son survol des lieux, il vit arriver sa coéquipière Ève Saint-Jean. Elle, elle ne gelait pas. Avec sa tuque enfoncée jusqu'aux yeux, son Kanuk bleu marine remonté jusqu'au cou, ses éternels jeans et ses bottes de construction, il aurait été très difficile de reconnaître une belle femme rousse dans la jeune trentaine. Et pourtant... Même avec cet accoutrement de bonhomme de neige, elle gardait sa démarche féline et féminine. Tony s'était toujours demandé comment elle faisait.

— Salut beau mec, dit-elle en l'abordant. Alors on a affaire à quoi au juste?

— Un gars est mort, répliqua-t-il entre deux claquements de dents. Qu'est-ce que tu crois? Qu'on nous fait venir ici pour contempler l'architecture néo antédiluvienne des ruelles dégueulasses de Montréal?

— Je vois, ton manteau est plus beau que chaud... Non?

— Ça n'a rien à voir.

— J'ai un autre Kanuk dans l'auto, tu veux que je te le prête?

— Jamais, répondit-il aussi sec.

Pendant une seconde, une image d'horreur lui traversa l'esprit. Lui, porter une telle monstruosité. Jamais! Il préférait encore avoir un peu froid.

— Tu sais que tu risques d'attraper la crève si on doit rester ici quelques heures ?

— Tu peux être certaine que je resterai pas long-temps. Y a assez de monde ici pour trouver tous les indices que les tueurs auraient pu laisser. Et dans le fond, tout ce qu'on va apprendre, c'est que les gars connaissaient parfaitement leur travail et qu'ils se sont débarrassés d'un gêneur. Voilà ce que dira l'enquête. En plus, si ça se trouve, les types qui ont fait ça ne sont même pas de cette ville. Ils ont probablement été engagés spécialement aux États-Unis pour un petit contrat. Ils ont pris l'avion tout de suite après le boulot. Ils sont partis pour une ville bien au Sud ou il fait toujours chaud et ils se prélassent actuellement sur une plage en buvant un apéro et en admirant les belles filles. Voilà ce que je crois. Alors, je vois vraiment pas pourquoi je continuerais à geler ici.

— Je savais bien que tu gelais. T'es jamais parlable quand t'as froid...

— Recommence pas, veux-tu ? Si je suis de mauvaise humeur, ce que je nie, c'est parce qu'il fait si froid que même le liquide rouge dans les thermomètres est caché au fond du tube pour se réchauffer. Et puis quoi à la fin, un bonhomme a été tué et il y a toute une équipe de gars hyper spé-cialisés pour examiner tous les détails de l'affaire et préparer des rapports en trois copies que tout le monde pourra lire demain. Je n'ai rien à foutre ici. Y a de quoi être un peu moins souriant que d'habitude. C'est tout.

— Je vois... dit-elle en esquissant un sourire entendu.

— C'est quoi ce sourire ? lança Tony.

— Rien de spécial, je me demandais à quel moment les oreilles gelées tombent toutes seules... Va te réchauffer dans l'auto, ajouta-t-elle, je vais aller jeter un coup d'œil. Question de montrer qu'on est venus et qu'on a travaillé...

Elle tourna alors le dos à son coéquipier, qui, comme d'habitude, n'avait pas su quoi répliquer, et s'approcha des spécialistes de l'équipe technique. Ève Saint-Jean aimait cette partie du boulot. Elle n'avait qu'à regarder les autres travailler. Bien entendu, elle examinait consciencieusement la scène même si elle savait pertinemment qu'elle n'y découvrirait rien qui aurait échappé aux autres. Elle avait suffisamment d'expérience pour savoir que ces découvertes miracles n'arrivaient que dans les séries policières américaines.

Le légiste avait déjà fait les premières constatations sur le corps qui se préparait à prendre la route pour un dernier voyage, celui qui le mènerait à la morgue. Saint-Jean se rappelait vaguement avoir déjà rencontré Franky, celui qui, cette fois, était vraiment « refroidi ». Elle l'avait vu lors de l'une de ses premières enquêtes avec Tony. Palomino n'avait (évidemment) pas apprécié avoir une femme comme coéquipière. Mais cette jeune et belle femme aux yeux verts avait des atouts importants. Diplômée en psychologie, elle avait aussi fait des études en droit. Comment était-elle devenue policière et détective au criminel demeurait un mystère pour plusieurs. Mais ses études lui conféraient des qualités non négligeables que ses supérieurs avaient aussitôt mises à profit en la nommant partenaire de Palomino.

Ce qui, tout le monde avait pu s'en rendre compte à l'époque, n'avait, faut-il le répéter, pas plu à cet Italien macho, individualiste, et toutefois méticuleux.

Pendant l'une de leurs premières enquêtes, donc, elle avait accompagné son partenaire pour aller rencontrer un certain Campelli dans un café-bar du secteur italien de la ville. Vince Campelli était un type déjà bien identifié pour ses relations avec la Mafia. Tony semblait le connaître de longue date. Les deux hommes ne s'aimaient pas, c'était évident. Mais jamais Ève n'avait pu savoir exactement ce qui était arrivé pour que Tony le déteste autant. Bref, elle se souvenait de Franky, qui était à l'époque le garde du corps de Campelli. Un beau bonhomme qui semblait ne pas avoir que des gros bras. À le regarder ce soir, il avait perdu tout son charme, songea-t-elle en s'approchant du corps.

— Rien de particulier qu'il nous faudrait savoir immédiatement ? demanda Saint-Jean au légiste agenouillé à côté de la victime.

— Tiens ! Bonsoir à toi aussi, Ève, lui répondit Mario Romanowski en levant les yeux de son dossier. Oui, je vais très bien merci et toi ?

Romanowski était légiste depuis la nuit des temps. Il avait vu tant de cadavres que son nom aurait certainement été inscrit dans le livre des records Guinness pour peu qu'il en ait fait la demande. Il n'était pourtant pas si vieux. Début soixantaine. Un homme en parfaite condition physique qui se tenait encore très droit et qui avait tout abandonné pour son métier qu'il adorait. Il n'avait ni femme ni enfant, et on disait que son seul vrai complice était un perroquet. La rumeur voulait que Romanowski ait choisi cet animal parce que, d'une part il lui rappelait ces histoires de pirates qu'il affectionnait à l'adolescence et que d'autre part, cet oiseau pouvait vivre centenaire. Or, Romanowski, c'était connu, détestait le changement.

— Oui, je vais bien. Je voulais pas te déranger, mais comme le temps est un peu frisquet... Bon, d'accord, j'ai été trop directe. Désolée, Mario... On recommence... Alors, toujours au cœur de l'action... même en pleine nuit hivernale... Tu changes pas.

— Pourquoi changer... Et toi, tu es toujours aussi belle et coquine. Même par moins trente. C'est toujours un plaisir pour mes vieux yeux de te regarder.

— Alors on peut dire que toi, tu sais parler aux femmes la nuit dans une ruelle à côté d'un cadavre, lança-t-elle avec un sourire en coin.

— Oui... Bon... En tout cas, voici le topo, se dépêcha-t-il de continuer un peu gêné. Le type a été tué il y a environ deux jours. Je pourrai préciser le tout après l'autopsie. La mort est due à une balle tirée dans la tête, mais il a été pas mal secoué avant d'être achevé. Tout laisse croire à un règlement de comptes ou à un avertissement, mais ça, ce sera à vous de le déterminer. Tu pourras avoir mon rapport demain dans le courant de la matinée.

— Je voudrais pas être indiscrète, mais comment tu parviens à savoir qu'un cadavre, transformé en bloc de glace, est décédé depuis quarante-huit heures ?

— D'abord, c'est une estimation, pas encore une certitude. Et puis, je ne savais pas que ces questions t'intéressaient. Mais, tu as raison, c'est pas nécessairement évident. Surtout quand il fait aussi froid.

Je me fie alors à certains points plus précis, comme la lividité qui est ici un peu rosée, comme tu peux voir. On tient compte des caractéristiques du corps de la victime, sa masse, l'âge, les vêtements qu'elle porte, les conditions du milieu et, finalement, il existe certaines formules comme le nomogramme de Henssge. Bref, il faut avancer prudemment. Mais l'estimation de quarante-huit heures me semble, jusqu'à maintenant, réaliste.

— Wow! lança-t-elle simplement. Impressionnant!

— Pas du tout. C'est seulement l'expérience. Je pourrai te confirmer tout ça demain, ma belle. Bon, c'est pas tout, ça. Il reste du travail.

Sur quoi, après un signe de tête, il reprit son dossier et se dirigea à pas lents vers sa voiture.

En le suivant des yeux, Ève reconnut, tentant d'entrer dans la zone délimitée par les policiers, ce journaliste qui, depuis quelques semaines, s'accrochait à elle et à Tony pour savoir ce qui arrivait dans le monde de la pègre. Comment faisait-il pour toujours arriver au bon moment? Il ne devait quand même pas écouter vingt-quatre heures sur vingt-quatre les communications radio de la police. Quoique, à bien y réfléchir, il en était bien capable. Pierre B. Robert était journaliste au Métropole Matin depuis relativement peu de temps. Un concours de circonstances l'avait propulsé aux affaires judiciaires et policières. En effet, pour son premier article, il était tombé par pur hasard sur une histoire savoureuse et merveilleusement macabre qui concernait la vie de débauche d'un politicien. Les lecteurs avaient adoré. Pendant l'enquête, le journal s'était bien vendu et c'était, finalement, tout ce que souhaitait le rédacteur en chef. Il avait ensuite reçu quelques propositions de stations de télévision et était devenu chroniqueur judiciaire pour la chaîne W. Et cette nouvelle affectation lui avait plu d'emblée parce qu'elle lui permettait d'être reconnu partout. On avait beau dire, la télé, c'était très fort. Surtout pour quelqu'un comme lui, qui possédait un ego assez imposant. Depuis, donc, il travaillait pour les deux médias et s'en portait très bien.

Il est vrai que Robert avait du flair. Et probablement aussi beaucoup de chance. Il s'était lancé dans cette profession comme un missile programmé pour atteindre sa cible. Et celle-ci semblait consister à fouiller la merde et les histoires pas très belles des gens connus. Il avait rapidement acquis dans le milieu journalistique la réputation de ne jamais hésiter à faire toutes les bassesses pour atteindre ses buts. Mais depuis peu, l'avenir de la Mafia à Montréal semblait le passionner. En tout cas, ça passionnait ses lecteurs et ses téléspectateurs. Il est vrai que ses papiers ressemblaient plus à des scénarios de *best-sellers* qu'à des articles conventionnels et que ses « topos » télévisés laissaient entrevoir des histoires comme celles qui survenaient dans la série « 24 heures chrono ». Pas étonnant, donc, qu'il réussisse à susciter certaines passions. Il beurrait assez épais pour obtenir des résultats. Toutefois, même en analysant ses reportages de près, on se rendait compte qu'il n'y avait jamais de réelles faussetés. Juste une façon de présenter les choses qui mettait en lumière certaines facettes des protagonistes en laissant souvent de côté la fameuse neutralité des professionnels de l'information. Et ça semblait plaire à beaucoup de monde. Mais certainement pas à ceux et celles qui se trouvaient, de près ou de loin, mêlés à ces histoires. Et ça incluait les policiers qui ne le portaient pas dans leur cœur.

De la main, il faisait de grands signes à Ève. Impossible d'y échapper, se dit-elle. Encore heureux qu'il n'ait pas son caméraman avec lui. C'était déjà difficile de parler à un journaliste, mais en plus quand il y avait une lentille braquée directement dans la figure, ça devenait carrément impossible. Elle se demandait souvent comment faisaient les politiciens pour avoir l'air presque naturels. Chacun son métier. Bref, il valait mieux y aller tout de suite et expédier ça rapidement. Pendant qu'elle s'approchait du journaliste, Ève se surprit à l'examiner de plus près. Parce qu'au fond, il était plutôt séduisant. Quelque part autour de trente ans, les cheveux longs, bouclés et noirs comme ses yeux ébène, et surtout un sourire à faire fondre les plus récalcitrants – ou les plus récalcitrantes. Il était assez grand, environ un mètre quatre-vingt, et il devait, selon Ève, préférer le jogging au football. Tout compte fait, il était pas mal du tout.

Elle dit deux mots au policier qui retenait le journaliste et lui fit franchir le ruban de sécurité.

— Sergent Saint-Jean ! Je savais que je vous trouverais ici. Alors, c'est bien un règlement de comptes de la pègre ?

— Vous en savez encore plus que les policiers. Moi, je peux pas dire encore de quoi il s'agit.

— Voyons, soyons sérieux. Pourquoi seriez-vous ici avec l'inspecteur Palomino s'il ne s'agissait pas d'un meurtre de la pègre ?

— Peut-être pour examiner l'architecture de Montréal, répliqua-t-elle en se rappelant ce que Tony lui avait dit.

Le journaliste la regarda un peu surpris.

— Ah! Je vois. C'est de l'humour?

Il tenta de contourner la policière pour s'approcher du corps. Ève se déplaça à son tour pour s'interposer, laissant clairement entendre qu'il n'avait rien à faire de ce côté et qu'elle ne le laisserait pas agir à sa guise.

— De qui s'agit-il? insista-t-il.

— Vous pourrez venir demain au quartier général. Il y aura probablement un point de presse du service des communications.

— Mais je suis ici. Vous pouvez bien me donner une idée! C'est un homme de qui?

— Qui vous a dit que c'était un homme?

— Comment, c'est une femme? ajouta-t-il soudain, encore plus intéressé.

— J'ai jamais dit ça. N'allez pas inventer des histoires qui n'existent pas. On vous dira demain tout ce que nous aurons alors comme information.

— Mais je suis ici. Je peux au moins prendre quelques photos?

— Oui, bien entendu.

— Merci, dit-il en sortant sa caméra et en tentant encore de s'approcher du cadavre.

— Mais depuis l'autre côté du ruban de sécurité, continua-t-elle en indiquant leur point de départ. Il ne faut pas interférer dans le travail des spécialistes. Vous risqueriez de chambouler une scène de crime, et ce n'est jamais apprécié... en plus d'être, dois-je vous le rappeler, une offense criminelle.

— Ah oui... Bien entendu, répondit-il d'un air entendu.

Ève Saint-Jean lui prit le bras et le ramena au policier qui empêchait les curieux de passer.

— Écoutez, demain, je peux passer vous voir au bureau ? demanda le journaliste.

— Si vous apportez le café, on sait jamais, lui sourit-elle.

Et elle s'en retourna pour voir les techniciens de la police scientifique effectuer leur travail.

* * * * *

Étienne Borduas appréciait ces moments de tranquillité, loin du bureau qui l'accaparait tous les jours de l'aube jusqu'à la nuit. Il ne voyait rien de mal à son horaire de travail, au contraire. En fait, sa carrière et sa vie étaient intimement liées dans sa tête. Pourquoi en serait-il autrement ? Il adorait son travail au ministère des Affaires étrangères et du Commerce international.

Il avait probablement été le seul gamin de son quartier, et peut-être de sa ville, à être passionné par les relations entre les États.

Alors que tous ses amis jouaient au hockey ou commençaient sérieusement à penser aux problèmes de relations avec les filles, lui rêvait de négociations entre gouvernements. Ses parents lui avaient, un jour, offert un jeu de Risk. Un jeu de société dans lequel il fallait acquérir des biens, faire des ententes avec les autres joueurs, augmenter son potentiel militaire, évaluer les pays dans lesquels il était préférable de s'installer et bâtir une stratégie pour éventuellement être en mesure d'envahir et contrôler la planète. Il était rapidement devenu imbattable et infatigable à ce jeu. Il avait alors voulu en savoir plus sur les règles qui régissaient les rapports entre les pays.

De fil en aiguille, Étienne s'était naturellement orienté vers des études en relations internationales et en politique. Après l'obtention de sa maîtrise à l'Université de Montréal, il s'était vu décerner la bourse Rhodes qui lui avait permis de poursuivre des études à l'Université d'Oxford où il s'était particulièrement distingué.

Plusieurs personnes au gouvernement avaient suivi son parcours. Il n'avait pas été surprenant qu'il ait été recruté dès son retour au pays et qu'il fasse partie de l'élite du Ministère. De nombreux politiciens voyaient déjà en lui un futur ambassadeur du Canada et, s'ils parvenaient à le convaincre, un politicien actif et charismatique qui deviendrait peut-être chef de leur propre parti pour les conduire au pouvoir. Pourquoi pas ? Bref, Étienne Borduas avait un parcours de vie tout tracé qui l'amènerait directement vers les plus hautes fonctions.

À le voir, cependant, il était difficile de se douter qu'il s'agissait d'un rat de bibliothèque qui adorait s'enfermer dans de vieux traités pour saisir, soupeser et évaluer tous les enjeux et toutes les facettes des négociations qui avaient abouti à leurs signatures. Étienne Borduas avait le physique d'un joueur de hockey. Avec ses quatre-vingt-dix kilos répartis sur un peu moins de deux mètres, il avait de larges épaules et portait, au grand dam de plusieurs collègues plus âgés, les cheveux longs. Avec ses yeux bleus cobalt, il ressemblait plus à un jeune premier de cinéma qu'à un intellectuel féru des subtilités des discussions entre gouvernements. Malgré son physique, toutefois, jamais il ne s'était battu. Et il en était fier.

Il venait régulièrement, après le bureau, s'asseoir dans une station de métro pour compléter certains dossiers. Il croyait que ça l'aidait à rester en contact avec la réalité que de se trouver au milieu de tous ces gens pour lesquels, ultimement, il travaillait. Fidèle à cette habitude, après son travail, il avait gagné le couloir du métro et s'était installé sur un banc, dans une zone qui lui semblait tranquille. Il pianotait sur son portable pour terminer l'analyse d'un rapport qui lui avait été soumis par le ministre lui-même plus tôt cette semaine. Il n'entendit ni ne vit les deux jeunes qui s'approchaient de lui. Il n'avait pas, non plus, remarqué que la station était étrangement déserte et silencieuse. Il sursauta donc quand on lui tapa sur l'épaule.

— T'aurais pas un peu d'argent pour un café, dit l'un des deux types d'une voix rauque et éraillée.

— Excusez, les gars, vous m'avez fait peur, je vous avais pas vu venir, répondit Borduas. Non, j'ai pas de monnaie, je suis désolé. La prochaine fois peut-être.

— T'as pas compris, mon ami, répliqua le jeune.

En même temps, ils prirent place de chaque côté de Borduas, le serrant d'un peu trop près.

Étienne Borduas sentit lentement la peur monter en lui depuis son estomac, comme une espèce de nausée. Ces deux gars n'avaient rien des petits itinérants qu'on rencontrait parfois. Il leva les yeux de son écran d'ordinateur tout en fermant discrètement le couvercle et en regardant directement dans les yeux de celui qui venait de parler.

— T'as le choix de nous donner ton argent ou on va le chercher, continua le bonhomme dont la figure demeurait presque entièrement cachée sous son capuchon.

— Écoutez, les gars, tenta Borduas, c'est correct. Je vous laisse tout l'argent que j'ai. Donnez-moi une seconde, ajouta-t-il en tentant de se lever pour fouiller dans ses poches.

— Finalement, bouge pas, répliquèrent-ils simultanément en lui saisissant les épaules pour le clouer sur son banc. On va plutôt faire le travail pour toi.

En quelques secondes, ils avaient sorti tout ce que possédait Étienne. Pendant que le premier fouillait dans le portefeuille, l'autre cachait dans les larges poches de son manteau sale tout ce qui pouvait avoir de la valeur.

— OK! OK!, lança Borduas en tenant les mains levées pour bien montrer qu'il n'avait pas l'intention d'agir.

— Arrête de parler, le grand, répliqua celui qui se tenait à sa gauche et qui comptait l'argent dans le porte-feuille. Wow! Pas loin de deux cents piastres. Excellent, pas vrai Buddy? dit-il en jetant le portefeuille et le reste des papiers qu'il contenait dans ses poches.

— Deux-cents? Ouais, c'est plus que correct. Pis y a plein de petits gadgets électroniques extra, ajouta l'autre pendant que le métro entrait en gare. OK, mon pit. Tu bouges pas pendant que les gens sortent. Si tu fais un geste ou si tu cries, je t'enfonce ça dans les côtes, lui dit-il en montrant un couteau à cran d'arrêt.

Borduas fit signe de la tête. Il n'avait surtout pas envie de bouger.

Les passagers sortirent rapidement et sans un regard passèrent près de trois hommes assis sur le banc. Puis, au dernier moment, les deux voleurs se levèrent et arrachèrent l'ordinateur des mains de Borduas. Comme il résistait, il sentit une lame s'enfoncer dans son côté. Une fois... puis une autre et une autre encore. La douleur le submergea. Il retomba assis, se regarda la poitrine où une tache rouge grandissait. Les deux agresseurs s'engouffrèrent dans le métro dont les portes se refermaient. Le train s'ébranla pour quitter la station. Étienne Borduas regardait impuissant et désespéré les deux hommes qui le narguaient, et sentit la vie qui s'éloignait en même temps que le métro.

3

È ve s'était encore levée à la dernière minute. La présence de Serge L'écuyer, le pathologiste judiciaire qu'elle avait connu en Gaspésie, y était certainement pour quelque chose. Elle devait toutefois avouer qu'elle était régulièrement en retard. Mais ce matin, en particulier, elle avait souhaité se blottir contre lui quelques minutes de plus avant de courir vers le bureau. Serge avait d'ailleurs semblé apprécier cette chaleur animale et y avait répondu avec empressement.

L'Écuyer était venu passer quelques jours, mais devait repartir l'après-midi même. Ève avait parfois insisté, au cours des derniers mois, pour qu'il vienne s'établir à Montréal, où un médecin compétent ne pouvait demeurer sans travail, même dans un domaine aussi spécialisé que le sien. De toute façon, il aurait pu aussi simplement pratiquer la médecine familiale, comme il l'avait fait pendant de nombreuses années et continuait d'ailleurs toujours à faire là-bas. Mais le docteur ne se sentait pas à sa place dans la métropole. Il préférait, et de loin, le calme, la présence du fleuve, la proximité de la nature et le fait de connaître presque tout le monde dans son coin de pays.

De son côté, si elle appréciait aussi la vie tranquille du Bas du Fleuve, c'était cependant pour de brèves périodes seulement. Ève ne se sentait nulle part aussi à l'aise que dans la grande ville. De plus, dans son métier, il n'y avait qu'à Montréal qu'elle trouvait régulièrement les défis qui la stimulaient. Au fond, cette relation à distance semblait leur convenir à tous les deux. Enfin, pour le moment.

Il n'en demeurait pas moins qu'elle était encore en retard au travail.

Comme tous les matins, il régnait au quartier général une activité intense. Les changements de quart de travail s'opéraient dans un brouhaha qui n'avait cependant rien de chaotique. Tout le monde savait parfaitement ce qu'il avait à faire. Tony était, bien entendu, à son poste depuis déjà deux expressos bien tassés.

— Salut, Tony. As-tu fini par décongeler depuis d'hier soir ?

— Tiens... Bon après-midi, répliqua-t-il sans lever les yeux du dossier qu'il examinait sur son ordinateur. Qu'est-ce qui s'est passé ce matin ? Un ovni a visité ta maison ? Un ouragan a frappé ton quartier ou quoi ?

— Oh ! Oh !... Ironie ! Humour... Je savais pas que le froid pouvait avoir cet effet sur le cerveau de quelqu'un, dit-elle en se rendant à son bureau pour ranger son révolver dans un tiroir. Et jolie, la cravate... Je pense qu'un jour, ce style va revenir à la mode, ajouta-t-elle.

— Comment « revenir à la mode » ? répliqua-t-il immédiatement en lui lançant un regard mauvais. Tu n'y connais rien. C'est une Gucci et elle vaut certainement trois fois le prix de la poubelle qui te sert de véhicule.

— Oui, mais ma voiture me va parfaitement, alors que cette cravate...

— Comment, mais elle est parfaite et...

Comprenant qu'elle se payait encore sa tête, il cracha :

— Ah merde ! Tu sais que je te déteste ?

Ève, assise devant son ordinateur, le regardait avec ce sourire qui signifiait « je t'ai encore eu ».

« Bordel, une fois, une seule fois j'aimerais être capable de répliquer quelque chose qui lui enlèverait ce foutu sourire », pensa-t-il.

— Dis, t'as vu ? Le rapport de Romanowski est déjà entré, lança Ève.

— Qu'est-ce que tu crois que je lisais ? Tes mémoires ?

— Rien de bien nouveau depuis hier, semble-t-il. Selon le doc, il était déjà presque mort avant que la balle ne l'achève.

— Reste à savoir pourquoi on l'a tabassé. D'un autre côté, il n'avait certainement pas que des amis dans le milieu.

— Au rythme où ça va, ils vont faire le ménage sans qu'on ait à s'en mêler. On n'a qu'à compter les morts de chaque côté et le problème de la pègre sera réglé. Finalement, la succession du parrain, c'est peut-être une bonne chose !

— Tu rêves, Ève. Ceux qui tirent les ficelles ne sont pas inquiétés. Pas encore. Et il risque fort d'y avoir un accord avant que les véritables responsables ne commencent à écoper. Ils sont froids comme des concombres quand il s'agit d'argent et de pouvoir.

Celui qui va apporter les idées les plus rentables et qui sera en mesure de garantir son contrôle va l'emporter. Ça s'est toujours passé comme ça et ça va continuer.

— J'savais pas que les concombres étaient froids. Où tu prends ces expressions niaiseuses ? Dans tes revues de mode ?

— Dans les bandes dessinées, répliqua une voix derrière eux.

— Salut patron, répondirent-ils ensemble en se retournant.

L'homme possédait cette vigueur qu'ont naturellement ceux qui sont habitués de commander. Dans la bonne cinquantaine et bien qu'un peu bedonnant, Gerry Motret avait toujours une grande prestance. Son allure seule en imposait déjà à ceux qui l'entouraient. Il avait une voix profonde et grave qui allait parfaitement à son style. De la génération des *baby-boomers*, Motret donnait l'impression que tout était facile et qu'il avait toujours une longueur d'avance sur les autres. Ève avait toujours le sentiment qu'il savait tout ce qui se passait. Qu'il entendait ce qu'il n'aurait pas dû entendre et qu'il savait ce qu'il n'aurait pas du savoir. Allez savoir pourquoi !

Motret était un être conventionnel. Tout, depuis sa démarche jusqu'à ses éternels complets-cravates assortis à la petite veste dans laquelle il y avait invariablement son anachronique montre à gousset, faisait de lui un homme à part. Le seul fait d'être à la tête du service de la criminelle depuis autant d'années était incompréhensible. Ce milieu dur et stressant ne semblait pas avoir de prise sur lui. Il en avait vu d'autres et savait parfaitement qu'il en verrait encore beaucoup.

— Alors qu'est-ce que vous foutez encore ici ? Vous n'avez personne à voir pour l'enquête de Moniari ? C'est pas en traînant ici que vous avancerez.

— Bien sûr, chef, répondit Tony. Je disais justement à Ève qu'il faudrait passer voir Campelli.

— Tenez-moi au courant, lança-t-il en continuant vers son bureau, pendant qu'Ève et Tony attrapaient leurs manteaux.

Ève suivait son coéquipier en tentant maladroitement de ranger son arme dans son étui. Pourquoi avait-elle tant de difficulté alors que tous les autres y parvenaient sans même y réfléchir ? Elle n'en savait rien. L'étui semblait toujours trop petit, ou son arme trop grande, difficile à dire. Il n'avait pas fallu longtemps pour que tous ses collègues s'en rendent compte et qu'elle devienne l'objet d'une moquerie collective. Elle se débattait encore quand quelqu'un l'interpella.

— Sergent Saint-Jean ! Sergent Saint-Jean ! Ici, c'est moi !, criait-on.

Ève se retourna, prête à répliquer à celui qui voulait encore rire d'elle quand elle reconnut Pierre B. Robert, le journaliste-colle de la veille. « Bordel, se dit-elle, je l'avais complètement oublié celui-là. » Elle s'approcha de Tony qui s'était retourné et la questionnait des yeux.

— Qu'est-ce qu'il fait ici, lui ? demanda-t-il.

— C'est hier. Il était dans la ruelle et je voulais rien lui dire. J'ai été un peu obligée de lui promettre qu'on le renseignerait ce matin. J'avais oublié. Donne-moi deux minutes et je te rejoins dans l'auto.

— Y m'achale, ce gars-là. Qu'est-ce qu'on a fait pour qu'il soit toujours dans nos jambes ?

— J'm'en occupe, répéta-t-elle.

Revenant sur ses pas, elle vint à la rencontre de Robert qui était, encore ce matin, tout sourire.

— Comme promis, je viens aux renseignements, lui lança-t-il.

— J'vous ai jamais dit que je vous renseignerais. J'ai dit que le service des communications ferait probablement une annonce ce matin si c'était nécessaire.

— Soyez pas vache, sergent. Juste quelques questions, persévéra-t-il. Et j'ai apporté un café au lait !

— Je suis pressée. Mon collègue m'attend.

— Dites-moi seulement que c'est bien le cadavre de Moniari qui a été trouvé hier.

— Voyez ça avec les communications, répéta-t-elle.

— En admettant que c'est lui, c'est bien un des hommes de Campelli ? Non ?

— Si vous le dites…

— Est-ce que ça implique que Campelli est vraiment dans la lutte pour le contrôle de la pègre ?

— Je peux rien dire. Allez voir les communications…

— Ah, sergent ! Soyez un peu *cool*. Vous m'aviez dit que je pourrais avoir des renseignements de première main ce matin. Au moins, confirmez-moi qu'il s'agit de Moniari… S'il vous plaît, ajouta-t-il avec son plus beau sourire.

— Jamais je vous ai promis quoi que ce soit, répliqua-t-elle… Mais ça se pourrait bien que ce soit lui, en effet, continua-t-elle plus doucement. Puis, se ravisant, elle ajouta : « Maintenant je dois y aller. Voyez les communications pour les détails. »

Elle lui prit le café des mains et se retourna pour aller rejoindre Tony qui devait rager en l'attendant. Mais il est vraiment séduisant, s'avoua-t-elle à nouveau en courant.

* * * * *

Jules Renaud déposa le combiné. Il accusait le coup. Il fit pivoter sa chaise pour regarder le fleuve sombre qui cernait la Rive-Sud de Montréal. Il avait toujours adoré cette vue. Il avait voyagé dans les plus grandes capitales du monde et visité des dizaines de villes, grandes et petites, au cours des années. Jamais pourtant rien d'aussi beau ne s'était offert à ses yeux que le panorama qu'il avait de son bureau du douzième étage d'un édifice du centre-ville de Montréal. Sur le fleuve, il remarqua un cargo qui remontait lentement en direction des Grands Lacs. Il se demanda vaguement ce qu'il pouvait transporter et comment les membres d'équipage parvenaient à supporter cette vie difficile et pourtant très routinière qu'était celle des marins. Spécialement quand il faisait froid à fendre les pierres, comme maintenant.

Malgré le soleil qui entrait à flots, la pièce conservait une intimité bien agréable. Même à une heure matinale, il n'était pas rare de le trouver déjà au bureau depuis longtemps. Il jeta un coup d'œil autour de lui. Toutes les étapes de sa vie s'y retrouvaient. Les très nombreuses photos retraçaient son parcours, depuis la maison familiale à Laval dans la banlieue nord de Montréal, jusqu'à celles où on le voyait en compagnie d'autres jeunes, ses anciens amis, dans différents endroits du monde. Il y avait aussi celles, plus protocolaires, où on le voyait serrant les mains de personnalités politiques ou de vedettes de la planète entière. Ici par exemple, quand encore très jeune il avait été présenté à Pierre Elliott Trudeau, alors premier ministre du Canada. Ou celle-ci, alors qu'il se trouve en compagnie du président français Mitterrand. Ou encore celle-là, entouré du chanteur Bono et de la star québécoise Céline Dion après un spectacle à Las Vegas. Il y avait aussi des objets qu'il s'était procurés ou qu'il avait reçus. Il ne conservait ici que ceux qui avaient le plus de signification à ses yeux. Comme cette sculpture qu'un chef huron lui avait donnée, ou ce zircon rouge sang qu'un prince maori lui avait cédé en remerciement pour un traité qui avait été conclu entre les deux pays.

Au milieu de tous ces éléments, il y avait les incontournables écrans d'ordinateur et cet immense téléviseur au plasma qui prenait presque tout un mur. Tout ça le tenait en contact, seconde par seconde, avec la réalité du monde.

La vie avait été bonne pour lui. Il avait atteint les objectifs qu'il s'était fixés. À peine cinquante ans, les cheveux blonds et le visage encore juvénile, il s'était forgé une carrière sans trop de difficultés. Il faisait partie des rares personnes qui étaient consultées et prenaient d'importantes décisions dans les relations qu'entretenait son pays avec les autres États.

Dans tous les dossiers qui lui étaient confiés, il allait directement au but, comme ces brise-glaces qui ouvrent la voie maritime du Saint-Laurent sans se soucier des dégâts qu'ils font. Il ouvrait une route que d'autres pouvaient ensuite poursuivre en toute sécurité. Sa grande victoire avait cependant été de résister aux changements de partis politiques qui s'étaient relayés pour gouverner le pays au cours des ans. Il avait réussi à naviguer dans les eaux troubles de la politique en continuant à être utile, sinon essentiel, aux hommes et aux femmes qui occupaient alternativement le siège du pouvoir. Un véritable tour de force. C'était certainement son indépendance qui lui avait permis de résister. Mais même cette indépendance, il fallait la doser. Si on avait cru, dans les officines du gouvernement, qu'il était trop libre de penser et d'agir à sa guise, si l'éminence grise des partis dirigeants l'avait cru trop incontournable et indispensable, on l'aurait limogé sans l'ombre d'une hésitation. Il ne fallait pas que quelqu'un devienne irremplaçable dans l'appareil gouvernemental. Et plus le poste occupé était proche des cabinets où se prenaient les décisions, plus cette réalité était impitoyable. Voilà quelle avait été la grande force de Jules Renaud au fil des ans. Accaparer le pouvoir en laissant aux autres l'illusion de le détenir.

Bien sûr, cette vie de voyages avec cet agenda toujours chargé, qui ne lui appartenait finalement pas puisqu'il était déterminé par les besoins de la politique, avait aussi ses désagréments. Il n'avait jamais pu avoir d'enfants car il n'avait jamais trouvé une femme qui accepte ces conditions. Évidemment, des femmes, il en avait connu. Et plus d'une. Mais les relations avaient toujours été courtes et aucune n'avait pu ébrécher le granit de sa passion pour son travail. En tout cas, pas suffisamment pour qu'il décide de se ranger. Les femmes n'avaient fait que passer dans sa vie, comme il était passé dans la leur. Sans laisser de traces.

Il pensait rarement à son passé amoureux. Il réfléchissait d'ailleurs très peu aux lacunes que le genre de vie qu'il avait choisi laissait dans son sillage. Son temps était trop compté pour qu'il s'apitoie sur son sort ou sur ce qu'il aurait pu devenir.

Au cours des ans, la plupart de ses amis avaient opté pour d'autres chemins. Plusieurs avaient abandonné la vie politique active pour un emploi moins accaparant afin de pouvoir s'occuper de leur famille. Un choix où l'ambition avait laissé la place à d'autres valeurs auxquelles, finalement, Renaud croyait aussi. D'autres amis s'étaient lancés corps et âme dans le secteur privé, souvent plus lucratif. Ceux-là, il ne les enviait pas. Selon lui, quand l'argent est le seul maître, il se répand dans la vie comme un cancer ou la gangrène. L'argent vous bouffe tout entier sans rien laisser d'autre. Il était assez honnête cependant pour savoir que le pouvoir politique, et l'appétit qu'il avait développé pour celui-ci, était aussi un maître unique, intransigeant et omniprésent. Toutefois, il croyait profondément que c'était moralement plus intéressant et constructif que le seul goût de l'argent. Voilà comment il s'était doucement retrouvé seul. Mais, finalement, il appréciait bien cette solitude.

Sa vie était tracée et il souhaitait suivre cette route encore de nombreuses années avant de, peut-être, passer à autre chose.

Mais le coup de téléphone qu'il venait de recevoir risquait de changer la donne. On venait de lui annoncer la mort violente et tragique d'un de ses assistants : Étienne Borduas. Même s'il aimait bien le jeune, Renaud s'inquiétait davantage de ce qu'impliquait le vol de son ordinateur. Borduas était la vedette montante du service. Il possédait des qualités incroyables et tellement utiles lors de négociations importantes qu'on lui permettait tout. Quelle folie cependant de le laisser sortir du bureau avec son portable.

Cette nouvelle signifiait surtout qu'il devait contacter une personne qu'il détestait.

* * * * *

— Non, Mamma, j'ai pas oublié... Bien sûr que je serai là ! Oui, je sais que tu es malade et que tu as besoin d'être entourée de tes enfants... Oui, je te donne un coup de fil... Bien sûr !... Bon, je passe te voir aussitôt que je peux... Non, c'est pas une autre promesse en l'air... Dis, Mamma, ça paraît peut-être pas, mais je travaille... Non, c'est pas parce que je veux plus te parler... Mais non... Je suis pas un fils ingrat... OK. À plus... Ciao !

Tony ferma son cellulaire en regardant la route comme si rien ne s'était passé. Il n'avait jamais l'air fâché ou excédé que sa mère lui parle comme ça. En tout cas, pas vraiment. Ève avait toujours trouvé extraordinaire cette relation. Elle avait dû revoir les idées reçues qui lui avaient fait croire que les mères italiennes sont soumises, effacées et qu'elles n'ont pas leur mot à dire dans la gestion de la maison. Avec

Tony, elle avait compris que ce sont souvent elles qui règnent sur le foyer et la famille. Les hommes peuvent bien faire tout le boucan qu'ils veulent, le vrai pouvoir ne leur revient pas. En tout cas, c'était vrai pour la mère de Tony qui n'avait d'ailleurs eu aucun mal à s'occuper à la fois de la maison, des enfants et de l'entreprise familiale après la mort de son mari. Ève se tourna vers son coéquipier.

— Ta mère est du genre... « t'as intérêt à pas m'oublier » ! Non ?

— Ouais... Elle s'inquiète toujours pour ses enfants. Toutes les mères italiennes sont comme ça tu sais...

— En tout cas, je la trouve bien sympathique, ta mère. Elle a une façon de te regarder... et de te parler surtout, c'est pas croyable.

— C'est ça la famille. Et ma mère, elle est très famille.

— Elle est malade ?

— Depuis quelques semaines, ça va pas fort. Elle passe examen sur examen, mais avec les médecins, on sait rien. C'est toujours comme si on était trop épais pour comprendre. Quand tu réussis à parler à l'un d'entre eux, il te dit simplement que de son côté ça va, mais qu'il attend les résultats des examens d'un autre spécialiste. À force de se relancer la balle, on sait jamais ce qui se passe.

— Et ta mère, comment elle prend ça ?

— Disons que ça n'améliore pas son caractère.

Ils approchaient d'un gymnase populaire et très bien équipé qui appartenait à Vince Campelli. On était loin de l'époque où les chefs de la Mafia étaient confinés exclusivement à de petits bars sombres ou à des cafés typiquement italiens. L'organisation avait réussi à évoluer et à s'adapter aux nouvelles tendances. Bien sûr, la prostitution, les bars, les courses, les prêts usuraires et, bien entendu, la drogue étaient toujours au centre de leurs activités. Mais il était indéniable que de nouveaux marchés avaient été développés.

L'internet et les ordinateurs apparaissaient désormais en tête de liste des champs à exploiter. On recrutait maintenant de petits cracks en informatique qui comprenaient mieux les machines et les systèmes d'exploitation que ceux qui les avaient créés. Ils trouvaient toujours des failles et réussissaient à rendre lucratives des opérations qui semblaient pourtant inattaquables. Grâce à eux, on avait mis au point des méthodes simples et efficaces pour copier les informations codées des cartes de crédit ou de débit, ce qui permettait aux fraudeurs de retirer rapidement et facilement l'argent disponible. Des secteurs entiers de la ville et du Québec étaient maintenant touchés par ces écumeurs électroniques.

Même si les gros bras avaient encore leur place dans l'organisation (ils l'auraient probablement toujours) les chefs de la pègre recrutaient maintenant des cerveaux de plus en plus musclés dont ils s'assuraient la collaboration par tous les moyens à leur disposition. Pour certains, ce pouvait être les femmes et la luxure, pour d'autres, la drogue ou la peur, pour d'autres encore, il suffisait de fournir ces jouets hyper *hi-tech* pour que leur coopération soit garantie. Il n'y avait qu'à s'adapter aux appétits cachés de celui ou de celle dont on voulait s'assurer les services. Et dans ce domaine, la Mafia connaissait tous les trucs et toutes les faiblesses.

Cette adaptation aux nouvelles réalités et aux nouvelles technologies était au cœur du déveoppement de l'organisation. Rien n'était balayé du revers de la main. Il y avait toujours une nouvelle bassesse possible à exploiter. Il suffisait de la trouver et de repérer ceux qui pouvaient ouvrir cette voie. L'internet permettait des percées étonnantes. Mais ce n'était pas le seul secteur en expansion. Il suffisait souvent de garder l'œil ouvert pour voir ce que les gens souhaitaient et qu'on leur refusait. Quoi de plus facile ensuite que de leur offrir ce qu'on leur interdisait, moyennant évidemment une compensation financière directement proportionnelle à la difficulté de trouver le produit cherché.

En d'autres termes, exploiter, abuser, tromper, spolier, rançonner et déposséder avaient toujours été et continuaient d'être les leviers utilisés par la Mafia dans sa quête incessante du profit et du pouvoir.

Tony Palomino n'y avait jamais rien vu d'autre que violence et escroquerie et ne partageait certainement pas le mythe de la « confrérie » presque sympathique que certains films avaient véhiculé. Il appréciait aussi très mal que tous les Italiens soient associés d'office à la Mafia. C'était aussi injuste et faux, pensait-il, que de dire que tous les Arabes sont des terroristes ou que tous les Québécois raffolent du ragoût de pattes. C'était aussi pour ces raisons qu'il détestait tant Campelli. Vince représentait pour Palomino tout ce qu'il y a de plus détestable dans la pègre. La corruption et la violence étaient le lot quotidien de ce mafieux qui se donnait des airs de droiture et de bonhommie. Il savait se montrer agréable, distingué et même sympathique. Mais ça cachait une nécrose qui le consumait entièrement. Il était dévoré par le goût du pouvoir et de l'argent. Ça cristallisait tout ce que Tony haïssait dans la Mafia. Et en plus, ils avaient été élevés dans la même rue et avaient partagé leurs jeux pendant toute leur enfance. L'injure qui s'était ajoutée à l'insulte. Bref, Tony n'aimait pas Campelli, d'autant plus que malgré tout ce qu'il savait sur l'illégalité de ses activités, il était toujours incapable de le coincer.

Le gymnase de Vince Campelli avait, bien entendu, toutes les apparences de la légitimité. Un endroit où on pouvait reprendre la forme et la maintenir. Quoi de plus naturel et de plus sain. Bon... il n'était pas difficile de s'y procurer quelques substances plus ou moins illégales pour aider le développement musculaire... mais rien de bien méchant. Le vrai travail se faisait ailleurs.

Ève et Tony traversaient la grande salle où vélos stationnaires, escaladeurs et appareils de musculation de toutes sortes étaient utilisés par des hommes et des femmes qui suaient à grosses gouttes. Au fond se trouvait le bureau qu'occupait Campelli. L'entrée était « protégée » par un moniteur intraitable bâti comme une montagne de muscles.

— On peut pas entrer, monsieur Campelli est occupé. Il est en réunion, leur dit-il d'une voix basse et rauque en mettant une immense main sur la poitrine de Tony pour l'empêcher d'avancer.

— D'abord, t'enlèves ta main et ensuite tu vas lui dire que sa réunion est ajournée, répliqua Tony en lui montrant sa plaque.

— Attendez, je vais voir.

— C'est ça, et on te suit pour être certain que le message sera bien transmis, ajouta Tony en suivant le colosse à l'intérieur du bureau.

Campelli était au téléphone. Il arrêta de parler, le regard mauvais, quand le garde du corps fit son entrée. Puis, apercevant Tony et Ève Saint-Jean, son attitude changea.

— Écoute, j'ai une urgence. Tiens-moi ça au frais. Aussitôt que j'ai une minute, je te donne des nouvelles, ajouta-t-il en raccrochant le combiné.

Vince Campelli était, comme d'habitude, tiré à quatre épingles. Il se leva pour accueillir les visiteurs. Mais son style vestimentaire, du moins selon Tony, laissait à désirer parce qu'il n'avait, toujours selon Tony, aucun goût.

— Alors Palomino, ça va toujours, le business ? Et je vois que tu es toujours accompagné de ta ravissante coéquipière... ajouta-t-il en jetant un regard de prédateur sur Ève. C'est bon Paolo, tu peux retourner dans la salle, lança-t-il ensuite à l'attention de son gardien.

Tony regarda le colosse sortir et se tourna vers Campelli.

— Alors, c'est lui qui remplace Franky ?

— Pourquoi il remplacerait Franky ? Si t'as remarqué, cette montagne de délicatesse ne fait pas dans le raffiné. Il a le QI d'un pétoncle. Mais il est bon pour empêcher les intrus d'entrer ici... Enfin, généralement... ajouta-t-il en regardant Ève et Tony. Et puis Franky est occupé à autre chose, je crois.

— Ça m'étonnerait qu'il avance dans ses dossiers. Il est à la morgue, précisa Ève.

— Eh oui, ajouta Tony. Il a reçu la visite d'amis qui l'ont salement abîmé avant d'en finir. Du travail de pros. Sur quoi travaillait-il justement ces temps-ci ?

Ève surveillait Campelli, épiant ses réactions à la nouvelle. Mais il demeura aussi inexpressif que si on lui avait dit qu'il risquait de neiger demain.

— Oh là là ! Sale affaire ! J'aurais jamais cru qu'il puisse être mêlé à des histoires louches... C'est vrai qu'il m'a semblé avoir des problèmes dernièrement. Mais il ne m'en a jamais parlé. Tu te souviens, Tony, comme il pouvait être renfermé ?

— Voyons, Vince, tu nous prends pour des imbéciles ? Arrête un peu ! Tu sais très bien pourquoi on lui a fait la peau. Alors, sur quoi il travaillait ?

— J'en sais rien du tout. Moi, je passe tout mon temps ici, à gérer le centre. Je sais pas du tout dans quoi il pouvait être fourré.

— Et j'imagine, poursuivit Ève, que t'es pas au courant non plus de tous les meurtres et les règlements de comptes qui surviennent en ce moment pour prendre la direction de la Mafia ?

— Comment, ça existe encore, cette organisation ? dit-il, l'air surpris. Non, je suis au courant de rien.

— Et t'as évidemment rien à voir dans tout ça, continua Ève.

— Pourquoi vous en prenez-vous à moi ? Oui, je connaissais Franky, mais je sais pas ce qu'il faisait. Nous, on prenait un expresso de temps en temps, c'est tout. Franky, c'est une connaissance, comme plein d'autres que je rencontre à l'occasion. C'est tout. Dans le business, il faut rencontrer toutes sortes de gens. Mais je les connais pas vraiment.

— Écoute-moi bien, Vince. On joue plus dans la ruelle. Je sais très bien que t'es mêlé jusqu'au cou dans tout ce qui se passe de sale en ville et que tu souhaites prendre la place du parrain. Et je vais faire tout ce que je peux pour t'empêcher d'agir et pour diminuer l'influence de la Mafia. Alors tiens-toi-le pour dit… Viens Ève, on a plus rien à faire ici.

Regardant les policiers sortir, Campelli laissa entrevoir son sourire de loup. « T'es embêtant Tony, mais pas dangereux. Alors que d'autres sont allés trop loin cette fois. Il faut que ça arrête… », se dit-il en reprenant le téléphone.

* * * * *

Il savait vaguement qu'il était encore couché. Ses yeux refusaient obstinément de s'ouvrir et il sentait la nausée lui monter à la gorge. Tout doucement, il s'obligea à respirer normalement et tenta de faire le point. Saidi reprit ses esprits lentement, balançant entre la conscience et l'inconscience. Ses yeux semblaient monter sur des charnières rouillées. Il se concentra malgré tout à les ouvrir. Millimètre par millimètre. Tout était blanc. Était-il au Paradis ? Il se souvenait qu'il faisait nuit quand il s'était rendu pour l'opération dans cet immeuble minable.

Lui avait-on enlevé un rein ? Devrait-il sentir quelque chose dans la poitrine ? Peut-être suis-je mort, se répéta-t-il. Mais, au fond il n'en croyait rien. Il doutait surtout qu'un homme mort puisse souffrir de nausées. « Si je suis vivant, où suis-je ? » Il fit encore un effort aussi inutile que le précédent pour ouvrir les yeux et regarder ce qui l'entourait.

L'air était chaud, mais pas de cette chaleur humide qui l'accompagnait depuis la naissance. Il y avait dans l'air une touche de... Aucun mot ne lui vint. Il était incapable de définir ce parfum inconnu qu'il sentait dans l'air. Saidi continuait de prendre de grandes respirations lentes et profondes. « Je dois laisser mon corps s'adapter ». Était-il possible qu'on l'ait gardé plus longtemps que prévu ? Mais rien n'était prévu de ce côté, se souvint-il. Il n'avait pas demandé comment l'opération se passerait, ni ce qui arriverait après. Il voulait seulement l'argent.

Entendait-il des bruits ?

Quelqu'un bougeait. On s'affairait autour de... de quoi au juste ? Était-il dans un lit ? Sur une civière ? Sur le plancher ? Non, pas sur le plancher. Sa couche était douce et moelleuse. Probablement un lit. Bien qu'il n'ait pas souvent eu l'occasion de dormir sur un vrai matelas. En tout cas, c'était beaucoup plus confortable que ce qu'il avait dans son taudis de la banlieue de Nampula.

Des sons lui parvenaient. Quelqu'un parlait. Une voix de femme, lui sembla-t-il. Mais il était incapable de comprendre les mots. Pour la troisième fois, il essaya d'ouvrir les yeux. De voir ce qui l'entourait. Il sentait qu'il allait y parvenir quand l'éclat éblouissant de la pièce lui transperça le cerveau comme une flèche enflammée. Il voulut crier, mais un maigre son rauque parvint à traverser sa gorge. Que lui arrivait-il ?

Il sombra à nouveau dans l'inconscience.

* * * * *

Si Jules Renaud était reconnu pour travailler de longues heures, il n'y avait aucun doute dans son esprit que celui à qui il téléphonait serait à son bureau.

Mike Goetting avait la réputation d'être en poste vingt-quatre heures par jour. En fait, il avait surtout une sale réputation. Ceux qui apprenaient qu'ils devaient collaborer ou travailler avec lui déprimaient soudainement. Les mauvaises langues assuraient qu'une pièce de bois était plus souriante et amicale que Goetting. Penser qu'un jour il puisse faire une blague à quelqu'un relevait de la plus pure fantaisie. Mike Goetting travaillait depuis toujours (semblait-il) à l'Agence canadienne de renseignements. De son bureau, situé sur la promenade Vanier à Ottawa, il pouvait aussi voir le canal Rideau. Mais jamais il n'y jetait un coup d'œil. La vue d'Ottawa, du canal, du Parlement le laissait totalement indifférent.

Renaud détestait cet homme qui savait tout sur lui. Leur première rencontre avait été désastreuse. Goetting l'avait accosté alors qu'il se rendait à pied à une réunion du cabinet. Il l'avait fait monter à bord d'une voiture noire banalisée et, sans prononcer un mot, lui avait montré des photos. Renaud avait immédiatement compris que si ces photos devaient circuler, elles détruiraient sa vie et sa carrière. Goetting avait seulement ajouté qu'il était préférable pour lui de rencontrer certaines personnes et de faire tout en son pouvoir pour satisfaire leurs demandes.

Renaud se souvenait avoir accepté le marché sous le coup de la panique parce qu'il ne savait pas comment vivre sans son travail. Il s'était vite rendu compte qu'il aurait été mieux de refuser immédiatement, quitte à en mourir. Il y a des ententes qui sont plus désastreuses que les pires calamités et les pires erreurs. Celle qui le liait depuis cette première rencontre faisait partie de cette catégorie. Bref, en un mot comme en mille, Renaud détestait Goetting. C'est lui qui l'avait coincé et l'avait obligé à accepter un marché de dupe. Renaud avait souvent tendance à oublier que les photos, même si elles servaient au chantage, n'étaient rien d'autre que le témoignage de gestes qu'il avait posés. Enfin... Il est toujours plus facile de voir les torts et les travers des autres que les siens.

En quelques mots, Renaud avait expliqué à Goetting ce qui s'était produit. Le plus brièvement et le plus succinctement possible, il avait cerné les effets possibles de la mort de Borduas. La réponse de Goetting avait été encore plus courte. « Je m'en occupe, avait-il dit. Et vous serez responsable des conséquences », avait-il ajouté. Et rien dans son ton ne laissait entendre qu'il s'agissait d'une menace gratuite. Il y aurait des pots à réparer et des comptes à payer. Renaud ne devait pas se faire d'illusions.

4

Hilary Mento se dirigeait vers les douaniers avant d'aller récupérer sa valise.

L'aéroport Pierre Trudeau était bondé en cette fin de journée. Des passagers provenant de tous les coins du monde se promenaient avec cet air un peu hagard et abruti qu'ont ceux qui viennent de passer plusieurs heures à bord d'un avion. À leur guichet, les douaniers recevaient tout le monde avec les mêmes questions. Difficile de dire qui trouvait ces formalités les plus assommantes, du passager ou du douanier.

Hilary, certaine que personne n'avait fait le pied de grue pour elle, avançait dans la file, attendant son tour de passer à l'interrogatoire des douaniers. Même ainsi, pourtant, elle sentait le regard gourmand des hommes se poser sur elle, et celui, à la fois envieux et un peu menaçant, des femmes qui jaugeaient une menace.

Hilary était habituée à ne pas passer inaperçue et elle appréciait les regards des hommes qui la suivaient. Montréal n'était pas différente de ses autres destinations à cet égard. Partout dans le monde, quel que soit l'endroit, Hilary était de celles qui attirent les hommes.

Un plus loin, dans le hall d'attente, des dizaines de personnes faisaient les cent pas, espérant le retour de ceux et celles qui revenaient de vacances ou de voyage d'affaires. En cette fin d'après-midi, un flot régulier de passagers ayant terminé les formalités débouchait d'un long couloir vers la sortie où ils étaient inspectés des pieds à la tête par une foule d'inconnus avant de retrouver les leurs et de se fondre dans l'anonymat. Dans un coin, un homme attendait avec deux petits chiens qui venaient de reconnaître une maîtresse qui les avait abandonnés pour des raisons certainement très futiles. Un peu plus loin, un type assez âgé, à l'air indéniablement arabe, avec une longue et abondante barbe noire, sortait avec un chariot qui menaçait de céder sous le poids des bagages. Sa famille l'attendait comme on attend le patriarche qui revient d'une longue quête. En somme, les embrassades, les rires et parfois les pleurs abondaient dans cette salle. Mais personne n'était au courant de la venue d'Hilary. Et comme personne ne l'attendait dans le hall plus loin, elle avait d'autres sujets de réflexion.

N'ayant rien de mieux à faire, Hilary revoyait encore les images de Keller prenant une petite pause. C'était quand déjà ? Quelques jours à peine dans ce trou infect de Nampula. Trois chirurgies avaient été complétées.

Plus qu'une à terminer, avait dit Keller. Dans moins de vingt-quatre heures, je serai parti.

Un pâle sourire avait éclairé son visage quand il s'était imaginé avec un verre de Glenlivet sur glace, confortablement installé au bar de la piscine du paquebot qui devait le ramener en Europe, admirant les beautés qui prenaient du soleil. Oui, la vie valait la peine d'être vécue. Pourvu, évidemment, qu'on ait de l'argent à dépenser. Un regard autour de lui l'avait ramené à la réalité. Avec une moue de dégoût, il se préparait à se laver les mains et à réintégrer son « bureau » où l'attendait déjà Hilary, quand la sonnerie de son BlackBerry interrompit son geste. Keller s'absorba dans la lecture du courriel. Le message était bref, mais clair.

Il prit sur la table le dossier que lui avait donné Hilary concernant le dernier « donneur » et l'examina. Il jeta ensuite un coup d'œil dans la chambre aseptisée où l'homme endormi attendait son opération. Puis il commença à retirer ses habits de chirurgien.

Intriguée, Hilary sortit et s'approcha.

— Je vous fais remarquer que ce n'est pas tout à fait terminé.

— Oui. C'est tout maintenant. De nouveaux ordres.

— Qu'est-ce qui se passe? Je veux savoir, exigea Hilary.

— Rien de grave. De nouveaux ordres. Il y a urgence. On a besoin d'un cœur, et le sien fera parfaitement l'affaire, répondit-il, impassible. Il est en santé et c'est le bon groupe sanguin. C'est tout ce qu'il faut.

— Il n'en est pas question. Jamais je n'ai trahi ma parole et c'est la raison pour laquelle j'ai toujours des donneurs. On ne commencera pas ça aujourd'hui.

— Personne ne veut connaître votre avis ou vos états d'âme, répliqua-t-il sans élever le ton, mais avec une intonation d'où l'on sentait poindre la menace. On l'emballe, continua-t-il. Impossible de faire ce genre d'opération dans les installations que nous avons ici. De nouvelles dispositions vont être prises pour notre donneur. Je dois simplement m'arranger pour qu'il demeure inconscient encore quelque temps. Votre soirée de travail est terminée, conclut-il dans son style télégraphique.

Puis, se tournant vers les hommes qui atten-daient, il leur ordonna de commencer à tout remballer. C'est à ce moment qu'Hilary avait pris sa décision. Elle savait peu de choses, mais elle allait remonter la filière.

Voilà pourquoi son séjour à Montréal aujourd'hui différait de tous les autres. Son voyage, elle le savait, promettait d'être difficile et peut-être même dangereux. Elle voulait remonter un réseau interdit. Or, la règle première de son métier interdisait ce genre de démarche. Elle l'avait su dès le départ. Mais elle considérait comme une violation de cette entente ce qui s'était passé à Nampula. Le contrat, selon elle, avait été bafoué.

Hilary était parfaitement consciente de n'être qu'un grain de sable dans une gigantesque mon-tagne. Elle avait malgré tout décidé de jouer son rôle. Accepter ce qui venait de se produire aurait été accepter de perdre définitivement le peu d'estime de soi qui lui restait. S'y résoudre aurait impliqué que sa vie ne valait plus du tout la peine d'être vécue puisqu'elle aurait tout perdu, même le peu de respect qui lui restait.

Savoir où commencer sa quête, voilà qui était plus problématique. Ses ordres venaient de courriels anonymes probablement relayés tant de fois que la source était introuvable. Toutefois, il y a près d'un an, par hasard, elle avait aperçu un courriel sur le BlackBerry de Keller oublié sur une table. Elle se souvenait de l'adresse de l'expéditeur et avait pu lire qu'il y était question de Montréal. C'était mince. Très mince. Mais c'était sur cette très faible base qu'elle avait entrepris ce voyage vers le Canada. Que cherchait-elle en bout de comptes? Ça non plus ce n'était pas clair. Voulait-elle faire cesser ce commerce? Voulait-elle seulement faire comprendre à ces gens la détresse qu'ils créaient? Elle n'en savait rien encore et doutait surtout de pouvoir faire entrer dans la tête de ses patrons des notions comme l'humanité ou la commisération. Elle sentait seulement qu'elle devait faire tout ce qui était en son pouvoir pour tenter de sauver l'homme qu'elle avait recruté pour vendre un rein et qui se trouvait aujourd'hui quelque part en route vers un destin qu'il n'avait pas choisi. Il lui avait fait confiance. Le reste importait peu. Elle souhaitait seulement qu'il soit encore vivant...

Et puis, Montréal n'était pas une destination inconnue pour elle. Elle y avait vécu pendant plusieurs années et connaissait encore bien des gens. Certains sages chinois affirment depuis des siècles que la vie est une roue. Son retour à Montréal en témoignait. C'est d'ici qu'elle était partie. Pas comme on part à la conquête du monde à la recherche d'un épanouissement personnel, ni dans l'espoir de se ressourcer en prenant de belles et longues vacances. Elle était plutôt partie pour aller voir ailleurs s'il est possible d'oublier quelque chose qui l'avait profondément marquée, des événements qui avaient laissé d'immenses sillons dans son être. Et, comme tous ceux qui, avant elle, avaient tenté le coup, elle avait appris à la dure qu'on ne peut jamais s'éloigner de son corps et de son cœur. Aussi loin qu'on aille, nos émotions et notre mémoire nous accompagnent toujours. On ne voyage jamais assez loin, ni assez longtemps pour arriver à s'en isoler. Peut-être parvient-on parfois à émousser les souvenirs. Peut-être certains y arrivent-ils. Mais pas elle.

— C'est à vous, madame, dit un homme en poussant doucement son bras.

Hilary lui sourit gentiment et s'avança vers le douanier à qui elle remit les documents qu'elle avait remplis dans l'avion.

— Bonjour, madame, dit l'homme. Voyage d'affaires ou de détente?

— Je prends quelques jours de vacances.

— Faut aimer l'hiver et le froid pour venir ici en janvier, sourit-il.

— C'est plus tranquille pour découvrir ce qu'il y a à voir, répondit-elle en lui rendant son sourire. Et j'aime bien votre ville.

— Vous êtes Suisse, dit-il en consultant le passe-port, mais vous arrivez d'Afrique. Vous aimez les changements... C'est le moins qu'on puisse dire. Qu'est-ce que vous faisiez au Mozambique?

— Rien de spécial, je suis infirmière et j'y étais pour travailler avec des organismes non gouver-nementaux. J'y vais quelques fois par année pour donner un coup de main.

— Combien de temps pensez-vous demeurer au Canada?

— Deux ou trois semaines. Le temps de bien vivre un vrai hiver et de voir vos merveilles, répondit-elle avec son plus beau sourire et ce léger accent.

— Alors bon séjour ! fit-il en oblitérant le passeport avant de le lui remettre.

« Voilà, se dit Hilary, le sort est jeté. » Elle sortit de l'aéroport et monta dans le taxi qui la conduirait à son hôtel.

* * * * *

— Il faut trouver cet ordinateur. C'est essentiel, disait la voix au téléphone.

— Avez-vous une idée de l'endroit où commencer les recherches ? demanda l'homme assis dans un bureau sans fenêtre, mais par ailleurs d'une propreté impeccable. Près de lui, deux hommes attendaient en jouant aux cartes.

— L'ordinateur a été volé hier soir dans une station de métro. Probablement des petits junkies qui ont l'habitude de « travailler » dans ce coin.

— Et celui qui a été volé, on peut lui parler ?

— Tué. À coups de couteau. Faites ce que vous voulez, mais il me faut ce portable intact avec ce que contiennent ses mémoires. Et il me le faut rapidement. Je me fous complètement des jeunes. Je vous recontacte, ajouta-t-il en raccrochant.

Laurent éloigna l'appareil, plongé dans ses pensées, avant de raccrocher à son tour. « C'est encore moi qui devrai recoller les pots cassés, se dit-il. Eh bien, tant mieux finalement ! »

Rares étaient ceux qui le connaissaient personnellement, mais Laurent s'était fait un nom dans une spécialité très précise qui consistait à retrouver des objets et des gens. Ceux qui l'engageaient se préoccupaient peu de la façon dont il obtenait des résultats. La fin justifiait les moyens. Or, Laurent parvenait régulièrement à ses fins.

Il prit le journal qui traînait sur son bureau pour consulter la section des faits divers. On y faisait mention brièvement d'une attaque et d'un meurtre dans le métro. Il semblait y avoir bien peu d'informations sur celui ou ceux qui avaient volé le passager insouciant qui attendait paisiblement la venue du métro, disait-on. Après avoir lu l'article, Laurent jeta un coup d'œil sur ce qu'en disait l'internet, cette source inépuisable de nouvelles et de rumeurs. Ses yeux gris parcouraient les résultats affichés par Google et il en sélectionnait un de temps à autre pour aller voir ce qu'on y mentionnait. Laurent était plus près de la soixantaine que de la cinquantaine. Ses cheveux, déjà blancs, formaient une couronne autour de la tête qui lui laissait le dessus du crâne absolument lisse. Mais, si on exceptait cette particularité, il était totalement moyen. Ni trop grand, ni trop gros. Un physique qui lui avait souvent permis de passer inaperçu, même dans les lieux les plus fréquentés. Un avantage pour quelqu'un de sa profession.

— Bob, dit Laurent en se tournant, tu as encore des amis qui travaillent à la surveillance du métro ?

Les cheveux gris de l'homme qui se retourna confirmaient aussi sa cinquantaine. Toutefois, il avait un visage souriant et engageant qui le rendait immédiatement sympathique. Même sa voix chaude contribuait à donner cette impression. Or, Bob était tout, sauf sympathique.

— Je dois encore connaître quelqu'un, répondit-il laconiquement. Qu'est ce qu'on cherche ?

— Des renseignements sur les types qui ont tué un gars hier soir. Il faut les trouver rapidement. Ils ont mis la main sur un objet que quelqu'un tient absolument à retrouver.

— Donne-moi quelques heures, répondit-il. Je vais faire deux ou trois appels.

Sans un regard en arrière, il prit son manteau et sortit.

* * * * *

— Je crois qu'il se réveille.

Celle qui avait fait cette constatation était vêtue d'un sarrau blanc d'infirmière, mais ne possédait en rien la délicatesse et la grâce qu'ont généralement celles qui s'occupent de la santé de leurs concitoyens. Tout en elle était rude. Son visage comme sa façon d'être ou de vous toucher. Sa voix même était rauque.

— Laisse-lui quelques minutes, fais-le manger et donne-lui une autre dose de calmant, ordonna celui qui venait d'entrer dans la pièce. J'ai déjà assez de problèmes avec les autorités sans avoir à me préoccuper de ce pauvre type, répondit en turc, sa langue natale, Emre Utsan, médecin et propriétaire de cette petite clinique spécialisée. Il laissa le nouveau venu, probablement un Africain, aux soins de l'infirmière et regagna son bureau qui possédait une terrasse dominant tout le secteur de la clinique tout en offrant une vue imprenable sur l'océan.

Emre était né dans une petite ville près de Mersin dans la province du même nom, au sud de la Turquie. Il adorait cette ville, particulièrement en hiver alors que le soleil inondait et réchauffait la région de ses rayons. Mersin était une ville chaleureuse et sympathique qui devait une bonne part de son essor à son port sur la Méditerranée où transitaient des milliers de produits. Emre avait fait des études à l'Université de San Diego pour devenir médecin et finalement revenir chez lui pour ouvrir une petite clinique privée offrant ses services aux personnes riches. Toutes les chambres donnaient sur la Méditerranée, ce qu'appréciaient ses patients. Emre regardait lui aussi cette mer qu'il adorait. Il voyait au loin la forteresse de Korytos, ce château construit sous l'empire byzantin et qui se trouvait à au moins deux cents mètres de la rive. Un monument unique et majestueux, témoin d'un passé prestigieux.

Mais aujourd'hui, Emre était préoccupé. Ce nouveau patient, arrivé cette nuit, lui causait quelques problèmes. Il n'avait pas eu le choix de l'accueillir. Il savait très bien que certains services devaient être rendus. Sans poser de questions. Mais ça l'embêtait de plus en plus.

Quelques années plus tôt, il avait sollicité l'aide financière de certaines personnes pour être capable d'ouvrir au plus tôt sa clinique. Il n'avait pas le goût ni le temps d'attendre et d'amasser doucement les fonds nécessaires pour être enfin son propre maître et circuler parmi les mieux nantis de la ville. La jeunesse ne connaît pas la patience. Un ami d'enfance lui avait alors suggéré d'aller voir un type plein aux as, qui « aidait » parfois certaines personnes dans leurs affaires. Il avait eu tout l'argent dont il avait eu besoin. Il s'était surtout mis la main dans un engrenage duquel il lui était devenu impossible de se retirer. Même s'il remboursait régulièrement son *prêt*, il restait toujours quelque chose à payer à ses *partenaires*. En plus, on lui avait fortement conseillé d'accepter occasionnellement certains patients qui n'étaient pas du tout comme sa clientèle régulière. Ceux-ci arrivaient, souvent en pleine nuit, pour des séjours plus ou moins longs. La plupart de ces patients ne devaient même pas être soignés. Ils arrivaient, presque tout le temps, avec médecin et infirmière. Emre se contentait seulement de faciliter leur travail et de fournir l'équipement de pointe ultra-sophistiqué qu'il s'était procuré au cours des ans, souvent sur les recommandations de ses « amis ». Il n'avait pas à poser de questions. C'était comme ça. Et Emre savait désormais que ce serait toujours comme ça. Il se doutait bien du sort que l'on réservait à ces patients. Il aurait fallu être un crétin consommé pour n'y voir qu'un programme philanthropique d'assistance internationale. Or Emre Utsan n'était ni imbécile, ni naïf.

Bien sûr, il y avait des avantages. L'argent rentrait abondamment et régulièrement. Sa clinique avait été rapidement reconnue comme étant un lieu de tranquillité, pouvant fournir les spécialistes et les équipements pour traiter tous les bobos, réels ou imaginaires de ceux qui avaient les moyens de se payer ces cures. La clinique d'Emre était surtout un lieu calme, protégé des intrus, spécialement des paparazzis. Les vedettes de cinéma comme les riches excentriques ou les politiciens de ce monde l'avaient donc adoptée. Qu'il s'infiltre parfois des « gêneurs » parmi cette clientèle d'élite devenait un accroc incontournable qu'Emre avait accepté de bon gré durant les premiers temps. Mais aujourd'hui, cette situation lui pesait.

Voilà comment on l'avait – encore une fois – avisé à la dernière minute de l'arrivée d'un nouveau patient. Emre devait fournir, comme d'habitude, la chambre, mais aussi, et ça c'était plus exceptionnel, une infirmière. On lui avait fait comprendre qu'il était préférable que la personne demeure inconsciente le plus souvent possible mais que sa santé ne devait pas en souffrir. De toute façon, ce n'était qu'un bref transit. Emre devait s'assurer que le patient soit prêt à partir rapidement pour un long voyage. On lui avait aussi fait comprendre que ce « client » ne devait parler à personne et qu'Emre serait tenu responsable de tout problème qui pouvait survenir. Voilà pourquoi il était un peu irritable. Beaucoup en fait.

Il avait voulu être maître de sa destinée, mais il avait fait les mauvais choix. Voilà tout ! Il aurait bien voulu savoir comment se défaire de ses « partenaires d'affaires ». Mais il n'en avait pas la moindre idée. Et en plus, les autorités turques avaient récemment commencé à s'intéresser à lui. Peut-être est-il temps de passer à autre chose et de disparaître. Il avait suffisamment d'argent investi en Europe et en Amérique pour se réfugier où il le voudrait si la nécessité s'en faisait sentir. Et peut-être en était-il rendu à ce carrefour.

Il se demandait aussi qui était ce type qu'on lui avait imposé. Un Africain, de toute évidence. Et un pauvre en plus, comme d'habitude. Personne ici ne comprenait les quelques mots qu'il disait dans son délire. De l'espagnol... ou du portugais peut-être ?

Qu'avait-il pu faire pour mériter que ses « parte-naires » turcs s'occupent de lui ? Sinon d'être doté d'une bonne santé probablement. Quoi qu'il en soit, son passage serait bref. On venait de l'aviser qu'il partirait bientôt vers une autre destination. Emre n'aimait pas beaucoup cette position qui lui laissait peu de marge de manœuvre. Cependant, il n'aurait certainement pas changé de place avec ce type dont l'avenir était, au mieux, très incertain. Oui, songea-t-il, il vaut probablement mieux se contenter de ce que l'on possède et penser à une retraite discrète et prochaine.

Il en était là de ses réflexions quand une limousine franchit la grille d'entrée. On venait chercher le pensionnaire. La voiture aux vitres teintées s'immobilisa devant l'entrée de la clinique. Emre reconnut au premier coup d'œil Semih Rustu qui en descendait. Plutôt petit, il avait néanmoins une carrure imposante. D'où il était, il pouvait voir sa mâchoire qui semblait avoir été taillée à coup de couteau, ses sourcils broussailleux qui cachaient des yeux encaissés et ses cheveux, courts mais épais, d'un noir de jais qui semblaient presque bleus. C'est de cette chevelure que lui venait d'ailleurs son surnom de « Corbeau ». Mais selon Emre, et malgré des complets coûteux qui couvraient mal ses larges épaules, Semih avait tout du charognard. Il avait toujours le dos légèrement voûté, la tête en avant et le regard par en dessous qui, bien plus que ses cheveux, lui valait parfaitement ce surnom. Il venait chercher le pensionnaire. Ce qui était non seule-ment rare, mais étonnant. Pourquoi se déplaçait-il lui-même ? Singulier. Était-ce un présage ?

Semih Rustu était accompagné d'une femme qu'Emre n'avait jamais vue. Son teint clair, comme ses cheveux, contrastait avec celui de l'homme qui la précédait. Il était certain qu'elle n'était pas du pays. Elle serait probablement responsable du pensionnaire pendant le trajet qui conduirait ce dernier vers son sort.

Emre Utsan descendit dans la chambre de l'Africain pour demander qu'on le prépare immédiatement. Il donnait les ordres à ce propos quand Semih fit son entrée.

— Il faut être partis dans vingt minutes, lui dit-il en guise de salutations.

L'homme s'exprimait en anglais, probablement pour se faire comprendre de la femme qui était à ses côtés.

— On est en train de le préparer pour le voyage, lui répondit Emre en turc. Quelle sera la durée du trajet ?

— Ça ne te regarde pas. Et parle anglais. Pas besoin que ton personnel comprenne de quoi il s'agit.

— On vient de lui donner un calmant, continua Emre en anglais cette fois. Il ne devrait pas reprendre conscience avant quatre à six heures.

La femme posa alors quelques questions sur le genre de sédatifs qui avaient été administrés et la condition générale du patient. Des questions techniques qui corroboraient la première impression d'Emre comme quoi il s'agissait d'une infirmière. Elle avait une voix douce et chaude et s'était immédiatement mise à aider le personnel de la clinique pendant qu'on répondait à ses demandes. Elle vérifia son pouls et le dossier tout en continuant à s'informer. Le docteur estimait qu'elle devait avoir une quarantaine d'années. Même si on ne pouvait pas la qualifier de *belle*, elle avait un charme étonnant. Son visage s'éclairait littéralement quand elle souriait. Elle devenait alors superbe. Malheureusement pour lui, l'infirmière avait réservé ce sourire pour le seul patient qui, pendant quelques secondes, et malgré les sédatifs, avait ouvert les yeux. Un regard toutefois dénué de toute conscience. Emre admirait cette femme qui affichait beaucoup de compassion et d'empathie. Étonnant d'ailleurs pour quelqu'un qui devait amener l'Africain vers une destination dont il ne reviendrait peut-être pas. De toute façon, ce n'était plus son problème. D'autres prenaient maintenant le relais et c'était tant mieux.

En quelques minutes, tout était prêt. L'homme avait été assis dans un fauteuil roulant, ses très maigres bagages empilés sur lui.

— L'avion nous attend, dit Semih en regardant sa montre. Il faut nous presser.

Comme si elle n'attendait plus que ce signal, l'infirmière poussa la chaise vers la sortie et le destin…

Semih se pencha alors vers Emre et lui dit, en turc, « Et oublie toute idée de nous fausser un jour compagnie. On te retrouverait. N'importe où ! »

Il toisa alors le médecin directement dans les yeux. Les menaces étaient parfois inutiles pour qu'on se sente agressé. Utsan soutint le regard de l'homme pendant quelques secondes puis détourna les yeux. L'autre continua à le fixer, puis, sans perdre un instant de plus, il s'éloigna pour gagner sa voiture.

5

Il n'était pas habitué d'être debout aussi tôt. Pour lui, l'univers se limitait à la nuit et à la drogue. Midi, c'était un moment inconnu de la journée. Un moment complètement incongru dans son style de vie. Il croyait que c'était l'heure matinale qui lui donnait cet esprit brumeux et nauséeux. Bien qu'il sache inconsciemment qu'il n'en était rien.

Jeff Lamontagne vivait depuis si longtemps en dehors des circuits réguliers, dans les milieux les plus infâmes de la ville, qu'il avait même presque oublié son véritable nom. Si quelqu'un l'avait interpellé ainsi, il ne se serait certainement pas retourné. Il ne répondait plus, et depuis longtemps, au patronyme de *Jeff Lamontagne* qui relevait de son ancienne vie.

Plus personne dans son entourage – ce qui se limitait à bien peu de personnes – ne le connaissait d'ailleurs sous ce nom. C'était simplement « le Rat » à cause de son regard fuyant et de son visage maigre et anguleux. Et les comparaisons ne s'arrêtaient pas là. Jeff était sournois, sans scrupule et... intelligent. Une intelligence entièrement consacrée à assouvir ses besoins les plus sombres. Il errait dans les rues et les poubelles depuis de nombreuses années et s'y sentait parfaitement à l'aise. Il grappillait l'argent où il le pouvait sans hésiter à utiliser la violence, pourvu qu'il n'y ait pas trop de risques. Il avait gouté à toutes les drogues qu'il avait pu trouver et en était, évidemment, devenu l'esclave. Il en était parfaitement conscient et s'en foutait. Il savait qu'il mourrait probablement d'une surdose et souhaitait parfois que ça arrive au plus tôt parce qu'alors, pensait-il, il ferait le plus gros trip de sa vie. Ce qui n'était peut-être pas totalement faux.

Les yeux encore fiévreux de son dernier voyage, il naviguait toujours entre les deux univers, pas totalement conscient de ce qui l'entourait. Il n'aurait même pas pu dire combien de temps il avait été « absent ». Il se souvenait vaguement avoir trouvé dans le métro un gars plein aux as qui avait assez d'argent liquide et de cartes de crédit pour que leur fournisseur leur vende amplement de dope pour le trip de l'année. Théo et lui s'étaient complètement défoncés. Rat était incapable de dire ce qui avait pu arriver au type du métro. De toute façon, il s'en moquait complètement. S'il avait vraiment existé, ce dont il n'était pas certain, il n'occupait maintenant même plus une pensée éphémère dans l'esprit de Rat.

Avec ses bottes lourdes et noires et son manteau long usé, il avait laissé Théo encore perdu dans son monde pour aller chercher quelque chose à bouffer. À quel endroit l'avait-il laissé d'ailleurs ? Bof ! Pas important. Ça lui reviendrait bien à un moment ou à un autre. Il avait autre chose à faire pour l'instant. La drogue, c'est bien, mais si on oublie de manger pendant trop longtemps, le réveil est pire que la mort quand on émerge vers la réalité. « Et on finit toujours par revenir, se dit-il. C'est ça qui est le pire. Le retour, c'est l'antichambre de l'enfer. »

Avec les quelques dollars qu'il lui restait, il se rendait chercher un peu de nourriture, de la bière et des cigarettes, en rasant les murs des ruelles du quartier pourri qui l'hébergeait. Il n'avait pas vu les deux types qui le suivaient. Pas étonnant qu'il ait sursauté quand l'un des hommes lui mit la main sur l'épaule.

— Comment ça va, le Rat, lui demanda l'homme au manteau noir. Jeff se replia aussitôt dans un réflexe de défense. Personne ne lui parlait jamais. Malgré l'emprise toujours présente de la drogue sur son cerveau, il sentait que ce n'était pas normal. Il était bien incapable pourtant de dire pourquoi. Aussi n'est-ce qu'un grognement qui sortit de ses lèvres.

— Qu'est-ce que vous voulez ? J'ai rien fait, parvint-il à croasser.

— Bien sur que non. Tout le monde sait que t'es un gars correct et sans histoire. Un modèle pour la jeunesse, dit le type en riant. On voudrait juste que tu nous dises ce que tu as fait avec l'ordinateur que t'as piqué.

Laurent regardait le junky avec une totale indifférence. Quand Bob, son collègue, était parti aux renseignements, il avait été rencontrer le gros Boutin de la surveillance du métro. Bob entretenait toujours ses relations. Or Boutin était un contact valable. Sa position permettait quelquefois d'obtenir rapidement des réponses à des questions délicates. C'est incroyable le nombre de choses qui se passent dans le métro. Avoir alors un accès aux caméras qui y sont dispersées devenait un atout. Et le gros Boutin n'était ni difficile à corrompre, ni difficile à satisfaire. En plus, c'était un peureux. Bob lui offrait parfois des sorties dans les bars de la ville. Il lui faisait alors rencontrer certaines *putes* qui étaient prêtes à faire les bassesses qu'aimait Boutin. Bref, toujours est-il que Bob avait rapidement et facilement obtenu le signalement des agresseurs du métro. La suite était encore plus simple pour des hommes qui ont leurs entrées dans tous les milieux. Pour retracer les deux voleurs, il avait suffi de « parler » avec quelques *pushers* du secteur. Le nom de Rat était immédiatement ressorti des discussions. Laurent et Bob avaient ensuite patrouillé pendant des heures le secteur dans lequel on croyait que Rat avait trouvé refuge. C'était la partie pénible du travail. Il fallait attendre qu'il sorte de son trou. Ce qui était maintenant fait. C'est Bob qui l'avait aperçu, frôlant les murs dans une ruelle. On ignorait d'où il sortait, mais ça, c'était un détail.

Laurent n'aimait ni ne détestait ce jeune. Il le regardait sans émotion. Il avait seulement hâte d'aller prendre un café et de se reposer. Il n'y avait pas de menace dans sa voix quand il reprit sa question. On aurait même pu croire qu'il y avait une trace de chaleur et de compassion.

— On te veut pas de mal. On veut juste savoir où tu as mis l'ordinateur que tu as piqué. C'est simple. Tu nous réponds et on te laisse…

Rat ne comprenait pas de quoi l'homme parlait. Il se souvenait vaguement de quelque chose mais était incapable de préciser ce que ça pouvait être.

— Quel ordinateur ? J'ai pas d'ordinateur. J'en ai jamais eu… Je sais même pas comment ça marche.

— Ben oui ! Et t'en as pas volé un l'autre soir et moi je suis un moine tibétain, railla l'homme en traînant le Rat vers un coin encore plus isolé de la ruelle pourtant déserte. Lentement il se tourna, regarda son collègue et lui fit un signe de tête.

Soudainement, la panique s'empara de Rat. Il transpirait à grosses gouttes malgré le froid glacial du matin. Il ne vit jamais le poing massif lui frapper le foie. Il ne sentit que la douleur traverser tout son corps.

— J'ai pas toute la vie. Alors l'ordi, où tu l'as caché ?

— Je sais pas de quoi vous parlez, parvint-il à peine à râler.

— Vas-y Bob, rafraîchis-lui la mémoire.

Bob était un pro. Il savait parfaitement où frapper pour faire mal. Les deux premiers coups atteignirent la rate ce qui entraîna un déferlement de douleur jusque dans la tête de Jeff. Une douleur comme il n'en avait jamais senti auparavant. Et pourtant, la drogue lui en avait fait voir de toutes les couleurs. Bob s'attaqua ensuite à la tête. Il lui brisa le nez d'un direct. Rat étouffait, incapable de respirer. Son esprit n'était plus que chaos. Et, juste au moment où il allait sombrer dans l'inconscience, les coups cessèrent. Il sentit des mains le soutenir et le relever. Il avait le goût du sang dans la bouche et la nausée lui montait dans les entrailles.

— Alors, ça te revient, le Grand ? Tu vas nous dire gentiment où t'as mis l'ordi et on te laisse tranquille.

Les pensées tourbillonnaient dans l'esprit de Rat. Trop vite pour qu'il puisse en saisir autre chose que des bribes. Il voyait vaguement l'ordinateur portable mais n'avait aucune idée de ce qu'il avait pu en faire. Et de toute façon, il avait trop mal.

— J'sais pas, parvint-il à dire dans un gémissement.

— Où est ton copain ? Celui qui était avec toi dans le métro.

— J'sais pas. J'vous jure. J'sais plus où il est.

— Mauvaise réponse… Vas-y Bob.

Cette fois Jeff vit l'autre approcher. Il tenta vainement de se protéger. Mais il était trop faible, trop maigrichon et surtout encore trop ralenti par la drogue pour réagir. Les coups de Bob étaient vifs et lourds. Incapable de se défendre, il sentit un coup lui briser la mâchoire et un autre lui exploser un organe dans le ventre. Puis, alors qu'il croyait être au bout de ce qu'il pouvait endurer, il sentit qu'on lui prenait la main.

— Dernière chance mon vieux. Où est le portable ?

Le Rat était incapable de répondre. Même s'il avait su quoi dire. La douleur était trop intense.

— Vas-y Bob. Juste un doigt ou deux.

Il ne croyait pas qu'il était possible de souffrir davantage. Et pourtant quand Bob lui mit la main sur le sol et lui coupa le premier doigt il hurla. Il sentit qu'on lui prenait un autre doigt. Alors la douleur fut trop vive. Son cœur, déjà affaibli par des années d'excès, s'arrêta. Jeff eut seulement conscience, pendant une fraction de seconde, qu'il était enfin soulagé de la vie. Après une éternité de misère, la mort venait finalement. Son corps devint flasque et s'effondra.

Laurent regarda Bob.

— Je crois que tu y as été avec un peu trop d'enthousiasme, dit Laurent sans trace d'émotion dans la voix. On n'a plus le choix. Il faut trouver l'autre…

Il sortit son révolver, ajusta le silencieux et tira une balle dans la tête déjà ensanglantée du Rat. Puis les deux hommes tournèrent les talons.

* * * * *

La visite de la veille chez Campelli n'avait strictement servi à rien selon Ève. Ce gars-là était déjà au courant de la mort de son lieutenant. Et elle était certaine qu'il avait réagi très violemment à la nouvelle quand il l'avait apprise. Mais il ne laisserait jamais rien paraître devant deux policiers. Ça, c'était clair. En revenant au poste, elle avait laissé Tony pour aller voir le pathologiste. On ne sait jamais, il avait peut-être trouvé autre chose.

En entrant dans le laboratoire, Ève sentit encore ses entrailles se nouer. « J'aimerais, un jour, être capable d'entrer ici sans avoir cette bouffée de chaleur et sans avoir peur de ce que je vais voir. Depuis le temps, je devrais être habituée à voir des corps en morceaux. Pourquoi est-ce que je réagis encore autant ? »

Debout près d'un cadavre, Romanowski poursuivait son travail.

— Bonjour Ève, lui dit-il. À voir tes yeux, t'es pas encore parfaitement à l'aise, ici. J'espère que c'est pas moi qui en suis la cause !

— Je vais peut-être m'habituer un jour. Je sais pas pourquoi, mais quand je les vois comme ça, étendus et ouverts, j'ai toujours… comment dire… un petit moment de répulsion?

— C'est une bonne chose, ma chouette. Y faut jamais s'habituer à la mort violente. Sinon, je pense qu'on commence à l'accepter. Et ça, il ne faut pas.

Romanowski, dans son univers, avait l'air d'un bon grand-père. Il savait rassurer et mettre à l'aise dans ce monde où rien n'est normal. Autopsier des corps, ce n'est pas naturel. Ça peut être indispensable, nécessaire, utile, mais certainement pas naturel. Or le vieux docteur comprenait autant les visiteurs que les cadavres qu'il traitait toujours avec respect. Une des raisons pour lesquelles Ève, comme la plupart de ses collègues, aimait Romanowski.

Elle jeta un œil sur le laboratoire où la lumière crue et l'acier inoxydable régnaient en maîtres. Sur l'un des murs, il y avait ce cadre, le seul élément de décoration de cette pièce, dans lequel se trouvait un document jauni et défraîchi où on pouvait lire la citation suivante:

« Le légiste prend le corps pour faire son autopsie. Quelle que soit la nature du méfait, les spécialistes des sciences judiciaires partent du principe, toujours vérifiable, qu'un criminel laisse des traces sur les lieux de son délit et qu'il en rapporte. Ces traces sont de nature biologique, chimique ou physique. En les analysant, les scientifiques du laboratoire arrivent à relier un suspect à un crime ou, à l'inverse, à l'innocenter. »

Et c'est pour trouver ces traces que le docteur travaillait. Romanowski étudiait les détails. Souvent infimes. Il ne faisait pas d'enquête à proprement parler. Toutefois, il tentait de comprendre ce qui était cliniquement arrivé pour provoquer la mort. À partir de ces examens, il pouvait entrevoir des pistes que d'autres, comme Ève, allaient suivre. Il travaillait encore sur le corps de ce type de la Mafia. À côté, un assistant commençait le même travail de recherche sur un autre corps.

— Alors, Doc, rien de neuf sur notre mafioso?

— Tu veux dire à part le fait qu'il avait le foie en mauvais état et que son taux de cholestérol était singulièrement catastrophique? répondit-il lentement de sa voix profonde.

— Oui... À part ça, dit Ève en souriant.

Une autre raison de tant aimer ce cher docteur. On ne savait jamais s'il était sérieux dans ses commentaires. Pas que les informations qu'il donne puissent être mises en doute. Oh non! Mais c'était plutôt ce ton bon enfant qu'il adoptait en vous répondant. Il était de la vieille école. Même s'il comprenait parfaitement l'objet de votre question, s'il jugeait qu'il y avait une erreur ou un manque de précision dans la formulation, il pouvait vous noyer de renseignements pas vraiment utiles, mais vrais, qui concernaient le cadavre. Il fallait alors reprendre depuis le début en spécifiant clairement ce que vous recherchiez. Aussi simple que ça. Mais comme il aimait bien Ève, il lui épargnait généralement les litanies issues d'un langage médical complètement hermétique aux néophytes.

— Oui, dit-il. J'ai trouvé des traces d'empreintes de doigts sur le cou et les poignets de Franky. Et sur ses vêtements aussi. Je viens d'envoyer les spécimens pour voir si on peut retrouver les propriétaires dans les fichiers. Je pense qu'il y avait au moins deux personnes. Mais une seule, d'après moi, a surtout donné les coups. L'identification pourrait être assez rapide, en admettant que le propriétaire des empreintes soit fiché au Canada. J'ai aussi trouvé de minuscules débris sous les ongles. La victime s'est probablement défendue. En autant qu'on peut se défendre dans ces moments-là. C'est vrai que notre type ici était assez costaud et qu'il ne s'est certainement pas laissé faire sans réagir. Ce qui est sûr en tout cas, c'est qu'il ne s'agit pas de lambeaux de peau. Il s'est probablement agrippé à un de ses agresseurs et a pu déchirer son manteau. C'est possible... J'ai aussi envoyé l'échantillon au laboratoire pour qu'ils tentent de trouver d'où provenaient ces débris. Je ne crois pas que ça vous mènera loin. Tu sais, aujourd'hui tous les manteaux sont fabriqués en Chine et sont disponibles partout en Amérique et dans le monde. De mon temps, il aurait peut-être été possible de déterminer d'où provenait le manteau, surtout s'il était de bonne qualité. Mais aujourd'hui... Avec la mondialisation... Mais on sait jamais, vous pourriez être chanceux, concéda-t-il en laissant peu d'espoir. Il a reçu plusieurs coups à la tête, mais aucun de fatal. Il avait aussi des côtes brisées comme ses deux doigts de la main gauche. Pauvre type. Il a certainement souffert énormément. Et puis, viens plus près. Je veux te montrer quelque chose.

Il invita Ève à s'approcher

— Tu vois les traces de brûlures causées par la balle autour de la plaie ? D'après moi, le gars était déjà par terre et on lui a tiré dessus depuis une distance d'environ un mètre ou un mètre et demi au maximum. Comme si on s'était à peine penché pour en terminer. Le type était déjà inconscient, je pense, mais pas encore mort. Tu vois le sang qui a coulé, ici et ici ? Soit qu'il ait parlé et qu'ils aient décidé d'en finir, soit que les tueurs aient manqué de temps pour le réanimer et achever leur interrogatoire. J'en sais rien. Ils ont peut-être aussi été dérangés. Dans ce cas, ça voudrait peut-être dire qu'il y a eu un témoin. Ce sera à toi de voir. C'est peut-être rien, mais c'est tout ce que j'ai pour le moment. Le labo s'occupe de la balle retrouvée pour voir si elle peut vous apprendre quelque chose.

— Merci Doc. T'es toujours le meilleur.

— Je me suis pourtant laissé dire que tu connaissais un autre patho qui est pas mal non plus, ajouta-t-il en examinant sa réaction du coin de l'œil.

— Comment tu fais pour toujours être au courant de tout même dans le fond de ta cave ? Ça me dépasse.

— Tu sais, être vieux, c'est savoir écouter. Et les jeunes sont convaincus qu'arrivé à un certain âge, on est gâteux, qu'on n'entend rien et qu'on comprend encore moins. Oui ! C'est comme ça. Avoir plus de soixante ans c'est un peu comme si on avait connu personnellement l'époque des dinosaures. Alors ils parlent, ils colportent toutes les rumeurs... Et moi j'écoute !

— Une erreur à ne jamais faire près de toi, non ?

— Au contraire, il faut continuer. Sinon on finira par me confondre avec mes clients, dit-il en riant... Alors, est-ce qu'on m'a dit des bêtises ?

— Comme toujours, tu es bien renseigné. Oui, c'est un gars extra. Mais il repartait pour son coin de pays aujourd'hui.

— Et j'imagine que vous convenez tous les deux que vous vous accommodez de vivre aussi éloignés ? ajouta-t-il avec un sourire triste.

— Vraiment Doc, il faut jamais te sous-estimer, répondit-elle en riant franchement. Mais j'en dirai pas plus. S'il y a autre chose sur le mort, fais-moi signe…

Elle tourna les talons et quitta le labo, le regard de Romanowski posé sur cette belle grande rousse qu'il aimait bien.

* * * * *

Vingt-deux heures.

Renaud complétait l'étude des recommandations qu'il présenterait au ministre le lendemain. Il se sentait fatigué. Épuisé aurait été plus exact. Les dernières heures avaient été pénibles. Il avait de la difficulté à se concentrer sur les dossiers. La mort de son assistant le tracassait, mais les informations contenues dans l'ordinateur… Non… Autant oublier ça pour le moment. D'autres travaillaient là-dessus. Il jeta un coup d'œil par la fenêtre. Dehors, la nuit régnait depuis plusieurs heures. Toutefois, il y a un calme et une sérénité dans l'obscurité glaciale qu'on ne retrouve ni ailleurs, ni à d'autres périodes de l'année. Un peu comme si le froid figeait les choses de la même manière qu'il figeait la nature…

L'hiver lui donnait souvent l'impression d'arrêter le temps. Que tout devenait feutré et douillet. Une simple illusion, il le savait. L'hiver, au contraire, nécessitait une formidable quantité d'énergie. Tout le monde savait ça. Tous ceux qui vivent dans les pays nordiques le savent. Ça fait un peu partie des gènes. Il faut savoir lire les indices. Pendant des dizaines d'années, à une autre époque, c'était la seule façon de survivre à cette saison. Aujourd'hui, bien entendu, c'était différent. L'hiver avait été apprivoisé. Mais ça restait une saison dure. Autant pour les biens que pour les hommes. Renaud ne se croyait pas raciste. Il connaissait et appréciait des Asiatiques et des Africains qui étaient des hommes d'une intelligence supérieure. Indéniablement. Pourtant, il estimait que le froid était un stimulant exceptionnel pour l'invention. Parce que c'était régulièrement en trouvant ou en créant des trucs ou des machins qu'on passait à travers cette saison. Selon lui, cela donnait aux Nordiques une force de caractère qu'on ne trouvait pas ailleurs. Il avait reconnu les mêmes traits de caractère dans le nord de la Chine ou en Russie. Quand il fait froid, on ne peut pas rester assis à attendre. Il fallait se préparer pour l'hiver. Être préparé. C'était la clé de la survie. Et ce n'était évidemment pas le genre de réflexion qu'il partageait. Surtout dans sa position de diplomate. Toutefois, il aimait bien s'imaginer de la lignée de ces découvreurs...

Renaud laissa vagabonder son esprit et son imagination pendant encore quelques secondes avant de se pencher, une autre fois, vers les papiers qui couvraient son bureau. Il s'apprêtait à lire une fois de plus le document pour trouver les erreurs de raisonnement quand le téléphone le fit sursauter.

— Renaud, fit-il en décrochant...

Son attitude changea complètement quand il reconnut la voix de la personne qui lui parlait. Il ferma les yeux et posa les coudes sur son bureau.

Il écoutait son correspondant quand brusquement il se redressa...

— Pas maintenant. Il n'en est pas question!, répliqua-t-il. C'est impossible de trouver les justifications pour un transfert. Vous savez aussi bien que moi que des dossiers sont dans la nature. C'est beaucoup trop risqué. Ce serait même suicidaire... Bon, d'accord... D'accord... Je vais voir ce que je peux faire...

Son ton changea soudainement.

— Non, vous n'allez rien m'ordonner du tout, cracha-t-il brusquement avec colère. Je ne veux jamais plus entendre ce genre de menaces... Son visage prit ensuite une couleur terreuse. C'est bon, reprit-il, mais ne me téléphonez plus ici. C'est trop dangereux. Je vais vous recontacter.

Quand il déposa le combiné, il était livide.

*****

« Il semble que la guerre que se livrent les prétendants à la succession du parrain de la pègre de Montréal ait franchi hier une autre étape dans l'horreur. Les policiers ont découvert en effet un corps presque méconnaissable dans une ruelle du quartier Centre-Sud. Il s'agit du cadavre de Frank Moniari, bien connu dans le monde interlope de la Métropole. Selon certaines sources généralement bien informées, Moniari aurait été impliqué, durant les dernières années, dans plusieurs règlements de comptes commandités par la Mafia. Jamais toutefois les policiers n'ont été en mesure de prouver son rôle dans ces meurtres, ni de porter des accusations

contre lui. L'homme, retrouvé au petit matin par des jeunes qui se rendaient à l'école, a été violemment et sauvagement agressé avant d'être abattu à bout portant et laissé gisant dans son sang. Les adolescents qui ont fait la macabre découverte ont subi un choc neveux et ont dû rencontrer un psychologue. De plus en plus de citoyens estiment que la lutte intestine que se livrent les dirigeants de la pègre va maintenant trop loin et qu'il est plus que temps que les policiers interviennent. " Ce genre de dommage collatéral que doivent subir des jeunes est, a précisé le maire de Montréal en conférence de presse, totalement inacceptable ". Il ajoute ainsi une pression additionnelle sur le chef de la police afin de rendre plus sécuritaires les rues de la ville. Les sergents Palomino et Saint-Jean, de la Sûreté du Québec, chargés de l'affaire, ont refusé de commenter le dossier, signalant simplement que l'enquête débutait.

Rappelons que Moniari vivait dans une somptueuse résidence de l'Est de Montréal avec sa femme et ses deux enfants de quatre et six ans. On sait qu'il avait abandonné, depuis quelques années, son entreprise de construction pour (...) »

Dans la salle de nouvelles de la station de télévision « W », Pierre B. Robert était assis devant son ordinateur et relisait pour la centième fois le début du reportage qu'il tentait de pondre. L'intérêt que suscitait cette affaire lui valait d'être ce soir en direct avec le chef d'antenne pour le bulletin de vingt-deux heures trente. Et il n'était pas satisfait de son texte. Il manquait cette touche de drame qui plaisait aux auditeurs et aux lecteurs. Il se recula et s'appuya sur le dossier de sa chaise en se mettant les mains sur la tête. Non ! Définitivement, il n'avait pas encore trouvé le bon angle d'attaque. Son texte restait trop formel… Trop… ordinaire. Il fallait que l'on puisse sentir la violence des coups. Peut-être qu'en faisant ressortir davantage la tristesse et le choc des enfants, innocents dans toute cette affaire, qui découvrent un corps mutilé, méconnaissable… Ou encore en appuyant davantage sur l'aspect familial de Moniari, de sa femme amoureuse et inconsolable, et de ses deux enfants… Voilà qui serait mieux. Il tenta de visualiser les premiers mots de cette nouvelle approche mais renonça bientôt. En fait, il lui manquait des informations pour spéculer sur le côté tragique de ce meurtre et arriver à sortir une bonne histoire. En somme, il aurait aimé savoir si Moniari était un bon gars ou une crapule qui, finalement, n'avait eu que ce qu'il méritait. Pas que ça ait une importance véritable. Son patron lui avait bien fait comprendre qu'on pouvait toujours adapter la vérité à nos objectifs. Et Robert était tout à fait d'accord avec ça. Il ne se sentait pas troublé de jouer parfois avec les faits pour qu'ils deviennent plus passionnants pour son topo ou son article.

Toutefois, il sentait que ce qui se passait en ville était sérieux même si ça ne l'affectait pas réellement. D'ailleurs, grave ou pas, il se sentait toujours au-dessus de la mêlée. « Nous, les journalistes, se dit-il, on est comme ça. On est des observateurs que les événements n'affectent pas. » Une fausseté que Robert avait fini par transformer en vérité. Il se voyait comme une espèce de roc imperturbable au milieu de la tempête, qui décrit comment l'ouragan va ravager le monde. Un roc que la tempête oublierait de frapper.

Depuis les quelques semaines qu'il travaillait sur le dossier du parrain de Montréal, il commençait à peine à comprendre les ramifications et l'influence de la Mafia sur quantité de gens. Bien sûr, les mafiosi réglaient généralement leurs comptes entre eux, mais un dérapage était toujours possible. On l'avait vu, quelques années plus tôt, avec les motards criminalisés qui s'étaient mis à mettre des explosifs un peu partout. Là aussi il y avait eu des dommages *collatéraux*. Dans le cas qui le concernait, il se sentait investi d'une mission. Robert voulait dévoiler la vérité. C'était son objectif.

Pour savoir ce qui s'était vraiment passé, il devait être au premier rang. Il fallait qu'il obtienne ce qu'il cherchait de quelqu'un qui travaillait en première ligne. Il repensa alors à la policière chargée de l'enquête. Qui mieux qu'Ève Saint-Jean pour le renseigner ? Bon. Ce n'était pas gagné. Il n'avait pas réussi encore à s'en faire une alliée. C'est une fille intelligente qui ne se laisserait pas manipuler longtemps. Mais ça valait vraiment le coup d'essayer. En plus, elle était belle... C'était décidé. Il allait se coller à elle. Il saurait alors exactement ce qui s'était passé et pourrait l'écrire en toute bonne foi. Ce serait un reportage mémorable. Une série d'articles, se corrigea-t-il, qui ferait le tour de la question et qui mettrait cette organisation en lumière comme personne ne l'avait fait jusqu'à maintenant. C'est comme ça qu'il deviendrait une véritable vedette de l'information... Sinon, il y avait bien un autre moyen... Mais il était encore trop tôt pour aller de ce côté.

Pour le moment, tout ça ne demeurait qu'un plan. Premièrement, dès le lendemain, il allait s'efforcer d'obtenir ces renseignements. Il allait s'y mettre avec l'acharnement qui le caractérisait. Il allait relancer Saint-Jean... En attendant, son texte de ce soir n'était toujours pas prêt.

— Hey ! Pierre B, t'es en ondes dans moins de vingt minutes, lui lança le régisseur. Faudrait que tu penses à aller voir la maquilleuse. T'es vert.

— Dis-moi, Pascal, le montage pour le topo est terminé ?

— Comme tu l'as demandé, mon vieux. Il y a une minute trente de visuel et les trois photos en *still*. Le réal attend ton topo pour pouvoir te suivre et envoyer le visuel au bon moment. *Fâ que* grouille-toi le cul...

Pascal repartit immédiatement s'assurer que tout était en place pour le début du bulletin. Les dernières animations météo n'étaient pas encore entrées et il manquait le reportage d'Ottawa. Mais comme tous les soirs, l'équipe réussirait à informer la population.

Robert le regarda s'éloigner et ramena son attention sur son texte. Il avait cinq minutes pour terminer. Alors, où en était-il ? Et il se réinstalla pour reprendre la lecture.

« Il semble que la guerre que se livrent les prétendants à la succession du parrain de la pègre de Montréal ait franchi hier (...) »

* * * * *

Don était étendu sur un des deux lits simples d'une chambre d'un de ces nombreux hôtels qui hébergeaient les voyageurs en transit et qui étaient situés à proximité de l'aéroport. Il regardait, à la télévision, une reprise de *Gilligan's Island*, une ancienne série américaine dont tous les acteurs devaient être morts aujourd'hui. Et il riait toujours des gags éculés qu'on y présentait. Dans la salle de bain, Sean était enfin sorti de la douche et finissait de se préparer. Ils étaient à Montréal depuis quatre jours et ils s'apprêtaient maintenant à rentrer à San Francisco après avoir rempli leur contrat. Sean avait voulu rester un peu plus longtemps que prévu parce qu'il connaissait des gens dans cette ville et, surtout, parce qu'il tenait à voir un match de hockey à Montréal, LA ville de hockey au monde. Et c'était maintenant chose faite. Ils rentraient. Et Don en était bien content parce que lui n'aimait ni le hockey, ni le froid.

Tout compte fait, cependant, leur séjour s'était bien passé. Ils avaient rempli leur contrat dès le deuxième jour. Ensuite, ils avaient pu glander un peu et Sean lui avait fait découvrir quelques bars de jazz excellents, ainsi que quelques restaurants tout bonnement fantastiques. Or, si Sean adorait le hockey, Don était un grand amateur et connaisseur de jazz. Et comme tous les deux aimaient la bonne bouffe, le prolongement de leur séjour au Canada s'était fait, ultimement, dans la bonne entente et le plaisir. Don était content de sa première visite dans cette ville canadienne mais il souhaitait maintenant rentrer chez lui.

Aucun des deux n'avait l'habitude de rester dans la ville d'un contrat une fois celui-ci rempli. Les risques de se faire repérer étaient souvent exponentiels quand on s'attardait. Mais l'inquiétude des premières heures s'était rapidement dissipée. Montréal avait plusieurs attraits que Don était heureux d'avoir découverts. Bien sûr, il aurait préféré revenir à un autre moment plutôt que de rester après un travail, mais, tout compte fait, il était satisfait de son séjour. Et puis une fois n'est pas coutume, se dit-il.

Dans moins d'une heure, ils se rendraient à l'aéroport et se prêteraient aux formalités longues et fastidieuses que devaient, depuis septembre 2001, affronter tous les voyageurs qui se rendaient aux États-Unis. Ce sont ces formalités qui les avaient aussi obligés à se débarrasser, un peu plus tôt dans la journée, des armes qui leur avaient été fournies pour le boulot. Et ça non plus ce n'était pas dans leurs habitudes. Généralement, comme ils repartaient immédiatement après le contrat, ils abandonnaient les armes sur les lieux mêmes du crime. Il était, de toute façon, pratiquement impossible que ces révolvers permettent de remonter jusqu'à eux. Mais comme cette fois ils avaient décidé de prolonger leur séjour, Don avait insisté pour les garder. Sans elles maintenant, il se sentait vulnérable, mais il convenait que faire autrement aurait été tout simplement impossible. Il savait qu'il y avait de nombreux dangers dans sa profession, mais il ne souhaitait surtout pas se faire arrêter à la frontière pour une histoire aussi bête que le port d'arme. Ce serait risible, voire ridicule. Les contrôles s'étaient encore resserrés depuis quelques semaines, ce qui rendait illusoire l'idée de passer la douane américaine avec des armes.

Il allait s'offrir une dernière bière avant le départ quand, sous un coup de butoir, la porte s'ouvrit dans un grand fracas, la serrure volant en éclats. Cinq hommes s'engouffrèrent dans la pièce, révolver au poing. Tout espoir de résister était vain. Pendant que l'un d'eux se jetait sur lui en lui assénant un retentissant coup de crosse sur la mâchoire, deux autres s'occupaient de Sean qui finissait de se raser. En quelques secondes, tout était fini. La bataille avait été inégale dès le départ. Don savait qu'il avait été téméraire en restant à Montréal. Pourtant, ils avaient fait particulièrement attention. Ils n'avaient pris contact avec personne et avaient été discrets dans leurs déplacements. Comment les avait-on repérés ? Au fond, ça importait peu. Don savait parfaitement que maintenant il était trop tard pour se poser ce genre de questions. Ce n'était plus comment on les avait trouvés qui était grave mais bien le fait qu'ils aient été retrouvés et arrêtés.

Don et Sean se trouvaient sur le sol de la chambre, ligotés et inoffensifs. Aucun mot n'avait encore été prononcé par les hommes qui avaient fait irruption dans la pièce. Pendant une minute, Don avait espéré qu'il s'agisse de policiers. La situation n'aurait pas été enviable, certes, mais assurément moins catastrophique que si ces hommes étaient du « milieu ». Il sentait toutefois, d'instinct, que ce n'étaient pas des policiers. Jamais ils n'opéraient de cette façon.

Celui qui semblait être le chef du groupe restait un peu à l'écart et regardait la scène. L'un de ses hommes fouillait rapidement les rares valises et bagages des occupants de la pièce. Quand l'un de ses hommes lui fit signe que tout était sous contrôle, il examina les deux prisonniers quelques secondes avant de sortir son portable. Il composa un numéro et attendit que la communication s'établisse. Alors, très laconiquement, il dit seulement : « On les tient ! Je les conduis à l'endroit convenu. »

Sans rien ajouter, il referma son téléphone et fit signe à un de ses hommes. Celui-ci ouvrit la petite valise qu'il transportait et sortit une seringue. On allait les endormir pour éviter les problèmes pendant le transport. Ça ne présageait rien de bon. Don aurait presque souhaité qu'on en finisse tout de suite. Immédiatement. Ici, dans cette chambre d'hôtel. Proprement et rapidement d'une balle dans la tête.

Tout ce que Don se rappellerait ensuite, c'est qu'on le tenait fermement pendant que l'homme à la seringue lui remontait la manche et lui enfonçait l'aiguille dans le bras. Avant de perdre conscience, il maudit Sean et son amour du hockey. Puis tout devint noir.

6

Quand Tony était entré dans cette ruelle crasseuse pour aller examiner un autre cadavre,
il avait comme une impression de déjà-vu.
Et, en plus, il faisait encore excessivement froid. Le
mercure des thermomètres s'entêtait à se blottir
dans le fond du tube. Et, évidemment, Tony claquait
des dents.

Il était frigorifié. « Non mais, une fois, une seule
fois, ils pourraient pas faire leurs saletés à l'intérieur ? pestait le sergent. » Devant lui était étendu
un homme ou ce qu'il en restait. Un drogué, sans
aucun doute. Même dans cet état lamentable, il
n'était pas difficile de voir que ce type s'était bourré
de produits chimiques et de saloperies. « Mais qu'est-
ce que je fais ici ? », se répéta encore Palomino.

Il était encore tôt et le coin semblait désert, à
part les policiers et quelques jeunes qui de loin
tentaient, avant de se rendre à l'école, de voir ce qui
s'était passé.

C'est vrai que les ruelles de Montréal en janvier
n'ont rien d'une destination vacances. À vrai dire,
dans ce coin de la ville, même en été, rares devaient
être ceux qui s'y aventuraient. Les murs étaient
pourtant remplis de graffitis, dont la plupart représentaient de minables dessins obscènes. Il s'était

toujours demandé qui peignait ces horreurs car on ne les voyait jamais à l'œuvre. C'était comme les carcasses de pneus de poids lourds sur les autoroutes. On en voyait régulièrement, mais jamais il n'avait vu un camion faire une crevaison. Ça devait quand même arriver une fois de temps en temps vu la quantité de morceaux de pneus sur les routes. Eh bien, ces graffitis c'était pareil. Jamais on n'en voyait les auteurs, mais il y en avait partout pour défigurer les murs.

Tony s'agenouilla près du mort. Le corps brisé semblait assez jeune. Encore que la chose puisse paraître difficile à confirmer en un simple regard. Les techniciens s'affairaient autour de la scène du crime cherchant et grappillant tout ce qui pouvait, même de loin, ressembler à un indice. Tony examinait le bonhomme couché derrière les sacs poubelles. Le sang avait rapidement gelé sur son visage. Et malgré le trou en plein front laissé par le passage de la balle du révolver et le nez certainement brisé du bonhomme, il semblait à Tony que le visage du mort reflétait une certaine sérénité. Comme s'il avait enfin été délivré d'une souffrance morale bien plus grande que la souffrance physique des derniers moments.

Ce qui était certain, se dit-il, c'est qu'on ne l'a pas tué pour son argent. Ce bonhomme avait tout d'un minable. Pourquoi alors ce meurtre commis, sans aucun doute, par des professionnels ? Jamais un gars comme celui qui était étendu ici ne pouvait devoir assez d'argent à ses fournisseurs pour qu'on lui fasse régler son compte par des tueurs. En tout cas, pas de cette façon. Pas par des pros. Une erreur sur la personne ? Improbable, se dit le sergent. Les tueurs ne commettent pas ce genre de méprise. Ils peuvent se tromper, mais pas à ce point.

En regardant la scène, Tony tentait de recréer ce qui s'était passé. Les traces dans la neige prouvaient qu'il y avait eu deux personnes avec le mort. Les mêmes que pour le meurtre de Moniari ? Possible, mais, là aussi, fort peu probable. Dans un cas on parlait directement de la guerre de la pègre. Dans cette ruelle, de quoi s'agissait-il, au juste ?

Tony savait, d'instinct, que le bonhomme qui gisait ici avait été questionné et interrogé rapidement, efficacement et que ça avait fait très mal. Qu'est-ce que ce gars pouvait bien avoir ou savoir pour qu'on l'abime ainsi ? En grelottant, il se rappela qu'on l'avait envoyé ici pour examiner s'il était possible qu'il y ait un lien avec le meurtre de Franky, et, ultimement avec le dossier de la pègre. Est-ce qu'on pensait ça simplement parce qu'ici aussi on avait probablement affaire à des tueurs professionnels ? Un contrat, sans aucun doute. Ça sautait aux yeux pour un policier d'expérience. Mais pourquoi un contrat sur un gus comme celui-là ? La question se posait et il était vraiment difficile de voir la relation avec la pègre. S'il y avait un lien, ce n'est pas dans cette ruelle de merde qu'il le découvrirait.

En plus, ici ce n'était pas, à proprement parler, son enquête. Ce dossier relevait directement de la police de Montréal. Si ce n'était la façon dont la victime avait été tuée, il n'y avait rien ici qui pouvait laisser croire qu'il y avait un lien avec la Mafia ou que c'était un cas qui relevait de la Sûreté du Québec.

Palomino avait toujours été attentif à ces questions de protocole entre les corps policiers. Ça se savait dans le milieu et c'est certainement pour ça qu'il n'avait jamais eu de problèmes à obtenir leur collaboration dans d'autres affaires. Il est vrai qu'il n'avait jamais eu non plus de scrupules à partager les informations qu'il avait avec d'autres policiers qui lui en demandaient. De toute façon, la rivalité qui existait entre les différentes équipes d'enquêteurs et de policiers, si elle était réelle, n'allait jamais non plus aussi loin que ce qu'on voyait dans les films américains quand les méchants du FBI tassaient les pauvres policiers ordinaires de New York. Non ! Ce n'était pas comme ça du tout... Enfin, pas vraiment. Mais quand même un peu, dut s'avouer Tony pour être franc. Il savait que les enquêteurs de Montréal ne portaient généralement pas ceux de la SQ dans leur cœur. Pas plus d'ailleurs qu'ils n'acceptaient facilement qu'un gars de la GRC vienne jouer les gros bras dans leurs plates-bandes et leur demander des comptes avec toute la délicatesse du rhinocéros qui charge.

— Si c'est pas ce vieux Tony, dit une voix grasse et pourtant amicale derrière lui.

Palomino reconnut immédiatement le charmant timbre de voix du sergent Morin de la police de Montréal. De quelques années son aîné, Pascal Morin était cependant aussi éloigné physiquement de Tony qu'on pouvait l'être. Il était bâti comme un ours. Grand et costaud, avec un ventre énorme, il en imposait à tout le monde. Et, comme beaucoup de ceux qui ont un « surplus pondéral », il avait une bonne gueule. Quelqu'un qui, d'emblée, était sympathique avec ses yeux rieurs et intelligents. Tony savait d'expérience qu'il ne fallait pas se fier à cette première impression. Toute une liste de voleurs et de tueurs l'avaient aussi appris à leurs dépens. S'il avait été un chien, Morin serait un doberman, avait parfois songé Palomino. Pas physiquement, bien entendu. De ce côté, il ressemblait plus à un bon labrador dont on veut être l'ami. Non, Morin, quand il était sur une enquête et qu'il tenait un os, ne le lâchait pas. Pas qu'il soit vicieux, mais il était définitivement teigneux et hargneux dans ses combats. Tout à fait comme un doberman. Heureusement, Morin aimait bien Tony.

— Encore toi qui te retrouves avec un cas merdique sur les bras, répondit Palomino en tendant la main que l'autre enveloppa carrément de son énorme paluche.

— Comme tu dis, l'ami. Y a longtemps que t'as pas fait ton tour. Tu m'as manqué tu sais, ajouta-t-il en veine de confidences. Il faut que tu viennes souper à la maison. Toute la famille sera contente de te retrouver. Tu sais que si j'avais un frère, j'aimerais qu'il soit comme toi ? continua-t-il après une pause de quelques instants à regarder et examiner son ami.

— Mais, réfléchit Tony, t'as pas déjà deux frères ?

— Oui. C'est vrai, dit-il. Mais eux autres, c'est pas pareil… Alors, qu'est-ce que tu viens faire ici ? poursuivit-il en regardant le cadavre. Depuis quand tu t'intéresses à des petits junkies ?

— Tu sais ce que c'est. On m'a envoyé ici pour voir s'il n'y avait pas un lien quelque part avec la mort du gars de la Mafia. Le patron a beaucoup de pression pour que l'enquête avance. Alors on dirait qu'ils ont décidé de jeter un coup d'œil sur tout ce qui se passe en ville. Et j'ai été nommé « volontaire » pour venir ici.

— C'est pareil chez nous. Bof, tant que la paie rentre, moi, ils peuvent bien me donner n'importe quel cas. C'est toujours la même chose, au fond. Dis-moi, reprit-il en changeant de ton, t'as l'air de geler. Tu veux que je te prête un manteau, parce que le tien, y est peut-être beau, mais y a pas l'air chaud.

— Toujours aussi mère poule… Je te remercie, mais je reste pas longtemps. Dis-moi, t'as une idée de l'identité du jeune ? demanda Palomino, en se penchant à nouveau sur le corps.

— Ouais… C'est pas un nouveau. Les gars le connaissent. Il s'est fait arrêter quelques fois pour des petits vols. Un de ces jeunes qui ont débarqué à Montréal pour abandonner une vie de marde en région et qui se retrouvent ici encore plus mal qu'ils l'étaient au départ. Tu sais qu'il y en a de plus en plus ces temps-ci ?

— Je vois pas trop ce que l'autre histoire de la pègre pourrait avoir à faire avec ce gars-là, ajouta Tony qui semblait parler presque pour lui-même.

— À première vue, je pense que t'as raison, confia Morin. Quoique… reprit-il après quelques instants, je me demande vraiment pourquoi il a été tué… T'es d'accord avec moi pour dire que c'est du travail de pros ? Le jeune a été battu et on l'a ensuite achevé d'une balle dans la tête. Regarde les doigts coupés… Rien à voir avec les chicanes de drogués. C'est trop propre. Quand ils se battent pour un territoire ou une dose, les junkies font pas dans la dentelle, c'est sûr. J'ai déjà vu des règlements de comptes entre ces gars-là que ça donnait la chair de poule.

— Toi t'as déjà eu la chair de poule ? interrompit Tony, amusé.

— Ben, quand même, répliqua l'enquêteur. On a beau être un homme, on a un cœur, ajouta-t-il en se donnant une grande tape sur le côté gauche de la poitrine. On a tous nos limites. Tu sais, des fois quand on trouve un cadavre et que c'est sûr que celui qui l'a tué était fou ou possédé... Tu sais, le genre deux-cents coups de couteau mais après le premier l'autre était déjà mort. Ou, tu te souviens, ces jeunes qui faisaient un trip vaudou ou j'sais pas quoi et qui avaient dépecé un des leurs ?

— Comment j'pourrais oublier cette horreur ?

— Bon, ben tu vois, ici on n'a pas affaire à ce genre de truc. C'est net. Pas la signature d'un meurtre de la rue. Tu comprends ?

— Parfaitement. Je me faisais la même remarque.

— Mais de là à dire que c'est un contrat de la Mafia... Y a une marche que je sais pas comment monter. Pour être franc, c'est pas une marche, c'est tout un escalier. Parce que c'est clair que ce gars-là, c'est un *looser*.

— Vous avez trouvé quelque chose de spécial sur lui ?

— Oui et non. Oui, dans le sens que je pense pas qu'il ait été volé. Tu vois, en plus d'un peu d'argent, il avait encore un couteau dans ses poches. Y a fallu que ça se passe vite pour qu'il ait pas le temps de le sortir pour tenter de s'en servir. Et non, parce que y a rien de spécial, comme tu dis. Quoiqu'il est toujours difficile de savoir ce qui est spécial ou ce qui ne l'est pas, philosopha-t-il.

— Écoute, je reste pas plus longtemps. Mais tu serais gentil si une copie de ton rapport atterrissait sur mon bureau...

— Pas de problème. Tu peux compter sur moi.

— Merci, le gros. On se donne des nouvelles, dit Palomino en se dirigeant vers sa voiture.

— Des promesses encore... Et tu te souviens que tu me dois encore une bière pour notre pari sur le gagnant du Super Bowl ? Ça va faire deux ans. Y faudrait que tu penses à régler tes dettes...

— Ça compense pour la bière que tu me devais pour les finales de hockey, lança Tony en s'éloignant.

— T'es vraiment un tricheur, répliqua Morin en criant pour être certain que l'autre l'entendait toujours. Vous êtes tous les mêmes à la SQ. Vous payez jamais vos dettes.

— Et toi, t'es de mauvaise foi. Tu sais bien que t'avais perdu, lança à son tour Palomino. Et la prochaine fois, crie-le plus fort encore. Y a peut-être des gens à l'autre bout de la ville qui ont pas entendu, conclut Tony en montant dans sa voiture.

Le sourire aux lèvres, Morin le regarda partir. De toute façon, songea-t-il, il sait très bien qu'il est mauvais joueur et qu'il me la paiera cette bière. Un jour ou l'autre.

* * * * *

De sa suite du Hilton Bonaventure, la fenêtre panoramique s'ouvrait sur le Vieux-Montréal dont les ressemblances avec certains quartiers européens étaient évidentes. Hilary pouvait apercevoir la basilique Notre-Dame et, un peu plus loin, les quais qui avaient été aménagés pour laisser aux touristes et aux Montréalais une approche sur le magnifique fleuve Saint-Laurent. Ces ouvertures étaient d'ailleurs très peu nombreuses, ce qui demeurait un mystère dans une ville qui avait la chance d'être une île au milieu d'un des plus beaux fleuves au monde.

Sortant de sa douche, une serviette enroulée sur le corps, elle s'essuyait les cheveux en regardant la ville et se demandant comment elle allait trouver son contact. Les pistes étaient minces, mais Hilary connaissait ici un crac d'informatique qui pourrait peut-être l'aider. Et, si ça ne marchait pas de ce côté, il y avait toujours Antoine. Mais lui, ce serait en dernier recours. Juste d'y penser, son estomac se contractait. Même après des années, elle était toujours sensible. La plaie ne se cicatriserait peut-être jamais. À quoi bon y penser maintenant. Étape par étape. C'est la seule façon d'avancer. Elle mit un peu de musique pour se changer les idées.

Dans cette pièce spacieuse aux meubles contemporains, tout invitait au calme et à la détente. Hilary était pourtant sourde au luxe qui l'entourait. Elle n'avait que trop souvent été dans ce genre d'hôtels haut de gamme qui, finalement, se ressemblent tous, quel que soit l'endroit du monde où vous vous trouvez. Jetant sur un canapé la serviette qui la couvrait, elle entra dans l'immense salle de bain où les miroirs lui renvoyaient son image. Bien entendu, comme toutes les femmes, elle se voyait des défauts. Ses seins étaient peut-être un peu petits mais jamais il ne lui serait venu à l'idée de se faire poser des implants. Elle se trouvait un peu trop grande, ce qui, à l'occasion, l'obligeait à porter des souliers à talons plats pour ne pas dépasser les hommes qui l'accompagnaient. Les hommes n'aiment pas que leur escorte soit plus grande qu'eux. Pourquoi fallait-il donc, se demanda-t-elle, que plusieurs hommes riches et puissants soient aussi des hommes de petite taille ? Fallait-il y voir leur façon de dire au monde qu'ils y ont leur place et que, même petits, ils sont plus grands que la plupart des autres ? Ce serait bien le genre de raisonnement imbécile qu'un homme pourrait inventer. Tu vois, je pisse plus loin que toi ! Ce genre de compétition la laissait totalement insensible. Elle continua son examen en se disant qu'elle aimait bien ses longues jambes musclées qu'elle considérait comme la plus belle partie de son corps. Bref, elle se regardait avec un œil critique, sachant d'instinct qu'elle était belle et qu'elle attirait les hommes comme un aimant attire la limaille de fer.

Hilary enfila un long t-shirt et revint dans le salon où elle consulta son portable. Puis prenant le téléphone, elle composa un numéro.

— Philippe s'il vous plaît, dit-elle. J'aimerais parler à monsieur Philippe Martel. Il y eut une pause de quelques secondes. Philippe ? C'est Hilary…

* * * * *

Très doucement, il reprenait conscience de son environnement. Son corps se rebiffait en tentant d'éliminer les derniers relents de la drogue. La pièce dans laquelle il se trouvait était, au mieux, miteuse. Sa seule véritable qualité résidait dans le fait qu'il y faisait moins froid que dehors. Et encore. Il était couché sur un vieux matelas jeté au milieu de la chambre. Un peu partout traînaient des aiguilles qui donnaient l'impression, pas tellement fausse au demeurant, qu'elles avaient été utilisées plus d'une fois. Deux ou trois chandelles encore allumées complétaient le tableau. Sur l'unique fenêtre, petite et crasseuse, un vieux drapeau du Québec servait de rideau. Dans un certain sens, c'était la seule tentative de décoration que l'on pouvait trouver ici. Et, à vrai dire, ce n'était pas une réussite.

Théo était un vieillard qui venait d'avoir vingt-sept ans. Il était grand, maigre et noueux. Il portait plusieurs chandails et un long manteau noir qui ne parvenaient pas à dissimuler sa maigreur. Son crâne rasé, ses yeux sombres et profondément enfoncés et ses grandes oreilles le faisaient ressembler à un gnome. Plusieurs endroits de son corps avaient reçu tellement de piqûres au fil des mois qu'il était pratiquement impossible de trouver un coin indemne. Il s'était même, dernièrement, piqué directement dans un œil, dans une tentative dérisoire de laisser d'autres parties de son corps se cicatriser et se régénérer. Théo était aussi sale que la pièce qui l'abritait dans cet immeuble délabré et abandonné que squattaient d'autres malheureux comme lui.

Lentement, il réalisa qu'il était seul. Pourtant, il se souvenait qu'il devait y avoir quelqu'un d'autre. Ah oui ! son ami Rat. Mais il savait qu'il n'avait pas à s'inquiéter. D'ailleurs, il s'inquiétait rarement et jamais pour un partenaire de trip. À moins, bien sûr, que ce partenaire ait encore sur lui de la dope à partager. Mais avec Rat, c'était différent. Voilà déjà un moment qu'ils traînaient ensemble et faisaient équipe pour mendier, se prostituer ou voler.

En tentant de se lever, Théo aperçut dans un coin un ordinateur portable qui ne cadrait absolument pas avec le reste. Rassemblant ses idées, il essayait de comprendre ce que cette machine pouvait bien faire là. Puis, des images lui revinrent. Le métro. Le gars tout seul. Avec Rat, ils prenaient l'ordi et s'en allaient. Il y avait aussi de l'argent. Des bribes lui revenaient. Rien de très clair, mais il savait d'où venait cette machine qui était aussi à sa place ici que lui dans un restaurant cinq étoiles.

Y a peut-être quelque chose à en tirer, se dit-il. Un engin comme ça, ça doit valoir quelque chose…

Il avait raison. L'appareil qui se trouvait sur le plancher aurait fait la joie de milliers d'informaticiens. Il s'agissait probablement d'un des portables les plus puissants sur le marché. Un « Maingear eX-L 18 ». Un fantasme pour la plupart des *nerds*. Avec son écran de dix-huit pouces, son processeur Intel Core 2 Duo Extrême, un autre processeur, graphique celui-là, de marque Nvidia GTX 280M, ses 8 Gb de mémoire vive, son lecteur Blu-ray et toutes les autres options dont il était garni, cette machine valait plus de vingt-cinq mille dollars. Dans son genre, c'était un véritable monstre. Un pur-sang de l'ingénierie. Mais Théo, qui n'y connaissait rien, s'estimerait heureux s'il pouvait en tirer suffisamment pour se payer une autre dose, le seul objectif réalisable qu'il visait. Et il savait qui pourrait le lui offrir. Il prit le temps de s'allumer un pétard et d'en prendre quelques bouffées, question que l'univers cesse de tourner autour de lui. Puis, il saisit le portable, l'enfouit dans une des immenses poches de son pardessus et sortit en se demandant vaguement où pouvait être Rat. Mais est-ce que ça avait de l'importance, finalement?

* * * * *

En ouvrant les yeux, il découvrit une nouvelle pièce. Il se sentait encore un peu nauséeux. Il avait l'impression d'avoir une boule de coton dans la bouche. L'air dans la chambre était sec et chaud. Mais pas de cette chaleur qu'il connaissait depuis son enfance. Pas non plus de celle qu'il avait ressentie dans la chambre où il s'était brièvement éveillé la dernière fois. Bien qu'il lui soit difficile d'être certain de ce souvenir. Peut-être n'était-ce qu'une autre invention de son cerveau. Mais il régnait ici une chaleur différente. Si ça n'avait pas été une idée complètement saugrenue, il l'aurait qualifiée de pas naturelle. Doucement, il tourna la tête pour tenter de voir par la fenêtre. Il faisait sombre et il avait l'impression qu'il n'y avait pas de nuages, que le ciel était uniformément gris. Si c'étaient des nuages, ils étaient d'un blanc laiteux comme il n'en avait jamais vu chez lui. Ce qui l'étonnait le plus, c'est qu'il avait l'impression qu'il faisait froid derrière cette fenêtre. Très froid, car tout le cadre était givré.

Lucio se demandait ce qui lui arrivait. Il se rappela encore une fois qu'il avait besoin de l'argent que la dame lui avait promis. Il en avait besoin pour son frère. Il en était responsable. Elle lui avait dit qu'il aurait mal, mais qu'il se remettrait rapidement et que l'argent lui serait remis aussitôt après qu'on lui eût retiré un rein. Elle lui avait expliqué ce qu'était un rein, qu'il en avait deux et qu'il vivrait très bien avec un seul. Elle lui avait parlé de l'opération, de la cicatrice qu'il faudrait désinfecter tous les jours. Mais jamais on ne lui avait dit qu'il ne rentrerait pas chez lui. Il passa sa main sur sa poitrine et son ventre, à la recherche d'une coupure ou d'un signe qui prouverait qu'on l'avait ouvert. Il n'y avait rien. Tout semblait normal. Ou plutôt non. Tout semblait anormal. On ne l'avait pas opéré. Et, en y réfléchissant, il ne voulait plus l'être.

Son frère devait l'attendre à Anchilo, petit village à une dizaine de kilomètres de Nampula. Il ne pourrait pas rester tout seul longtemps dans la petite maison qu'ils habitaient depuis la mort des parents. Il ne pouvait jamais rester seul longtemps de toute façon. Et Lucio doutait que la voisine, bien que gentille, consacre trop de son temps à son frère. Elle avait bien d'autres chats à fouetter.

Il avait entendu dire que dans la capitale du Mozambique, Maputo, il y avait du travail. Beaucoup de travail et qu'on pouvait y faire de l'argent rapidement. Lui et son frère pourraient peut-être s'y faire une nouvelle vie, plus facile que celle qu'ils connaissaient dans le nord du pays. Ils pourraient s'acheter tout ce qu'ils voulaient s'ils en avaient les moyens. Mais pour aller à Maputo, et c'était ça le problème, il fallait de l'argent. Et dans son village, l'argent était rare. Quand Lucio avait appris qu'on payait pour un organe, il avait compris que c'était la seule solution qui lui restait.

Combien de temps s'était-il passé depuis qu'il était entré dans cet immeuble du centre de Nampula? Que faisait-il ici? Et où était-il? Il regarda encore autour de lui. Il se sentait faible.

La porte s'ouvrit doucement et une femme toute vêtue de blanc entra, portant un plateau. Elle lui dit quelques mots, mais il ne comprenait pas. Elle s'approcha et lui dit doucement : « *Ficar calmo*, restez calme. *Ficar calmo* ».

Elle déposa le plateau près de son lit et entreprit d'en remonter la tête pour l'installer confortablement pour le repas. Lucio sentait une bonne odeur et s'aperçut qu'il mourrait de faim. Pendant que l'infirmière continuait de relever et de placer le lit, Lucio eut un bref aperçu du paysage qui s'offrait derrière la fenêtre. Il n'avait jamais rien vu de tel. Il était pétrifié. Tout était blanc. Les arbres étaient morts et ne contenaient aucune feuille. Et partout, tout était blanc... Partout ! Le vent soulevait cette poussière blafarde comme il l'aurait fait avec du sable. Il n'avait aucune idée de ce qu'était la neige. La seule fois qu'il en avait vu, c'était sur une vieille affiche de Coca-Cola où un vieux bonhomme avec une longue barbe, portant un habit rouge, tenait une bouteille en marchant dans ce qui ressemblait à du sucre.

Lucio réalisa qu'il n'était plus chez lui. Qu'on l'avait transporté quelque part loin de sa maison et de son frère. Dans un autre pays ou sur une autre planète. Alors, lui qui avait connu la guerre, la maladie, la faim et la pauvreté ; lui, qui avait vu et vécu plus de misères que la plupart des gens ne peuvent même en imaginer ; lui, pour la première fois de sa vie, pleura.

7

Sur le réveil, l'heure venait de passer de quatre heures cinquante-neuf à cinq heures et la musique avait commencé. D'un geste machinal et sans ouvrir les yeux, Tony avait étendu le bras pour l'arrêter. Il faisait sombre dans cette pièce où le lit régnait en maître. Lentement, il avait commencé à bouger. De la main gauche, il se frotta la tête et de l'autre, il retira les draps qui le couvraient. Portant pour seul pyjama des bobettes Gucci, il s'étira, faisant jouer les muscles de ses bras, et s'assit au bord du lit. Le matin venait encore trop vite. Il se leva, se dirigea vers la large fenêtre et ouvrit, d'un grand mouvement, les rideaux. Dehors il faisait encore nuit et, d'instinct, Tony savait qu'il faisait froid. Mais la vue était belle depuis son condo situé au cinquième étage. C'était au moins ça de pris.

Les yeux encore gonflés de sommeil, il traversa la vaste pièce que les couleurs sombres parvenaient à rendre intime et confortable. Encore là une petite folie. Faire faire sa déco par une professionnelle n'était pas donné, mais les résultats valaient la peine. Il se sentait parfaitement à l'aise dans cette maison qui, d'une certaine façon, lui ressemblait. L'ensemble demeurait classique avec quelques touches, ça et là, de fantaisie. La femme qui avait imaginé le tout avait passé plusieurs heures avec lui. C'était sa façon de travailler. Comprendre la personne avant de créer l'environnement dans lequel le client se sentirait bien. Une sorte de psychologue du design intérieur qui choisissait les couleurs, les meubles et les bibelots en fonction de la personnalité de l'occupant. Tous ceux – et particulièrement celles – qui lui rendaient visite tombaient aussi sous le charme.

Il n'y avait pas de femme actuellement dans sa vie. Pas depuis que Lisa avait accepté un poste en marketing dans une grande entreprise de Californie. Bien sûr, il bambochait un peu. Il faut bien que le corps exulte, comme le dit la chanson. Mais il n'y avait pas d'amour. Et ça lui convenait parfaitement. En tout cas, il tentait de s'en convaincre. Il n'y avait que cette chatte écaille de tortue, sa Charlotte, qui trônait ici comme une reine dans son domaine et qui exigeait ses caresses matinales.

Après avoir fait l'incontournable visite du matin aux toilettes, il enfila un grand t-shirt sans manche et des shorts de basket pour se rendre dans la pièce attenante où il avait installé plusieurs machines d'exercice. Pendant une demi-heure il se réchauffa sur le vélo stationnaire avant de commencer sa routine de poids et haltères. Il termina son heure et demie d'entraînement matinal par l'exerciseur elliptique en écoutant les grands *crooners* qu'il affectionnait, comme Frank Sinatra, Tom Jones ou Dean Martin. Il aimait bien aussi cette nouvelle génération de chanteurs comme Michael Bublé ou Harry Connick Jr. mais, selon lui, les plus grands demeuraient ceux qui avaient lancé ce style dans les années cinquante aux États-Unis.

La douche avait ensuite été bienvenue. Comme toujours. L'eau brûlante l'avait revigoré et il se sentait en pleine forme pour une autre journée. Puis, il avait enfilé une chemise Gucci immaculée et un ensemble Versace qu'il venait de se faire faire sur mesure. Il préférait d'ailleurs ne pas penser à ce que ce complet lui avait coûté. Même selon ses critères, pourtant très élastiques en matière de mode pour homme, il s'agissait d'une folie. Mais quand il se regardait dans la glace, il devait admettre qu'il avait un style extraordinaire.

Enfin, il s'était rendu dans la cuisine pour prendre son déjeuner. La pièce était étincelante. Tony avait toujours aimé la bonne nourriture et il adorait cuisiner. Il avait donc installé tout ce qu'il lui fallait ici pour réussir ses recettes. Électros en inox, cuisinière au gaz, de grands comptoirs et un vaste îlot lui permettaient d'avoir tout l'espace et les outils nécessaires pour élaborer, préparer, couper et faire cuire tout ce qu'il souhaitait. Pendant que la machine à expresso sifflait en laissant couler l'épais liquide noir, il écoutait les infos à la télé. On y repassait encore le reportage de Pierre B. Robert sur la mort de Franky. En buvant son jus d'orange maison, il entendait le journaliste avancer ses conclusions sur ce meurtre. Selon Robert ce crime s'inscrivait directement dans la guerre qui sévissait à Montréal. Il décrivait les antécédents de Moniari, parlant de ses entreprises, de sa femme et de ses enfants. Il aborda aussi longuement les actes dans lesquels les policiers pensaient que l'homme avait été impliqué, rappelant qu'il n'avait cependant jamais été amené devant les tribunaux.

Tony devait avouer que le reportage était bien fait et complet. Encore une fois, Robert avait visé presque dans le mille pour résumer la situation. Il était toutefois passé complètement dans le champ quand il avait tenté de faire passer Franky pour un brave type. Palomino savait parfaitement que Franky n'en était pas un. Un gars honnête pour ses employeurs, dévoué et efficace, certainement. Ce n'était pas pour rien que Vince lui faisait confiance et l'avait toujours protégé. Mais un brave homme... Jamais !

De toute façon, qu'importait ce reportage ? Le journaliste pouvait bien dire ce qu'il voulait, tant que ça n'entravait pas son enquête, Tony s'en foutait complètement. En jetant un coup d'œil sur sa montre Patek Philippe, il constata qu'il était plus que temps de partir. Comme d'habitude, il serait au bureau avant sept heures trente. Il descendit au garage intérieur de l'édifice, là où l'attendait sa nouvelle Alfa Romeo Mito. Une voiture fantastique et aussi une autre preuve que les belles choses coûtent cher. Il avait dû la faire venir directement d'Italie. Ce n'était peut-être pas la voiture la plus belle ni la plus coûteuse que cette prestigieuse marque offrait, mais c'était largement suffisant pour Palomino. En plus, elle était rouge. Il sourit en songeant que si on lui avait dit ce matin qu'il était très snob, il n'aurait peut-être pas contesté cette affirmation. Il s'installa au volant et fit tourner le moteur qui ronronnait de plaisir. Pour une rare fois cependant, le bruit du moteur n'eut pas sur lui l'effet habituel. Malgré sa routine, malgré son nouveau complet, il était préoccupé. Cette affaire tournait en rond. Il sentait, d'instinct, qu'il y avait un lien entre tous ces événements. Mais les pièces du puzzle refusaient de se mettre en place. Peut-être aujourd'hui y aurait-il un déblocage.

*****

Dans ce milieu très largement masculin et, faut-il le préciser, très largement « macho », l'entrée d'Ève Saint-Jean ne passait jamais inaperçue. Elle y était habituée et savait pertinemment que, dans le fond, c'était leur façon de lui dire qu'elle faisait partie de la « gang ». Il lui avait fallu un peu de temps, mais elle avait fini par comprendre que les gars se traitaient généralement comme ça quand ils se respectaient. Comme dans toutes les confréries où les garçons dominent, il y a un code et un langage qu'il faut déchiffrer. Un poste de police ou une équipe de hockey, c'est du pareil au même. Les gars n'hésitent pas à s'envoyer chier ou à se lancer les pires vacheries sans qu'il y ait nécessairement de séquelles. Du moins, tant que tout le monde sait que ce n'est pas vrai, ou, en tout cas, pas complètement vrai. Un policier qui aurait fait une petite bourde sans réelle conséquence pouvait être certain d'en entendre parler longtemps. C'était parfois dur pour l'amour propre, mais c'était sans danger. Un autre qui serait entré au boulot en bougonnant un matin pouvait être presque certain de se faire questionner sur la qualité des liens conjugaux de la veille. Voilà le genre de franc-maçonnerie à laquelle il fallait s'habituer. Les relations entre les filles sont bien différentes. Parfois, un regard inhabituel ou une phrase d'apparence anodine devenaient des armes. Une fille qui se ferait appeler par une collègue « ma grosse » réagirait, ça c'était certain. Que ce soit vrai ou non. De toute façon, presque toutes les filles se trouvent trop grosses. Alors s'il y en a une qui le fait remarquer, la guerre approche à grands pas. Rien de tel chez les gars.

Or, Ève s'y était parfaitement adaptée et s'y sentait à l'aise. Elle savait qu'ils étaient prêts à l'aider en n'importe quelle circonstance comme elle le ferait envers chacun d'eux. Les remarques sur sa tenue ultra féminine et sexy de ce matin la faisaient sourire, elle qui portait presque exclusivement jeans et coton ouaté. Il est vrai qu'elle avait fait un effort particulier ce matin. Sans renoncer à ses jeans, elle avait opté pour une petite blouse verte qui faisait ressortir le roux flamboyant de ses cheveux, par-dessus laquelle elle avait endossé un veston noir bien cintré. Bref, elle était encore plus belle que d'habitude.

En répondant du tac au tac à certains de ces commentaires, elle s'approcha de Tony qui était, bien entendu, déjà à son poste depuis longtemps. Mais ce matin, elle avait apporté deux capuccinos.

— Tiens mon beau bonhomme ! Ça va peut-être ramener un sourire sur ce visage de dieu grec...

— J'ai rien d'un Grec et tu es encore en retard, répliqua-t-il sans lever les yeux mais en tendant quand même la main pour saisir le café.

— Il est quand même juste dix heures cinq et je suis allée chercher un café. C'est pour ça que je suis quelques fractions de secondes en retard. Faut pas être aussi pointilleux dans la vie.

Puis, jetant un œil sur le dossier que Tony lisait :

— Tiens, ça vient d'où ce rapport ? C'est pas de chez nous !

— C'est le gros Morin qui m'en devait une et c'est lui qui est sur l'affaire de Lamontagne. Alors, pas un mot…

— J'me rappelle pourtant qu'il dit toujours que tu lui dois une bière pour je ne sais plus quel pari stupide que vous inventez.

— Le gros, c'est un menteur, tu le sais bien. Il a toujours déformé la réalité à son avantage.

— Dis-moi, ce Lamontagne, c'est le jeune que vous avez trouvé hier ? reprit Ève en consultant le document et en examinant les photos.

— Oui. Il était bien connu et fiché un peu partout.

Tony recula sa chaise en regardant Ève.

— Tu sais, ça m'intrigue. Malgré la technique, je serais prêt à parier que ce meurtre n'a rien à voir avec la succession du parrain. Alors dans ce sens-là, j'ai été envoyé dans une autre ruelle frigorifiée pour rien… Et pourtant… Et pourtant, répéta-t-il à voix basse. Tu vois, reprit-il après quelques instants et s'adressant cette fois à Ève, c'est évident que le travail a été fait par des pros. Qu'est-ce qu'on pouvait bien lui vouloir ? Et pourquoi un contrat aurait-il été mis sur un minable comme Lamontagne ? Parce que de ce côté, le travail porte la signature de la pègre. C'est évident.

Ève continuait à feuilleter le dossier.

— Salement amoché le jeune ! On sait dans quel genre de délit il se spécialisait ?

— Rien de précis. Toujours des petits coups pour aller chercher assez d'argent pour sa drogue. Ils sont des dizaines comme ça à Montréal.

Puis, reprenant à son tour le document, il indiqua un passage.

— Tu vois ici, on l'a soupçonné, entre autres, d'écumer le métro. Dans les dernières semaines, les gus de la surveillance du métro on repéré deux types qui volaient régulièrement des passagers solitaires dans les stations. Des petites opérations rapides et sans témoin… Bien que dans le métro, si tu veux mon avis, on pourrait assassiner quelqu'un en pleine heure de pointe sans que personne ne se retourne. Mais ça c'est une autre histoire. Toujours est-il qu'en faisant des recoupements dans leurs dossiers, son nom est ressorti. Mais rien, alors là absolument rien, qui justifie de lancer deux tueurs à sa recherche. Même si c'était l'un de ceux qui attaquaient des voyageurs dans le métro. C'est quoi cette folie ?

— Y pas eu un meurtre dernièrement dans le métro ?

Ève se tourna vers son bureau et, s'assoyant, entreprit une recherche sur son ordinateur. En quelques secondes elle tenait l'information.

— Un fonctionnaire a été poignardé et on dit que le vol est sans nul doute le motif du crime, lut-elle à Tony.

— Oui, j'me souviens. Un jeune prodige dans le milieu du gouvernement, si j'ai bonne mémoire. Oui, ça me revient. Je crois avoir lu ça quelque part…

— Étienne Borduas. C'est son nom. Un gars du ministère des Affaires étrangères, continua Ève en lisant le rapport sur son terminal… Sans histoire… Famille tout ce qu'il y a de plus ordinaire… Pas marié… Non, vraiment rien de particulier du côté de la victime, continua Ève.

Après quelques secondes de réflexion, Tony ajouta :

— Ça ne nous avance pas beaucoup. Mais y a peut-être un lien.

Perdu dans ses pensées, Tony demeura plusieurs secondes silencieux. Il examinait les photos du meurtre de Lamontagne et de celui de Maniori. Comme s'il tentait d'y déceler ce qui unissait ces deux affaires.

— Imagine, continua-t-il enfin, imagine que Lamontagne soit impliqué dans ce meurtre du métro. Imagine que ce jeune est pas aussi ordinaire que ce que tout le monde en dit... Imagine que, sans le savoir, Lamontagne s'est attaqué à quelque chose de beaucoup trop gros pour lui... Bon ! Je vois pas encore où ça nous mène, mais y a peut-être un lien qui peut être fait. Et, une fois là, qui sait où ça peut nous conduire... Je pense qu'on devrait fouiller un peu plus.

— Et Franky ? Qu'est-ce qu'on fait avec lui ?

— T'inquiète. Y ressuscitera pas et la pègre va toujours être là demain et après-demain.

— C'est vrai que pour le moment, tout le monde a l'air d'attendre. Personne ne sait rien et tout est au mieux dans le meilleur des mondes. Alors j'te suis, Tony.

— Vous le suivez où ? lança une voix derrière eux.

Motret, le directeur, venait encore d'apparaître sans que ni Ève ni Tony ne l'aient vu arriver. Dans son éternel complet trois-pièces, il fixait Ève Saint-Jean, attendant une réponse.

— Si je me souviens bien, reprit-il avant qu'Ève ne s'explique, vous travaillez sur l'affaire Moniari. J'imagine que c'est toujours le cas, bien entendu.

— Absolument, répondit-elle. Mais Tony a un pressentiment. Il pense qu'il pourrait y avoir un lien entre l'affaire de Franky et celle de Lamontagne. Que les deux cas sont liés.

— Et rappelle-moi, dit le directeur à Tony, qui est ce Lamontagne...

— C'est vous qui m'avez demandé d'aller voir l'autre cadavre qu'on a trouvé dans une ruelle.

— Je ne me souviens pas d'avoir lu, dans ton rapport, qu'il s'agisse de quelqu'un lié à la Mafia de Montréal. J'me trompe ?

— Pas du tout, chef. Mais la façon dont le gars a été tué... Eh bien, c'est pas le genre de ce que font les junkies entre eux, vous voyez ? Je me demande pourquoi quelqu'un aurait voulu mettre un contrat sur un petit voleur...

— Tu sais, Tony, qu'on nous met beaucoup de pression pour avoir des résultats et annoncer que cette maudite succession est sous contrôle. Que Montréal est pas en train de devenir le Chicago des années vingt. Alors, des résultats, il en faut. Il faut que je donne quelque chose à mon patron pour qu'il puisse calmer le maire et les politiciens de Québec. Suis-je assez clair ?

— Limpide.

— Alors répète-moi comment le fait de travailler sur l'histoire de Lamontagne aidera à faire avancer ton enquête sur Moniari ?

— J'peux rien garantir, dit Palomino. Mais j'ai l'impression qu'il y a un lien. Dans le « milieu », tout le monde est nerveux actuellement. Pourtant, c'est le calme avant la tempête. Personne ne bouge, mais quelqu'un va réagir bientôt. C'est dans la tradition.

Je suis même surpris que Campelli, ou quelqu'un d'autre, n'ait pas lancé une vendetta depuis l'assassinat de Moniari. Tout semble tranquille, du moins en surface. Mais je crois pas que quelque chose se prépare. Et même si j'ai aucune preuve, j'ai aussi l'impression que l'affaire Lamontagne est un autre chapitre de la même histoire.

— Et tu veux que je vous laisse travailler sur cette… « impression » ?

— C'est un peu le sens général, ajouta Tony.

Motret réfléchit au problème. Ève et Tony avaient de l'expérience. Ils arrivaient souvent à leurs fins. Et pas toujours pas les voies les plus régulières. De toute façon, qu'est-ce qu'on avait d'autre pour le moment ?

— Je vous donne trois jours pour me donner quelque chose. Alors faites marcher vos contacts. Trois jours.

Puis, comme toujours et sans attendre la réponse, il tourna les talons et se dirigea vers un autre groupe pour probablement leur mettre aussi un peu de pression.

— Quelle boule d'émotions ! résuma Ève quand le directeur fut éloigné.

— C'est loin d'être certain que ça donne quelque chose, mais on va gruger cet os jusqu'à ce qu'on soit certains qu'il n'y a rien.

— Qu'est-ce que tu veux que je fasse ?

— Va faire un tour dans le métro et reprends tous les éléments de l'enquête pour que l'on soit sûrs de n'avoir rien manqué dans l'histoire du meurtre que pourrait avoir commis Lamontagne.

— Et toi ? s'enquit Ève.

— Tu te souviens de T-Bone?

— Ah non! Pas Guindon?

— En personne. Si quelqu'un sait où vivait Lamontagne, c'est lui.

— Ben j'aime mieux ma partie du travail. Ce gars-là voit des complots partout. Il est pas sain, ni dans son corps ni dans sa tête. Moi, il me fait peur.

Comme Ève enfilait son Kanuk, Tony ajouta:

— En passant, j'ai dit à ma mère que tu venais avec moi ce soir... Une petite soirée avec son monde parce c'est son anniversaire et qu'elle est sortie de l'hôpital... Et t'as pas de choix de réponse, elle t'attend déjà.

Ève se contenta de lever le pouce et de lui faire un clin d'œil avant de tourner les talons. Tony la regarda qui s'éloignait. Au fond, il était très content qu'elle soit sa partenaire... « Bon, se dit-il en reprenant le dossier. Ce serait quand même quelque chose si Lamontagne était impliqué dans l'assassinat du métro. Ça vaut le coup de demander à Romanowski de chercher de ce côté. Peut-être que l'arme trouvée sur Lamontagne est aussi celle qui a servi à tuer Borduas. » Palomino se leva à son tour. Il passerait voir le légiste avant d'aller trouver T-Bone.

* * * * *

Il y a quelques années, la ville de Montréal s'est dotée d'une Cité du Multimédia. Un quadrilatère du Vieux-Montréal, anciennement le Faubourg des Récollets, héberge désormais de nombreuses entreprises spécialisées en informatique et en multimédia. La revitalisation de ce secteur avait été une source de gloire pour les élus qui avaient lancé le projet. Rien n'avait été épargné pour inciter ces secteurs émergents à s'installer dans cet ancien quartier industriel pratiquement abandonné depuis les années soixante-dix. Le plan gouvernemental subventionnait largement les salaires des employés des entreprises qui s'y installaient. L'opération demeurait indubitablement une réussite.

Au coin des rues McGill et Wellington, Hilary examinait cette ancienne usine transformée avec goût en un sanctuaire voué entièrement à l'informatique, au web, aux jeux vidéo et aux effets spéciaux recherchés par les plus grandes maisons de productions cinématographiques américaines. Vêtue d'un sombre manteau en gabardine dernier cri, d'un pull beige, d'une minijupe noire et de bas opaques qui faisaient ressortir le galbe de ses jambes, Hilary allait rencontrer un ami de longue date. Philippe Martel était un crac de l'informatique, un boulimique du bit qui passait beaucoup plus de temps avec des machines qu'avec des humains. Mais c'était par choix, car il était aussi à l'aise dans un cinq à sept entouré de copains qu'à tenter de développer un nouveau logiciel. C'est seulement qu'il préférait la machine. Il avait toujours été attiré par la beauté et la simplicité des équations et des algorithmes qui régissaient les réactions de l'ordinateur. Tous les problèmes pouvaient être résolus par la réflexion et l'expérience. Il n'en allait pas toujours ainsi avec les gens. Et pourtant Philippe était ce qu'on appelle un beau gars. À trente-deux ans, avec son mètre quatre-vingt-quinze et ses cent-dix kilos de muscles, il ne passait jamais inaperçu. Bien sûr, il avait pris un peu de ventre au cours des dernières années. Il avait beau blaguer en disant que ses pectoraux étaient au repos, il n'aimait pas beaucoup se faire dire qu'il bedonnait.

Philippe était aussi un grand sportif qui adorait le football, le golf et surtout le hockey. Il y jouait encore une ou deux fois par semaine depuis plus de dix ans. Il n'était pas le meilleur joueur, mais il avait toujours eu la détermination et le caractère – comme disent les sportifs – pour se défoncer. Il réussissait donc à tirer son épingle du jeu et à être un joueur important pour son équipe qui faisait partie de l'une des milliers de ligues de garage qui existaient à Montréal.

En entrant dans l'édifice, Hilary avait eu la malchance de croiser Martine, la collaboratrice de Philippe depuis des années. Depuis le début de l'entreprise en fait. Les deux femmes ne s'étaient jamais aimées. Martine avait toujours eu de la difficulté avec les belles filles, particulièrement celles qui tournaient autour de son patron. Dotée d'une intelligence supérieure et d'un sens de la répartie particulièrement acéré, Martine avait reconnu Hilary Mento dès son entrée dans l'édifice. Les années s'étaient évaporées en un éclair. Hilary avait lu dans les yeux de l'autre la même froideur et la même rancune qu'à l'époque. Le temps n'avait rien adouci. Elle lui en voulait toujours d'avoir laissé Philippe et de lui avoir fait mal. Pour Martine, la façon dont les choses s'étaient passées réellement n'importait pas du tout. Tout ce qu'elle savait pouvait se résumer en une phrase : « Hilary Mento est une salope. »

— Tiens ! Je ne m'attendais pas à te revoir un jour, lança-t-elle.

— Le temps passe, mais toi tu ne changes pas, si je comprends bien, répliqua Hilary.

— J'imagine que tu viens pas me voir.

— Non ! Mais je t'avoue que j'aurais aimé que notre rencontre se fasse dans un autre climat. Je vois que c'est peut-être trop demander…

— C'est moi qui suis restée avec Philippe quand tu l'as laissé pour l'autre gars. C'est moi qui ai tenté de lui remonter le moral. Toi, tu l'avais déjà oublié.

— Tu ne sais pas ce qui s'est passé et je sais qu'à tes yeux j'ai toujours été LA coupable. Mais je peux encore te jurer aujourd'hui que j'ai aimé Phil.

— Tes explications m'intéressent pas. La seule chose qui me désole c'est que Philippe sera content de te revoir.

Elle ramassa le dossier sur le comptoir de la réception et retourna travailler sans un regard pour Hilary. La réceptionniste qui avait assisté à la scène ne savait pas comment réagir. Hilary prit les devants et demanda à voir Philippe comme s'il ne s'était rien passé.

— J'ai rendez-vous avec Philippe Martel. Mon nom est Mento.

— Oui, vous êtes attendue, répondit l'autre en consultant son ordinateur. Monsieur Martel a laissé la consigne de vous laisser monter directement à son bureau au troisième étage, madame.

Quand Hilary arriva dans le bureau, Philippe était concentré sur son ordinateur. Elle qui n'y connaissait pas grand-chose ne pouvait être qu'impressionnée par la machine qui semblait occuper tout un mur.

Bien entendu, ce n'était pas le cas. Il ne faut pas confondre les écrans avec la machine elle-même. Mais le tout était vachement impressionnant. Sur les six écrans plats ACL de 32 pouces s'affichait parfois la même image en format géant, puis, la seconde suivante, des images différentes apparaissaient, selon les informations et les commandes qu'exigeait Philippe.

Hilary prit ces quelques secondes pour examiner son ami qu'elle n'avait pas vu depuis... mon Dieu... si longtemps déjà!! Il n'avait pas vraiment changé. Bien sûr, il était un peu plus enveloppé, mais rien de dramatique. Il avait fait couper ses cheveux. Dommage, se dit Hilary. Elle aimait bien Philippe quand il portait ses cheveux blond-roux très longs. Ils bouclaient sur la nuque et elle adorait, à l'époque, y passer la main. Enfin, se répéta-t-elle, moi aussi j'ai changé.

Dans le reflet des écrans, elle pouvait voir que le visage de son ami était resté le même. Toujours ces yeux bleus, à la fois doux et profonds, qui donnaient l'impression qu'il était en réflexion profonde. Et surtout, surtout, cet air de nourrisson qui les faisait toutes craquer. Heureusement, comme la plupart des gars, il ne savait rien du pouvoir qu'il avait sur les filles. Il voyait d'ailleurs rarement qu'on le flirtait. Ce n'était pas une question de confiance en soi. C'était autre chose qu'Hilary n'aurait pu expliquer. Elle se souvenait qu'au début de leur relation, elle avait dû être assez directe et explicite pour qu'il s'aperçoive qu'elle était intéressée.

Sortant de sa bulle, Philippe s'aperçut qu'il n'était pas seul. Il se tourna pour voir qui le dérangeait.

Son visage s'épanouit brusquement. Se levant d'un bond, il enveloppa littéralement Hilary qui disparaissait presque sous l'étreinte. Elle se sentait bien dans les bras de Philippe. Comme ça avait d'ailleurs toujours été le cas. Elle s'y sentait en sécurité. Comme si rien ne pouvait plus l'atteindre. C'était comme recevoir le câlin d'une maman ourse protectrice.

— Comment ça va, ma belle? lui dit-il de sa voix grave et chaude en la regardant tendrement. C'est fou ce que j'ai été surpris d'apprendre que tu étais à Montréal. Je te croyais encore au bout du monde.

— Tu m'as manqué, lui répondit-elle simplement.

— Qu'est-ce que tu deviens? Toujours partie dans les coins les plus sombres de la planète? Joues-tu encore les infirmières avec les riches de ce monde? Tiens, prends un siège lui dit-il sans attendre la réponse et en enlevant les dossiers qui encombraient la seule autre chaise de son bureau. Je veux tout savoir.

— Rien de bien spécial, mentit-elle. La routine. Je m'encroûte... Je m'ennuyais de toi et de Montréal. J'ai voulu revoir la ville et les gens. Toi, en particulier... Et je constate que les choses n'ont pas l'air d'aller trop mal, dit-elle en regardant tout autour.

— On fait avec, répondit-il avec un air blasé. Mais pour dire vrai, j'ai eu la chance de vendre quelques logiciels... Comment dire... Avec pas mal de bénéfices. Puis, j'ai développé d'autres secteurs d'activités. Tu vois, ajouta-t-il en ouvrant les bras pour englober tout ce qui l'entourait, cet édifice m'appartient maintenant. Les entreprises MartelMedia. Ça sonne bien non? Je me suis même acheté une maison à Westmount... Bon! Je la déteste, mais mon comptable peut la déduire, je sais pas trop comment, de mes impôts. Je n'y vais presque jamais. J'ai un petit loft sur le Plateau où je vis et où on écoute le hockey avec les amis... Mais c'est vrai que j'ai un peu d'argent et que les fins de mois m'inquiètent pas mal moins qu'à une certaine époque.

— Je savais bien que j'aurais dû rester avec toi. T'as toujours su que tu allais réussir.

— J'aurais tellement aimé que tu restes... Mais tu sais aussi bien que moi que t'en aurais été incapable. Tu aimes l'argent, mais c'est jamais ça qui te fait vibrer, soupira-t-il doucement. La contemplant à loisir, il ajouta : « T'es toujours aussi belle et rayonnante... Mais je te crois pas une seconde quand tu dis que c'est une visite d'amis. Si tu viens me trouver, c'est que tu as besoin de quelque chose. »

— J'ai jamais rien pu te cacher. Même quand on vivait ensemble, tu savais toujours comment je me sentais, même quand je l'ignorais moi-même. Et tu as encore raison.

— Dis-moi tout. Si tu veux, je vends tout et on part ensemble dans une de tes aventures... Alors, qu'est-ce qui arrive ?

Voilà pourquoi elle adorait Philippe. Tout devenait simple avec lui. Il était si gentil. Presque trop gentil. C'était aussi pour ça que leur couple n'avait pas résisté plus de quelques mois. Elle n'arrivait pas à s'oublier autant que Philippe dans leur relation. Elle restait toujours indépendante et à la recherche de quelque chose d'inatteignable, alors que lui acceptait sans problème de s'abandonner pour elle. La relation était trop inégale pour durer. Mais ils étaient, malgré tout, toujours restés d'excellents amis. Quoi qu'en disent certaines personnes. Elle le soupçonnait de l'aimer encore, mais jamais il n'en parlait. Quant à elle, elle l'aimait comme on aime son frère. Tendrement, mais sans passion. Ce dont Philippe semblait se contenter, mais qui ne le satisfaisait assurément pas.

Dès le début, leur relation était vouée à l'échec. Elle s'en était rendu compte rapidement. Le feu des premiers jours n'empêchait pas les différences dans leurs styles de vie de poindre. Alors qu'elle adorait les soirées dans les endroits branchés et à la mode, les tenues chics et luxueuses, lui, répugnait à porter autre chose que ses foutus jeans et de vieux t-shirts du Canadien, et ne se sentait nulle part aussi bien qu'à la brasserie à regarder un match avec les amis. Et pourtant, elle avait été bien avec lui. Elle se sentait protégée des démons qui la dévoraient et qui l'obligeaient à aller ailleurs. Simplement pour voir ce qu'il y avait. Pour ne pas manquer quelque chose qui ne s'y trouvait finalement pas, puisque ce qu'elle cherchait se trouvait à l'intérieur, au plus profond d'elle-même. Mais elle l'ignorait à l'époque et l'ignorait toujours.

Hilary ne voulait pas impliquer son ami dans une histoire qui risquait de devenir dangereuse. Elle ne lui raconta donc que le minimum de détails. Juste assez pour qu'il comprenne ce qu'elle voulait. Elle savait que Philippe ne la jugerait pas. Elle dut toutefois lui expliquer qu'elle était mêlée à une sordide histoire de trafic d'organes, ce qui sembla troubler Philippe.

— Alors, ce que tu veux, résuma-t-il, c'est que je trouve à partir d'une adresse internet incomplète un endroit situé quelque part sur la planète, et si possible, une adresse et un nom. C'est bien ça ?

— Je trouve ton sommaire un peu trop bref, mais c'est le sens général, sourit-elle.

— Tu te rends compte que ça peut prendre plus qu'une ou deux minutes ?

— Je sais surtout que tu es un génie et que s'il est possible de trouver quelque chose, tu le trouveras.

— J'ai jamais été capable de te dire non. C'est probablement pour ça que tu m'as laissé. J'aurais dû t'envoyer chier de temps en temps. Paraît que c'est bon dans un couple...

Il la regarda avec douceur. Puis, se levant, il se dirigea vers une partie du bureau qui croulait sous des piles de papiers. Il en ressortit un portable comme Hilary n'en avait jamais vu. On aurait dit une œuvre d'art. Le couvert semblait fait d'un bois fin et exotique où était gravé un genre de « M ». Une pierre précieuse garnissait aussi le devant de la machine. Philippe y posa le doigt et l'appareil s'anima.

— C'est mon dernier jouet, lui expliqua-t-il devant son regard interrogateur. Une folie. Cette pierre sert à démarrer la machine, mais c'est aussi un dispositif d'identification digitale. Personne ne peut s'en servir, sauf moi. Je sais que ça te dira rien, mais c'est un Luvaglio. Et ça vaut la bagatelle d'un million de dollars.

Il avait lancé ce chiffre comme si c'était tout naturel de payer un tel montant pour un ordinateur. Qu'est-ce qui pouvait bien justifier un tel prix ? Hilary l'ignorait et Philippe ne lui répondrait certainement pas.

— Alors, maintenant, laisse-moi travailler et je te donnerai des nouvelles quand j'en aurai. Où puis-je te joindre ?

— Au Bonaventure. J'y ai une chambre.

— Si tu veux, je te prête la maison de Westmount...

— C'est gentil, mais je préfère être au centre-ville.

— Toujours la même. Tu veux garder ton indépendance. Mais je te demande rien en échange. Si tu veux la maison, elle est à toi.

— Merci. Je préfère vraiment être au centre-ville. En passant, voici le numéro où tu peux me joindre, ajouta-t-elle en jetant une carte d'affaires sur le bureau encombré.

— Est-ce que t'as rencontré d'autres anciens amis depuis que tu es arrivée ? lança-t-il sans cette fois la regarder dans les yeux.

Hilary savait parfaitement à quoi, ou à qui, il faisait allusion.

— Non. Personne... Et je ne suis pas du tout certaine que je vais chercher à revoir des gens. Je ne sais pas pour combien de temps je suis ici. Ça dépendra un peu de ce que tu pourras me dire.

— Eh bien fous le camp, alors. J'ai du travail.

Hilary s'approcha pour lui donner un baiser sur la joue. Philippe lui sourit et la poussa doucement vers la sortie pour plonger vers sa machine sans plus se préoccuper du reste.

* * * * *

Penché sur sa vaste discothèque, Jules Renaud cherchait son disque de Van Morrison. Il le sortit délicatement de sa pochette pour le poser sur l'appareil platine laser de ELP qui permettait à la nouvelle technologie de lire les vieux trente-trois tours sans les abîmer, et avec une qualité sonore indiscutablement supérieure. Jules Renaud n'avait jamais voulu mettre de côté sa collection de vinyles. L'acquisition de cette machine lui avait permis de donner une deuxième vie à ses disques.

Pendant que Morrison entamait son célèbre « Gloria », Jules s'installa pour écrire un courriel. Le message ne contenait que quelques mots : « Le colis est bien arrivé. » C'était tout. Puis, il appuya sur la touche d'envoi et se recula dans son fauteuil. S'il savait parfaitement que le colis était une personne, il en ignorait le visage et le nom. Ça ne l'avait jamais intéressé. L'utilisation de ce simple mot lui permettait de se cacher une facette de la réalité. Tout demeurait parfaitement intellectuel. Pourtant, Renaud était perplexe. Inquiet aurait mieux qualifié son sentiment, mais sa façon habituelle de prendre les choses sans se sentir personnellement affecté lui interdisait cet état d'âme. Pour la première fois depuis des années, il ne savait plus quoi faire. Il sentait l'étau se resserrer et ignorait comment s'en dégager. Il devait exister un moyen. Il y en a toujours un. Il suffisait de le trouver...

8

La visite au poste de surveillance du métro, si elle n'avait pas été complètement inutile, n'apportait pas beaucoup de lumière sur le meurtre d'Étienne Borduas. Ève avait néanmoins fait envoyer au poste de police les bandes vidéo de l'événement. Il était difficile d'y voir clairement ce qui s'était passé. Tout avait été si rapide. Il était impossible d'identifier formellement Jeff Lamontagne comme étant l'un des deux auteurs du vol. Il était cependant tout aussi impossible de dire que ce n'était pas lui. Peut-être que les cracs du labo trouveraient un indice pour identifier une des deux personnes. Bref, elle se retrouvait à la case départ.

Il semblait cependant presque certain que les autres vols du même genre qui avaient récemment eu lieu dans le métro avaient été commis par les deux mêmes personnes. S'il était, là aussi, impossible de faire une identification, les similitudes quant aux tenues, à la démarche et même à la signature des actes étaient trop frappantes pour ne pas croire qu'il s'agissait des mêmes personnes dans tous les cas. Ces bandes aussi avaient été envoyées au bureau. C'était mince, mais c'était quand même ça.

Restait à prendre le problème par l'autre bout, c'est-à-dire en partant de la victime. De ce côté, tout était à faire. Dans le rapport, on lisait que les parents du mort ne voyaient pas souvent leur fils qui travaillait tout le temps. Ils ne lui connaissaient pas d'ennemis et étaient peu au courant de ses nouvelles fréquentations. Le plus simple, se dit Ève, serait d'aller voir à son bureau. Ses collègues avaient peut-être une meilleure idée de ce qu'il vivait présentement. Ève ne croyait pourtant pas qu'elle obtiendrait grand-chose. Pour elle, il était évident que le vol et le meurtre avaient été guidés par le simple fait que Borduas se trouvait seul au mauvais moment et au mauvais endroit. Elle était prête à parier que la victime était un bon gars sans histoire. Mais elle savait aussi, comme tout bon détective, qu'il faut toujours aller aux sources, même quand on pense ne rien y trouver. Question d'éliminer des avenues dans une enquête. De toute façon, les bureaux montréalais du Ministère n'étaient pas très éloignés. Autant en finir tout de suite.

Alors qu'elle attendait sur le trottoir, encore un peu indécise sur la marche à suivre, son BlackBerry vibra, indiquant qu'un courriel était entré. Un message de Serge. « Suis arrivé près de mon fleuve. Je t'aime, même au loin. Bisoussss. » Ève sourit. Serge était incapable d'adopter le langage des vrais adeptes du texto. Il fallait toujours qu'il fasse des phrases complètes. Elle répondit simplement : « Me2 ☺ »

* * * * *

Dans une ruelle sordide du Centre-Sud, Théo rasait les murs, tentant de se faire encore plus discret que d'habitude. Une rumeur courait. On disait que le Rat avait été abattu. Il avait beau chercher, Théo était incapable de comprendre pourquoi on aurait tué son partenaire. Pourtant, il savait bien que n'importe qui dans le milieu les aurait assassinés sans sourciller pour avoir un peu d'argent et se procurer de la drogue. Mais Rat n'avait plus d'argent. Ils avaient tout donné ou presque à leur « dealer ». Théo s'était défoncé comme rarement. Pas étonnant qu'il ait mis autant de temps à émerger de son trip. Il se souvenait très bien que Rat avait donné l'argent et les cartes qu'ils avaient volés. Enfin c'est ce qu'il croyait, mais comment être certain de ses souvenirs… Théo se rendait compte que son cerveau avait parfois de la difficulté à faire la distinction entre la réalité et l'imaginaire. Il état souvent incapable de dire quand il était dans le concret et quand la fiction ou l'imagination entraient en scène.

Il sentait toujours le poids du portable caché dans son large manteau et doutait maintenant sur ce qu'il fallait faire. Il avait été convaincu de trouver Rat quelque part et qu'ensemble, ils décideraient. Depuis des mois, ils agissaient comme ça et ça fonctionnait bien. Rat avait toujours une solution ou une idée. Parfois c'était chiant, mais le plus souvent c'était payant. Et Rat était le seul ami que Théo avait eu depuis des années. Le seul avec lequel il n'avait pas peur de se défoncer. Rat lui avait prouvé qu'ils étaient plus forts ensemble que seuls. Théo se sentait bien avec lui. Presque en sécurité. C'est ensemble qu'ils avaient commencé à attaquer des gens isolés dans les parcs le soir ; c'est ensemble qu'ils avaient fait quelques dépanneurs ; c'est

ensemble qu'ils avaient décidé de la combine du
métro, c'est ensemble qu'ils avaient trouvé ce bout
de taudis qui était devenu leur unique maison. Ils
formaient un duo et si Théo savait bien que Rat
décidait presque tout et qu'il n'avait souvent qu'à
accepter, il se sentait cependant à l'aise dans ce
rôle. Pas de décision, pas d'inquiétude. Rat lui disait
toujours ce qu'il fallait faire. Et même si Théo savait
pertinemment que Rat prenait toutes les décisions,
jamais ce dernier n'aurait agi sans lui demander son
avis. Comme s'il était vraiment quelqu'un. Comme
si son opinion avait une valeur. Pour la première
fois depuis des années, quelqu'un pensait que
son avis valait quelque chose. Ça lui faisait chaud
au cœur.

Mais si Rat avait été tué... Il fallait qu'il
réfléchisse... Et si Rat avait été tué... Alors, il
redeviendrait seul... Comme si l'univers avait
encore une fois décidé de l'oublier... Et il faudrait
quand même qu'il trouve sa ration pour bientôt...
Chienne de vie... Il fallait d'abord savoir si Rat avait
bien été tué! Théo devait aller aux renseignements.
Il devait savoir...

*****

Personne n'était plus au courant que Campelli
des luttes que se livrait le milieu pour la succession
du parrain. Il était l'un de ceux qui avaient ouvert
cette course à la chefferie. Depuis des années, il
avait structuré son organisation et avait mis en
place de nouveaux marchés. Il avait été en mesure
de développer de nouveaux moyens pour blanchir

l'argent qui provenait des opérations. Les centres de conditionnement physique représentaient une infime facette de cette vaste opération. Ce n'était qu'une vitrine qui cachait beaucoup plus.

Campelli avait contribué à consolider les interventions dans des secteurs plus traditionnels comme la construction. L'échange d'enveloppes brunes est aussi vieux que la Mafia et existait déjà depuis des dizaines d'années dans plusieurs milieux, particulièrement dans le cadre des activités portuaires. Campelli avait intensifié cette formule et l'avait établie comme une règle dans le secteur de la construction et des grands travaux gouvernementaux. Il était difficile, pour ne pas dire impossible, pour un entrepreneur d'obtenir désormais un contrat d'une ville ou du gouvernement sans être de la « famille ».

Vince était aussi au cœur d'un autre projet à long terme qui touchait les élus du pays. Graisser les pattes des politiciens était une opération presque aussi vieille que la Mafia elle-même. Toutefois, l'apport de Campelli avait permis de structurer le tout selon une nouvelle perspective. Ainsi, depuis quelques années, il avait « commandité » les campagnes électorales et les élections de personnes à tous les paliers gouvernementaux en contournant habilement toutes les lois et toutes les règles de financement électoral. Les personnes aidées avaient été choisies avec soin en fonction des possibilités qu'elles atteignent éventuellement des leviers de commande importants. Et, généralement, les espoirs s'étaient confirmés. Choisir des candidats dès le début de leur carrière et les aider à gravir les échelons garantissaient leur fidélité. Les mafiosi avaient donc dorénavant des entrées privilégiées presque partout. Et ils ne manquaient pas une occasion d'utiliser ces accès en rappelant aux personnes concernées à qui elles devaient leur position actuelle.

Il avait aussi été l'un de ceux qui avaient participé aux discussions avec les motards et réussi à trouver des terrains d'entente. Les résultats avaient été bénéfiques pour les deux groupes. Ils avaient surtout permis de changer l'opinion populaire. Vince se souvenait parfaitement que, pendant un certain temps, la population avait mis une pression colossale sur les gouvernements et les policiers, et, par voie de conséquence, sur les groupes criminalisés, pour enrayer les *débordements* dans le cadre leurs activités illégales. Désormais, les actions d'éclat et, conséquemment les pertes collatérales, avaient presque disparu. Les choses se réglaient différemment et à l'interne. La population se foutait bien de ce que faisaient la Mafia ou les motards pourvu qu'ils règlent leurs comptes entre eux et qu'ils se tuent mutuellement. Le poids de l'opinion publique changeait quand des innocents étaient au milieu d'une fusillade. Autrement... Bof!!! Raison de plus, songea-t-il, pour que l'on trouve et punisse ceux qui avaient tué Franky. Parce que la pression recommençait et c'était le genre de dérapage qu'il fallait éviter.

Campelli avait aussi établi des liens étroits avec les patrons de la pègre de certaines grandes villes américaines et y avait des appuis solides pour l'avenir. Bref, il était en droit d'espérer devenir le chef de toute l'organisation montréalaise. Il savait aussi parfaitement qu'il n'était pas le seul à prétendre au trône. Que des actions seraient télégraphiées d'aussi loin que New York ou Chicago pour aider un candidat que certains patrons américains préféraient ou qu'ils pouvaient contrôler plus aisément. Néanmoins, il était dans une bonne position.

Mais tout n'était pas encore joué. Le meurtre de son bras droit en était la preuve. Et il comptait bien répliquer très fort et très rapidement à cette agression. Campelli misait sur plusieurs choses pour montrer qu'il était le meilleur. Premièrement, il avait, à son tour, commandé une opération qui éclaircirait les rangs de l'opposition. Dès aujourd'hui, un malheureux incident allait survenir dans le bunker de Claudio Bambino, un ennemi de longue date et un prétendant au pouvoir. Et puis ses hommes avaient intercepté les deux tueurs. Le sort qu'il leur réservait aurait de quoi faire réfléchir ceux qui auraient encore ce genre d'intention à son égard.

Mais surtout, il y avait cet autre dossier. Bien entendu, ce serait un peu plus long à établir, mais ce serait, bientôt, beaucoup plus payant. Depuis quelques années, Campelli avait structuré une nouvelle et très lucrative activité. Il avait fallu du temps pour trouver et soudoyer les bonnes personnes et s'assurer de leur collaboration, mais c'était maintenant chose faite. Les résultats et les tentatives des deux dernières années allaient maintenant profiter. Le système était rodé. Il avait mis en place un réseau de trafic d'organes des plus profitables. La demande était colossale. C'était incroyable de constater le nombre de personnes immensément riches et malades qui voulaient vivre. Quelles qu'en soient les conséquences pour les autres. Les entrées d'argent étaient inimaginables. On pouvait charger le prix qu'on voulait, le résultat seul comptait. Or, la structure mise en place par Campelli pouvait maintenant passer à la vitesse grand V. Voilà qui serait l'élément déterminant de sa campagne.

Assis sur une petite chaise droite, réfléchissant à tout ça et, pour le moment, complètement indifférent à ce que se passait devant lui, Vince Campelli fumait une cigarette en regrettant de ne pas être capable d'arrêter cette fâcheuse habitude. Il restait un peu en retrait, au fond de cet entrepôt vaste et sombre qui appartenait à une filiale d'une compagnie qu'il contrôlait dans la banlieue nord de Montréal. Ses hommes, par chance, avaient pu intercepter les tueurs qui avaient fait la peau à Franky. Vince savait qu'ils ne parleraient probablement pas. Il était en présence de vrais professionnels. Mais cela ne le dérangeait pas. Il avait déjà une bonne idée de celui qui avait commandité l'opération. Il voulait juste se venger et adorait voir souffrir ceux qui lui avaient fait du tort. Il expédierait ensuite les corps à celui qui les avait engagés. Et s'il se trompait... Bof!

Pour le moment, les deux hommes étaient nus sur une chaise sans fond. Ils avaient déjà été battus et faisaient peur à voir. Comme prévu, aucun des deux n'avait parlé. Pour la suite et la fin, Vince avait repris une idée intéressante et qu'il avait trouvée dans un film de James Bond. Ce n'était pas la première fois qu'il repiquait un exemple sorti tout droit de l'imagination d'un scénariste. Ça avait commencé quand il avait vu une scène dans un film assez merdique dont il ne se souvenait même plus du titre. Pour montrer qu'on ne devait pas parler dans l'organisation, les tortionnaires avaient attaché les mains d'un type sur une table et lui avaient rempli la bouche de purée jusqu'à ce qu'il s'étouffe. Campelli avait pour sa part, quand une occasion semblable s'était présentée, collé les mains du gars sur une table avec de la *Crazy glue*. Il lui avait ensuite fait avaler du ciment à prise rapide... Peut-être pas très joli, ni raffiné, mais excessivement efficace pour dissuader d'autres délateurs dans l'organisation.

Aujourd'hui, il allait essayer autre chose. Dans le film qu'il avait visionné, le méchant voulait faire parler Bond (assis nu sur une chaise sans fond) en lui assénant des coups aux parties génitales avec un gros câble. Vince estimait avoir amélioré l'idée en utilisant plutôt une chaîne. Ça durerait probablement moins longtemps mais tant pis.

Il s'était aussi trouvé drôle en leur faisant voir cette séquence du film avant de les installer sur la chaise. Pour qu'ils sachent bien ce qui les attendait. Vince avait souvent remarqué que l'anticipation du mal et de la douleur était aussi amusante que le mal lui-même. Les visages des types avaient réussi à blêmir davantage en regardant la séquence.

Ça faisait maintenant une quinzaine de minutes qu'il les laissait poireauter. Une éternité pour des hommes qui attendent une mort qui ne veut pas venir. Il s'approcha enfin d'eux pour leur accorder une dernière chance.

— Écoutez les gars. Ça va faire mal. Très mal. Vous êtes pas obligés d'endurer ça. Je vais être bon prince, leur dit-il d'une voix douce et presque amicale. Vous me donnez les noms de vos employeurs et je vous fais tuer proprement et rapidement d'une balle dans la tête. C'est *fair* comme marché. Je veux simplement des noms...

Aucun des deux ne répondit. Était-ce parce qu'ils avaient la mâchoire brisée ? Non ! Leur refus de répondre était encore clair dans la détermination que Vince pouvait lire dans leurs yeux.

— C'est bon. Alors t'es vraiment certain mon bon Don que tu ne changes pas d'idée ? Toi aussi Sean ? Parfait. Comme vous voulez. C'est votre décision et je la respecte. Qu'on en finisse, lança-t-il à un de ses hommes. Mais pas trop vite, pour que ça dure un peu. Comme ils ont fait souffrir Franky. Vas-y Ben...

Ben fit lentement tourner la chaîne devant les hommes. Il se déplaça ensuite derrière eux pour qu'ils ne sachent pas qui et quand le coup frapperait. Les secondes s'éternisaient et Vince pouvait lire la terreur dans les yeux des hommes ligotés devant lui.

Puis, il y eut un hurlement quand le premier coup atteignit sa cible. Vince sourit à pleines dents.

* * * * *

Jour et nuit, une faune particulière vivait dans ce secteur de la ville où on trouvait une université, un hôpital, des salles de spectacles, des bars, enfin tout ce qu'il faut pour faire vivre et vibrer un quartier. Même en plein jour, en plein hiver, même quand il faisait froid, il y avait du monde ici. La rue Saint-Denis, au sud de Sherbrooke, était le rendez-vous des jeunes, des étudiants, des touristes, des hommes d'affaires, mais surtout des artistes et des précurseurs, de ceux qui faisaient la mode ou qui inventaient le son qui serait demain au goût du jour. Bien entendu, on y côtoyait aussi ceux et celles qui avaient été oubliés par la société, qui étaient passés à travers les mailles du filet social. Mendiants, itinérants, drogués, racoleuses, ceux qui débarquaient à Montréal et qui ne savaient pas où aller, ceux qui y étaient depuis longtemps et qui n'y avaient rien trouvé, tous ceux-là se retrouvaient aussi dans ce coin de la ville.

Palomino marchait doucement, regardant les filles, souvent magnifiques, qui prenaient un verre dans un bar. Il cherchait quelqu'un et savait où il le trouverait. T-Bone était ici chez lui.

Tony l'avait rencontré à ses débuts comme policier. La brève époque pendant laquelle il avait patrouillé les rues de Montréal. T-Bone Guindon était incontournable. Un être d'exception, dans tous les sens du mot. D'où lui venait son surnom? Personne ne le savait vraiment. Seul Guindon aurait pu donner la réponse, mais il n'en parlait jamais. Certains juraient toutefois qu'à l'époque, il ne mangeait que cette partie de steak et qu'il grugeait complètement l'os, ce qui lui aurait valu, naturellement, ce surnom. D'autres affirmaient au contraire qu'il avait commencé une carrière de boxeur et qu'il frappait si fort ses adversaires aux côtes qu'il en brisait régulièrement. D'autres encore savaient, de source sûre, qu'il avait acquis ce nom parce qu'il était fort comme un bœuf. Mais au fond, ça n'avait aucune importance. Le fait est que maintenant, et depuis plusieurs années, T-Bone régnait sur cet arrondissement comme le grand vizir sur son royaume. Il connaissait tous les marginaux de la ville, savait tout ce qui se passait de louche dans son coin. Personne ne savait comment il pouvait se renseigner puisqu'il était éternellement assis dans les marches d'une maison de chambre qui était elle-même un anachronisme dans cette rue. Mais c'était comme ça. Tout le monde le savait et tout le monde acceptait cette situation. Il y avait certes eu quelques efforts de personnes bien pensantes pour faire place nette. Mais T-Bone était toujours revenu.

Palomino le trouva exactement au même endroit que la première fois qu'il l'avait vu, près de dix ans plus tôt. Il était là, trônant sur les marches, hippopotamesque, énorme et sale, la barbe et les cheveux longs, enveloppé dans un immense manteau et portant une tuque des Expos de Montréal, l'ancien club de baseball professionnel de la ville. L'image d'ensemble était assez effrayante. T-Bone semblait complètement indifférent au froid, bougeant toujours lentement, tournant la tête d'un côté et de l'autre pour enregistrer ce qui se passait autour. Parfois, quelqu'un venait près de lui, lui disait quelques mots puis continuait son chemin. Seuls ses yeux gris, minuscules et cernés par l'amas de graisse de ses joues, étaient en mouvement. Quand T-Bones vous fixait, on avait l'impression qu'il voyait jusqu'au fond de vous, qu'il vous retournait l'âme pour l'évaluer, vous jugeant et déterminant ainsi si vous étiez digne qu'il vous adresse la parole. Mais c'était seulement une impression. Tony le savait depuis longtemps. T-Bone était myope comme une taupe. Toutefois, s'il n'y voyait rien, il entendait parfaitement.

— Salut Tee, toujours au poste? Lança Palomino.

— Si c'est pas le *rookie* de la police. T'es revenu sur la patrouille ? Y en ont eu assez que tu t'occupes des affaires des grands ?

— Non. Même si des fois ça me plairait bien de revenir dans le coin.

— Tu dis n'importe quoi. Tu te plaignais parce qu'il faisait froid, tu te plaignais parce qu'il faisait chaud, parce qu'il pleuvait, parce qu'il faisait soleil. Tu te plaignais surtout d'avoir à porter un uniforme semblable à celui de tous les autres, si je me souviens bien. Dans le fond, t'étais assez chiant.

— Content que tu te souviennes de moi, rigola Tony. Alors comment vont les affaires ?

— Aussi mal qu'on peut l'espérer dans un pays où les forces policières dominent et que le gouvernement est à la solde du capitalisme. Y nous font croire ce qu'ils veulent et ils espèrent qu'on va tous embarquer comme des moutons.

— Tu vas pas encore me dire que les Américains ont jamais été sur la lune ?

— Mais c'est une vérité fondamentale. C'est un trucage de bout en bout. Et c'est comme ça dans tout. Qu'est-ce que tu penses qu'y s'est vraiment passé à New York en 2001 ? Y font ce qu'ils veulent pour nous empêcher de comprendre leurs objectifs profonds. Mais moi je sais ! C'est la suite du grand Complot.

Quand T-Bone parlait du complot, on entendait le « C » majuscule. Il était intarissable quand il commençait à parler de son sujet préféré : les conspirations gouvernementales. Comment les élus, l'armée, les policiers, les banquiers et tous ceux qui tenaient les rênes du pouvoir élaboraient des histoires pour tenir le peuple dans l'oppression et l'ignorance. D'ailleurs, s'il avait pointé les Américains, il pouvait, dans la minute qui suivait, servir la même recette en ce qui concernait les communistes, les Chinois, les pétrolières, les musulmans ou le pape. C'était un paranoïaque de la conspiration globale. Et il était d'une mauvaise foi inimaginable si vous tentiez de répliquer.

— Oui, répondit Tony, je me rappelle très bien que toi, tu sais.

— J't'ai déjà dit quand j'ai commencé à comprendre que les gouvernements complotaient ? demanda le gros. C'était pendant la guerre du Vietnam, continua-t-il sans attendre la réponse. Les étudiants américains étaient en train de mettre le pays à l'envers avec leurs histoires de paix et de manifestations antiguerre. Dans ce temps-là, les jeunes savaient ce qui était juste. Mais dans un discours, Nixon a dit qu'il allait faire en sorte qu'ils oublient la guerre pour s'occuper plutôt d'environnement. Voilà ce qu'il a dit. Et tu sais ce qui est arrivé ?

— Les jeunes se sont tournés vers l'environnement et ont laissé les manifestations antiguerre, compléta Tony.

— Exact, monsieur. C'est tout à fait ce qui s'est passé. Et ils ont jamais arrêté ensuite, commençait-il à s'emporter.

— Écoute Tee, intervint Palomino en tentant d'endiguer immédiatement le roman qui n'allait pas manquer de suivre. Ça me ferait plaisir de parler de tout ça avec toi en souvenir du bon vieux temps, mais je suis ici pour autre chose.

— AHHH, dit T-Bone, se penchant vers l'arrière dans une position qui lui donnait cet air de pacha qui accepte de parler à un être inférieur. T'es ici pour le *business*, continua-t-il.

— J'ai besoin de trouver quelqu'un et tu peux m'aider, j'en suis certain. Tu sais toujours tout ce qui se passe et tu connais tout le monde.

— Tu sais que j'suis insensible à la flatterie. Qu'est-ce que ça me donne ? Pourquoi je t'aiderais ?

Tony avait prévu le coup. Il connaissait le dada de T-bone et savait comment l'amener à collaborer. L'argent n'avait pas réellement de prise sur lui, la drogue aurait pu l'intéresser, mais Tony se refusait à embarquer dans ce genre de marché, alors il restait la paranoïa du gros. Palomino sortit une clé USB de sa poche et la promena devant les yeux de T-Bone.

— Tu sais ce que c'est ? demanda-t-il.

— Un truc informatique. Mais tu sais que j'ai pas d'ordi. C'est une machine qui permet au gouvernement de nous contrôler. Qu'est-ce que tu veux que j'en fasse de ta bébelle ?

— C'est une clé USB. On peut y mettre plein d'informations. Et sur cette clé, j'ai enregistré un rapport confidentiel qui, bien entendu, est démenti par tous les gouvernements. Or, ce rapport prouve que le réchauffement climatique, c'est une invention.

Il n'était pas difficile, sur internet, de trouver ce genre de document « confidentiel », rédigé par on ne sait trop quel groupe de chercheurs aussi obscurs qu'introuvables et qui apportaient des preuves incontestables de la mise en scène des gouvernements du monde qui tentaient de prouver que le réchauffement climatique allait entraîner l'apocalypse et la fin du monde. Tony avait une de ces études dans les mains et s'en servait comme appât.

— Je le savais, s'enthousiasma T-Bone. J'savais que c'était créé de toutes pièces. Comment tu veux que la Terre se réchauffe quand y fait aussi frette l'hiver. Ça a pas de bon sens cette histoire. Et, dans ta petite bébelle tu peux entrer tout un rapport.

— Oui monsieur. Et, comme je sais que t'as pas d'ordi, je peux tout te mettre sur copie papier si tu veux.

— Pas nécessaire. J'vais me débrouiller. Donne, commanda-t-il.

— Mais avant, j'ai besoin d'un renseignement. Tu te souviens, je veux retrouver quelqu'un ?

— C'est pas comme ça que ça se passe, répliqua T-Bone. Tu me donnes la chose et après je vois si je peux t'aider. Si tu me fais pas confiance, on peut pas traiter ensemble, déclara le vizir sur le ton de celui qui est offusqué qu'on puisse mettre en doute sa parole et son intégrité.

Palomino n'hésita qu'une fraction de seconde. T-Bone était le seul qui pouvait lui trouver ce qu'il cherchait rapidement.

— OK. Voilà, dit-il en lui tendant l'objet. Maintenant il faut me renvoyer l'ascenseur.

Sortant de sa poche révolver une photo de Lamontagne, Tony la tendit au gros qui l'approcha à quelques centimètres de ses yeux.

— Ce gars-là a été tué. Mais on sait qu'il se tenait souvent avec quelqu'un pour faire des petits vols. J'ai besoin de savoir de qui il s'agit et où je peux le trouver. Et ça presse.

— On me bouscule pas, se raidit T-Bone. Laisse-moi voir... Oui, je le connais. Il se fait appeler Rat. Un minable. Il travaille avec un autre... Attends. Ça va me revenir... L'autre traîne régulièrement dans le coin... Théo, je crois. C'est ça son nom.

— Et sais-tu où je peux le trouver?

— Non. Mais c'est le genre de chose que je peux apprendre.

— Il faut que je puisse avoir le renseignement rapidement.

— Donne-moi une heure.

— Tu peux me donner un coup de fil quand tu sauras?

— Pour qui tu me prends? J'ai pas de téléphone et encore moins de cellulaire. Avec ça le gouvernement entend tout ce que tu dis et sait tout ce que tu fais. Non, je peux pas te téléphoner. Si c'est important, tu reviens dans une heure. C'est comme ça! trancha-t-il.

— Pas de problème, répondit le policier.

— Et en même temps, tu m'apportes une bouteille de rhum cubain. Ça met un peu de soleil dans ma pauvre vie. Maintenant, crisse ton camp.

— Je reviens dans une heure, dit Tony en s'en allant.

* * * * *

Dans la salle des nouvelles, Pierre G. Robert était au téléphone avec un de ses informateurs.

— T'es certain de ce que tu me dis? répéta-t-il.

— C'est sûr, bonhomme. Y sont déjà en route d'après ce que je sais.

— Et qu'est-ce qui va se passer?

— Je sais pas exactement, mais ça a l'air qu'y a de la marde dans l'air. Le bruit court qu'y vont se venger pour Franky.

— Qui va se venger?

— J'peux pas t'en dire trop. Faut que j'pense à moi. Si ça se sait que j't'ai parlé, j'vais me retrouver dans le fond du fleuve.

— Mais qu'est-ce qui va se passer au juste?

— Paraît que ça va péter chez Bambino. C'est tout ce que je sais.

— Quand? demanda Robert.

— Aujourd'hui.

— Où exactement? Sa maison, un café?

— J'en sais rien. J'suis pas dans le secret des dieux.

— Finalement t'as pas grand-chose, commenta Robert.

— Tiens ton *kodak* prêt. Ça va se savoir quand il va se passer quelque chose. Pis oublie pas de mettre une enveloppe pour moi où tu sais, ajouta l'homme.

— Ton information vaut pas grand-chose. Tu sais pas qui, tu sais pas quoi et tu sais pas où.

— On a une entente, Robert. J'te dis ce que je sais et tu me paies. Si tu oublies, moi je t'oublierai pas.

— OK. T'auras l'argent. Mais j'te répète que ça vaut pas la somme habituelle.

— Ça compensera pour les autres fois. T'as pas intérêt à être *cheap* avec moi.

— Bon. C'est correct. Si tu apprends autre chose, fais-moi signe, ajouta Robert en raccrochant.

Bon, songea-t-il en ouvrant le poste radio qui lui permettait d'entendre les échanges policiers. Ça m'avance pas beaucoup. Quelque chose va se passer aujourd'hui. La seule chose concrète finalement c'est que ce sera en rapport avec la pègre. Mais si, au moins, je peux dire ça dans mon topo, j'aurai une petite avance sur les autres. Une espèce de scoop. C'est toujours ça de pris. Reste plus qu'à attendre qu'effectivement quelque chose se passe.

Pendant qu'il écoutait, le journaliste reprit son téléphone et contacta son caméraman.

— Salut Alain. Veux-tu préparer le camion ? Ça se peut qu'on ait à sortir d'urgence pour un topo… Non. Je sais pas exactement de quoi il s'agit ni où ça va se passer. Mais il faut qu'on soit prêt à partir.

Il raccrocha, se demandant s'il ne devrait pas maintenant téléphoner à Ève Saint-Jean. Pas pour l'avertir que quelque chose se tramait, bien sûr. Mais pour tenter de lui faire dire pour qui travaillait Franky. Ça serait un *plus* pour sa nouvelle s'il pouvait confirmer l'identité de celui qui avait commandité l'attentat qui devait se produire. Mais faire lâcher le morceau à Saint-Jean était certainement plus facile à dire qu'à faire. Ça valait quand même la peine d'essayer. Il reprit le combiné et composa le numéro de la détective.

* * * * *

Le quartier ne payait pas de mine. Tony Palomino roulait doucement dans le secteur Centre-Sud près des voies ferrées. Il restait encore quelques anciennes usines, vestiges d'une autre époque plus prospère. La plupart d'entre elles avaient toutefois été reconverties pour accueillir de nouvelles fonctions et parfois de nouveaux locataires. Mais il en restait quelques-unes qui semblaient complètement abandonnées. C'est de ce côté qu'il se dirigeait. Le peu de renseignements en sa possession indiquait que Jeff Lamontagne aurait trouvé refuge par ici.

Quelques minutes plus tôt, il avait revu T-Bone, toujours assis au même endroit. L'obèse ne semblait pas avoir bougé depuis qu'il l'avait laissé. Comment faisait-il pour obtenir les informations demeurait un mystère. Mais ça marchait toujours. Ou presque.

— Alors Tee, t'as mon renseignement ? avait lancé Tony d'entrée de jeu.

— T'as ma bouteille ? avait répliqué l'autre.

— Donnant, donnant. Le renseignement et j'te donne la bouteille.

— Tout ce que j'ai pu savoir est sur ce papier. Il serait dans une usine désaffectée et abandonnée, pas trop loin d'ici. Probablement que la compagnie qui y était a complètement saccagé le sous-sol en y entreposant des produits dangereux, puis ils ont sacré le camp. Sans nettoyer évidemment. Pis j'suis certain que la Ville est au courant et qu'elle laisse faire. Tous des trous de cul.

Tony prit le papier et tendit la bouteille que le gros agrippa avidement.

— Merci T-Bone, répondit Palomino qui laissa immédiatement le pacha pour aller zieuter les environs de l'endroit qu'on lui avait indiqué.

Il se retrouvait donc dans cette partie de la ville, conduisant doucement et regardant un peu partout ce quartier qui aurait pu rivaliser avec certains quadrilatères de Beyrouth après la guerre civile. Pas étonnant, se dit Tony, que les itinérants choisissent ce secteur. Même si on sent parfois les efforts des autorités pour revitaliser ce coin de la ville, il n'en demeure pas moins qu'il reste beaucoup de travail à faire avant que ça n'intéresse à nouveau les familles et qu'on sente un second souffle de reprise.

Il valait mieux arrêter ici et faire le reste à pied. Une voiture de police, même banalisée, serait extrêmement vite repérée. Évidemment, il était parfaitement conscient qu'il serait lui aussi repéré rapidement. Qui en effet se promène dans ces ruelles sales dans un manteau noir signé Riccardi Tisci valant plus de six mille dollars? Personne en vérité. Mais Tony avait toujours été convaincu que les vêtements beaux et chics lui donnaient un avantage sur les voyous qui sentaient la différence de classe qui les séparait. Jamais sa théorie n'avait été prise en défaut. Et puis, de toute façon, il adorait avoir du style.

Quoi qu'il en soit, il laissa la voiture et s'engagea à pied dans une ruelle qui donnait accès à un édifice abandonné. Or, de toute évidence, l'endroit n'était certainement pas délaissé par tout le monde. Palomino savait parfaitement qu'il y avait toute une faune qui squattait les lieux. Vivre dans les rues de Montréal en hiver relevait du suicide. Les junkies savaient dénicher des endroits comme celui-ci pour survivre. Et généralement, les policiers et les autorités laissaient aller les choses parce qu'ils n'auraient pu trouver des abris pour tous les itinérants qui grouillaient dans la ville. C'était la solution la plus simple et la plus ancienne. Laisser aller les choses. Comme si elles allaient se régler d'elles-mêmes. Peut-être que T-Bone avait parfois raison.

Comme prévu, Tony trouva une porte ouverte à l'arrière. Il s'y engagea. L'intérieur était sombre et poussiéreux. Devant lui, un escalier montait à l'étage. Il s'y aventura sans bruit. Tout semblait calme. Il était convaincu qu'il y avait quand même du monde quelque part. Pour ces jeunes, la vie ne reprenait son cours que la nuit. Le second étage donnait sur un long et large couloir sombre doté, de chaque côté, de dizaines de portes fermées. D'anciens ateliers abandonnés en même temps que l'usine. Tony s'avança doucement, tentant de percevoir des bruits à l'intérieur. Il avait l'impression d'être dans un vaisseau abandonné... Ou dans un immense cercueil, ce qui lui donna froid dans le dos. Il faisait d'ailleurs très froid ici. L'humidité le transperçait jusqu'aux os.

Soudain, une porte à sa droite s'ouvrit. Une fille, cheveux noirs, boucle dans le nez, et enveloppée d'un grand manteau vieux et sale en sortit. Difficile de dire si elle dormait encore. Elle tanguait dangereusement, les yeux fermés comme si la lueur du corridor était encore trop brillante pour elle. Avant qu'elle puisse réagir, Tony l'empoigna par les épaules et lui mit la main sur la bouche pour l'empêcher de crier.

— Doucement, lui murmura-t-il à l'oreille. Il ne t'arrivera rien. Je ne te veux pas de mal. La fille se débattait sans réussir à se dégager de l'étreinte. Ses yeux vitreux fixaient l'homme qui la retenait. Un inconnu était toujours dangereux. Toujours.

— Calme-toi, continua Tony, J'te veux pas de mal. Doucement...

Elle n'avait probablement pas vingt ans ou tout juste, se dit-il. Elle était jolie. Ou elle l'aurait été si elle n'avait pas eu les cheveux si sales et ce maquillage noir qui lui barbouillait les yeux. Elle était maigre et ne devait pas manger tous les jours. C'était l'évidence. Ses joues creusées laissaient voir le tribut que prenait la drogue sur son corps...

Comme la fille se détendait, s'étant probablement rendu compte qu'elle ne pouvait rien faire, Tony lui dit :

— Écoute, je vais retirer ma main mais il ne faut pas faire de bruit. Je suis policier, mais je me fous complètement de la drogue. Je veux juste des renseignements sur quelqu'un qui reste probablement ici... Ça va... Détends-toi... Je te ferai rien...

— Vous avez pas le droit de m'arrêter, lui lança-t-elle aussitôt. J'ai des droits.

— T'as perdu tes droits quand tu t'es retirée de la société, ma cocotte. Mais je te répète que j'te ferai rien. Ni à tes amis. Je veux juste des renseignements, ajouta-t-il en la maintenant par les épaules pour éviter qu'elle ne se sauve.

— Qu'est-ce que tu veux... J'connais personne.

— J'vais te montrer une photo. Dis-moi seulement si tu l'as déjà vu.

Il lui présenta la photo de Lamontagne prise quelques mois plus tôt quand il avait été arrêté pour vagabondage.

— J'le connais pas, répondit-elle, sans même regarder la photo.

— Allons. Allons. On se calme. Jette au moins un coup d'œil. C'est tout ce que je te demande...

La fille regarda la photo. À sa réaction, Tony sut qu'elle avait déjà vu ce gars quelque part.

— J'le connais pas, mentit-elle.

— Dans ce cas-là, je vais être obligé d'appeler mes collègues pour qu'ils s'occupent de toi. Tu sais ce que ça veut dire... Un peu de prison, puis un centre de désintox... Le calvaire pour toi, non ?

La fille prit quelques instants pour réfléchir. L'idée de se retrouver dans un centre ne lui plaisait pas, de toute évidence.

— Bon, je l'ai peut-être déjà vu. Qu'est-ce que tu lui veux ?

— À lui ? Rien... Il a été tué hier. Je veux savoir s'il vivait bien ici et s'il se tenait avec quelqu'un.

— Qu'est-ce qui va arriver si j'vous le dis ?

— Rien... Je vais vérifier et te laisser aller jusqu'à ce qu'un policier t'arrête pour une connerie que tu feras. Pour moi, ce sera tout. Je veux juste des infos.

— J'suis sûre que tu me niaises.

— Jamais. D'ailleurs, je me souviens pas qu'on ait eu des cours d'humour à l'école de police.

La fille prit encore quelques secondes pour évaluer la proposition. Puis, comme si de toute façon elle avait dû considérer que ses options étaient inexistantes, elle lança :

— Y s'appelle Rat. Y'é presque toujours avec Théo, une espèce d'épave.

Venant d'elle, se dit Tony, c'est pas bon signe pour l'autre bonhomme.

— Et où je peux le trouver, ce Théo ?

— Quand il est ici, c'est à l'étage en haut. À peu près à la même place qu'ici, mais en haut. Mais y é pas là. Je l'ai entendu sortir tantôt.

— Merci, ma poule, j'vais quand même aller jeter un coup d'œil. Retourne dans ton atelier et pas un mot. Si tu cries ou si tu appelles, j'te jure que les policiers vont débarquer ici en un rien de temps et vous écœurer autant qu'ils le peuvent... Et tu sais qu'on nous appelle pas les chiens pour rien.

— OK... OK. Lâche-moi.

Elle regagna la pièce qu'elle venait de quitter en se massant les épaules, encore plus recroquevillée qu'en sortant. Comme si plusieurs années s'étaient soudainement ajoutées sur son dos. Tony attendit quelques secondes pour s'assurer qu'aucune alarme ne se déclenchait et qu'aucun cri ne déchirait le silence de l'endroit. Comme rien ne se passait, il monta à l'étage supérieur. Le troisième était en tout point semblable au second. Même couloir large, sombre et sale. Mêmes portes de chaque côté. Même éclairage pratiquement inexistant.

Il s'arrêta devant la troisième porte à droite, qui correspondait à peu près à ce que lui avait indiqué la jeune fille. Mais fallait-il se fier à elle ? Délicatement, il saisit la poignée. Elle tourna sans bruit et Tony entrouvrit la porte pour jeter un regard à l'intérieur. Sa main droite tenait son arme dans l'étui sous son veston. Si jamais il y avait quelqu'un, il ne voulait pas l'alerter inutilement, mais il ne voulait pas non plus être pris au dépourvu si sa venue avait été signalée d'une façon ou d'une autre par les locataires du bas. Il doutait de cette possibilité mais une précaution était tout de même préférable à une confiance absolue dans la nature et la charité humaine.

La pièce était aussi déserte qu'une pensée originale dans la tête d'un politicien. Tony fit quelques pas. Un vieux matelas mité croupissait au centre de la pièce. Un peu partout des aiguilles jonchaient le sol, tout comme quelques sacs de chips et des cannettes de bière. Le tout devenait un émouvant témoignage à la déchéance.

Aucune trace de ce Théo. Si jamais il habitait ici, il était sorti. Du moins pour le moment. Palomino s'approcha de quelques morceaux de papier froissés dans un coin. Il enfila des gants en latex qu'il gardait toujours à portée et entreprit d'en examiner quelques-uns. L'essentiel était constitué de dépliants publicitaires pour des pizzérias ou des dépanneurs du coin. Puis il y en avait d'autres. Des copies de factures, des reçus de transactions bancaires. Probablement des vestiges de vols commis par le duo. Il les déposa dans un petit sac et poursuivit son examen. Il n'y avait absolument rien d'autre à se mettre sous la dent. Devait-il rester ici et attendre un éventuel retour de l'occupant? C'est du temps perdu, se dit-il. Il demanderait plutôt au chef de mettre quelqu'un en faction dans le coin et d'attendre que le fameux Théo refasse surface.

Après un dernier coup d'œil, il repartit vers la sortie et un peu d'air frais. Les relents de moisissures et d'urine lui donnaient la nausée. Une fois dehors, il se permit enfin de prendre une bonne respiration. À ce moment, il aimait presque l'hiver et la pureté de l'air. Tony reprit le chemin de sa voiture.

* * * * *

Théo ne savait toujours pas quoi faire. Il décida de revenir vers la piaule et de se réchauffer un peu. Comme il débouchait à l'angle de la ruelle, la porte de l'entrepôt s'ouvrit. Théo se jeta littéralement derrière un conteneur à déchets, vestige oublié d'une vaine tentative d'un entrepreneur en construction de rénover un édifice du coin. Même les autres colocs de l'édifice n'étaient pas sûrs. Et surtout aujourd'hui, il ne voulait prendre aucune chance. Il risqua un œil pour voir qui franchissait la porte. Le type qui sortait était un policier, c'était clair. Pas du genre qu'il rencontre habituellement, mais un policier quand même. Il le sentait dans ses tripes. L'homme avec son manteau noir se dirigea vers la rue, de l'autre côté de la ruelle.

Après quelques minutes d'attente, le temps que le policier soit parti, Théo s'éloigna en sens inverse. Il faudrait peut-être qu'il trouve un autre endroit pour vivre pendant un bout de temps. Chienne de vie !

Il erra ainsi pendant une bonne demi-heure n'ayant pas encore décidé de ce qu'il convenait de faire. D'instinct, il rasait les murs et regardait tous les passants, tentant de jauger un danger. C'est cette seconde nature qui le mit en alerte quand il aperçut deux hommes au coin d'une rue. Sans savoir pourquoi, il était convaincu qu'ils le cherchaient.

Il se tassa davantage pour tenter de disparaître complètement. Trop tard. Les deux hommes l'avaient vu et s'étaient lancés à sa poursuite. Théo avait réagi instantanément. Il connaissait parfaitement le secteur. Il avait couru vers la ruelle, puis s'était lancé dans un minuscule passage entre deux maisons pour aboutir sur la rue voisine. Sans s'arrêter, il était entré dans un stationnement qui aboutissait à l'arrière d'un centre commercial. Il commençait à distancer les hommes. Il pénétra dans le centre par une entrée réservée aux marchandises et à la livraison, traversa en courant l'arrière d'une boutique et émergea dans le magasin lui-même. Il ne s'attarda pas, continua dans le mail et ressortit par l'entrée principale. Il s'élança ensuite entre les voitures garées et il disparut. Volatilisé, tout simplement.

Laurent et Bob l'avaient suivi jusqu'à la porte utilisée pour l'entrée des marchandises. Ils se laissaient distancer. Le jeune, à l'évidence, était plus rapide et connaissait tous les recoins du secteur. Quand ils arrivèrent enfin devant le stationnement principal, il n'y avait plus aucune trace de l'homme.

— J'suis trop vieux pour ces conneries, lança Laurent à bout de souffle.

— Mais comment on aurait pu savoir qu'un junkie comme lui pouvait réagir et courir aussi vite ? résuma Bob en cherchant lui aussi son souffle.

— Je me demande comment il a su que c'est lui qu'on cherchait ?

— Y ont un sixième sens pour ça. Pour ces jeunes-là, on est aussi visibles qu'un bouton sur le nez. C'est dans leur ADN.

— Au moins ça confirme qu'il se cache quelque part dans le coin. On va le retrouver. C'est juste une question de temps.

Laurent et Bob restèrent quand même quelques minutes à scruter les environs.

— OK. On retourne à l'auto. Donne un coup de fil aux dealers du coin et rappelle-leur qu'on cherche Théo. Ça presse. Moi, j'vais téléphoner au client. J'suis pas certain qu'il va aimer le nouveau délai...

9

Les Affaires étrangères et le Commerce international prenaient une place importante au gouvernement. Pas autant que d'autres ministères, comme celui de la Défense nationale ou des Finances, bien sûr, mais les Affaires étrangères avaient toujours été impliquées au premier chef dans l'image que présente le Canada dans le monde. Il y avait d'ailleurs un ministre pour les Affaires étrangères et un pour le Commerce international dans le cabinet actuel. En termes de ressources, il y avait des bureaux dans plus de deux cent soixante villes réparties dans cent cinquante pays. Le moins qu'on puisse dire, c'est qu'il s'agissait d'une présence non négligeable.

Officiellement, les bureaux des Affaires étrangères ouverts au grand public étaient uniquement à Ottawa si on excepte, bien entendu, les bureaux des passeports qu'on trouvait partout. Cependant, le Ministère avait des fonctionnaires dans la plupart des grandes villes canadiennes, dont, évidemment Montréal. Chacun de ces bureaux avait sa spécialisation et sa vocation dans ce grand puzzle qui concernait les relations du Canada avec le monde.

Celui de Montréal était situé au Complexe Guy-Favreau et le commun des mortels aurait été bien embêté de le trouver. Pas de grandes affiches, pas d'indications claires. En fait, on y travaillait avec une équipe réduite qui rencontrait seulement d'autres administrateurs et, plus rarement, des politiciens ou des fonctionnaires d'autres pays. Toutefois, le bureau de Montréal, relevant de Jules Renaud, avait participé à l'élaboration de la plupart des protocoles qui avaient été négociés avec d'autres pays. On y trouvait la fine fleur des experts dans ce domaine.

Dès qu'elle avait lu le nom de Jules Renaud, Ève Saint-Jean avait eu l'impression de le reconnaître. Renaud était le directeur de Montréal et, à ce titre, le patron d'Étienne Borduas qui avait été tué dans le métro.

En arrivant dans les locaux du Ministère, au douzième étage de l'édifice, Ève donnait un peu l'impression d'être une tache sur une peinture. Avec son éternel Kanuk bleu et ses bottes de construction, Ève s'était fait accueillir par la secrétaire avec autant d'amabilité et de chaleur qu'un agent du fisc par un entrepreneur en construction. C'est vrai que tout dans cette réception était feutré. Sur les murs en érable rouge étaient accrochées des toiles de maîtres et des photos du premier ministre canadien lors de rencontres protocolaires avec les principaux dirigeants du monde. Au bureau, qui trônait dans cette entrée, régnait cette secrétaire qui irradiait l'efficacité et le snobisme. Au premier coup d'œil, elle pouvait déterminer exactement à quel groupe s'intégrait la personne qui pénétrait dans cet antre et quel niveau de civilité et de protocole elle devait afficher. À son ton, Ève ne doutait pas d'être tout au bas de l'échelle.

— Que puis-je pour vous ? demanda la dame avec une froideur à glacer le sang et figer une personne timide, ce qui n'était absolument pas le cas d'Ève Saint-Jean.

— Vous ? Probablement rien. Mais Jules Renaud certainement. Alors si vous voulez bien m'annoncer, lui lança-t-elle en lui montrant sa carte de la Sûreté du Québec.

— Monsieur Renaud est très occupé, répondit la cerbère pas du tout impressionnée par le statut de la visiteuse. Elle prit la carte d'identité d'Ève et poursuivit... Si vous voulez bien patienter quelques minutes, madame Saint-Jean, je vais vérifier avec monsieur Renaud.

Sur quoi, sans attendre de réponse, elle s'éclipsa par une porte menant vraisemblablement, songea Ève, à d'autres bureaux.

Ève poireauta plusieurs minutes avant le retour de la charmante hôtesse. La détective était certaine que la secrétaire avait pris son temps pour bien lui faire comprendre qu'ici, on n'était pas dans une brasserie où le peuple pouvait entrer à sa guise. Ève dut admettre que le délai d'attente avait été chronométré à la perfection. Juste assez pour faire chier la policière, mais pas assez pour que quelqu'un d'aussi entreprenant qu'elle ne décide de passer tout simplement la porte pour aller voir directement le directeur. Elle allait opter pour cette solution quand la secrétaire revint à son bureau.

— Monsieur le directeur va vous recevoir. Si vous voulez bien me suivre, compléta-t-elle en tournant les talons pour montrer le chemin.

Je crois bien que je la déteste, songea Ève. Non...
En fait, je suis certaine que je la déteste et que
j'adorerais lui enlever cet air supérieur. Juste pour
l'écœurer, elle accrocha des papiers qui étaient
méticuleusement et amoureusement placés sur le
coin de la réception.

— Oh pardon! Je suis si maladroite dans de
petits espaces comme ici. Permettez que je ramasse
le tout, dit-elle en se penchant.

— Laissez tout ça là, répliqua aussitôt la matrone.
Je m'en occuperai plus tard. Suivez-moi, je vous
prie... Et veuillez faire très attention.

Ève eut l'impression d'avoir donné un coup
d'épée dans l'eau. Si sa maladresse avait embêté la
réceptionniste, rien ne le laissait paraître. Après
tout, se dit-elle, elle peut bien s'étouffer dans ses
convenances. J'en ai rien à foutre.

Ève la suivit dans l'autre partie des locaux du
Ministère. C'était beaucoup plus petit que ce à quoi
elle s'attendait. Seulement quelques cubicules où
travaillaient cinq ou six personnes. Aucune ne daigna
d'ailleurs la gratifier d'un regard, trop occupées
qu'elles étaient à travailler sur des dossiers tellement techniques et hermétiques qu'elle n'y comprendrait probablement rien. Mais de ça aussi, elle s'en
foutait. La prétorienne frappa doucement à une
porte tout au fond de la salle, puis l'ouvrit en laissant passer la visiteuse. Ève ne lui accorda pas un
regard et entra alors que s'approchait le maître des
lieux. Tout au contraire de la geôlière, il souriait et
semblait content de la recevoir.

— Madame Saint-Jean... Veuillez entrer, je vous
prie, lui dit-il en tendant la main. Puis, se tournant

vers la secrétaire, il ajouta : « Merci, Denise, je m'occupe de madame. »

Sur quoi la patronnesse sortit en refermant la porte.

— J'imagine, continua Renaud en regardant Ève, que ma secrétaire vous a reçue avec toute la chaleur et l'amabilité dont elle est capable...

Comprenant à son regard qu'elle avait dû être encore plus frigorifique que d'habitude, il poursuivit :

— Il ne faut pas vous vexer. Denise est une secrétaire-réceptionniste extraordinaire mais elle a toujours eu un peu de difficulté à s'adapter à des situations nouvelles. Elle tente toujours de me protéger des intrus. Mais c'est quand même une femme formidable, veuillez me croire, ajouta-t-il.

— Effectivement, au premier abord, c'est pas évident. Mais je ne mettrais jamais en doute ses compétences. Ça lui sort par les pores de la peau.

— Voilà une belle figure, répondit le directeur en riant. Mais vous n'êtes certainement pas venue ici pour discuter des qualités de ma secrétaire... Qu'est-ce qui me vaut le plaisir ? lui dit-il en lui montrant un fauteuil.

— Je serai aussi brève que possible, répondit Ève en s'assoyant. J'enquête sur la mort tragique de votre employé Étienne Borduas. Il travaillait ici depuis longtemps ?

— Vos collègues m'ont déjà rencontré et posé ces questions. Ce que vous savez probablement d'ailleurs pertinemment. Étienne était avec nous depuis presque quatre ans. Il est entré au Ministère immédiatement après ses études. C'était quelqu'un de très chaleureux, d'exceptionnellement intelligent et qui avait une compréhension hors du commun des relations entre les États. Sa mort tragique est une très grande perte pour nous et pour le Ministère, continua-t-il en reprenant sa place derrière son bureau.

Ève examina Jules Renaud. Un bel homme dans la force de l'âge. Il avait les épaules larges et donnait tout de suite l'impression d'être un sportif. Il émanait de lui un parfum de distinction. On sentait qu'il était habitué de côtoyer des personnalités fortes et qu'il savait exactement comment négocier et agir avec elles. Il semblait à Ève que cet homme aurait été aussi à l'aise assis dans le bureau particulier de la reine d'Angleterre que dans la foule lors d'un match de hockey au Centre Bell. Jules Renaud devait bien faire un mètre quatre-vingts, avait les cheveux blonds et courts et il portait le complet-cravate avec encore plus d'aisance que d'autres portent une robe de chambre. Ève sentait parfaitement l'énergie et le charisme de l'homme. En plus, elle devait avouer qu'il n'était pas mal du tout et elle le trouvait tout à fait sympathique malgré ses tournures de phrases ronflantes. Pendant son examen, Ève se rappela où elle l'avait vu.

— Nous nous sommes déjà rencontrés, dit-elle.

— Voilà qui m'étonnerait car je me souviendrais également de vous. Vous n'êtes pas le genre de femme à passer inaperçue.

— Merci pour le compliment, continua-t-elle en rougissant légèrement, mais il est normal que vous ne vous souveniez pas de moi. Vous êtes venu donner une conférence à l'Université de Montréal. Vous aviez abordé l'aspect psychologique des négociations internationales pour les finissants en psycho dans le cadre de j'me souviens plus quel cours.

— Oui... Je me rappelle avoir donné une telle conférence... Mon Dieu, ça fait déjà plusieurs années. Vous avez une excellente mémoire... Félicitations. J'espère ne pas avoir dit trop d'imbécilités et que j'ai pu vous apprendre quelque chose ?

— Absolument. C'était fascinant. Et vous aviez toujours un exemple pour chaque cas abordé. J'ai presque failli trouver un intérêt à la politique, et je me souviens avoir lu religieusement, dans les grands quotidiens, la section des affaires internationales pendant quelques semaines... Mais bref, revenons à notre problème. Savez-vous si Borduas avait des ennuis dernièrement ?

— Honnêtement, je n'en ai aucune idée. Vous voyez, ici tout le monde travaille un peu dans son coin. On ne met en commun notre travail qu'une fois qu'on a l'impression que chacun a apporté son éclairage propre au dossier en préparation. Vous comprenez, il s'agit pour nous d'avoir les perspectives les plus larges et les plus différentes possible. Il nous est ainsi raisonnablement possible de penser que nous avons envisagé toutes les facettes d'une éventuelle entente internationale. C'est pourquoi, malgré l'équipe réduite que nous avons ici, nous encourageons peu les relations personnelles. Pour conserver cette originalité de pensée. Donc, pour répondre clairement à votre question, et en autant qu'il m'était possible de le voir, je ne crois pas qu'Étienne ait eu quelque problème que ce soit.

— Savez-vous s'il avait des amis ou des ennemis ici ?

— Il est assez peu probable qu'il ait eu des amis proches ou des ennemis tenaces dans ce bureau. Je vous répète que nous n'encourageons pas du tout ces rapports. Quant à sa vie à l'extérieur... Je suis bien incapable de vous en parler.

— Travaillait-il sur un dossier particulièrement chaud ou délicat?

— Nous travaillons tous sur des dossiers chauds et délicats, comme vous dites. Mais rien de particulièrement sensible pour le moment.

— J'ai lu dans le rapport que l'ordinateur portable qu'il s'est fait voler était la propriété du Ministère. Était-il normal qu'il sorte des bureaux avec cet appareil?

— Là, vous touchez un point. Franchement, non. Il n'aurait pas dû rentrer chez lui avec un ordinateur du Ministère. Mais il faut aussi comprendre que tous mes collègues travaillent de très longues heures. Alors je n'ai jamais été trop pointilleux sur cette question. Souvent, quand on travaille sur un dossier difficile, il nous arrive d'avoir une idée en pleine nuit. Alors nous « tolérons » ces petits écarts. Toutefois, depuis l'accident d'Étienne, des directives strictes et claires empêchent désormais de sortir les ordinateurs du bureau.

— Pouvez-vous affirmer que le portable qui a été volé ne contenait pas d'informations secrètes qui auraient pu susciter la convoitise de personnes ou de groupes?

— Absolument. Il n'y avait rien de confidentiel au sens ou vous l'entendez. Étienne travaillait sur l'ébauche d'un projet d'entente. Vous comprendrez évidemment que je ne puisse pas vous en parler, mais, disons qu'il n'y avait rien de très sensible politiquement et rien qui puisse intéresser quelqu'un. De plus, tous les ordinateurs étaient « purgés », si vous me permettez l'expression, régulièrement des dossiers terminés, ce qui élimine tout coulage sur des documents ou des projets secrets du gouvernement. Je fais personnellement et régulièrement cette opération sur tous les ordis. J'avais d'ailleurs fait le ménage de celui d'Étienne moins d'une semaine avant le drame.

— Voici ma carte, dit Ève en la lui tendant. Si vous vous souvenez de quelque chose, même si ça peut vous sembler une broutille, n'hésitez pas à me contacter.

— Dois-je comprendre que votre enquête avance? demanda Renaud.

— Elle suit son cours. Vous comprendrez que je ne sois pas plus précise… laissa-t-elle entendre pour lui rendre un peu la monnaie de sa pièce.

— En tout cas, j'espère que vous trouverez les coupables, répondit-il avec un sourire, bien conscient d'avoir été gentiment rabroué. Et si jamais vous retracez le portable, nous serons bien entendu heureux de le récupérer, dit-il en se levant pour aller la reconduire. Puis, regardant sa montre, il suggéra plutôt: « Écoutez, ne prenez pas mal cette proposition, mais c'est l'heure du lunch. Me permettez-vous de vous inviter… Nous pourrons poursuivre cette conversation et, qui sait, peut-être me laisserez-vous raconter d'autres anecdotes comme celles qui ont semblé vous plaire à l'époque… »

Ève ne savait pas trop quoi penser de cet homme. Mais une chose était certaine, il était mignon… Alors elle accepta l'invitation.

$$* * * * *$$

Planqué dans le renfoncement d'une entrée cachée d'une maison délabrée, Théo était invisible et reprenait son calme. Rat était bien mort. Tué d'une balle dans la tête. C'est du moins ce qui se racontait. Et trop de monde en parlait pour que ce soit une erreur. La nouvelle le rendait triste, mais le chagrin n'avait jamais été son fort. Il devait aussi penser à son avenir. Il serait seul à nouveau. Et il était donc préférable de penser tout de suite à ce qu'il devait faire pour éviter de se retrouver en manque. En plus, il y avait ces deux gars qui l'avaient poursuivi plus tôt. Étaient-ils de la police ? Théo ne le croyait pas. Il n'aurait pas su dire pourquoi, mais il croyait qu'ils le cherchaient pour autre chose. Mais il lui était impossible d'imaginer ce qu'il avait pu faire ou ce qu'il pouvait avoir qui les intéresse.

Il sentait toujours le poids de l'ordinateur dans son manteau. C'est par là qu'il faut commencer, se dit-il. Une machine comme ça, ça vaut au moins deux cents piastres. Peut-être trois cents. Inconsciemment, ses pas l'avaient amené près d'un brocanteur qui achetait et vendait n'importe quoi. Rat et lui l'avaient déjà rencontré pour lui refiler des trucs volés ou trouvés. Il ne payait pas beaucoup, mais c'était toujours rapide et en liquide. Un avantage immense.

Théo se dirigea vers la boutique de la rue Sainte-Catherine en tentant de se faire le plus discret possible. Il passa une première fois devant le magasin pour jeter un œil. Comme c'était souvent le cas, il n'y avait pas de clients. Il revint sur ses pas et franchit cette fois la porte. L'intérieur était comme une caverne d'Ali Baba. Il y avait vraiment de tout. De vieux téléviseurs, des chaînes stéréo, des calculatrices, des téléphones cellulaires, mais aussi des poussettes de bébé, des articles de décoration, des bijoux et même des vêtements. Un homme lisait tranquillement le journal à un comptoir au fond de l'établissement. Contrairement à ce que l'on voit généralement dans les films sur les propriétaires de ce genre de magasin, l'homme était jeune – dans la trentaine –, propre de sa personne, fraîchement rasé et avait les cheveux courts. Vêtu d'un jeans et d'une chemise à carreaux, il ressemblait plus à un cowboy qu'à un receleur. Mais qui peut dire à quoi ressemble vraiment un receleur ?

— Bonjour. Est que vous cherchez quelque chose en particulier, demanda-t-il en levant les yeux de son journal et en souriant. Puis semblant reconnaître le visiteur, il changea de ton. Ah, c'est toi, body... T'es pas avec ton chum aujourd'hui ? Bon, qu'est-ce que t'as à me proposer ?

— Combien tu me donnes pour ça ? demanda Théo en sortant le portable et en le déposant sur le comptoir.

Le commerçant examina l'appareil. Difficile de dire pour Théo, seulement en regardant la réaction de l'autre, s'il s'agissait d'un ordi datant de l'époque préhistorique ou si c'était un modèle récent et, donc, cher. Mais s'il avait été moins perturbé, moins inquiet et moins désireux de sortir d'ici au plus tôt avec quelques dollars, il aurait quand même remarqué que l'homme s'agitait un peu plus fiévreusement que d'habitude. Lui savait exactement quel genre de portable il y avait sur son comptoir et il en connaissait le prix au dollar près.

— Ça vient d'où cet engin ?

— Je l'ai trouvé…

— Ben sûr… Ben sûr… Le monde est tellement négligent, non ?

— Je l'ai trouvé, j'le jure. Combien tu me donnes pour ?

— Écoute, c'est pas neuf comme modèle. Y faudrait que j'le mette à ON pour voir si y marche encore… Ça va prendre plusieurs minutes, ajouta-t-il, sachant très bien que ce genre de client n'aimait ni attendre, ni être à l'intérieur.

— Y marche… C'est sûr. Combien tu me donnes ?

— Tu dis qu'y marche, mais j'en sais rien moi. Il faut que je l'essaye…

— OK. J'le r'prends pis j'va aller ailleurs. Y marche, pis y vaut cher. Au moins deux cents piastres…

— Deux cents ? T'auras jamais ça. Tu peux aller ailleurs… dit-il en refermant l'écran et en le tendant à Théo… Moi j't'en donne cent vingt-cinq. Pis c'est parce que j'te connais… C't'un deal ?

— OK ! OK ! répliqua l'autre après quelques instants de réflexion. Mais en cash hein ?

L'homme ouvrit sa caisse et en sortit la somme qu'il tendit à Théo qui la ramassa, mit l'argent dans ses poches et sortit aussitôt sans demander son reste et sans se retourner. En le regardant partir, l'homme ajouta tout haut : « C'est fou c'que j'peux aimer les drogués. Y vivent tellement sur une autre planète… »

Reportant son attention sur l'ordinateur, il sourit de satisfaction. Un Maingear comme ça, il devait pouvoir en tirer au moins dix mille dollars. Et il savait déjà à qui il le proposerait. Oui, la journée commençait bien.

* * * * *

L'infirmière sortait de la chambre avec un plateau de nourriture vide dans une main et une seringue dans l'autre.

— On peut pas continuer à le droguer comme ça longtemps, dit-elle au garde du corps qui attendait assis à une table.

— T'inquiète. Ce sera pas long. Une journée ou deux. Maximum ! On va le transférer pour l'opération. On attend juste les papiers pour lui faire traverser la frontière. Après... Ça va être la fin de son voyage.

— C'est dommage. Y commençait à me plaire. Même si je comprends pas la moitié de ce qu'il me dit, il est gentil comme tout. C'est vraiment un monde pourri, déplora-t-elle.

— T'es pas payée pour être sentimentale et t'attacher aux clients. C't'un business. C'est tout. Si t'es pas capable de faire ta job, on va trouver quelqu'un d'autre, lui rappela-t-il.

— Ah, arrête ! Tu sais bien que je vais faire le travail. Comme d'habitude. Et puis, est-ce que j'ai le choix ? Non... Tout ce que je veux dire c'est... Ahhh ! Et puis rien.

Elle ne put continuer sa phrase. Elle était devenue infirmière pour aider à soulager la souffrance.

Mais quand, il y a déjà plusieurs années, son mari l'avait abandonnée, elle s'était retrouvée seule avec un bébé et elle avait commencé à jouer aux machines à sous pour se désennuyer. Le jeu l'avait dévorée. Aussitôt qu'elle en avait la chance, elle allait au casino ou dans une brasserie où elle pouvait jouer sur les machines. Comme beaucoup d'autres, elle avait commencé doucement. Elle avait même gagné de jolies sommes à certaines périodes. Elle s'était toutefois rapidement rendu compte que ce n'était pas seulement gagner qui l'intéressait. Elle devait battre la machine ou le croupier, peu importe. Elle devait jouer. Elle se sentait vivante quand elle jouait. L'adrénaline pure coulait dans ses veines.

Et comme la très grande majorité des joueurs, elle avait commencé à perdre. Mais dans son cas, ça avait été énorme. Elle avait englouti ses économies, puis ses REER, puis la maison y était passée. Elle avait alors trouvé des gens qui étaient disposés à lui avancer un peu d'argent. Comme elle était encore certaine de se refaire, elle n'y voyait pas de problème. Elle rembourserait très bientôt. Demain peut-être, quand la machine paierait. L'histoire est aussi connue que pathétique. Jamais elle n'avait pu remettre l'argent emprunté. Et ils avaient commencé à mettre de la pression pour ravoir leur prêt. Mais elle en devait trop et gagnait rarement. De toute façon, elle réinvestissait toujours ce qu'elle remportait. Parce qu'elle gagnerait le gros lot au prochain tour, à la prochaine donne. Elle en était certaine. Ce qui n'arrivait évidemment jamais.

On l'avait ensuite menacée physiquement. Puis on avait menacé de s'en prendre à son fils. Il était tout ce qui lui restait dans la vie. Et de fil en aiguille, on lui avait un jour proposé une solution pour s'en sortir. S'occuper de certains clients en transit. Il lui avait fallu bien peu de temps pour comprendre ce qui arrivait à ces malheureux. Mais elle ne pouvait pas reculer. Si elle décidait d'abandonner ou de parler, elle savait que son fils allait payer le gros prix... Alors elle continuait et elle se faisait horreur. Il y a longtemps qu'elle ne s'était pas regardée dans une glace avec autre chose que du mépris.

— Qu'il s'en aille. Le plus tôt sera le mieux, murmura-t-elle en passant à côté du garde pour aller laver les assiettes. Oui, le plus tôt sera le mieux...

10

Après s'être payé une séance de magasinage dans les boutiques branchées de Montréal, Hilary se sentit mieux. Physiquement et mentalement. Elle avait ensuite déniché un charmant petit resto-bar qui répondait au nom de *L'Assommoir Notre-Dame* et qui était situé sur la rue du même nom. Elle y avait trouvé un décor qui ressemblait à celui des cabarets du début du vingtième siècle. On disait que le décorateur s'était inspiré des lieux fréquentés par Émile Zola pour créer l'ambiance. La clientèle était jeune et belle et l'endroit était bruyant. Hilary sirotait un des nombreux cocktails que l'établissement offrait en dégustant une des spécialités : les tapas.

Quand son BlackBerry sonna, elle savait, par l'afficheur, qu'il s'agissait de Philippe. Avant même de le laisser parler, elle lui demanda d'attendre quelques secondes, le temps d'aller dans un coin plus tranquille pour discuter. C'est comme ça qu'elle se retrouva dans les toilettes des dames.

— Excuse-moi, j'entendais rien... Comment ça va, mon beau ?

— Moins bien que si tu étais près de moi, mais quand même pas mal, répondit Philippe.

— Est-ce que tu as pu me trouver quelque chose ?

— Jamais je ne t'ai promis un jardin de roses, comme disait l'autre. Pour être franc, j'ai aucune idée de ce que ça veut dire, mais j'aime bien la phrase. Ça sonne super bien.

— Tu me téléphones quand même pas pour me parler de tes états d'âme, répliqua Hilary en riant. Quoique ce serait bien ton genre.

— Non madame !!! Bon, je sais pas si ce que j'ai trouvé va te satisfaire, mais c'est tout ce que j'ai. J'ignore à qui appartient vraiment l'adresse que tu m'as donnée, mais ce qui est certain c'est que le mec est maladivement précautionneux.

— Je comprends que ça correspond finalement à rien ?

— Femme de peu de foi ! Tu sais à qui tu parles ? Le Grand Philippe... Non, L'Immense Philippe. Le gars est fort, mais je suis le meilleur.

— Tu sais que j'ai toujours aimé ta modestie.

— Oui. Ça heurte un peu mon goût de la simplicité, mais quand une chose est vraie, on n'y peut rien. Que veux-tu... Toi tu es la plus belle, moi je suis le meilleur. C'est comme ça !

— Alors donne-moi ce que tu as trouvé, espèce de dieu de l'ordi.

— J'adore quand tu reconnais mes qualités... Alors voilà. C'est pas énorme, mais c'est déjà ça. J'ai pu apprendre que le serveur est relié, par toutes sortes de détours, de logiciels de protection et de pare-feu, à une adresse courriel qui appartient à un bureau du ministère des Affaires étrangères. Je sais, pour avoir fait une recherche, qu'ils ont un bureau à Montréal. Selon moi, celui ou celle que tu cherches devrait s'y trouver.

— T'as pas pu avoir un nom ou quelque chose comme ça ?

— Alors toi, t'as vraiment aucune idée du fonctionnement de ce genre de choses. C'est pas comme du vrai courrier que tu expédies par la poste. J'ai d'abord dû trafiquer…

— OK, OK ! J'te crois, le coupa Hilary qui savait très bien qu'il était inépuisable s'il commençait sur ce terrain et que de toute façon, elle n'y comprendrait rien. Il faut donc que je cherche quelqu'un qui est au bureau de Montréal du Ministère ? résuma-t-elle.

— *Absolutamente*, répliqua-t-il, ce qui veut dire « absolument » en espagnol. Je t'envoie les coordonnées sur ton cell.

— Merci. Merci beaucoup. Je vais commencer avec ça. Et on verra où ça mène.

— C'est pas tout. J'ai aussi bricolé un petit système maison. Si jamais quelqu'un utilise cette adresse, je le saurai et je pourrai certainement le pister et te donner plus de nouvelles. C'est pas beau ça ? ? ? Allez, tu peux dire que je suis merveilleux, intelligent, beau, discret et que j'ai un corps d'Adonis.

— Je t'adore Philippe. Contacte-moi si tu as du nouveau.

Elle raccrocha. Enfin, elle tenait une piste. Elle se dit également que le temps était peut-être venu de faire ce coup de fil qu'elle retardait depuis son arrivée.

* * * * *

Les techniciens avaient mis seulement quelques minutes à installer l'antenne émettrice du camion

« micro-ondes » qui avait été envoyé par la station de télévision pour couvrir l'événement. Pierre B. Robert était déjà dehors et avait réussi à parler à quelques policiers et pompiers arrivés les premiers sur les lieux. L'incendie faisait encore rage dans une partie de la maison, mais ailleurs, les flammes étaient sous contrôle. À l'intérieur du camion de production tout était en place et, pendant que le caméraman rejoignait Robert, l'autre technicien parlait déjà avec la régie centrale tout en faisant les mises au point indispensables pour la retransmission du reportage et des images croquées sur le vif.

— Pierre, après la publicité, le chef d'antenne fait ta présentation et ce sera à toi. Dans quarante-cinq secondes environ. Ils veulent que la caméra soit sur les flammes avant de « paner » sur toi. Ça vous va ?

— Pas de problème, répondirent en même temps les deux hommes qui avaient pris position dans un coin stratégique qui offrait une vue imprenable sur l'incendie et le travail des pompiers.

Le caméraman commença à tourner les images du travail des sapeurs alors que le décompte commençait.

— *Stand by.* Je vous retransmets la présentation, prévint le technicien dans le camion qui suivait en direct, sur ses moniteurs, autant ce qui était diffusé en ondes que les images du feu prises par le caméraman.

Dehors, Robert et son caméraman entendaient seulement ce que le présentateur avait concocté comme « intro ». À l'écran apparut le chef d'antenne.

— Mesdames, messieurs, nous apprenons qu'un incendie s'est subitement déclaré dans le nord de la ville, à la résidence d'un homme d'affaires bien connu. Les témoins affirment qu'une forte explosion s'est fait entendre immédiatement avant que les flammes ne prennent naissance. Rejoignons sur place notre correspondant, Pierre B. Robert. (Le chef d'antenne se tourna légèrement sur sa gauche pour voir, sur un grand moniteur, le journaliste en premier plan et la maison en flamme à l'arrière). Eh bien, Robert, selon certaines sources, plusieurs personnes étaient présentes dans la maison au moment du début de l'incendie?

— Il semble en effet que l'explosion se soit produite alors que quelques hommes d'affaires étaient en réunion avec monsieur Bambino dans sa résidence des Laurentides. Bien que ce dernier soit sain et sauf, le bilan provisoire fait état d'un mort et de sept blessés. Les autorités disent ignorer ce qui a causé l'explosion, mais les recherches pointent vers le système d'alimentation au gaz naturel. On voit très bien, derrière moi, la destruction causée autant par l'explosion initiale que par le feu. Toute une partie de la maison a littéralement disparu, soufflée par la déflagration. Une enquête des services de pompiers sera évidemment ouverte pour déterminer précisément la chronologie des événements et en déterminer la cause...

— Dites-moi, Robert, l'interrompit le chef d'antenne, monsieur Bambino, propriétaire de la résidence, n'est pas un inconnu?

Robert était prêt pour cette question. Il était, encore une fois au cœur de l'action. Il avait été le premier journaliste à arriver sur les lieux, ce qui lui valait d'être en direct avant tous les autres réseaux. Il allait maintenant pouvoir se donner une autre longueur d'avance en lançant un pavé dans la mare et en se fiant à son indicateur.

— C'est tout à fait exact. Selon certaines personnes, généralement bien informées, il est même possible que cet incident s'inscrive plutôt dans le cadre de la lutte qui sévit entre les dirigeants de la pègre montréalaise pour obtenir la mainmise sur le contrôle de la métropole. Il ne s'agirait donc pas d'un incendie, disons, naturel. Plusieurs sources indiquent en effet que Bambino aurait des liens étroits avec les plus hautes sphères de la Mafia et qu'il se serait fait plusieurs ennemis. Selon cette hypothèse, l'explosion et l'incendie qui viennent de se produire pourraient être de nature criminelle et représenter une étape de plus dans la liste des représailles qui se produisent depuis quelque temps. On se souviendra que le dernier règlement de comptes est survenu il y a quelques jours quand le cadavre de Frank Moniari a été retrouvé dans une ruelle de l'est de la ville...

— Ça vient d'arriver? demanda Ève qui rentrait au poste après sa rencontre avec Renaud.

Comme d'autres collègues, Tony regardait et écoutait, sur le téléviseur commun, le journaliste qui faisait son reportage depuis le lieu du drame. Les images du caméraman montraient les pompiers qui complétaient leur travail et s'assuraient que les flammes soient totalement éteintes dans cette partie de la maison où ne restaient que des éléments noircis et calcinés.

— Y a pas très longtemps, répondit Palomino en regagnant son bureau.

— Et c'est bien le Bambino que je crois ? demanda Ève en le suivant.

— Oui.

— Je ne me trompe pas ? insista Ève, c'est bien sa maison de Sainte-Marguerite ?

— Oui.

— Dis donc, le gros, t'as l'intention de répondre en style télégraphique à toutes mes questions ou tu m'expliques, lui lança-t-elle en le saisissant par les épaules pour qu'il se retourne et s'adresse directement à elle.

— Oui... C'est bien le Bambino que tu crois et qu'on pense être l'un des autres candidats à la succession montréalaise. Ça vient de se produire et on a très peu de nouvelles. Et à mon avis le journaliste est tombé pile dessus dans ses commentaires. Mais je parierais mon manteau contre tes bottes que Campelli est derrière tout ça. Et oui, ça me met en colère... Voilà. T'es contente maintenant, explosa-t-il.

Puis, il s'arrêta et inspira quelques fois pour reprendre le contrôle sur lui-même.

— Excuse-moi, veux-tu ?

— OK, dit-elle de bonne grâce. Mais t'as pas à t'en prendre à moi. Je suis même pas la messagère.

— C'est bon ! Et toi ? Ta visite au métro a donné quelque chose ?

— C'est maigre. J'ai fait envoyer les bandes de surveillance au labo pour qu'ils examinent les éléments. On sait jamais, ils trouveront peut-être quelque chose pour identifier Lamontagne...

— En parlant du labo (Tony prit un dossier sur son bureau), les gars confirment que les tueurs n'ont pas utilisé la même arme pour Franky et pour Lamontagne. Tu me diras que ça ne prouve rien parce que les tueurs utilisent rarement la même arme pour deux contrats, mais, à mon avis, on n'a pas affaire aux mêmes meurtriers.

Il tendit le document à sa collègue qui l'examina à son tour.

— Ouais. Je suis d'accord. Alors il semble bien qu'il n'y ait aucun lien entre les deux affaires et que la mort de Lamontagne soit un cas isolé…

— Je sais pas… Il pourrait quand même y avoir un lien. Même si ce ne sont pas les mêmes auteurs. J'ai comme une intuition.

— T'as encore des intuitions, toi ??? demanda Ève, surprise.

— Oui, je sais… C'est mon côté moumoune. J'suis comme ça des fois. Est-ce que tu as pu avoir des renseignements sur Borduas ? Est-ce qu'il a pu être mêlé à des activités illégales ?

— J'ai rencontré son patron. Il m'a même invité à luncher. C'est difficile à dire. Mais en ce qui concerne Borduas, tout laisse croire qu'il est bien le bon gars qu'il a l'air. On ne lui connaissait pas d'ennemis, ni de travers comme la drogue, l'alcool ou le jeu. En fait, le jeu, oui… Il avait un petit problème. Il jouait souvent en ligne à un jeu qui s'appelle *Assassin's Creed 2*.

— Et c'est quoi, cette merde ? C'est un genre de machine à sous en ligne ?

— Tu sais qu'un jour il va falloir que tu sortes de tes gymnases et que tu découvres ce qui intéresse les jeunes aujourd'hui. Comment tu fais pour être aussi ignorant ? Ça me renverse toujours ! *Assassin's Creed*, c'est un jeu d'action, d'aventures et d'infiltration qui a été créé par une firme montréalaise qui s'appelle Ubisoft. En gros, le joueur est un tueur à gage qui circule dans les intrigues et les guerres de pouvoir de la Renaissance italienne. Tiens, j'y pense, ça se passe dans ton pays... Ça devrait t'intéresser.

— Ah ! lâche-moi avec ça ! Tu sais bien que je suis né ici, comme toi. J'ai même jamais eu la chance d'aller visiter l'Italie... Donc, ça veut dire qu'il y a pas de chance qu'on le fasse chanter à partir de ce genre de jeu.

— T'as compris.

— Bon, arrête ton show, tu veux ?

— Et de ton côté, ça a donné quelque chose ?

— J'ai trouvé le taudis d'un gars qui s'appelle Théo et qui serait le complice de Lamontagne, mais, évidemment, il y était pas. En revenant, le patron a demandé aux collègues de Montréal de surveiller l'endroit et de l'intercepter s'il revenait.

— Bon... Si je comprends bien, y reste plus qu'à attendre...

— C'est tout à fait ça, ajouta-t-il en se levant pour prendre son manteau. Écoute, j'ai quelques courses à faire et tu te souviens que tu viens avec moi ce soir ? Disons que je passe te prendre vers dix-huit heures. Ça te va ?

— Je serai prête. J'suis toujours contente d'aller voir ta mère. C'est vraiment un personnage.

— On peut dire ça...

Tony enfila son pardessus et sortit en grognant un petit « Salut ». Ève le regardait partir en se disant que, décidément, son partenaire filait un mauvais coton de ce temps-ci.

$$* * * * *$$

Bob sortait du Tim Horton avec un café et saisit son cellulaire. Quand il eut la communication, comme d'habitude, il entra directement dans le vif du sujet tout en continuant à marcher vers la voiture.

— On est sur les traces du deuxième gars. Il faut juste espérer qu'il sera moins défoncé que l'autre et qu'il se souviendra du portable... Oui, je sais que le temps presse. Le temps presse toujours avec toi, Laurent... On fait notre possible... J'comprends, mais t'étais là et tu sais qu'on pouvait pas savoir qu'il allait péter au frette aussi vite... OK, on va faire plus attention avec l'autre. J'te rappelle aussitôt que j'ai du nouveau. Salut Laurent.

Il raccrocha en ouvrant la portière. Michel, assis côté passager, complétait des mots croisés comme s'il s'agissait de l'activité la plus importante de la journée. Lui aussi, dans la jeune cinquantaine, avait une bonne bouille. Avec sa casquette éternellement vissée sur la tête, on voyait moins la calvitie qui gagnait chaque jour un peu plus de terrain. Bob et Michel se connaissaient depuis la nuit des temps. Ils s'étaient rencontrés dans les années soixante-dix alors qu'ils étaient encore de jeunes voyous qui se sentaient invulnérables. Ils étaient nés dans le même secteur de la ville et avaient rapidement été recrutés par les frères Dubois qui régnaient alors dans ce coin. On avait même parlé d'eux durant la célèbre enquête sur le crime organisé qui avait captivé tous les Montréalais à cette époque. Ils s'étaient ensuite fait oublier des policiers et avaient commencé à se spécialiser en trouvant des gens qui préféraient disparaître. Leur renommée avait grandi et depuis quelques années ils travaillaient avec Laurent dans ce secteur méconnu mais lucratif.

L'incident qui était arrivé avec Lamontagne était désolant. Dans leur milieu, ils devaient régulièrement faire appel à la force pour obtenir rapidement les renseignements dont ils avaient besoin. Il était toutefois très rare qu'un des interrogatoires se termine par la mort. Mais, si c'était désolant, c'était loin d'être dramatique. Ça arrivait. Ça ne les empêcherait pas de dormir.

— Bon, qu'est-ce qu'on fait maintenant? demanda Michel.

— Rien. On attend. Il va refaire surface quelque part bientôt. C'est ça qui est facile avec les drogués. Il faut toujours qu'ils se procurent leur dose. On n'a qu'à attendre qu'il prenne contact avec son fournisseur et on lui pose quelques questions.

— Pourvu que ce soit pas trop long. J'ai promis à ma femme de rentrer ce soir. On fait un petit souper pour le premier anniversaire du bébé de ma fille. J'voudrais pas manquer ça.

— Y a pas de problème. Dans le pire des cas, j'irai te reconduire et je te reprendrai après. De toute façon, je serais très étonné que le dealer qu'on a visité tantôt ne m'appelle pas si l'autre marsouin vient le voir. Je dois admettre que la façon dont tu lui as expliqué les choses de la vie, ça valait lc coup d'œil. Y m'semble qu'il a commencé à faire dans son pantalon avant que t'ais fini, ajouta-t-il en riant.

— Oui, y a des âmes sensibles des fois. C'est rassurant pour notre travail.

Bob fit démarrer la voiture pour aller encore patrouiller les secteurs où on voyait parfois Théo.

* * * * *

Elle savait très bien, depuis le moment où elle avait décidé de venir à Montréal, qu'elle le contacterait. Hilary avait retardé ce moment aussi longtemps que possible, mais toutes les raisons logiques qu'elle pouvait s'inventer n'y faisait rien. Elle devait lui dire bonjour. Lui dire qu'elle était revenue. Faire autrement aurait été impossible. Aussi impossible que d'éternuer sans fermer les yeux ou de tenter de se lécher un coude. Ça ne se faisait tout simplement pas. Elle savait qu'Antoine n'aurait pas changé de numéro de téléphone. Il était la régularité même. Hilary contemplait son cellulaire et se souvenait, comme si ça s'était passé hier, du dernier coup de fil qu'elle lui avait donné. Juste pour lui dire qu'elle partait. Loin et pour toujours. Qu'il devait l'oublier.

Ça faisait des années, mais les émotions étaient encore et toujours aussi vives qu'alors.

Elle craignait maintenant qu'il la rejette, ou pire encore, qu'il la déteste. Et pourquoi pas, finalement ? Elle l'aurait bien mérité et elle l'admettait volontiers. C'était elle qui était partie.

Elle saisit le téléphone et, légèrement tremblante, composa les dix chiffres. La sonnerie se fit entendre. Une fois, deux fois, trois fois, toujours pas de réponse. Elle attendit encore et le service de messagerie entra en fonction. Hilary referma le téléphone sans laisser de message.

* * * * *

Pendant qu'elle étudiait sa garde-robe espérant trouver quelque chose qui conviendrait pour la soirée chez la mère de Tony, la sonnerie de son téléphone la fit sursauter. Elle continua à fouiller sous les piles de jeans, de t-shirts et de cotons ouatés qui camouflaient maintenant le lit dans l'espoir d'y trouver une robe convenable tout en répondant :

— Ève Saint-Jean !

— Bonjour, madame Saint-Jean. Ici Jules Renaud. J'espère que je ne vous dérange pas et que je ne vous appelle pas trop tard ?

— Pas du tout, répondit-elle un peu surprise. Y a-t-il quelque chose de nouveau depuis qu'on s'est vus cet après-midi ?

— Pour votre enquête… Pas vraiment, pour être honnête. Je voulais juste vous dire que j'ai beaucoup apprécié notre rencontre.

— Merci beaucoup, dit-elle un peu confuse et prise au dépourvu…

— Je ne voudrais pas vous paraître présomptueux, mais il y a demain soir une réception pour un politicien étranger que notre gouvernement veut honorer. Bon, ce ne sera peut-être pas « palpitant », mais j'aimerais vous y inviter. Vous avez semblé vous intéresser à toutes ces questions pendant notre conversation, alors… Voilà…

— C'est très gentil à vous, parvint-elle à dire. C'est que… Comment dire ?

— Je comprends très bien que vous ayez d'autres obligations. Ne vous inquiétez pas.

— Non, pas du tout.

Mais Ève était un peu déconcertée.

— Écoutez, ça me tente beaucoup. Mais est-ce que je peux aussi vous demander si mon partenaire peut se joindre à nous. Il est passionné de ce genre de réception…

— Ahhh… Votre partenaire… Mais certainement, il peut venir avec nous… Je suis peut-être indiscret, mais est-ce aussi votre fiancé, si vous me permettez l'expression ? Auquel cas, bien entendu…

La voix de Jules Renaud laissait deviner une pointe de déception et de curiosité.

— Pas du tout, répondit Ève en riant. Tony est un bon ami mais certainement pas… Enfin bref…

— Alors il n'y a pas de problème, ajouta-t-il, visiblement soulagé. Je vous recontacte demain pour que vous me disiez à quel endroit je dois vous prendre. La soirée débute vers dix-neuf heures trente. Au revoir !

Il raccrocha. Ève demeura sans voix pendant quelques secondes. Puis, fermant les yeux elle se dit : « Mais qu'est-ce qui m'a pris… Non, mais qu'est-ce qui m'a pris ? Tony va m'écorcher vive ! »

Regardant sa montre, elle ajouta « merde, il va être ici dans dix minutes et je suis pas prête ! »

Elle fonça dans la salle de bain avec une petite robe choisie au hasard dans la pile.

En quelques insignifiantes minutes, elle réussit à se transformer. Elle se regardait dans le miroir, évaluant le résultat. Elle n'aimait pas beaucoup cette petite robe moulante, montant jusqu'au cou et qui, d'une part, la serrait d'un peu trop près faisant ressortir sa poitrine plutôt généreuse et qui, d'autre part, était un peu trop courte, mettant en valeur ses longues jambes musclées. Elle savait qu'elle ne pourrait s'empêcher de la tirer vers le bas toute la soirée. Mais elle aimait bien le look général. Pas trop sexy, mais quand même assez pour mériter quelques regards. Elle ajouta un peu de gel à ses cheveux courts pour donner savamment l'impression qu'ils n'avaient pas été coiffés. Oui. C'était bien. Elle était prête pile à temps car on frappait à la porte.

* * * * *

Il avait fallu plusieurs heures pour que les effets des calmants qui l'abrutissaient depuis des jours s'évaporent suffisamment pour qu'il prenne vraiment conscience qu'il était prisonnier.

Il lui était encore impossible de dire depuis combien de temps il avait franchi la porte d'un édifice de Nampula. Il était encore moins capable d'expliquer où il était et pourquoi.

Depuis peu, on avait cessé de l'attacher à son lit avec des liens comme ceux qu'on mettait aux malades mentaux dangereux ou aux prisonniers pour leur immobiliser bras et jambes. Bien entendu, il ne savait pas quelles autres utilisations ces attaches pouvaient avoir puisqu'il n'en avait jamais vu auparavant. Mais les traces d'irritation étaient encore vives sur ses poignets et sur ses chevilles.

La faiblesse colossale qu'il avait ressentie quand on lui avait permis de se lever se dissipait lentement. Les étourdissements qu'il avait alors ressentis, provoqués à la fois par les drogues et l'inaction prolongée, disparaissaient. Comme il était de forte constitution et en parfaite santé, il reprenait rapidement des forces.

Saidi avait, un peu plus tôt, pu se dégourdir les jambes en faisant quelques pas dans sa chambre. Sa prison, se rendait-il maintenant compte. Même si elle était plus belle que toutes les pièces dans lesquelles il avait déjà vécu, il n'en restait pas moins qu'il était dans une cellule. C'est à cette évidente conclusion qu'il en était venu quand il avait pu avoir les idées assez claires pour réfléchir.

Saidi ignorait si la maison dans laquelle il se trouvait était vaste ou non. Il n'était jamais sorti de la pièce depuis qu'on l'y avait conduit. Il avait bien vu par l'entrebâillement de la porte, quand l'infirmière venait s'occuper de lui ou lui porter ses repas, qu'il y avait un couloir et probablement d'autres chambres. Cela voulait-il dire qu'il y avait d'autres prisonniers comme lui ? Il l'ignorait. Et l'infirmière, bien que gentille et attentionnée, ne parlait pas sa langue. En tout cas pas suffisamment pour dire autre chose que quelques mots. Il avait bien tenté de lui poser des questions, mais il ne lisait que l'incompréhension dans les yeux verts et doux de la femme.

Il était toujours fasciné par le paysage qu'il voyait à travers l'unique fenêtre de la pièce. Il n'avait jamais aperçu quelqu'un s'y promenant et restait très perplexe devant ce décor. Ce « sable » blanc qui recouvrait tout, mais surtout ces arbres morts, immenses et un peu terrifiants qui se trouvaient autour. Il y en avait bien quelques-uns qui étaient verts, mais ça restait incompréhensible. Pourquoi garder ces arbres sans feuilles qui ressemblaient à des squelettes ? Néanmoins, ce paysage l'ensorcelait. Il y sentait la détresse, l'éloignement et surtout la solitude qui emplissait son âme. Un miroir de son propre exil et de l'isolement qui le laissait à des années-lumière de tout ce qu'il connaissait.

Et cette impression inexplicable de froid. Lucio était certain qu'il faisait froid. Quand il le pouvait, il mettait les mains sur la vitre de la fenêtre et sentait cette morsure qui le glaçait jusqu'aux os. Jamais il n'avait rien connu de tel. Cela reflétait aussi le froid qui mordait son cœur et glaçait ses pensées. Et tout ça représentait le cauchemar dans lequel il s'enfermait toujours un peu plus profondément.

Mais par-dessus tout, Lucio s'inquiétait pour son frère. Encore plus que pour son propre sort. S'il ne savait pas pourquoi rien ne s'était passé comme la dame lui avait expliqué, il savait qu'il lui fallait retrouver son jeune frère. Retourner près de lui au plus tôt ! Cette idée devint une résolution. Il fallait fuir.

11

La mère de Palomino vivait dans une maison située dans le quartier Saint-Michel, dans le nord-est de la métropole. Une résidence comme les Italiens en avaient bâti plusieurs il y a quelques décennies. La façade était en brique, évidemment, percée de plusieurs grandes fenêtres cernées de lourds rideaux à travers lesquels on voyait des pièces éclairées avec des lustres. Plusieurs voitures étaient garées devant. Tony y enfila la sienne et sortit rapidement pour aller ouvrir à sa partenaire – chose qu'il ne faisait d'ailleurs jamais pendant le service, nota Ève.

— Je sais pas comment sera ma mère ce soir, lui dit-il. Son humeur est... comment dire, assez inégale actuellement. Et il faut surtout pas donner l'impression d'avoir pitié d'elle parce qu'elle est malade. Elle te le pardonnerait pas. Voilà... C'est tout, je pense... Ah oui ! Fais pas attention à mes imbéciles de frères et de cousins. Soit ils vont penser que t'es avec moi et ils risquent de te taquiner et de se moquer de moi dans les grandes lignes, soit ils penseront que tu es seulement ma partenaire de travail et ils n'arrêteront pas de te flirter.

— Le choix est simple alors ! Je préfère qu'ils se moquent de toi...

Sans lui laisser le temps de répliquer, elle s'avança vers la porte et entra, Tony sur les talons.

La maison était vaste et un sympathique brouhaha y régnait. Pour être plus précis, il semblait y avoir du bruit absolument partout. Du sous-sol provenaient les cris des jeunes qui, si on se fiait aux hurlements, rejouaient la dernière finale de soccer opposant l'Italie et la France. De toute évidence, la France subissait une cinglante raclée. Plus loin, on entendait les voix haut perchée des femmes qui débattaient d'un sujet épineux. Comme l'italien d'Ève était assez sommaire, il lui était absolument impossible de dire si on discutait d'une nouvelle recette de pâtes ou de la dernière décision du gouvernement fédéral sur les abris fiscaux. Enfin, sur sa gauche, les hommes parlaient. Et, probablement parce que Maman Palomino s'y trouvait aussi, le ton était beaucoup plus calme... mais aussi plus ferme, comme si les hommes ici ne pouvaient faire autrement que d'être sérieux.

— Mamma mia que tu es belle, Ève de mon cœur, lança la matrone en apercevant Ève passer près du salon et mettant ainsi un terme à ce qui aurait pu être un débat houleux entre les hommes. En réalité, ce qu'elle avait dit ressemblait plus à : « Mamma Mia que tou é bella, Éva dé mon cour ». Car, malgré les années passées au Québec, son français était à couper au couteau. Il fallait quelques instants pour comprendre le sens des phrases.

Cette pièce était grande et son plafond très haut lui donnait un cachet encore plus cérémonieux. La mère de Tony était installée dans un fauteuil placé de telle sorte que personne ne pouvait bouger dans la maison sans qu'elle ne le voie. Autour d'elle, ses fils, ses beaux-fils, ses frères, et, probablement, quelques-unes de ses sœurs – ces dernières l'entouraient de près comme si elles avaient le mandat de la protéger – occupaient tout l'espace et semblaient attendre que la reine-mère exprime un souhait qu'elles s'empresseraient de combler. Ève était fascinée par la scène. Ce n'était pas la première fois qu'elle rencontrait la mère de Tony, mais jamais auparavant ses visites n'avaient eu lieu dans un cadre aussi formel et protocolaire. Elle portait merveilleusement ses soixante-quinze ans. Ses longs cheveux, mi-noirs, mi blancs, étaient remontés pour former un chignon. Elle portait un tailleur gris clair qui lui allait à ravir et qui s'ornait d'une broche représentant une colombe. Ses yeux sombres semblaient vous pénétrer comme si elle pouvait lire vos émotions et vos pensées. Des yeux où on sentait beaucoup de bonté et de détermination. Mais la figure restait perpétuellement sévère. Un témoin des difficultés de la vie probablement. Ève restait immobile et Tony dut la pousser légèrement dans les reins pour qu'elle avance et réagisse.

— Bonjour... ou plutôt bonsoir, madame Palomino, bafouilla-t-elle enfin en s'approchant, et bon anniversaire.

— Viens me faire la bise, continua la maman en lui tendant les bras et tournant légèrement la tête pour lui offrir sa joue.

Ève s'exécuta de bonne grâce. Elle comprenait mieux ce soir comment cette femme pouvait rabrouer aussi souvent son partenaire sans qu'il réagisse. Elle était royale. Elle sembla ensuite remarquer son fils.

— Tiens, si ce n'est pas mon ingrat de fils...

— Mamma, lui répondit-il, tu sais bien que je viens te voir aussi souvent que possible.

— Je sais bien que tout est plus important que ta Mamma. Si je ne t'appelais pas, tu ne me parlerais jamais.

— Tu sais que c'est pas vrai.

— Je suis à l'article de la mort et tu trouves toujours d'autres choses de plus important... Puis, se tournant à nouveau vers Ève :

— Dis-moi, Bella, est-ce que mon crétin de fils il a commencé à te faire la cour ?

— Voyons Mamma, s'étouffa Tony.

— Ma quoi ! Elle est jolie, tu es joli. Alors pourquoi tu ferais pas un petit effort pour me donner un petit-fils avant que je meure ?

— Mamma, répondit-il en levant les yeux, on ne reprendra pas cette discussion, tu veux ? Je suis venu ici pour voir comment ça allait, et je te trouve très en forme.

— Je souffre le martyre, geignit-elle. Mais je ne me plains pas. Même si je suis toujours toute seule, abandonnée de mes fils, je ne me plains jamais. Les docteurs savent pas ce que j'ai. Je passe des tests, mais ils ne trouvent rien. Puis se tournant à nouveau vers Ève : « Tu verras, Bella. Quand tu seras vieille, tu seras toute seule toi aussi. »

— Je suis certaine que vos fils s'occupent de vous, madame Palomino, argumenta Ève. Et puis, vous avez l'air solide comme le roc.

— Dans la famille, les femmes sont fortes. Pas comme ces hommes qui pleurent pour rien. Oublions ça. Parle-moi plutôt de toi.

— Rien de bien spécial. Toujours sur des enquêtes. Le train-train régulier.

— Mais pourquoi une belle fille comme toi travaille-t-elle avec des bandits ? Y faut faire attention à toi pendant que tu es jeune et encore belle. Tu sais, la beauté pour une femme, c'est important. Et ça ne dure pas longtemps. En plus, c'est dangereux ce métier.

— Vous inquiétez pas, sourit-elle, je peux me défendre. Et puis Tony veille toujours sur moi, ajouta-t-elle en jetant un œil sur son partenaire.

— Il a intérêt. S'il t'arrive quelque chose, je ne lui pardonnerai pas.

— Bon, bon, Mamma ! On peut passer à autre chose ? Paraît que tu t'es encore chicanée avec le directeur de la banque ?

— Je n'en peux plus, déplora la reine. Je suis vieille maintenant. Alors pourquoi est-ce que je devrais attendre des heures dans une file pour être servie par un imbécile de caissier en formation qui sera même plus là demain ? Hein ! Pourquoi ? Tout ça pour que les banques fassent encore plus d'argent sur mon dos ? Non Tony, coupa-t-elle avant que son fils puisse intervenir. Je ne me suis jamais laissé faire et je ne commencerai pas aujourd'hui. Mais de toute façon, ça ne donne rien. Si j'engueule le directeur, y va s'en prendre au caissier, au chef du service, à n'importe qui, mais pas à lui-même. Alors je préfère me taire... Et tout accepter en silence, conclut-elle en prenant un air de martyre.

— C'est pas ce que Luigi m'a dit. Il m'a raconté comment tu lui as serré les couilles. J'aurais aimé voir ça, ajouta-t-il en riant.

— Tony, lança-t-elle offusquée. Jamais ta Mamma ne ferait ça! Je suis restée calme et polie. Luigi exagère toujours. Faut pas le croire.

— Mais j'étais avec toi, Mamma, intervint Luigi. Je sais très bien ce qui s'est passé et ce que tu as dit au directeur. J'pense que personne lui avait jamais parlé comme…

— Luigi! l'arrêta sa mère. Je t'interdis de me contredire ou de me dire comment il faut parler à quelqu'un qui me traite comme une moins que rien. Tu étais là, poursuivit-elle. Tu as vu…

Tony profita de l'intervention providentielle pour se soustraire et soustraire Ève à la suite de l'explication qui risquait d'être dantesque.

La soirée passa, agréable et bruyante. Tous les frères de Tony vinrent effectivement tenter de savoir quel était le statut d'Ève avec Tony. Certains ne s'en souciaient même pas et la flirtait comme seuls les Italiens peuvent le faire. Ève trouvait d'ailleurs ces flatteries excellentes pour le moral. Toutes les femmes devraient, à l'occasion, rencontrer un Italien pour se refaire une confiance. C'était merveilleux de se sentir belle et appréciée. De son côté, Palomino se faisait royalement niaiser par ses frères et ses cousins. À croire que ce soir ils s'étaient donné le mot. Où qu'il se tourne, il y en avait toujours un pour lui lancer une blague. La plupart du temps une blague archi mauvaise, se disait Tony, mais hilarante s'il fallait en croire la réaction des autres. Et plus le vin et la grappa coulaient, plus les blagues étaient crues.

Profitant d'une accalmie, Ève se rapprocha de Tony.

— J'ai quelque chose à te dire, Tony.

— Vas-y. Après ce que j'ai enduré ce soir, je pense que je peux tout supporter.

— Ce midi, Renaud m'a invitée au restaurant et j'ai accepté.

— Quoi ? lança Tony, surpris. T'es allée dîner avec Renaud, le gros qui travaille aux archives ?

— Ben non, crétin. Renaud le patron de Borduas, le gars du Ministère.

— J'aime mieux ça, soupira-t-il. Bon, et alors ?

— Ben c'est ça... on a été luncher.

— Ève, si t'es pour me répéter tout ce que tu m'as déjà dit, on n'en sortira pas...

— Bon... Écoute. Renaud m'a téléphoné un peu avant que t'arrives ce soir. Il m'a demandé de l'accompagner demain à une soirée protocolaire du Ministère.

— Oui, et après ? Qu'est-ce que tu veux que ça me fasse ?

— Ben, j'ai été prise au dépourvu. Alors je lui ai demandé si tu pouvais venir avec nous. J'ai laissé entendre, enfin je crois, que c'était pour l'enquête, ajouta-t-elle devant la mine catastrophée de Tony.

— Mais c'est pas vrai ! C'est quoi cette histoire ? Tu veux que j'aille te servir de chaperon ?

— Non, mais je voulais pas être seule avec lui et... en même temps, j'aimerais bien y aller. J'ai pensé que si tu venais, ça me donnerait une façon de m'en sortir si jamais...

— Si jamais il devenait trop entreprenant ? Non mais... pour qui tu me prends ? J'ai pas juste ça à faire, merde !

— Qu'est que tu as à crier après Ève, intervint madame Palomino qui avait entendu son fils monter le ton. Je t'interdis de lever la voix avec elle dans ma maison.

Puis, elle se tourna vers Saint-Jean qui ne savait plus comment réagir.

— Qu'est-ce qu'il y a, ma petite, reprit la Mamma. Raconte-moi ça.

— Rien madame. Rien d'important en tout cas. Je voulais qu'il me rende un petit service demain et...

— Mais bien sûr qu'il va t'aider, trancha-t-elle. N'est-ce pas, fils ingrat ? lança-t-elle en le défiant de refuser. Tu vas pas dire non devant moi et abandonner la *Bella* ?

— Ça a rien à voir, Mamma, commença Tony. C'est elle qui...

Abdiquant devant le regard meurtrier de sa mère, il se reprit.

— Bon. J'irai avec elle. Si ça peut te faire plaisir. T'es contente ?

— Bene, Bene, sourit madame Palomino, satisfaite de son intervention.

— Allez Éva, viens avec moi dans le petit salon. On va jaser entre femmes.

Ève, qui n'aurait jamais osé protester, lui soutint le bras et les deux femmes se dirigèrent vers l'intimité de la petite pièce adjacente en placotant allègrement.

* * * * *

Pierre B. Robert était satisfait de sa journée. Il n'avait peut-être pas eu le scoop des scoops, mais encore une fois, il avait pris une longueur d'avance sur ses collègues. Lancer l'idée qu'il y avait un lien entre l'incendie et la guerre de la Mafia était excellente et il se l'appropriait volontiers, même si c'est son informateur qui la lui avait suggérée. Qu'importe ! Il sentait qu'il avait raison, même s'il lui était impossible de prouver quoi que ce soit. Mais c'était l'avantage d'être journaliste. On pouvait parfois dire des choses qui avaient une portée énorme sans avoir en main toutes les preuves pour ce faire. La formulation était alors essentielle. Des clichés comme « selon certaines sources » ou « de source généralement bien informée » ou encore « des rumeurs persistantes » devenaient autant d'échappatoires pour insinuer qu'il y avait complot. Dans ce cas, toutefois, Robert sentait qu'il avait raison. Au-delà du fait que son indicateur lui avait annoncé l'attentat à l'avance, il n'était pas difficile de lier la pagaille générale qui sévissait en ville et une explosion pas facilement explicable chez un homme d'affaires italien qu'on savait avoir des liens avec la pègre. Il savait qu'il tombait dans les préjugés raciaux mais bof ! Tous les médias avaient repris, d'une façon ou d'une autre, cette nouvelle. Et ça, c'était très bien pour sa carrière et son avenir. Oui, il avait raison d'être satisfait.

Il était assez tard et il pensait avoir bien mérité d'aller prendre une bière, peut-être deux. Il y avait un petit bar près de la station de télé où se rencontraient les journalistes et artisans. Pourquoi ne pas y aller ? se dit-il. En passant dans le hall de l'édifice il salua le gardien qui s'ennuyait devant les écrans qui retransmettaient des images de couloirs, des entrées et des garages intérieurs et extérieurs de la bâtisse. Il saluait toujours les « petites gens ». Robert savait qu'ils formaient une partie importante de sa clientèle. Il ne se sentait même pas prétentieux ou méprisant de penser ainsi. Pour lui, c'était la normalité des choses.

— Encore en poste ? lança-t-il au gardien.

— Toujours, monsieur Robert. Il faut bien.

— Lâchez pas. C'est rassurant de vous savoir là à nous protéger, ajouta le journaliste.

— J'ai vu votre reportage. Vous avez encore été plus vite que les policiers. Y devraient vous payer pour leur donner des pistes comme ça. C'est sûr que c'est la pègre qui est là-dedans. Une maison ça explose pas tout seul.

— Merci. Mais je fais seulement mon travail. Et je le fais du mieux que je peux. Comme vous, précisa-t-il, content de sa modestie naturelle. À demain, mon vieux !

— À demain, monsieur Robert, répondit le surveillant en se remettant au travail.

Aussitôt dehors Pierre B. Robert attacha son manteau et replaça son foulard car le vent rendait le froid encore plus cinglant. Il sortit sa clé et se dirigea à pas rapide vers sa voiture garée un peu plus loin. Il souriait encore de son bon coup quand le bruit d'un moteur qui grondait derrière le fit se retourner. Juste à temps. Un véhicule utilitaire sport fonçait sur lui. Robert eut à peine le temps de se lancer entre deux voitures stationnées pour échapper à la collision. Le bolide l'effleura et heurta une automobile avant de fuir dans la nuit dans un crissement de pneus.

Déconcerté et sous le choc, Robert se releva doucement. Il s'en était fallu d'un cheveu. En s'appuyant sur le capot de l'auto pour se relever, il regardait dans la direction par où était parti le VUS. Il lui fallut quelques secondes avant qu'il n'entende la sonnerie insistante de son téléphone. Il plongea la main dans sa poche et sortit le portable.

— Oui, répondit-il.

— Faut faire attention à ce qu'on dit et où on marche, dit la voix. Ça, c'était un avertissement. La prochaine fois, ça va faire plus mal...

— Qui êtes-vous ? hurla-t-il dans le combiné.

Il était trop tard. Il n'entendit comme réponse que le clic qui indiquait la fin de la conversation. Debout dans la nuit il ne sentait plus les griffes du froid, pas plus qu'il n'entendit le gardien, témoin de la scène sur les écrans de son bureau, accourir vers lui. Cette fois, il pouvait prouver qu'on lui avait envoyé un message et fait des menaces.

* * * * *

Tout était calme, sombre et silencieux depuis un bon moment maintenant. Saidi, toujours couché dans son lit, était totalement incapable de dire l'heure qu'il était. La nuit ici tombait si rapidement et se prolongeait si longtemps qu'il avait l'impression qu'elle durait trop longtemps pour que ce soit normal. Un peu plus tôt l'infirmière était venue chercher le plateau du souper et replacer certaines choses dans la chambre pour le laisser dormir. Le temps passait si lentement qu'il ne savait pas si quelques minutes ou plusieurs heures s'étaient écoulées depuis qu'elle avait quitté la pièce. Théoriquement, personne ne devait revenir avant le matin. Lentement, il repoussa les draps et se leva. Il se rendit directement à la fenêtre et en examina la facture pour tenter de comprendre comment l'ouvrir. Saidi se rendit rapidement compte qu'elle avait été condamnée et qu'à moins d'avoir des outils ou de la fracasser, il lui était impossible de sortir par là.

Par le léger interstice sous la porte il voyait un rayon de lumière qui provenait du corridor. Il s'en approcha et y colla l'oreille. Il n'y avait aucun bruit. Aussi silencieusement qu'il le put, il prit la poignée, la tourna et ouvrit la porte, millimètre par millimètre.

Saidi jeta un œil. Rien ne bougeait.

Devant lui le couloir s'étendait, chichement éclairé par un lustre qui donnait peu de lumière. Juste assez pour créer une ambiance feutrée et paisible. Au loin, il avait l'impression d'entendre des gens qui parlaient et un peu de musique. Un peu plus qu'un soupir, mais insuffisant pour savoir s'il y avait plus que deux personnes. Comme il n'en avait jamais possédé, il lui était impossible, dans cette atmosphère ouatée, de reconnaître le son d'un téléviseur. Pieds nus et vêtu d'un pyjama, il se glissa par l'ouverture et s'avança en prenant mille précautions. Il y avait d'autres portes fermées qui pouvaient devenir soit des pièges, soit des issues vers la liberté. N'ayant jamais approché et encore moins habité une telle maison, il ne savait pas quoi faire. Son ignorance rendait sa tentative encore plus hasardeuse.

Il choisit une porte au hasard et tenta d'entendre ce qui se passait à l'intérieur. Seul le silence lui répondit. Rapidement, il essaya d'analyser la situation. Il pouvait y avoir quelqu'un, comme lui, enfermé dans cette pièce. Il pouvait aussi y avoir un de ses geôliers qui y dormait. La pièce pouvait aussi être vide. Saidi prit quelques instants pour évaluer les autres possibilités. Il pouvait continuer à roder dans la maison et chercher une porte qui donnerait sur l'extérieur. Il devrait alors emprunter l'escalier, ce qui présentait une alternative intéressante. Mais il repoussa vite cette option. Il se voyait mal errant dans le hall d'une pièce à l'autre. Les risques pour qu'il se fasse intercepter avant même d'avoir eu une chance réelle de fuir étaient trop fortes pour se lancer à l'aveuglette. Ce n'est pas parce qu'il avait seulement vu l'infirmière et un homme depuis qu'il était ici qu'il n'y avait personne d'autre.

Il pouvait aussi prendre son temps et coller l'oreille sur chacune des portes fermées du corridor et prendre ensuite une décision sur celle qui lui offrirait le plus de chances de réussir. Mais, finalement, plus il perdait de temps, plus il courait le risque de se faire surprendre. Alors cette porte ou une autre, c'était, tout compte fait, la même chose. Aussi délicatement qu'il le put, il fit bouger la poignée et poussa la porte.

Saidi hésitait encore. Tout était sombre à l'intérieur. Soudainement, des sons de voix et des bruits de pas se firent entendre un plus loin. Il n'avait plus le choix. Il entra, referma doucement et rapidement la porte derrière lui puis s'y colla, tentant de retenir sa respiration. La sueur coulait sur son front. Il avait l'impression que les battements de son cœur résonnaient comme un tambour. Si quelqu'un s'approchait, il l'entendrait assurément. Mais heureusement, les pas avaient cessé de se rapprocher. Qui que ce soit, il avait pris une autre direction. Saidi soupira pour laisser sortir la tension qui l'habitait.

Il se retourna et fit rapidement l'inventaire de la chambre dans laquelle il se trouvait. Elle ressemblait étrangement à celle qu'il venait de quitter. Un lit, une commode, une chaise et un petit bureau s'y trouvaient. Son regard s'arrêta sur la fenêtre. Il s'en approcha et constata avec plaisir que celle-ci pouvait s'ouvrir. Voilà la réponse. Il serait libre dans quelques secondes. Il n'aurait plus qu'à courir de toutes ses forces et à rester caché. Ça, il savait le faire. Jamais ils ne le retrouveraient. Il lui fallait simplement quelques minutes d'avance. Cette pièce, comme sa chambre, était au second, mais il n'y avait aucun problème pour descendre puisqu'il y avait un treillis sur le mur. Il s'y agripperait sans problème. Sinon, il pouvait toujours sauter. Ce n'était pas si haut.

Il fit tourner un petit loquet, saisit la base de la fenêtre en d'un mouvement vif la leva. Il n'avait pas vu ce petit dispositif qui entourait la vitre. Et même s'il l'avait aperçu, comment aurait-il reconnu un système d'alarme. D'un coup le son strident d'une sirène s'éleva dans toute la maison. Des lumières s'allumèrent à l'extérieur inondant le paysage d'une clarté plus vive que le jour. Il était pris au piège avant même d'avoir pu tenter sa chance. Non, se dit-il. J'ai le temps. Dans un élan, il franchit le bord de la fenêtre et se lança dans le vide. Un saut de trois ou quatre mètres qu'il amortit sans peine. Et ce fut sa première surprise. Le sol était mou. Il était tombé dans un mètre et demi de neige. Il ne s'était pas fait mal, mais qu'est-ce que c'était que cette texture ? Pieds nus, il essaya de courir pour s'enfuir.

Ce fut la seconde surprise. Il était extrêmement difficile de courir dans une telle épaisseur de neige. Elle vous retenait, vous empêchait de prendre de la vitesse, vous faisait tomber. Le son des sirènes résonnait toujours et il se sentait visible et vulnérable au milieu de cette immensité blanche. Des cris vinrent se joindre au hurlement des alarmes. On était à sa poursuite. Il redoubla d'efforts.

Sur sa gauche, au-delà d'une rangée d'arbres, s'étendait un ruban blanc qui ressemblait à une route large et sinueuse. Cela devait conduire quelque part. S'il rejoignait ce chemin, d'autres choix s'offriraient peut-être à lui. Sans réfléchir davantage, il s'élança dans cette direction. Ce fut alors que la troisième surprise l'atteignit. Il gelait. Il n'avait jamais rien senti de tel. L'adrénaline presque pure qui coulait dans ses veines avait empêché son esprit de percevoir le froid, mais maintenant des aiguilles lui perforaient les pieds. L'air qui emplissait ses poumons lui écrasait la poitrine. Le vent glaçait son corps. Il résista à la tentation de se recroqueviller et de se coucher dans la neige. Il réussit à maîtriser le mal et continua sa course. Il venait d'arriver à ce qu'il croyait être le chemin. Il redoubla d'efforts. Ici la neige était moins épaisse.

Pendant une seconde, il se dit qu'il réussirait.

Comment aurait-il pu savoir, lui qui venait d'un pays perpétuellement chaud, que ce chemin était en fait une rivière glacée. Si le courant du cours d'eau était suffisamment faible pour laisser la glace s'installer, il était quand même trop fort pour qu'elle atteigne une épaisseur suffisante pour soutenir le poids d'un homme. Saidi entendit tout à coup un

sourd craquement puis le sol se déroba littéralement sous ses pieds. Cette dernière surprise marquait
la fin de sa tentative de fuite. S'il avait trouvé le
froid terrifiant quelques minutes plus tôt, le contact
de l'eau atteignait un niveau inconcevable. Saidi se
débattait pour ne pas se laisser engloutir par les flots.
Savoir nager n'était ici d'aucune utilité. Il luttait de
toutes ses forces. Il tentait de s'agripper à cette glace
qui cédait tout autour de lui. Il n'avait pas de prise
et sentait l'eau qui voulait l'attirer vers le fond.
Il parvenait difficilement à respirer et il sentit la
panique s'emparer de lui.

Le peu de raison qui lui restait lui disait qu'il
allait mourir ici, loin de chez lui, loin de son frère. Et
une immense tristesse, mêlée de lassitude, l'envahit.
Il avait voulu aider et avait raté son coup. Il n'avait
pas été digne de la confiance que ses parents avaient
mise en lui. Il avait abandonné son frère. Il mourrait
ici, dans la nuit et le froid. Loin de tout ce qu'il
connaissait et de tous ceux qu'il aimait. On ne
gagne jamais à jouer avec le diable, se dit-il. Lentement ses gestes se faisaient moins convaincants.
L'engourdissement le gagnait. Il avalait de plus en
plus d'eau. Il avait atteint un plateau où il ne sentait
plus le froid. Il était presque bien. Il ne lui restait
qu'à fermer les yeux et à se laisser partir. S'il en
avait eu encore l'énergie, il aurait probablement
laissé couler quelques larmes qui auraient de toute
façon été invisibles dans toute cette eau.

C'en était fait de lui…

* * * * *

Il venait de sortir de la petite cuisinette du second où il avait pris un café avec l'infirmière et il descendait maintenant au premier pour faire sa ronde. Il pensait à Andréanne Lafond qui n'était pas, à proprement parler, une belle femme. Paolo l'admettait volontiers. Pas qu'elle passait inaperçue, avec ses cheveux blonds, courts et frisés, mais comme elle était plutôt petite et que les traits de son visage étaient réguliers et plutôt ordinaires, elle passait souvent sous le radar des hommes, sauf quand elle souriait. Pourtant, elle avait un style et une classe qui ne laissaient pas Paolo indifférent. Voilà quelque temps qu'ils travaillaient ensemble à recevoir ces patients en transit et il avait appris à la connaître et à l'apprécier. Il ne savait évidemment rien de son histoire. C'était un sujet qui n'était que rarement, sinon jamais, abordé dans cet établissement. De toute façon, qu'est-ce que ça changeait ? Qu'elle ait fait des erreurs dans le passé, c'était plus que probable. Tous ceux qu'il connaissait et avec qui il travaillait en avaient fait aussi. Lui le premier. Sinon, pourquoi se retrouver ici ? Andréanne toutefois était intelligente, compétente, douce et savait toujours écouter. Quand elle vous regardait avec ses grands yeux verts, vous saviez qu'elle comprenait ce que vous viviez et ce que vous ressentiez. Et ça n'avait pas de prix pour quelqu'un comme lui qui avait toujours été solitaire.

Paolo traversait le hall et s'apprêtait à pénétrer dans le bureau où étaient installés les écrans qui permettaient de surveiller tout le périmètre quand l'alarme retentit. « Quelqu'un tente d'entrer », se dit-il en se précipitant dans le local où, d'un seul coup d'œil il fit le tour des images retransmises par les moniteurs. Il ne lui fallut que quelques secondes pour repérer une forme qui tentait de s'enfuir. « S'enfuir ? Mais qu'est-ce que ça veut dire ? Ostie, y est en train de crisser son camp. »

Sorti en courant de son local, il faillit presque entrer en collision avec l'infirmière qui était descendue en toute hâte pour voir ce qui se passait.

— Y veut s'enfuir, tabarnak, lança-t-il sans s'arrêter. Y a sauté par la fenêtre et il est dans le parc.

Paolo ne ralentit pas en traversant le vestibule pour se diriger vers la sortie, laissant Andréanne sans voix. Au passage, il ramassa son manteau et franchit la porte au pas de course. Dehors, sur le côté de la résidence, une motoneige attendait comme toujours. Paolo bondit, lança le moteur et mit les gaz. Dans un rugissement, le bolide s'élança. Il scrutait les environs pour trouver le patient. Il devait faire vite. Si jamais il parvenait à s'enfuir, ça irait mal pour lui, très mal. Il contourna la maison et se dirigeait vers la rivière quand il l'aperçut. « Mais qu'est-ce qu'il fait, cet épais ? Il s'en va directement vers l'eau. »

Paolo lui cria d'arrêter, que la glace ne tiendrait pas, mais rien n'arrêtait le fuyard. Il avait à peine fait quelques pas sur la rivière gelée que la glace céda sous son poids.

Paolo poussa encore sur l'accélérateur. La motoneige se cabra et obéit. Heureusement, il n'était pas loin et il se rapprochait rapidement. L'autre tentait de s'agripper, mais la glace n'offrait rien pour se tenir et encore moins pour en sortir. Paolo savait que s'il n'intervenait pas dans les prochaines secondes, l'autre coulerait et on ne retrouverait son corps qu'au printemps. Il était presque arrivé. Il sauta de la motoneige avant même qu'elle ne se soit immobilisée. Il avait déjà saisi une corde qui se trouvait en permanence dans un sac de rangement. Paolo courait vers un arbre et y attacha solidement un bout de la corde. Il bondit vers la rivière tout en s'attachant lui-même à l'autre extrémité de la corde. Il fit un pas sur la glace puis se coucha afin de mieux répartir son poids. Il n'était plus très loin de Saidi. Il y avait encore une chance qu'il arrive à temps.

— Lâche pas, lui cria-t-il.

De toute évidence, l'autre n'entendait pas. Il avait déjà les yeux fermés, il était livide et surtout, il commençait à s'enfoncer. Dans un dernier effort, Paolo se remit sur ses pieds pour courir les derniers mètres. Il sentit à son tour la glace céder. Juste avant de s'enfoncer, il se donna un dernier élan et parvint à saisir le bras de Saidi avant qu'il disparaisse dans les flots.

Il sentit immédiatement l'étau glacé se resserrer sur lui. Il lui fallait agir vite, sinon il accompagnerait le détenu dans son dernier voyage. Tenant désespérément le bras de Saidi, Paolo commença à tirer sur la corde qui était reliée à la rive. Ses forces diminuaient vite. Trop vite. Il n'y parviendrait pas. Il savait parfaitement que l'espérance de vie dans une eau aussi froide n'excédait par trois ou quatre minutes. Il était sur le point d'abandonner quand il entendit la voix d'Andréanne.

— Tiens-toi bien ! Je te tire.

— Fais-ça vite, fut tout ce qu'il parvint à dire. Et ce fut plus un murmure qu'un cri qu'il émit.

Il se sentit alors remorqué vers le bord. Tout ce à quoi il pensait, c'était de ne pas lâcher l'autre. Le temps n'avançait plus. Le froid épaississait son sang. Ses mouvements étaient de plus en plus incohérents. Les secondes duraient des heures. Une autre partie de lui-même, celle qui semblait conserver une distance face à ce qu'il vivait, se dit qu'elle était quand même forte cette infirmière. Mais elle n'y arriverait pas s'il ne pouvait pas lui donner un coup de main. Ce fut suffisant pour galvaniser le peu d'énergie qui lui restait. Il poussa aussi fort qu'il le pouvait avec ses jambes tout en tirant sur la corde. Enfin, il sentit le fond de la rivière. Avec cet appui, il banda les muscles de son bras et tenta de propulser l'autre hors de l'eau. Comment y parvint-il, il ne le saurait jamais.

— Je le tiens, entendit-il.

Paolo réussit à ouvrir suffisamment les yeux pour voir Andréanne hisser Saidi sur la rive.

Elle est quand même assez fantastique, se dit-il avant de perdre conscience.

* * * * *

Dans la salle d'eau, la buée saturait l'atmosphère et Michael Bublé chantait langoureusement à la radio. Hilary se faisait mariner dans l'eau brûlante, sirotant un verre de vin blanc qui luttait désespérément pour rester froid.

Une jambe bronzée appuyée sur le côté du bain et la pointe des seins émergeant de la mousse comme deux superbes îles du Pacifique, elle réfléchissait, les yeux fermés, tentant de faire le point.

Depuis l'appel de Philippe, elle avait rodé du côté des bureaux du Ministère ne sachant trop comment faire le prochain mouvement.

Elle devinait qu'il faudrait encore quelques jours avant que son patient de Nampula ne soit arrivé au terme de son voyage, mais le temps passait trop vite. Savoir que le message qu'elle avait intercepté provenait de Montréal et d'un bureau du centre-ville ne lui permettait pas encore d'agir. Il faudrait encore plusieurs miracles pour sauver la vie de l'homme et encore plus pour se sauver elle-même si elle parvenait à ses fins.

Près d'elle, son cellulaire vibra. Elle eut à peine le temps de décrocher que Philippe se lançait déjà dans la conversation.

— C'est toi, magnifique nymphe de mes rêves? demanda-t-il.

— T'espérais quelqu'un d'autre?

— Jamais. Je pense à toi et à ton corps sublime et alors tous mes sens sont en éveil. Et quand je dis « tous mes sens », je pense à quelques-uns en particulier, si tu vois ce que je veux dire?

— Je te reçois parfaitement et tu fantasmes encore, sourit-elle. As-tu du nouveau?

— Toujours droit au but. Tu changes pas. Le romantisme et toi, c'est deux univers qui se rejoignent pas souvent. Entrons directement dans le vif du sujet. Telle est ta devise. Jamais de détour. Pas d'ambiguïté.

— En tout cas, c'est pas ton cas... Parce que toi, en ce qui concerne la concision, t'as coulé le cours 101.

— Et voilà. Ça va encore être de ma faute. Parce que je suis petit, tout le monde me marche sur la tête.

— Tu dis vraiment n'importe quoi. Mais c'est comme ça que je t'aime.

— Oui. Mon drame c'est que tu m'aimes comme un bon toutou ou un vieil ami... AHHHH, que c'est triste! Mais bref! C'est ma vie, mon fardeau. Et je dois le porter seul... Quoique si tu voulais bien, je pourrais aller te trouver pour... tu sais quoi!!!!

— Philippe, t'es un gars extraordinaire. Mais si tu te souviens bien, on a déjà tenté le coup et les résultats n'ont pas été... Comment dire... À la hauteur de nos attentes?

— Ouais. T'as encore raison. Alors revenons à nos moutons. Comme un chien fidèle qui flaire la piste, je ne lâche jamais. J'ai réussi à peaufiner mes recherches.

— T'as trouvé quelque chose d'intéressant? demanda aussitôt Hilary en se redressant.

— Dans le mille, Camille!!! Bon. Je sais pas si ça peut t'aider, mais j'ai donné quelques coups de téléphone. Il semble que l'adresse courriel provienne effectivement de l'un des bureaux du ministère des Affaires étrangères du Canada à Montréal. Comme je te l'avais déjà indiqué. Mais j'ai appris qu'il y a pas beaucoup de monde dans ce bureau et que le patron est un gars appelé Jules Renaud.

— Ça c'est bien. Peut-être que je pourrai m'arranger pour le rencontrer.

— Attends un peu. Laisse-moi continuer. Toi, on peut pas dire que c'est la patience qui te tuera... Bref, j'ai aussi appris que le Ministère organise une soirée demain et qu'il est plus que certain que le gars y sera parce que c'est un patron. C'est pas beau ça?

Philippe commença à chanter : « *I am the champion, my friend* (...) » en adaptant à sa façon la chanson du groupe Queen.

— Oui. C'est extra Phil, l'interrompit-elle. Il me reste qu'à trouver une façon d'y être invitée.

— Mais qu'est-ce que tu crois ? J'ai réussi à me faire renvoyer l'ascenseur par un autre gars qui m'en devait plusieurs. Tu sais que ça facilite parfois les choses quand tu as de l'argent ? Bref, je suis invité et tu m'accompagnes. Et il remit ça : « *I am the champion, my friend* (...) »

Contente de cette nouvelle, Hilary entonna avec lui la célèbre chanson en s'enfonçant lentement dans son bain.

* * * * *

Madame Palomino avait entraîné Ève vers un confortable divan situé dans une petite pièce où on était partiellement isolé du brouhaha qui régnait dans la maison. Ève l'aida à placer les coussins tout autour d'elle. Elle s'adossa enfin dans un soupir de contentement. Sur l'un des murs de ce petit salon trônait un énorme portrait d'un homme plutôt bedonnant, le crâne assez dégarni, qui se tenait debout près d'un fauteuil où était assise une madame Palomino plus jeune. Dans ses yeux, l'artiste avait fait ressortir la force et la détermination de cette femme. Elle se tenait parfaitement droite et ne donnait pas l'image de la femme italienne soumise à son époux.

— C'est votre mari ? demanda Ève pour lancer la conversation.

— C'était, répondit la souveraine. Il était peut-être pas le plus beau bonhomme, mais...

Elle laissa sa phrase en suspens. Comme si elle fouillait dans des souvenirs qu'elle ne partagerait pas. Ses yeux et ses traits avaient, pendant une infime fraction de seconde, pris une douceur qu'Ève ne leur avait jamais vue.

— Oui. C'était mon mari, déclara-t-elle sur un ton qui fermait cette avenue de discussion. C'était un bon mari et un bon père... Alors, raconte-moi, mon petit, poursuivit-elle, comment tu le trouves, mon grand garçon ? Il est gentil avec toi ?

Ève ne voulait surtout pas se lancer dans ce genre de discussion avec la mère de son partenaire. Si elle voulait jouer les marieuses, elle devrait passer par une autre voie.

— Tony est un excellent partenaire. Il a bien ses petites manies, mais on peut toujours se fier sur lui... Mais ces derniers temps, continua-t-elle après une courte pause, il semble plus préoccupé que d'habitude. D'ailleurs, il se referme toujours comme une huître quand il doit s'occuper de l'affaire Campelli. Il ne m'a jamais rien raconté, mais ils se connaissent depuis longtemps ces deux là, non ? Et ils ne s'aiment pas.

— Ça n'a pas toujours été comme ça. Tu sais, Vincenzo et lui étaient amis quand ils étaient enfants. Vince habitait à quelques maisons d'ici et je connaissais très bien ses parents. Des gens très respectables. Les jeunes formaient une petite bande, cinq ou six, qu'on voyait continuellement ensemble.

— Et il s'est passé quelque chose ? voulut savoir Ève.

— Je n'ai jamais su exactement. Ils étaient plus vieux. Peut-être autour de dix-huit ou vingt ans quand Tony m'a dit qu'il ne voulait plus jamais voir Vince. Il faut dire que Vince avait laissé les études depuis un an et travaillait avec des gens qui n'avaient peut-être pas la meilleure réputation. Il travaillait dans un bar le soir et la nuit. Et tout le monde autour savait qu'il y avait une salle de jeu en arrière-boutique. Ça se faisait beaucoup à une certaine époque. Mais Vince a toujours aimé l'argent. L'argent facile de préférence. Lui et Tony se chicanaient souvent sur cette question. Je me souviens que Tony terminait son cégep et envisageait déjà d'être policier. Ils se voyaient de moins en moins régulièrement. Ils vivaient sur des fuseaux horaires différents. Mais ils sortaient en bande les fins de semaine. Ils étaient jeunes et s'amusaient… Je sais que tout ça fait… Comment vous dites en français ? Comme une *figura di stile*… Un cliché, je crois vous dites. Le jeune qui est du côté de la loi et l'autre, l'ami, qui va dans une autre direction. Mais même les images ont un fond de vérité. Il faut aussi dire que quelques filles faisaient aussi partie du groupe dans ce temps-là.

— Alors ce serait une histoire d'amour de jeunesse ?

Madame Palomino semblait revenir dans ses souvenirs. Elle n'entendit pas la question.

— Vous êtes fatiguée, madame ? demanda Ève. Il se fait tard, peut-être préférez-vous aller vous reposer ?

— Pardon ? Qu'est-ce que tu as dit ?

La mère de Tony avait murmuré doucement en regardant Ève.

— Je disais qu'il est tard. Vous êtes encore en convalescence. Il vaudrait peut-être mieux que vous alliez vous reposer.

— C'est vrai que j'ai moins d'énergie. Mais ce n'est pas ça. Tu m'as demandé si c'était une histoire de filles ? Eh bien non. En tout cas, pas une histoire d'amour. Ça ne m'étonne pas que Tony ne t'en ait pas parlé. Il n'en parle jamais. Ce que j'en sais, ce sont des bribes de conversations et des rumeurs qui ont circulé. Il semble qu'un soir, après être sorti en bande, Vince soit parti avec une des filles. Il était peut-être un peu éméché. Je n'en sais rien. Toujours est-il qu'une fois sur l'autoroute, il a été poursuivi par un gars qui avait perdu beaucoup d'argent au bar de son patron. Il voulait se venger d'avoir été mis à la rue. Comme si on lui avait forcé la main pour jouer. Mais ça c'est une autre question. Bref, pour se sauver, Vince aurait essayé de le semer. Il a perdu le contrôle de l'auto qui a fait plusieurs tonneaux. Dans l'accident, la fille est morte. Lui s'en est tiré sans une égratignure. Il y a eu une enquête, mais aucune accusation n'a été portée. Même pas de conduite avec facultés affaiblies. Pour Tony c'était clair que la vie qu'avait choisie Vince avait causé la mort de son amie. C'est aussi simple que ça. Depuis... Eh bien depuis, ces deux-là se détestent. Vince, lui, ne s'est jamais senti coupable et il a pris comme un signe du destin de s'en être sorti indemne. Tony n'envisageait évidemment pas les choses de cette façon.

— Wow ! C'est le genre de chose qui marque.

— Tony ne l'a jamais accepté. Il se sent coupable de les avoir laissé partir. Il sait, au fond de lui, qu'il n'aurait rien pu faire. Mais il se dit qu'il aurait pu essayer, confia madame Palomino dans un murmure.

— Mais il n'aurait rien pu faire, compléta Ève.

— Non. Tu le sais, je le sais et je crois que Tony le sait aussi. Mais ça le gruge quand même. Et je déteste cette haine qu'il porte en lui. Je voudrais qu'il se pardonne et qu'il pardonne à Vince. Il se sentirait tellement mieux.

— Mais Vince est devenu un vrai bandit. Tony ne peut pas le laisser aller.

— Il s'agit pas de ça. C'est son travail d'arrêter les criminels. Et il va tout faire pour arrêter Vince. Le problème, c'est qu'il prend ça comme une mission. Tu vois, dit-elle en se tournant vers Ève avec un regard triste, je veux qu'il soit heureux. Moi je vais mourir bientôt. Non, ne dis pas le contraire, je le sais très bien, lança-t-elle à Ève qui voulait protester. Tu comprends que c'est pas parce qu'on est vieux qu'on devient automatiquement *imbecille*. Mon heure arrive et c'est parfait. Je sais parfaitement, quoi qu'en disent les médecins, que je suis très malade. Mais c'est pas grave. Je me suis toujours demandé comment les personnes âgées acceptaient l'idée de la mort. Et c'est peut-être différent pour chaque personne. Je sais aujourd'hui qu'on sent que ça s'en vient. C'est aussi simple que ça. Si on ne l'accepte pas vraiment, on peut apprivoiser la mort. Je m'en rends compte. Tu sais, moi j'ai eu une très belle vie. Pas toujours facile, mais extrêmement belle. J'ai été heureuse, choyée par mon mari et mes enfants. Mon temps est fait maintenant. Je veux seulement que mes enfants soient aussi heureux que je l'ai été. Et Tony m'inquiète. Il faut qu'il passe à autre chose. Après, je pourrai partir tranquille.

Ève sentit une bouffée de tristesse l'envahir. Le calme avec lequel cette femme lui expliquait sa vie l'emplissait de chagrin. En même temps, elle sentait et admirait la sérénité que la vieille femme affichait. Mais elle ne trouvait pas les mots pour lui dire qu'elle comprenait. Elle sentit ses yeux s'embrouiller.

— Voyons ma petite, il faut pas pleurer. Je te parle de tout ça parce que je sais que tu comprendras. Je peux pas le faire avec les autres. Ils comprendraient pas. Ils crieraient. Ils tenteraient de me convaincre que c'est pas vrai, que je vais revenir en santé... Eh bien, moi, je n'ai plus la force pour tous ces mensonges. C'est pas grave. On doit tous partir un jour. Je veux juste le faire en sachant que ceux qui restent pourront vivre une aussi belle vie que la mienne... Tu vois, mon mari était un homme de sa génération. Les sentiments on ne montrait pas ça. Il fallait toujours être fort. Non, c'était pas l'homme le plus chaleureux, ni le plus affectueux. Pourtant, quand il est mort, il m'a laissé un mot. Tout ce qui était écrit, c'était une petite phrase qu'il avait trouvée quelque part. Je sais pas où. Mais il voulait que je sache que c'est comme ça qu'il se voyait. J'étais dans cette pièce quand je l'ai lue. Le mot était très court : « *Je ne suis pas loin, juste de l'autre côté du mur. Si tu m'aimes ne pleure pas...* » Pas besoin de te dire que j'ai pleuré. Comme jamais auparavant dans ma vie. Mais ça m'a permis de comprendre qu'il était toujours près de moi, et ça m'a toujours soutenue... Bon... Tu pleures...

Ève n'avait pu s'en empêcher. Elle écoutait l'histoire et découvrait une femme sensible. Très loin de l'image de froideur et d'austérité qu'elle donnait toujours. Tout ce qu'Ève put faire, c'est de prendre les vieilles mains dans les siennes et de sangloter en caressant doucement la peau parcheminée. Sans être capable de dire un mot. Elles n'en avaient d'ailleurs plus besoin. Le contact était largement suffisant. Les deux femmes restèrent ainsi pendant plusieurs minutes. Complices.

Le temps s'écoulait en silence. Puis, après un simple regard, Ève comprit qu'il fallait continuer et aida la vieille dame à se lever.

— Merci beaucoup, ma petite, lui dit-elle en s'appuyant sur le bras. Ce sera notre secret. Je sais que tu vas faire attention à Tony. Merci… Maintenant retournons au salon.

* * * * *

Depuis le temps qu'il travaillait à trouver des gens qui voulaient disparaître, Michel savait qu'il fallait être patient. Et il l'était. En plus, cette nuit, il avait le moral. Bob était venu le chercher après la soirée familiale. Chic de sa part, songea-t-il. Michel avait ainsi pu être avec son petit-fils pour son anniversaire et lui remettre les cadeaux qu'il avait lui-même achetés. Bon, devait-il s'avouer, un enfant de cet âge réagissait beaucoup plus aux emballages qu'aux cadeaux eux-mêmes. Mais ce n'était pas grave, il avait adoré sa soirée.

On ne pouvait pas en dire autant de Bob. Il s'emmerdait solide et était plus que tanné d'attendre un petit drogué qui ne venait pas. Il avait faim, il avait froid et il était fatigué. Il souhaitait seulement se servir un scotch sans glace, mettre un peu de musique et relaxer avant d'aller dormir.

— Regarde, Bob. C'est pas notre gars là-bas?

Michel pointait une silhouette plus loin dans la rue.

— Ça y ressemble, confirma Bob en tentant de mieux discerner la mince forme que s'éloignait en rasant les murs. Bon, on y va. Même si c'est pas lui, ça me fera au moins bouger un peu.

Les deux hommes sortirent de la voiture et suivirent, de loin, l'ombre qui progressait lentement. Depuis deux heures qu'ils étaient dans les parages de l'immeuble où habitait Théo, mis à part quelques chats, personne n'était passé. Peut-être enfin qu'ils auraient un peu de chance.

*****

Personne ne remarqua les yeux légèrement rougis d'Ève alors qu'elle soutenait madame Palomino à leur retour au salon.

— Donne-moi la main, Manuela, dit à sa sœur celle qui était soudain redevenue l'impératrice. Je suis fatiguée. Je vais aller me reposer. Bonsoir tout le monde...

Et, accompagnée de Manuela, elle sortit lentement de la pièce. Ève la soupçonnait de marcher plus lentement et avec plus de difficultés qu'il ne l'aurait fallu. Mais ça allait tellement bien avec le personnage qu'on ne pouvait sciemment attendre autre chose de la sortie de Son Altesse. « J'adore cette femme », se dit-elle.

— Tu m'as bien eu, dit Tony arrivant derrière Ève.

— Excuse-moi, répliqua-t-elle surprise. De quoi tu parles ?

— Ben de ta soirée de demain. De quoi tu veux que je te parle ?

Tony la regarda plus attentivement.

— Coudonc, reprit-il. Vous êtes restées long-temps enfermées. De quoi vous avez parlé ?

— De rien de spécial. On a placoté. On a parlé popote.

— T'as parlé cuisine avec ma mère ! dit Tony complètement sidéré.

— Ben non, niaiseux ! C'est une image, lança Ève. Une figure de style pour dire qu'on a parlé de toutes sortes de choses de femmes.

— Ah ! ajouta-t-il, comme s'il comprenait. Bon, de toute façon, ça change rien, tu m'as bien eu.

— Excuse-moi, je voulais pas que ça se passe comme ça, mais je voulais pas non plus être seule demain. Et puis tu vas certainement connaître du monde et tu vas pouvoir mettre tes habits hors de prix dans une soirée où, pour une fois, tu feras pas tache... J't'en pris, minauda-t-elle.

— OK ! OK ! Arrête tes supplications. J'ai promis. J'irai... Tony réfléchit quelques secondes et ajouta : « Heu... Comme ça va être une soirée chic, il va falloir que tu portes une robe longue et tout le kit ? ? ? Que tu t'habilles vraiment en fille pour une grande sortie ? Avec un décolleté plongeant ? T'as ça dans tes affaires à côté de tes jeans ? ? ? Je suis surpris... Et j'ai très hâte de voir ça... »

Et sans attendre la réponse, il se détourna pour aller parler avec un de ses cousins. Pour une fois il l'avait eue. « Paf, dans les dents » songea-t-il avec un sourire de conquérant.

*****

Théo ne savait plus quoi faire. Après avoir vendu l'ordinateur, il s'était immédiatement rendu voir le dealer d'un gars qu'il avait rencontré récemment. Était-ce par prudence ou simplement par instinct, mais il avait préféré ne pas se rendre chez son fournisseur habituel. D'autant plus que les dernières doses n'étaient pas de première qualité.

Il avait ensuite été faire quelques courses. Des bières, de la pizza et des cigarettes pour se nourrir avant de repartir vers son voyage sans fin. Mais depuis quelques heures, il errait. La nuit était largement avancée et il ne savait toujours pas où aller. Les planques qu'il squattait auparavant – avant sa rencontre avec Rat – étaient maintenant occupées par d'autres personnes qui ne souhaitaient pas d'intrus. Il en avait été rapidement et proprement éjecté. Les endroits disponibles, particulièrement en hiver, trouvaient très rapidement preneur. C'était souvent une question de vie ou de mort.

Il avait donc décidé de revenir vers sa niche habituelle. Il était méfiant, mais qui pouvait savoir qu'il se terrait dans cet immeuble ? À son avis, personne. De toute façon, tout était tranquille. À cette heure et par ce froid, il aurait fallu être un cinglé atteint de démence pour aller se balader. Et puis, son corps commençait à réclamer son dû. S'il ne s'injectait pas bientôt sa dose quotidienne, toutes ces questions demeureraient très théoriques.

Il était presque arrivé. Le conteneur à déchets derrière lequel il s'était caché ce matin était toujours là. Il n'y avait pas âme qui vive dans les environs. Théo attendit quand même quelques secondes avant de se diriger vers la porte arrière. Comme il n'y avait toujours rien, il s'avança d'un pas résolu. Et soudain, en franchissant la porte, deux paires de bras beaucoup trop solides pour qu'il soit capable de lutter, l'empoignèrent.

— Tiens, mais si c'est pas notre ami Théo. Y a longtemps qu'on s'était pas vus, mon grand.

— Lâchez-moi, lâchez-moi, cria-t-il en se débattant. Puis, regardant ses geôliers, il reconnut les policiers qui l'avaient arrêté deux mois plus tôt. Lâchez-moi, leur lança-t-il encore. J'ai rien fait. J'ai rien fait.

— Ben non. On le sait. On veut juste te poser quelques questions. Fait qu'on t'amène avec nous au poste. C'est tout. Tu vas être au chaud. C'est le fun, non?

— Vous avez pas le droit. J'veux un avocat. Lâchez-moi!

— Un avocat, répondit le policier en riant. Tu veux un avocat? Ben certain mon bonhomme. On va t'en trouver un.

Tenant toujours Théo, il dit à son équipier:

— Mets-y les « ty-rap » Marc. J'tanné d'être icitte.

* * * * *

Bob et Michel allaient aussi pénétrer dans l'édifice où venait de s'engouffrer Théo quand la porte s'ouvrit brusquement. Ils se trouvaient près du conteneur de la ruelle derrière lequel ils trouvèrent refuge. Deux hommes embarquaient Théo. Sûrement des policiers. Ils s'étaient fait prendre de vitesse.

— C'est le boutte de la marde, cracha Bob. Se faire avoir par des chiens… Pas question d'intervenir maintenant contre des policiers. Certainement pas… Câlice que la rondelle ne roule pas pour moi, continua-t-il. On n'a rien que des problèmes depuis le début de cette maudite affaire…

Et ce n'était rien comparé à ce que Laurent leur ferait entendre, se rappela-t-il… Mais il savait qu'il existe toujours une autre façon de faire. Suffisait de la trouver. Et la solution lui vint.

— On a une dernière chance, dit-il à son ami. Il faut que je téléphone à Laurent, mais après, on change de stratégie. On a déjà assez perdu de temps. Dans le fond, on aurait peut-être dû commencer par ça plus tôt. En tout cas… Ça donne rien de dire ce qu'on aurait pu faire. On l'a pas fait.

— C'est quoi ton idée?

— Qu'est-ce que tu crois qu'une poubelle comme Théo va faire avec un portable?

— Ben… J'sais pas…

— Réfléchis! Théo en a rien à faire d'avoir un portable. Y sait probablement même pas comme le mettre en marche. Donc, il va le vendre…

— C'est sûr!

— Donc, aussitôt que les magasins ouvrent, on fait le tour des prêteurs sur gages du coin. On va le trouver, ce crisse de portable… Un minable comme Théo a pas dû aller ben loin. Y a fini de me faire chier…

Plus loin, les policiers avaient fait monter Théo à l'arrière de leur voiture et s'éloignaient. Au moins, se consola Bob, y vont y en faire voir de toutes les couleurs... Bien mince consolation, admit-il.

12

Ève avait eu du mal à s'endormir. Après la soirée chez la mère de Tony, elle se retrouvait seule dans son lit. La discussion avec madame Palomino avait remué beaucoup de choses sur les relations entre époux, sur la famille et aussi sur les enfants, devait-elle s'avouer.

Elle pensait rarement à ces questions. Elle avait l'impression que sa vie était déjà tracée et que sa carrière ne permettait pas ce genre d'attaches. Pourtant, cette nuit, elle était ébranlée. Elle avait beau dire que sa relation à longue distance avec Serge lui convenait parfaitement, elle devait admettre qu'elle s'ennuyait souvent. Elle trouvait le lit grand et froid. Tout son corps était déjà en manque de ses caresses. Durant cette brève période d'abandon que l'on traverse avant de sombrer dans le sommeil et qui laissait toute la liberté à l'imagination, elle avait senti, comme si elles y étaient, les mains de Serge qui exploraient les parties les plus intimes de sa chair. Elle sentait la douceur, la chaleur et la moiteur de sa langue qui titillait ses mamelons. Les sensations avaient une telle force et un tel réalisme qu'ils se dressaient pour atteindre une bouche qui n'était pas là. Elle soupirait au léger contact de doigts invisibles sur son clitoris. Le rythme lent et léger du départ s'accentuait, implacablement, allumant dans son ventre un feu qui la consumait entièrement. Puis, le déferlement de l'orgasme la fit basculer aussi facilement qu'un tsunami qui emporte tout sur son passage. L'intensité des émotions fit alors place à un calme et une sérénité merveilleuse. Elle eut à peine le temps, dans un éclair de lucidité, de se dire, en souriant béatement, que c'était seulement un rêve avant de s'abandonner au sommeil.

Elle ressentait toujours cette sensation de bien-être et avait l'impression qu'elle venait à peine de s'endormir quand le téléphone rugit. Elle eut beau s'efforcer de l'ignorer et de l'oublier, la sonnerie continuait de la harceler. Ève se résigna et prit le combiné.

— Oui, parvint-elle à articuler.

— Hey, Cendrillon, c'est le temps de te réveiller. Les gars ont arrêté Théo. Il est au poste. On t'attend... lui criait Tony.

— Théo qui ? demanda-t-elle en murmurant.

— Hey ! Allume ! Théo, le complice de Lamontagne. Dépêche-toi ! Je t'attends au poste.

— Quelle heure est-il ?

— Presque cinq heures.

— C'est bon... J'arrive, voulut-elle dire, mais un simple grognement sortit de sa bouche.

— Quoi ? Qu'est-ce que tu dis ?

— J'ar-ri-ve, répéta-t-elle en séparant les syllabes.

— Parfait ! Grouille tes fesses !

Et il raccrocha.

* * * * *

Laurent était contrarié.

Comment se faisait-il que Bob et Michel mettent autant de temps pour retracer ce maudit portable ?

Il savait pertinemment que ses hommes faisaient l'impossible. Ils étaient des maîtres dans leur domaine. La bavure avec Jeff Lamontagne n'aurait pas dû arriver. Et il était encore plus impensable qu'ils se soient ensuite fait prendre de vitesse par la police. Comment se faisait-il qu'ils soient dans le portrait ceux-là ? Ce n'était pas le genre de dossier où ils faisaient du zèle d'habitude. Trouver celui qui a tué un gars dans le métro n'était certainement pas dans leurs priorités.

De toute façon, ça ne changeait rien. Ses hommes auraient dû trouver Théo avant les flics. Son équipe et lui avaient commis une erreur. Peut-être devenaient-ils tous trop vieux pour ces conneries. Il serait peut-être temps de penser à décrocher... « J'pourrai toujours me poser ces questions quand le dossier va être réglé », se dit-il. En attendant, il lui fallait contacter son client pour le tenir au courant des développements. Le fait que les policiers de Montréal étaient aussi sur le coup ne l'enchanterait certainement pas. Mais Laurent n'y était pour rien. C'est le genre de chose qui arrivait parfois.

* * * * *

La nuit avait été excessivement longue et occupée pour l'infirmière. Quand Paolo était parti avec la motoneige pour rattraper Saïdi, elle s'était aussi lancée à leur poursuite. Heureusement qu'ils n'avaient pas été très loin de la maison sans quoi, non seulement ne les aurait-elle pas rejoints à temps, mais il lui aurait été impossible de les sauver.

Mais grâce à Dieu, elle était arrivée au bon moment.

Les deux hommes étaient dans l'eau glacée. Paolo tenait Saidi et tentait de revenir vers la rive, mais il était évident qu'il n'y parviendrait pas. Ses gestes étaient de plus en plus désordonnés. Andréanne avait donc attrapé la corde et s'était mise à tirer, de toutes ses forces. Grâce à l'aide providentielle d'un dernier sursaut d'énergie de Paolo, elle était parvenue à les remonter. Suffisamment, en tout cas, pour aller les chercher. D'abord Saidi qui, de toute évidence, avait le plus souffert du froid. Elle l'avait ramené et l'avait rapidement enveloppé de son manteau.

Andréanne s'était ensuite élancée pour aider Paolo, qui avait perdu connaissance. Il était en train de se noyer dans moins d'un mètre d'eau. Mais Paolo était plus costaud, plus lourd aussi. Ça avait été difficile. Et le temps pressait pour les deux hommes. L'hypothermie les guettait et plus longtemps ils attendraient, mouillés, dehors par ce froid et plus les risques d'engelures graves augmentaient.

Elle s'était démenée. Andréanne avait réussi à utiliser la motoneige et à faire tenir les deux hommes dessus pour revenir à la maison. Chaque minute comptait.

La résidence avait été conçue pour accueillir des malades. Une chance incroyable en l'occurrence. Une entrée, située au niveau du sol, donnait directement sur une salle de traitement. On y procédait généralement aux examens de routine de ceux qui arrivaient. Une chance inouïe qu'il n'y ait pas eu de marches à monter ou descendre. Elle n'y serait probablement jamais arrivée autrement. Andréanne avait pu y faire entrer Saidi et l'installer sur une civière. Elle l'avait immédiatement enveloppé de couvertures chauffantes.

Ça avait été un peu plus difficile pour Paolo. L'infirmière avait dû jeter un matelas par terre et y coucher l'homme qui se retrouva bientôt, lui aussi, enveloppé de couvertures chauffantes. Elle n'avait pas été capable de le monter sur la civière.

D'une certaine façon, les quelques minutes de plus pendant lesquelles Saidi était resté dans l'eau l'avaient probablement sauvé. Son métabolisme avait suffisamment ralenti pour que ses fonctions vitales puissent être restaurées. Il était en parfaite santé et doté d'un cœur excellent, ce qui l'aidait. C'est d'ailleurs la raison pour laquelle il se retrouvait ici, se rappela Andréanne avec un pincement au cœur. L'infirmière lui avait installé un soluté intra-veineux réchauffé qui aiderait son corps à reprendre sa température normale et lui avait mis un masque à oxygène. Ses signes vitaux étaient corrects pour quelqu'un qui venait de passer plusieurs minutes dans l'eau glacée et Andréanne n'avait pas vu de signes d'engelures graves. Tout était donc pour le mieux. Elle pouvait maintenant s'occuper de Paolo.

Son état était moins critique. Comme il était beaucoup plus costaud, Andréanne avait dû couper ses vêtements pour le déshabiller. Le temps pressait et s'échiner à le tourner et le retourner pour le dévêtir lui en aurait trop fait perdre. Elle l'avait ensuite emmitouflé dans des couvertures chauffantes et l'avait laissé dormir.

Elle avait passé le reste de la nuit à veiller sur les deux hommes. Elle les avait examinés en détail pour déceler des signes d'engelures, principalement aux extrémités. Sans être une spécialiste, elle ne croyait pas qu'il y aurait de séquelles. L'infirmière leur administra cependant des antibiotiques et leur fit une injection antitétanique. Elle avait fait tout ce qui lui était possible de faire. Le reste appartenait à la nature.

Au petit matin, Paolo avait été le premier à montrer de signes de vie. Il commençait à sortir de l'espèce de coma produit par la baisse de sa température interne. Andréanne était à ses côtés quand il reprit connaissance.

— Salut, beau blond, lui lança-t-elle avec un grand sourire.

Il fallut encore quelques instants avant qu'un semblant de lucidité n'illumine ses yeux.

— C'est le moment où on demande « Où suis-je ? », murmura-t-il.

— Dans la clinique du rez-de-chaussée. J'ai pas pu vous amener plus loin.

— Est-ce que le patient est encore en vie ?

— Il dort comme un bébé.

Lentement, les événements lui revenaient. Mais il se rendait compte qu'il y avait beaucoup de lacunes sur le déroulement des choses après son évanouissement.

— J'ai comme l'impression que t'as pas chômé cette nuit, conclut-il simplement.

— On peut dire ça comme ça, répondit-elle. Je pense qu'on a tous été très chanceux.

— Est-ce que le patron sait ce qui est arrivé ?

— J'ai encore parlé à personne. Alors non. Il sait rien.

Andréanne comprenait que si leur aventure sortait d'ici, Paolo serait tenu responsable. Il n'y avait qu'un seul client actuellement. Si jamais on savait que Paolo l'avait laissé s'enfuir et qu'il avait failli le perdre, ce ne serait pas bon. Pas bon du tout !

— J'ai pas l'impression que quelqu'un d'autre devrait savoir ce qui s'est passé, continua-t-elle.

— Merci, dit Paolo.

Il y eut un silence gêné entre les deux. Paolo remarqua ensuite qu'il était nu sous les couvertures.

— C'est toi qui m'as déshabillé ? demanda-t-il en se rendant compte du même coup de l'imbécilité de la question. C'est sûr… répondit-il lui-même. Des fois je suis épais.

Il se sentait quand même un peu gêné par la situation.

— J'vais mettre ça sur le compte de la nuit que tu as passée, rigola-t-elle. Mais y a un petit hic quand même… ajouta-t-elle, un peu embarrassée.

— Quoi ? demanda Paolo soudain sur ses gardes.

— Ben, t'es un peu lourd pour moi… J'ai été obligée de couper tes vêtements. Y sont juste bons à jeter maintenant, poursuivit-elle en baissant les yeux.

Paolo rit de bon cœur.

— Si c'est le seul prix à payer pour être en vie, y en a pas de problème…

L'homme regarda Andréanne, ne sachant trop comment dire ce qu'il pensait. « Le plus simple est encore le mieux », songea-t-il.

— Je peux juste te dire merci… C'est sûr que si t'avais pas été là, je serais mort… Et lui aussi certainement… J't'en dois une, et une bonne…

— Arrête de pleurer et repose-toi encore quelques minutes. Je vais aller préparer quelque chose à manger. Tu dois prendre des forces.

Andréanne se releva, vérifia le soluté qui coulait toujours dans le bras de Saidi et sortit de la pièce après avoir lancé un regard à Paolo. Lui, il ne l'avait pas quittée des yeux. Et la voyant partir, il se dit qu'elle était quand même fantastique. Et il se rendormit.

* * * * *

Cette région des Laurentides était merveilleuse. Même en hiver. Si l'environnement immédiat de la maison avait été soigneusement aménagé et domestiqué par un professionnel, avec les recommandations éclairées de sa femme – bien entendu –, Campelli avait insisté pour que la forêt demeure à l'état naturel. Un terrain qui faisait plus d'un kilomètre sur deux, et sur lequel il y avait un petit lac et un magnifique ruisseau à truites, devait être laissé, autant que faire se pouvait, à l'état sauvage. Il avait été intraitable sur cette question.

Malgré l'impression de solitude et de détente qu'il ressentait toujours en s'y promenant avec ses deux chiens – de magnifiques Labrador bruns – Vince savait qu'il était bien protégé. Le pourtour de son domaine était surveillé vingt-quatre heures sur vingt-quatre par des caméras et des équipes de surveillance. Il doutait que même un lièvre puisse y entrer ou en sortir sans qu'on le sache. Les fonctions qu'il exerçait dans son secteur d'activités bien particulier exigeaient ces précautions. Mais tant qu'il ne sentait pas la présence de ses anges gardiens, il se sentait bien.

Il aimait l'hiver. Il adorait, spécialement à l'aube comme ce matin, y prendre de grandes marches en raquettes et suivre les traces des animaux qui y vivaient. Il n'y avait jamais chassé. Enfin pas vraiment. Cette terre leur appartenait aussi, estimait-il. Il est vrai que dans les premières années, il avait posé des collets. Un ami autochtone qui vivait dans la région lui avait enseigné les trucs de base, lui apprenant à reconnaître les sentiers que les lièvres empruntaient et l'avait initié à la façon dont le collet devait être camouflé pour ne pas effrayer l'animal. Pendant deux hivers il avait donc posé des pièges. L'expérience aidant, sa technique s'était améliorée et il ramenait régulièrement des lièvres qu'il remettait à son cuisinier. Puis, il s'était lassé de voir ces pauvres bêtes mortes, parfois dans de grandes souffrances, imaginait-il, et qui gisaient gelées dans la neige. Il ne voyait aucune contradiction entre le fait de trouver cruel de faire souffrir des animaux et le plaisir qu'il prenait à torturer des êtres humains. Pour lui, les hommes méritaient le traitement qu'il leur réservait. Pas les bêtes. Bref, il avait tout abandonné et s'était plutôt mis à y marcher simplement avec ses chiens. Il avait alors découvert une nature comme il n'en avait pas idée, pleine de beautés et de richesses.

Tout cela était à des années-lumière de sa ville natale. Il savait où se terraient certains lièvres, dans quel coin chassait le renard et où paissaient les chevreuils. Il avait appris à distinguer les essences des arbres et adorait voir le spectacle des couleurs à l'automne.

Malgré tout, il savait que cette impression d'être seul au monde était illusoire. Il portait toujours son cellulaire et pouvait, à tout moment, être rejoint. C'était sa chaîne et il l'avait acceptée. Aussi, quand le téléphone sonna, il ne fut pas surpris, seulement déçu.

— Campelli, répondit-il.

— Ici Goetting. On a un petit délai pour le paquet.

— Il devait plus y en avoir, le coupa-t-il.

— Certains... Disons... documents, ont été égarés. Il faut faire plus attention tant que tout ne sera pas rentré dans l'ordre. En attendant, le paquet doit être conservé pour un peu plus tard.

— Je suis contrarié, dit-il en laissant poindre une menace d'autant plus forte que le ton était resté assez neutre. Je t'ai donné tout ce que tu m'as demandé, poursuivit-il. Il va falloir faire en sorte que ça marche. On peut plus se permettre de retards. Le client attend le paquet et la patience n'est pas sa plus grande qualité. Mais le pire, c'est que j'ai garanti personnellement que tout fonctionnerait. Alors mets la pression qu'il faut sur les personnes que tu veux, mais il faut que ça marche. L'opération est prévue dans trois jours et j'ai pas l'intention de lui dire qu'on reporte le tout. Me suis-je fait comprendre?

— Dix sur dix. Mais un type s'est fait attaqué dans le métro et...

— Qu'est-ce que j'en ai à foutre de ces histoires? Ça, c'est tes problèmes. C'est pour ça que je te paie.

— Mais la police est aussi sur les traces des documents. Ils ont intercepté un gars qui sait où se trouvent les dossiers. En plus, Renaud a eu la visite d'une détective de la SQ. J'pense pas qu'ils aient véritablement de soupçons pour le...

— J'veux pas le savoir, trancha Campelli. Occupe-toi des problèmes avec les fonctionnaires, la police ou qui tu veux. T'as eu l'argent, j't'ai donné les leviers pour faire chanter le gars du Ministère, c'est à toi maintenant d'agir et surtout, de réussir. Et surtout, laisse-moi pas tomber parce que si ça arrive, tes couilles vont se retrouver dans un bocal.

— Tout va être arrangé ce soir, dit Goetting en tentant de se racheter. Il y a une réception du Ministère et je vais moi-même aller mettre les points sur les « i ». On aura les papiers dans les délais. Soyez sans crainte.

— Parfait. J'veux plus jamais d'excuses. Je veux des résultats. Et si les problèmes prennent de l'ampleur, il faudra couper dans le vif du sujet. On remontera jamais jusqu'à moi. Est-ce que je suis assez clair ?

— Parfaitement, monsieur Campelli.

Vince referma son cellulaire et continua sa marche. Voilà un autre élément à ajouter à sa réflexion. Il n'avait jamais été certain d'avoir confiance en ce type. Certes il était incontournable, non, se corrigea-t-il, il était plutôt important, et cela essentiellement par ses contacts dans différents milieux du gouvernement. Mais, aussi important qu'il soit, il y avait toujours moyen de trouver une autre personne et une autre façon d'atteindre ses buts. Même une tour sur l'échiquier peut être remplacée. Il allait suivre les développements de très près et dès que cette opération serait terminée, il y aurait des décisions à prendre. De toute façon, il ne mettait jamais tous ses œufs dans le même panier et d'autres avenues étaient déjà en train de s'ouvrir. Les enjeux étaient trop colossaux pour s'en tenir à une seule voie d'accès.

Ces réflexions le ramenèrent aussi à la guerre qui faisait rage présentement. La réplique avait bien fonctionné. Et, comme prévu, les corps des tueurs avaient été réexpédiés à l'envoyeur. Un bref sourire illumina son visage en repensant à ces deux hommes et à ce qu'il leur avait fait endurer avant d'en terminer. C'était une mince consolation car Vince savait que sa position n'était pas encore assurée. Les dés n'avaient pas fini de rouler. S'il pouvait consolider son réseau de trafic d'organes, il serait en mesure de mettre de l'avant d'autres idées qui avaient commencé à germer.

D'ici là, il fallait être prudent.

* * * * *

L'ennui avec l'hiver c'est qu'il fait noir jusque tard le matin. Le soleil commençait à peine à laisser entrevoir qu'il se lèverait un jour quand Ève arriva au poste de police. Il était à peine six heures. Les journées avaient beau allonger depuis quelques semaines, le fait d'avoir moins de neuf heures d'ensoleillement par jour lui tombait sur les nerfs, comme cela affectait d'ailleurs de nombreux Québécois. Tony était évidemment déjà à son bureau. Il consultait quelques dossiers concernant le prisonnier quand il la vit entrer.

— T'as quand même réussi à te sortir du lit, lui lança-t-il en guise de salutations.

— Oui, moi aussi je suis contente de te voir, répliqua-t-elle.

Puis, en enlevant son manteau, elle demanda :

— Alors, il est où notre bonhomme ?

— Il marine tranquillement dans la salle d'interrogatoire. Il y est depuis déjà quelques heures, seul avec Marc, le policier qui l'a arrêté cette nuit.

— Marc ? Cette boule d'émotions aussi expressive qu'une bouilloire ?

— En personne. T'imagines que le p'tit doit se sentir à l'aise. En plus, il est évident qu'il commence à être en manque. Il transpire, il tremble, il grelotte, tout en même temps.

— Mais en vérité, on a rien contre lui. Juste des soupçons. On pourra pas le retenir bien longtemps. Sinon, on va devoir lui attribuer un avocat et la marde va commencer.

— J'ai le pressentiment qu'il va collaborer. Jette un coup d'œil. C'est le rapport que les gars du labo nous ont fait parvenir après avoir examiné les bandes vidéo du métro que tu leur avais fait parvenir.

Il lui tendit le dossier qu'Ève commença à lire.

— J'vois rien de particulier. Ils n'arrivent pas à avoir une image précise et identifiable de leurs visages.

Elle tourna les pages et s'arrêta sur un passage.

— Bon, c'est écrit là, qu'il y a des signes particuliers sur les bottes d'un des types, une espèce de dessin que l'agrandissement fait voir assez clairement... C'est quoi d'ailleurs, un signe cabalistique ? Le gars serait un adepte du surnaturel ? Ça nous fait une belle jambe. Non, j'vois rien pour nous aider à établir un lien entre Théo, Lamontagne et le meurtre dans le métro...

— Attends d'avoir tout vu, la grande. Regarde ici... Notre bonhomme dans la salle d'interrogatoire.

Ève se pencha sur l'écran qui montrait, en direct, ce qui se passait dans une salle un peu plus loin. Et encore ne fois elle ne notait rien de particulier, sinon qu'effectivement Théo semblait très nerveux. Pendant qu'elle examinait la scène, Tony manipulait les commandes pour agrandir l'image sur une partie précise de Théo : ses bottes. Puis le dessin que les gars du labo avaient trouvé apparut à l'écran. Le même genre de bottes et le même dessin au même endroit. Ce ne pouvait pas être un hasard. Impossible de se tromper. C'était bien la même botte et donc, le même homme.

— Wow ! lança-t-elle.

— Ça établit un lien direct entre ceux qui ont assassiné Borduas et notre Théo.

— Ne reste plus qu'à aller lui parler, conclut-elle.

— Holà ! Tony, intervint une voix.

Se tournant, Palomino vit Romanowski entrer dans la salle. Il tenait son manteau sur le bras et saluait, en passant, d'autres policiers qu'il connaissait. Or, comme le pathologiste connaissait tout le monde, il n'avançait pas vite.

— Bonjour Tony, dit joyeusement Romanowski. Bonjour à toi aussi Ève, et toujours aussi belle. Ça me rappelle que...

— T'es de bonne heure au poste, coupa Tony qui ne voulait pas laisser le légiste commencer à ressasser ses souvenirs.

— Je dirais plutôt « Encore au bureau ? » si j'étais à ta place. Mais je m'en vais dans quelques minutes. Je rentre à la maison.

— Tu avais un dossier qui t'a retenu toute la nuit ? demanda Ève.

— Absolument. Et je voulais aussi terminer l'analyse que Tony m'a demandée.

Palomino ne se souvenait pas de quel travail il pouvait s'agir. Il le regarda donc avec l'air de celui qui n'y comprend rien.

— Mais oui, voyons. Tu m'as demandé si le couteau trouvé sur Lamontagne pouvait être l'arme du crime pour Borduas, le cadavre du métro.

— Oui, c'est vrai. Pardonne-moi.

— Et ça n'a pas été facile. Tu comprends, l'arme était chez le légiste de Montréal et le corps de Borduas allait être remis aujourd'hui à la famille. C'est pour ça qu'il fallait que je fasse vite. Heureusement que le légiste de la police de Montréal est un vieil ami. Tu vas trouver ça étrange, mais nous nous sommes connus à un colloque qui se tenait à Calgary. Ça fait déjà plusieurs années. C'est drôle que deux collègues de Montréal doivent aller aussi loin pour se rencontrer alors qu'ils travaillent à quelques pâtés de maisons l'un de l'autre... Bon, je vois que ça ne te passionne pas... Toujours est-il qu'il m'a fait parvenir le couteau qu'il avait en sa possession. Et tu constateras, dit-il en tendant le rapport, que l'arme correspond parfaitement aux blessures sur le corps de Borduas. Je crois personnellement que c'est le second coup, porté directement dans le ventricule gauche, qui a causé la mort. En tout cas, comme tu le pensais, c'est bien l'arme du crime.

— Merci beaucoup. Et ça tombe pile parce qu'on s'en allait justement parler avec celui qui était probablement avec Lamontagne. Même si c'est peut-être pas lui qui a porté les coups, il est quand même complice de meurtre.

— À partir de là, ça ne me concerne plus, termina Romanowski. Je rentre à présent. Bonne journée à vous deux.

Pendant que le médecin tournait les talons, Ève saisit le dossier et, suivie de Palomino, se dirigea vers la salle d'interrogatoire. Elle entra la première dans la petite pièce meublée d'une simple table et de chaises droites. L'incontournable et immense miroir sans tain couvrant une grande partie d'un mur et les deux caméras installées dans les coins complétaient le décor. Marc, le policier qui était demeuré avec le suspect pendant tout ce temps, sortit en silence, faisant un simple salut aux détectives avant de s'esquiver.

Palomino, qui, malgré l'heure matinale, était toujours tiré à quatre épingles, portait un complet bleu, presque noir, une chemise blanche immaculée et l'éternelle cravate assortie. Le contraste avec Ève, qui avait enfilé à la va-vite un coton ouaté au sigle du club de football de Montréal et ses jeans, était saisissant. Tony s'installa confortablement sur la chaise et étala lentement ses dossiers devant lui. Il relisait ses notes sans dire un mot. Il sentait Théo tendu comme un fil d'acier prêt à se rompre. Ève se dirigea dans le coin et s'appuya sur le mur, comme si elle se préparait à attendre longtemps, très longtemps. Palomino leva lentement la tête et regarda Théo directement dans les yeux.

— T'es dans la marde, dit-il simplement.

— J'ai rien fait! Vous avez pas le droit de me garder ici! Y faut que je m'en aille! J'veux voir un avocat!

— Ça va venir et j'pense que tu vas en avoir vraiment besoin... Mais avant, on va discuter un peu... Juste discuter.

— J'vois pas pourquoi on perd notre temps avec lui, lança Ève. On n'a qu'à l'envoyer en dedans. On a assez de preuves pour qu'il passe les prochaines années à faire le délice des gars de la prison.

— Vous pouvez pas faire ça! Qu'est-ce que j'ai fait? Laissez-moi partir... supplia-t-il.

— Elle a raison, continua très calmement Tony. Je pense pas que tu puisses nous apprendre quelque chose d'intéressant. On perd peut-être notre temps. On sait que tu étais dans le métro l'autre soir et que c'est toi qui as poignardé un type pour le voler. On a des bandes vidéo qui le prouvent.

— C'est pas moi. J'le jure! C'est pas moi. Je sais pas de quoi vous parlez.

— Arrête. Arrête, coupa doucement Tony. On sait que t'étais là. On sait que c'est toi qui l'as volé. Vous étiez eux, mais c'est toi le chef et c'est toi qui l'a piqué avec ton couteau... C'est clair et net. Regarde, voilà le gars que tu as tué, dit-il en mettant une photo du cadavre devant lui. Et regarde cette image prise par les caméras de surveillance et sur laquelle on voyait assez nettement deux gars en longs manteaux noirs assis de chaque côté de la victime. On sait que c'est toi Théo.

— Pantoute! C'est pas moi! C'est pas vrai, gémit-il. C'est pas possible de me reconnaître là-dessus. Ça peut être n'importe qui...

— Même manteau, même capuchon, mêmes bottes hautes et lacées, même allure, ça commence à faire beaucoup, continua calmement Tony comme s'il n'avait pas été interrompu. On a déjà arrêté du monde avec moins de preuves.

— C'est pas vrai. Vous pouvez pas prouver que c'est moi... C'est pas moi, ajouta Théo de plus en plus nerveux.

Son esprit, déjà affolé, tournait comme un gyroscope. Il tentait de se rappeler ce qui s'était passé. Ce à quoi les policiers faisaient allusion. Des images lui revenaient. Morceau par morceau, il tentait de reconstituer le puzzle.

— Mais c'est pas tout ce qu'on a, mon grand. Regarde encore ici, dit-il en tendant une photo de l'agrandissement du dessin sur la botte. Tu penses qu'y en a beaucoup des gars qui ont des bottes comme ça à Montréal ? Mois j'pense qu'y a juste UNE personne qui en possède... Et elle est ici dans cette pièce, trancha Palomino.

— Non, s'entêtait Théo. C'est pas moi.

— Bon... C'est assez, dit Ève en s'avançant. On va le faire transférer tout de suite en cellule.

— NON ! la coupa Théo. Non ! Attendez, implora-t-il. C'est pas moi qui l'ai piqué. J'vous jure.

— Qui alors ? demanda Tony toujours calmement.

— C'est Rat. Moi j'y ai rien fait au gars. On voulait juste le voler. C'est Rat qui l'a tué. Pas moi.

— Même si c'était vrai, compéta Tony, ça fait de toi un complice de meurtre. T'es toujours dans la marde.

Ève le regardait avec pitié. Il était évident que s'il était resté encore un peu d'humanité dans cette loque, il aurait pleuré. Mais il ne restait plus rien. Théo aurait été bien incapable de laisser couler une vraie larme. C'est le manque d'héroïne qui lui faisait mal, viscéralement et psychologiquement. Il ne pouvait que bredouiller des mots incompréhensibles dans lesquels on sentait qu'il les conjurait de l'aider. Des grognements entre les sanglots de douleur et le mal d'être qui le tenaillaient.

— Respire... Respire Théo, lui conseilla Tony en continuant à lui parler doucement pour l'aider à sortir du cercle vicieux qui l'entraînait de plus en plus bas. Prends ton temps. On n'est pas pressés. T'as quelque chose à nous dire ?

— C'est pas moi qui l'ai tué, parvint-il à prononcer. Écoutez... Donnez-moi une dose et j'vous dirai tout. J'en ai besoin. J'ai mal, dit-il en se tenant la poitrine. C'est pas moi qui l'ai tué...

— Si c'est tout ce que t'as à raconter... Y a pas de raisons qu'on te garde ici plus longtemps, lança Tony. C'est dommage pour toi mais il faut m'en dire plus, sinon...

— C'est Rat qui l'a tué, répéta-t-il. J'l'ai vu juste après qu'il l'ait piqué. C'est pas moi. Crisse ! J'en peux pu ! Donnez-moi quelque chose, insistait-il.

— Et c'est qui Rat ? continua Tony imperturbable.

— C'tait mon chum. Pis y'é mort *astheur*. Y l'ont tué hier. J'sus tout seul...

— J'vais te montrer une photo, dit Tony. Est-ce que c'est lui ?

Il déposa sur le bureau la photo qu'il avait déjà montrée à la fille de l'usine abandonnée.

— Oui... C'est Rat. C'est lui qui a tué le gars dans l'métro. C'est pas moi.

Théo était vraiment à bout. L'étouffement le gagnait. Il y avait si longtemps qu'il n'avait pas été dans une pièce close. D'aussi loin qu'il se souvienne, il n'avait jamais été à l'aise dans une pièce fermée. C'était un être asocial. Mal dans sa peau et avec les autres. Et maintenant, il avait l'impression que son sang entrait en ébullition. Il était de plus en plus difficile d'avoir une idée. Il ne restait que le seul et impétueux besoin d'héro. Il cherchait à se concentrer mais y parvenait de moins en moins.

Ève comprenait parfaitement sa douleur. Elle reconnaissait ce mal de vivre qui l'obligeait à chercher une évasion qu'il ne trouvait que dans la drogue. Un de ses amis d'université avait fait le même choix.

Elle avait alors été confrontée à cette réalité impitoyable. Pendant plusieurs semaines elle avait tenté de l'aider à en sortir. Mais comme pour Théo, le chemin que son ami avait emprunté était un cul-de-sac qui ne pouvait conduire qu'à une mort prématurée et odieuse.

Son ami s'était suicidé, probablement, avait-elle toujours pensé, dans un bref moment de lucidité qui lui avait permis de réaliser sa déchéance et son incapacité d'en sortir un jour. Aussi, voir ce jeune homme souffrir, ici dans cette pièce, faisait remonter des souvenirs pénibles.

Tony, de son côté, avait toujours l'impression qu'il y avait un lien entre le meurtre dans le métro et la lutte que se livraient les dirigeants de la pègre et l'assassinat de Franky. Et ce lien existait. Ève en était maintenant certaine. Mais peut-être pas comme l'entendait son coéquipier. Elle doutait qu'on puisse établir une relation entre les deux assassinats. Cependant, la Mafia était mêlée jusqu'au cou dans le drame de Théo puisque c'est cette organisation qui mettait la drogue dans les rues et créait des épaves comme celle qui était assise devant eux.

Elle dut se concentrer pour revenir à la réalité et se rendre compte que Tony questionnait toujours Théo.

— Et qu'est-ce que vous avez fait avec ce que vous avez volé ? continua Tony.

— On a acheté du stock.

— Y devait y avoir pas mal d'argent, des cartes de crédits et y avait même un ordinateur. Vous avez tout échangé contre de la drogue ?

— Pas l'ordi parce que le *pusher* voulait pas le prendre. Mais tout le reste…

— Et l'ordi… Tu l'as caché où ?

— J'l'ai vendu. Après-midi. J'avais besoin d'argent. Y fallait que j'mange.

— Pis que tu t'achètes un peu de stock pour ton prochain trip ? ajouta Ève.

— Oui ! Oui ! Oui ! Tout c'que vous voulez, mais donnez-moi *quèque* chose. J'vous en supplie, marmonna-t-il en se balançant sur sa chaise.

Théo se tordait de douleur. Il devait y avoir longtemps qu'il n'avait pas été privé aussi longtemps de drogue. Tout son corps en réclamait.

— À qui tu l'as vendu, l'ordinateur ?

— Je sais pu, gémit-il.

— Un p'tit effort.

— Ah oui ! parvint-il à se rappeler. Dans un crisse de p'tit *shack* sur la rue Sainte-Catherine. Y m'a donné juste cent vingt-cinq piastres pour. J'suis sûr que ça valait plus, mais c't'un chien, l'gars.

— Ça, c'est certain que tu t'es fait avoir. Où il est le magasin ?

— J'sais pu moé. Sur Sainte-Catherine, dans l'est, proche de Pie IX. C'est toute c'que j'sais... Aidez-moi. J'ai mal, se lamenta-t-il.

Tony se leva, contourna la table et lui donna une petite tape dans le dos.

— Ça va aller. Quelqu'un va s'occuper de toi, lui dit-il.

Il fit signe à Ève qui sortit avec lui.

— Arrange-toi pour qu'il y ait toujours quelqu'un avec lui et pour qu'on fasse venir le doc.

— J'ai l'impression que le sevrage sera pas facile, résuma Ève... Mais en tout cas, on sait qui a tué Borduas et on sait où est passé le portable.

— Oui, ajouta Tony. Et j'suis presque certain que c'est ça que les gars cherchaient quand ils ont questionné Rat. J'ai hâte de voir ce qu'il a dans les tripes, ce portable... Alors occupe-toi de lui... Moi, je vais aller tout de suite voir le patron pour faire ramasser l'ordi.

* * * * *

Après l'attentat dont il avait été victime – parce qu'il fallait bien appeler les choses par leurs noms –, Pierre B. Robert avait patiemment relaté aux policiers ce qui était arrivé. Il avait répété qu'il était seul dans le stationnement, décrit à de nombreuses reprises la voiture qui débouche soudain, qui le rate de peu et qui accroche du même coup légèrement d'autres voitures stationnées.

Une histoire sans faille qui était entièrement corroborée par les images des caméras de surveillance.

Il était une victime de la qualité de son travail.

Ça prouvait que ses reportages s'approchaient de la vérité et que certaines personnes n'aimaient pas ça. Les quelques égratignures et les bleus qui restaient de son roulé-boulé pour éviter la collision étaient autant de témoignages de son intégrité et de la menace réelle qui planait désormais sur lui.

Pendant des heures, des journalistes avaient sollicité des entrevues. Il avait raconté et raconté encore les détails de son aventure. Il avait même précisé que tout ça renforçait sa volonté de découvrir la vérité et de faire accuser les criminels. Qu'il n'abdiquerait jamais devant les menaces. Comment pouvait-on s'en prendre à lui, un journaliste qui ne faisait que son travail. On ne vivait quand même pas dans une république de bananes, ici.

Les policiers avaient pris sa déposition et celle du gardien de l'édifice. On avait lancé la chasse pour retrouver le VUS à partir des images des caméras de surveillance. Il fallait que le régime de terreur cesse. La population exigerait des coupables. On ne devait pas laisser des groupes criminels établir un régime de terreur. On allait agir.

Au matin, on ne parlait que de ça à la télé, dans les journaux et à la radio. Les politiciens étaient sur les dents. Si on en était rendu là, il fallait mettre en place les moyens pour que ça arrête. Les autorités politiques, sous la pression des médias et de la population, l'exigeaient de leur corps policier avec encore plus de vigueur. Le maire avait aussi été interpellé par les journalistes et avait certifié que tout allait être mis en œuvre pour que cette escalade de violence cesse. Bref, Pierre B. Robert était devenu une victime, presque un héros dans la guerre pour la justice. Ni plus ni moins qu'un symbole prouvant que l'intégrité et la détermination existent encore.

Robert était fatigué mais très satisfait de l'évolution de la situation. Avant de rentrer chez lui pour prendre un repos bien mérité, il devait quand même faire un petit détour. Il avait rendez-vous dans un petit café discret dans le vieux Longueuil.

À son arrivée, son contact l'attendait déjà.

— T'es devenu encore plus célèbre, lui dit l'homme d'entrée de jeu. Ta carrière va en profiter largement, exactement comme je te l'avais promis, compléta-t-il.

— Mais il a vraiment failli me frapper avec le camion, cette nuit, rétorqua le journaliste. Ça, c'était pas exactement dans l'entente.

— Arrête de te plaindre. Il fallait que ça fasse sérieux. Il fallait pas qu'on puisse douter le la réalité de l'attaque. Et tu vois, personne n'en doute. On ne voit et n'entend que toi dans les médias aujourd'hui. J'te le dis, t'es devenu une célébrité.

— On est certain que le camion ou les agresseurs seront pas retrouvés ?

— Le camion est déjà devenu un gros bloc de métal. Faut pas t'inquiéter. Tout marche parfaitement. Pis oublie pas qu'on tire un peu les ficelles quand même.

— J'suis pas certain de comprendre comment ça va vous aider, demanda le journaliste.

— Les gouvernements ont plus le choix maintenant. Depuis des années, on leur demande des lois pour nous permettre d'attaquer les groupes criminalisés là où ça leur fait mal, en saisissant leur argent et leurs biens. Comme policiers, on veut être en mesure d'utiliser un peu les mêmes armes que celles qu'ils utilisent. On veut pouvoir frapper et se justifier après seulement. Aujourd'hui on doit expliquer ce qu'on veut faire, obtenir des autorisations et, fatalement, les Hells ou la Mafia savent avant nous quand et où nous allons les attaquer. Quand on arrive, y a plus rien ni personne. Dorénavant, ça va changer. La grogne populaire va faire en sorte que les gouvernements, autant au Québec qu'à Ottawa, vont nous donner les outils qu'on veut.

— Et moi, qu'est-ce que je deviens ?

— Toi ? T'es, à partir d'aujourd'hui, une légende. T'es le journaliste dont les criminels veulent se débarrasser. Tu es devenu l'expert que les autres journalistes consultent quand ils veulent savoir comment interpréter telle ou telle affaire qui touche la pègre. Tant que tu tiens ta langue, tant que personne sait ce qui est vraiment arrivé, tout ira bien pour toi. Ton avenir est assuré. Ici, on aime bien les petits qui affrontent les gros méchants. T'es David contre Goliath.

L'homme se leva. La discussion était terminée. Il se leva et sortit quelques dollars de sa poche qu'il laissa sur la table. Debout à côté de Robert, il lui mit la main sur l'épaule.

— Joue ton rôle et personne aura de problèmes. C'est la dernière fois qu'on se rencontre.

— Mais s'il se passe quelque chose ? Si on me soupçonne ?

— Débrouille-toi. On se connaît pas, on s'est jamais vus.

Sans un mot de plus, il sortit, laissant le journaliste devant un café noir et maintenant froid.

13

Après avoir fait son compte rendu au patron et s'être assuré qu'on allait chercher l'ordinateur, Tony Palomino s'était rendu au gymnase pour son entraînement quotidien.

L'entretien s'était bien passé. En fait, il avait beaucoup été question de l'attentat contre le journaliste Robert, dont tout le monde parlait maintenant. Ça allait encore mettre de la pression sur les policiers pour obtenir des résultats et tenter de calmer la rumeur publique qui laissait entendre que rien ne débouchait et qu'on laissait toute la place aux criminels. Tout le monde s'interrogeait sur ceux qui avaient commandité cet acte. Pourquoi s'en prendre à un journaliste maintenant? Est-ce qu'il avait par hasard touché un point névralgique? Ce n'était certainement pas la meilleure idée qu'avait eue la Mafia ou les groupes de motards criminalisés, si jamais ils étaient derrière cet attentat.

Tout le monde était en train de se tourner contre eux.

Finalement, avait conclu Motret, le directeur de police, voilà peut-être une agression qui pourrait avoir ses bons côtés, à moyen terme. Ce qui, pour Palomino, rendait encore plus étrange l'attaque contre Robert. Tony connaissait suffisamment les méthodes de la Mafia pour savoir que lorsqu'ils entreprenaient ce genre d'action, ils réussissaient généralement. Ils savaient être efficaces. C'est surtout le manque de subtilité de l'opération qui laissait Palomino perplexe. Mais la pègre, c'est la pègre. À quoi fallait-il vraiment s'attendre ? Est-ce que c'était un geste isolé, posé par quelqu'un qui croyait bien faire pour augmenter son prestige après des patrons ? Est-ce que la Mafia était devenue soudainement trop confiante et croyait pouvoir tout se permettre ? Qui pouvait dire ce que recherchait cette organisation de merde, se demanda Tony.

Pendant une heure et demie, il s'était défoncé, pour parvenir à oublier un peu l'enquête. Il était en colère. Il détestait ce que faisait la Mafia et, pour lui, Vince Campelli avait toujours personnifié cette organisation pourrie. Alors il détestait Campelli. C'était aussi simple que ça. Il voulait trouver un moyen de l'éliminer. Le monde ne s'en porterait que mieux. Tony était toutefois assez honnête pour savoir que même retirer Campelli de la course n'empêcherait certainement pas la Mafia de survivre. L'organisation est trop bien structurée et possède une longue expérience du crime. Faire entrer quelques kilos de coke au pays nécessite plus que les rares contacts que peuvent avoir les gangs de rue. C'est le genre d'opération qui requiert un savoir-faire, de l'argent, une connaissance des rouages et des procédés qui vont bien au-delà de ce que des jeunes, qui n'ont pour la plupart pas terminé leur secondaire, peuvent espérer réaliser. Et la drogue n'est qu'une facette de cette organisation. Mais éliminer Campelli ce serait quand même sa contribution au bien-être de l'humanité. Voilà comment il voyait la situation.

Son problème résidait dans le fait qu'il n'avait pas la moindre idée de la façon d'y parvenir. Tout ce qu'il avait tenté depuis des années s'était soldé par l'échec. Et ça le faisait rager.

Après avoir bien sué, il était rentré chez lui pour se préparer à accompagner Ève à cette foutue soirée. Son habit de soirée signé Philippe Dubuc l'attendait sagement sur le lit. Il décida qu'il avait quand même le temps de donner un coup de fil à sa mère. Il sacrait souvent contre elle et ses interventions, mais il adorait cette femme. Elle réussissait souvent à le mettre en rogne, mais elle avait une telle détermination et une telle foi dans la vie qu'il n'avait jamais pu lui en vouloir vraiment. Et puis, il était convaincu qu'elle faisait tout ça pour son bien, même si ce n'était pas toujours évident.

— Bonjour Mamma! Comment ça va ce soir?

— Mais c'est mon fils qui me téléphone, répondit-elle, surprise, avec cet accent italien aussi épais que sa sauce à spaghetti. Mais qu'est-ce que tu as fait encore? Tu as fait une bêtise? continua-t-elle. Tu prends jamais le temps de me téléphoner d'habitude.

— Rien Mamma. Tout va bien. Je voulais juste savoir si la soirée d'hier ne t'avait pas trop fatiguée.

— Un peu, mais je suis forte encore. C'est toi qui m'inquiètes. Tu n'avais pas l'air dans ton assiette hier. *Che passa?*

— Je suis bien content que tu ailles bien. Mais t'inquiète pas pour moi. Je vais aussi bien que possible.

— AHHH! ne dis pas de mensonge à ta Mamma, répliqua-t-elle en passant le français à la moulinette de son accent. Une Mamma sait toujours comment ils vont ses enfants. Et toi tu vas pas bien. Je le sens. Alors, *che passa*?

— T'es merveilleuse, répondit-il en riant. C'est vrai que ces temps-ci, ça va mollo... J'ai toujours pas trouvé de moyen pour arrêter ce gros crisse de Campelli. Je sais plus quoi faire...

— Ohh! Pas de blasphème devant moi Tony, le prévint-elle. Tu sais que je n'aime pas ça. Et puis, pourquoi tu lui en veux tellement à Vince?

— Parce que c'est un bandit. Des gens meurent à cause de lui. C'est un violent et un sadique. Il l'a toujours été. Mais malheureusement, c'est aussi un gars intelligent. J'voudrais tellement l'éliminer. Des fois, je me dis que je devrais peut-être en finir tout de suite et aller le descendre, ajouta-t-il avec de la colère contenue dans sa voix.

— Mon fils, dit doucement sa mère. Y faut pas penser comme ça. Dieu seul peut juger. Pas toi.

— Alors, disons que je voudrais juste faire les présentations le plus rapidement possible pour qu'il s'explique directement avec Lui. Bordel de merde!

— Tony, lança la Mamma. Fais attention à ce que tu dis. Je suis vieille, mais encore capable de te donner la fessée! C'est pas toi qui décides ces choses-là! Toi tu dois faire ton travail. C'est tout. Tu as trop de haine dans ton cœur aujourd'hui. Tu n'es pas comme ça. Et ça t'empêche d'être toi-même. Si ta tâche ici-bas c'est d'arrêter Vince, alors tu le feras. C'est tout. Quand Dieu voudra le ramener, il le fera. Il a pas besoin de toi pour les présentations. Il le connaît déjà. Et mieux que toi... Toi, mon fils, reprit-elle après quelques secondes, tu es quelqu'un de bien, de droit. Les autres, ils comptent sur toi...

Et moi je compte sur toi. Alors il faut pas faire de bêtises, termina-t-elle avec beaucoup de tendresse dans la voix.

— T'as raison Mamma. Je vais faire attention. Et tu sais, moi aussi je t'aime. Bon ! J'te laisse. Faut que je finisse de me préparer. Je t'embrasse Mamma. À bientôt.

— Moi aussi je t'aime. Alors fais attention à toi. Ciao et bisous !

Tony se retrouvait seul, mais étrangement mieux dans sa peau. Quel personnage quand même que cette vieille femme. Et encore une fois, elle a raison, se dit-il en souriant. Elle trouvait toujours les mots qui le calmaient.

Comme il se dirigeait vers la salle de bain pour continuer à se préparer, le téléphone sonna de nouveau.

— Tony Palomino, annonça-t-il.

Il y eut un silence. Mais Tony savait qu'il y avait quelqu'un en ligne.

— Y a quelqu'un ? répéta-t-il.

— Antoine...

Palomino resta sans voix. Il n'y avait qu'une personne au monde à l'avoir appelé comme ça. Une femme qu'il avait aimée. Avec passion. Il se sentait remué. Cette histoire était réglée depuis longtemps. Pourtant, au seul son de ce mot, il ressentit des émotions qu'il croyait enterrées depuis des années.

— Hilary ? T'es revenue à Montréal ? parvint-il à dire.

— Je sais que j'aurais pas dû te téléphoner. Mais j'étais pas capable de résister. Je voulais juste te dire que je m'excuse de ce que je t'ai fait.

— C'est de l'histoire ancienne, tenta-t-il de répondre d'une voix inflexible, mais sans y parvenir vraiment. Qu'est-ce que tu fais dans le coin ?

— Rien d'important. En fait, je sais pas vraiment pourquoi je te téléphone...

Tony était bouleversé mais n'avait pas l'intention de le montrer. Il avait eu déjà assez de peine à se remettre de cette séparation. Il n'avait certainement pas envie de revivre ça.

— Ben, quand tu sauras, tu pourras me le laisser savoir, répliqua-t-il sèchement.

— Je comprends tellement que tu me détestes. Je me déteste moi-même.

— Écoute, je suis un peu pressé. Ça m'a fait plaisir de te dire un mot, mais là, j'ai pas le temps. J'étais sur mon départ.

— Oui, dit-elle. Je comprends très bien.

— J'ai un petit doute là-dessus.

— T'es dur. Mais je pouvais pas m'attendre à autre chose. Excuse-moi de t'avoir dérangé.

Sans lui laisser le temps de répondre, elle raccrocha. Palomino demeura plusieurs instants dans la même position, tenant le cellulaire sur son oreille avant de se rendre compte qu'il était seul. Lentement il écarta la main et replia le téléphone, mettant aussi fin à la discussion.

Qu'est-ce qu'elle croyait à la fin ? Qu'il avait passé les dernières années à attendre qu'elle donne signe de vie ? Le temps efface toutes les peines, dit-on. Il l'avait cru lui aussi. Mais le seul son de sa voix le laissait tremblant, ce qui prouvait que ces dictons sont des bêtises. Il sentait la blessure aussi vive et douloureuse qu'au premier jour. Et il ne comprenait toujours pas. Il n'avait fallu qu'une seconde pour que les années s'évanouissent. Il revoyait cette époque aussi clairement que si on lui avait parlé de quelque chose survenu ce matin.

Tony était le premier à admettre que leur relation n'avait rien de conventionnel. Dès le début, une passion incontrôlable les avait consommés.

Ça faisait quoi? Sept ans, huit ans? L'espace d'un éclair lui suffit pour revenir en arrière. Un printemps hâtif avait, quelques jours plus tôt, fait une entrée grandiose. Hilary était passée au poste pour signaler le vol de sa voiture. Il l'avait remarquée dès son entrée. Il était déjà aux enquêtes criminelles et les vols d'autos n'étaient pas le genre de dossiers dont il s'occupait. Spécialement quand on est un policier jeune, ambitieux et assez macho, les vols de voiture on laisse ça aux autres. On est bien au-dessus de ce genre de petit crime. Cependant il s'était approché du comptoir et avait jeté un coup d'œil sur le dossier que l'agent remplissait. Un peu arrogant et convaincu de son importance, il avait dit deux mots à l'agent et avait pris la suite.

— Alors on vous a volé votre voiture?

Hilary le regarda de haut. D'aussi haut que lui. Elle n'entendait pas se faire tourner en bourrique par des policiers. Elle était déjà assez contrariée par ce contretemps et l'obligation de se rendre au poste de police pour le signaler. Quelle perte de temps.

— Est-ce que ça veut dire que je vais devoir répéter cette histoire à chacun des policiers qui se trouve ici?

— Non, répondit-il calmement sans lever les yeux du document. Juste avec moi.

Il leva alors la tête et la regarda directement dans les yeux avec son sourire de charmeur italien. Celui auquel aucune femme ne peut résister, pensa-t-il. Oui, se dit-il, cette femme était extraordinairement jolie. Elle dégageait une espèce de noblesse et de volonté dans la tenue et dans le regard. Le genre de femme qui sait qu'elle est belle et ce qu'elle veut. Si elle semblait absolument indifférente au sergent et imperméable à son célèbre sourire, lui, tomba immédiatement sous le charme. Elle portait alors les cheveux plus courts. Ça donnait encore plus de relief à ses yeux noisette et rieurs.

— Oui, dit-elle.

— Oui, quoi ? demanda Tony.

— Oui, je me suis fait voler ma voiture. C'était bien votre question ?

— Euh oui, oui, bredouilla-t-il, se rappelant ce qu'il devait faire.

— Et maintenant ?

— Euh, oui, maintenant... Bon eh bien je vais prendre votre nom et votre adresse, se ressaisit-il.

— Hilary Mento. Avec un « y » Hilary, précisa-t-elle. Et vous trouverez mon adresse sur mon permis de conduire que voici.

Tony prit son temps pour transcrire les informations puis rendit le document à la femme.

— Eh bien voilà ! Aussitôt que nous la retrouvons, nous vous donnons des nouvelles.

— Et qu'est-ce que vous allez chercher exactement ?

— Ben... votre voiture.

— Mais personne ne m'a demandé de quelle marque il s'agit... C'est la procédure normale j'imagine ? railla-t-elle. Vous devinez, juste à regarder la personne, de quelle voiture il est question, de quelle couleur et de quelle année elle est. Vous deviez aussi savoir avant même que j'arrive qu'on me l'a prise et peut-être savez-vous déjà qui l'a volée??? Vraiment, la police a fait d'énormes progrès dans les dernières années, conclut-elle avec un magnifique sourire.

Tony se sentait complètement idiot. Aucune de ces informations n'avait été notée. Il voulait juste lui parler et connaître son nom. Le son de sa voix et ses yeux lui avait fait oublier tout le reste. Belle boulette.

— J'ai l'air un peu ridicule, murmura-t-il.

— En effet, dit Hilary qui se mit à rire. C'est un peu le portrait général.

Palomino ne savait plus comment se tenir. Son orgueil en prenait un coup. Et devant une femme aussi sublime... Quelle misère!

— Bon, admit-il. Je suis mal parti.

— Rassurez-moi, demanda Hilary, vous êtes bien policier au moins?

— Ben oui, répliqua-t-il aussitôt.

— Alors pourquoi la plupart des autres ont des uniformes et vous un complet?

— Ben... En fait, je suis sergent au criminel. J'ai juste voulu aider un collègue qui a beaucoup de travail...

Hilary se remit à rire.

— Bon... C'est vrai... Je voulais surtout vous parler. C'est niaiseux, mais c'est comme ça. Pour dire vrai, j'ai pas la moindre idée de la façon de remplir ce formulaire, ajouta-t-il en montrant le document. C'est la première fois que je fais ça... Et c'est la seule... idée qui m'est venue... pour vous parler. Assez ordinaire comme façon d'entrer en contact, non ?

— J'imagine que vous vous êtes imaginé que le seul fait de vous voir vous occuper de moi ferait en sorte que je tombe à la renverse, en pâmoison devant le chevalier qui allait me sauver ?

— Bon... C'est ridicule, je suis d'accord mais je pense qu'il y avait un peu de ça. Vous avez bien raison de vous moquer de moi. Je l'ai mérité, ajouta-t-il avec un triste sourire.

— Et qu'est-ce qu'on fait maintenant ? continua-t-elle.

— Ben... Vous acceptez mes excuses et je vais rechercher mon collègue qui va s'occuper de vous.

— Et c'est tout ?

— Ben, j'vois pas trop ce que je pourrais faire de plus.

— Une fois que les formalités seront remplies, le moins que vous me devez, c'est de me payer un verre et me reconduire chez moi. J'ai plus de voiture, vous vous souvenez ?

Ça c'était direct. Jamais Tony n'avait rencontré une telle femme. Mais comme tout bon séducteur italien, il savait retomber sur ses pieds.

— C'est la moindre des choses en effet, sourit-il.

C'est ainsi que leur aventure avait débuté. Sur les chapeaux de roues. Pendant environ six mois ils ne s'étaient pas quittés. Aussitôt qu'ils avaient une minute, ils la passaient ensemble. Elle lui avait fait rencontrer des gens, voir des spectacles et découvrir des restaurants extraordinaires.

De son côté, il lui avait offert des coins de Montréal dont elle n'avait jamais imaginé l'existence.

Mais, le plus souvent, ils étaient seuls. C'est ce qu'ils préféraient. Ils prenaient de grandes marches, partageaient leurs expériences, se racontaient leurs vies. Ils s'isolaient aussi souvent que possible car toute leur énergie était nécessaire pour faire éclore leur amour. Leur histoire était intense, puissante, presque excessive. Elle ne laissait pas beaucoup de place aux autres. Ils se nourrissaient et se satisfaisaient pleinement ensemble et seuls. Le temps avait passé rapidement, comme dans un rêve. Tony ne se souvenait pas de tout ce qu'ils avaient fait. Il se souvenait de l'atmosphère, de l'ambiance et des yeux extraordinaires d'Hilary dans lesquels il plongeait aussi souvent que possible.

L'été avait été exceptionnellement beau et le travail pas trop exigeant, ce qui leur avait donné le temps de vivre intensément leur relation. Mais, toutes les vacances ont une fin. La réalité et les nécessités de la vie exigent leurs places, revendiquent leurs droits.

Hilary Mento était infirmière. Elle était d'ailleurs excellente. Mais rapidement, elle s'était spécialisée en biomécanique et traitement pour les maux de dos. Elle avait rencontré des gens qui avaient mis au point des techniques thérapeutiques qui donnaient des résultats inespérés. Elle avait ainsi pu faire la connaissance de sportifs professionnels qui connaissaient des problèmes dans leur discipline à cause de blessures récurrentes. Les soins et les exercices qu'elle suggérait avaient fait des miracles. On se l'arrachait dans plusieurs secteurs pour qu'elle vienne faire des évaluations et donner des traitements. Le mot s'était rapidement passé. Golfeurs, hockeyeur, joueur de baseball ou vedettes de la chanson ou du cinéma ne juraient plus que par elle.

Pendant quelques mois, au début de leur relation, elle avait pris le minimum de cas. Elle avait remis la plupart de ses rendez-vous. Ceux qu'elle acceptait étaient rares et triés sur le volet. Tony l'avait même, une fois ou deux, accompagné dans ses déplacements aux États-Unis pour une consultation d'urgence. Mais la pression se faisait de plus en plus forte pour qu'elle revienne s'occuper de ses patients et qu'elle accepte d'en rencontrer d'autres sur une liste d'attente qui s'allongeait indûment. Dans son secteur, c'était une star. Et elle chérissait ce côté glamour et « jet set ».

Tony n'aimait pas cette vie pleine de rencontres avec des personnalités. Sa profession l'amenait dans des secteurs beaucoup plus sombres de l'âme humaine. Or, il adorait son métier. Il était fait pour étudier les scènes de crimes, en soutirer les indices invisibles et tracer son chemin jusqu'à la vérité et à l'arrestation d'un criminel.

C'est là que les choses avaient commencé à tourner au vinaigre. Elle était dans la lumière et lui dans l'ombre. Alors qu'elle côtoyait les plus grands de la société, lui se tenait avec ceux qui avaient été rejetés. Hilary ne comprenait pas du tout cet attrait. Elle se faisait de plus en plus insistante pour qu'il laisse son travail et vienne avec elle. Qu'il l'accompagne dans ses déplacements et dans sa vie. Elle lui présenterait tous ceux qui méritaient, à son avis, d'être connus. Ils voyageraient à travers le monde et n'auraient pas à se soucier des autres.

Tony n'était évidemment pas d'accord. Pour lui, son métier était important. Même sans vouloir faire de jugement de valeur, il savait, au fond de lui, que les victimes et les criminels qu'il rencontrait et pourchassait avaient autant de valeur, et probablement plus, que plusieurs des vedettes, souvent superficielles, selon lui, qui faisaient les manchettes des journaux à potins chaque semaine.

Mais Tony pouvait vivre avec ces différences. Il pouvait s'accommoder du travail et des voyages d'Hilary. Souvent, il devait lui-même être absent pendant plusieurs jours pour une enquête. Même sans dossier majeur, il comprenait parfaitement les obligations que devait assumer Hilary et s'y pliait. Toutefois, il n'en était rien pour elle. Il fallait que les absences de Tony correspondent à ses voyages. Quand elle était à l'extérieur, il pouvait bien jouer au cow-boy. Elle n'acceptait pas cependant qu'il lui préfère une enquête quand elle était disponible. Elle ne voyait pas les efforts que faisait Tony pour être près d'elle aussi souvent que faire se pouvait. Ce n'était jamais assez. Toutefois, si elle devait soudain partir pour une urgence ou une rencontre de dernière minute, Tony devait accepter. Ce n'était pas pareil, disait-elle.

Tous les amis de Tony avaient compris depuis longtemps comment tout cela se terminerait. Tout le monde, sauf Tony. Quand une proposition pour aller travailler en Europe avait été offerte à Hilary, il fut le seul surpris qu'elle accepte. Bien entendu, elle lui avait demandé de le suivre. De tout abandonner pour aller avec elle dans cette nouvelle aventure. Peu importait qu'il doive laisser sa famille, sa carrière, ses amis, ses habitudes, ils seraient ensemble. Quand il avait demandé ce qu'il ferait là-bas, elle lui avait dit que ce n'était pas important. À la rigueur, avait-elle ajouté, elle ferait bien assez d'argent pour deux. C'était probablement la dernière chose à lui dire. Il voulait bien faire des concessions parce qu'il l'aimait. Profondément. Mais là, il avait été aussi loin que possible.

— T'es pas sérieuse, lui avait-il dit. Tu veux vraiment que je laisse tout tomber ?

— C'est quoi le problème ? On va être ensemble, je vais travailler pour deux. On va être tout le temps ensemble, avait-elle répliqué, convaincue qu'elle avait envisagé toutes les facettes du problème.

— Et quand tu travailles... Moi, j'attends ?

— Ben, tu peux te promener. Tu pourrais aussi m'aider si tu veux. Tu pourrais être mon assistant. M'aider à placer les instruments pour la consultation et le traitement. Ce serait fantastique.

— Et si je te disais plutôt de ne pas y aller ? Au pire, tu continuerais comme maintenant. T'as une bonne réputation et tu gagnes bien ta vie !

— Là, c'est toi qui es pas sérieux. Tu te rends compte ? Une clinique en Europe ! C'est le bonheur. C'est la chance de ma vie ! Je peux même pas penser ne pas y aller.

— Et moi, je peux pas te suivre... tenta-t-il de lui expliquer. Il faut que tu fasses aussi un bout de chemin pour qu'on soit ensemble.

— T'es ben un homme. Pas capable de penser aux besoins des autres. Toujours tourné vers ce que TOI tu penses, ce que TOI tu veux.

Le ton avait monté. Tony était dépassé par les événements et Hilary ne se sentait même pas de mauvaise foi. Elle voulait y aller, alors pourquoi ne voulait-il pas l'accompagner ? La profession de Tony n'avait aucun poids comparé à ce qu'on lui proposait.

— Écoute, avait-elle conclu, tu veux rester dans ta marde et dans ta petite vie, tant mieux pour toi. Moi, j'ai d'autres ambitions. Je pars demain pour aller visiter mon nouveau coin. Si tu ne m'accompagnes pas, c'est que je comptais pas pour toi. Alors, ce sera fini.

Tony avait bien tenté encore de désamorcer la crise. Il avait blagué. Il l'avait taquinée pour qu'elle réalise l'énorme sacrifice qu'elle lui demandait. L'humour avait souvent été une solution dans la brève vie de leur couple. Rien n'y avait fait cette fois. Elle était habituée à avoir tout ce qu'elle voulait. Ça n'allait pas changer avec ce petit policier. Tony ne savait pas comment réagir face à la mauvaise foi. Il ne l'avait jamais su. Il avait été incapable de trouver les mots qui permettraient à Hilary de revenir à la réalité. D'un coup, elle faisait table rase de tout ce qu'ils avaient vécu pendant six mois.

Le lendemain, elle s'était rendue à l'aéroport. Il n'y était pas allé et Hilary ne comprenait pas pourquoi. Pendant longtemps elle avait cru, en toute bonne foi, que c'était lui qui l'avait quittée. Quand elle était revenue à Montréal, une semaine plus tard pour faire ses bagages et déménager, elle n'avait répondu à aucun de ses appels. Elle ne lui avait pas téléphoné, ni laissé de messages. Elle était en colère contre Palomino. C'était aussi simple que ça.

Tony avait passé un très mauvais moment. Il avait été profondément blessé, mais sa dignité l'empêchait d'en faire plus. Il était incapable de tenter une autre manœuvre de rapprochement.

Jusqu'à hier, il croyait sincèrement que la page était tournée. Qu'après tant d'années, leur histoire était complètement terminée. Pour lui, c'était réglé. Définitivement… De toute évidence, il se trompait. Un simple coup de fil, le son de sa voix, et la plaie s'était rouverte.

La blessure était aussi profonde qu'au premier jour.

Hilary était revenue à Montréal ? Grand bien lui fasse !

« Qu'elle me laisse tranquille ». C'est tout ce qu'il demandait. Tony était bien décidé à ne pas laisser ses sentiments prendre le dessus. Il regarda l'heure. Il lui restait peu de temps pour se préparer.

Au fond, cette soirée avec Ève ne serait pas si mal venue. Ça lui occuperait l'esprit. Il laissa tomber le cellulaire sur le divan et se rendit à la salle de bain pour finir de s'habiller, bien décidé à ne pas laisser Hilary envahir et détruire une fois de plus sa vie. Bien décidé surtout à ne pas la laisser saccager son cœur. Pas une autre fois.

*****

Assise dans le salon, Ève tentait de comprendre ce que lui expliquait au téléphone le spécialiste en informatique du laboratoire de la police scientifique. Comme convenu, le patron avait fait saisir le portable chez le receleur de la rue Sainte-Catherine. Mais ce dernier, pour le vendre, avait effacé la mémoire.

— Est-ce que ça veut dire que l'ordinateur ne nous sert plus à rien ? demanda Ève.

— Pas nécessairement. On vient juste d'avoir la machine et on commence à travailler dessus, lui répondit le technicien. Laisse-nous un peu de temps.

— J'avais l'impression pourtant qu'on pouvait récupérer des informations même si les mémoires avaient été effacées, insista-t-elle.

— Écoute, Ève, répliqua le spécialiste avec un rien d'irritation dans la voix. Je suis pas dans la série NCIS où une fille, seule dans son labo du sous-sol, réussit à faire en même temps une analyse ADN, la reconnaissance faciale d'un suspect à partir d'un semblant de dessin et à retrouver toutes les informations d'un disque dur qui a été formaté huit fois avant d'être brûlé. C'est pas comme ça que ça se passe. Ici, y a trop de travail et pas assez de techniciens et de matériel. Voilà la vérité. Mais le patron a placé ton ordi en top priorité. Alors on fait notre possible.

— Pardonne-moi. Je voulais pas dire que vous ne travailliez pas. Mais je pensais sérieusement qu'il y avait moyen de récupérer les informations.

— T'as raison. Mais il faut quand même qu'on sache comment le gars a fait pour enlever les données. Ce qu'on espère, c'est qu'il a pas mis trop de cœur dans son travail. Pour lui, il suffisait simplement d'effacer les infos pour pouvoir le vendre. Et ça devrait jouer en notre faveur… Comment est-ce que je peux t'expliquer, reprit-il après une courte pause… Tu vois, malgré ce que les gens pensent, il est souvent possible de récupérer les données surtout si on « formate » simplement le disque dur. Mais si le gars l'a formaté quatorze fois, ça devient pratiquement impossible. Et il existe d'autres méthodes pour éliminer les données. Alors je te répète qu'on commence le travail et qu'on cherche, pour le moment, à savoir comment il s'y est pris. Ensuite on va pouvoir tenter des manœuvres de récupération. Ça te va?

— Je sais que vous faites tout ce que vous pouvez. Merci!

— Pas de quoi. C'est mon travail. Et, si tu veux, je te contacte aussitôt que j'ai du nouveau. Ça te va encore?

— T'es un chou, conclut-elle en raccrochant.

Elle ignorait pourquoi cet ordinateur avait tant d'importance. Si le raisonnement de Tony était exact, c'est cela que cherchaient les gars qui avaient tué Lamontagne. Il devait donc contenir quelque chose qui ne devait pas sortir. Ève se souvenait aussi de sa discussion avec Renaud. Une impression fugitive qui était peut-être le fruit de son imagination. Mais il lui semblait que Renaud avait sourcillé quand elle avait abordé cette question. D'ailleurs, maintenant qu'elle y pensait, elle avait la sensation que Renaud avait été plus intéressé par le sort du portable que par celui de son employé. Quelque chose d'indéfinissable dans son attitude. Comme s'il avait été soudain plus nerveux. Comme s'il était subitement moins cordial et moins franc. Mais l'impression était tellement éphémère et fugace qu'elle n'était même pas certaine de sa réalité. Elle aurait aimé être une spécialiste qui peut dire, sans l'ombre d'un doute, si quelqu'un ment ou dit la vérité à partir de quelques signes insignifiants comme le mouvement de l'œil ou un geste avec le doigt ou un bref sourire. Mais ce n'était pas le cas et elle doutait même que de tels spécialistes existent vraiment, ailleurs que dans la tête et l'imagination des scénaristes américains. Comme quoi elle se laissait également contaminer par Hollywood. Deux fois plutôt qu'une, se dit-elle en réfléchissant à la discussion qu'elle venait d'avoir avec le gars du labo.

Il faudrait qu'elle fasse plus attention à ces stéréotypes.

Elle regarda le tailleur qui était sur le lit et sourit en pensant à Tony. Il serait déçu de voir qu'elle ne portait pas de robe longue largement échancrée au dos. Mais elle n'avait pas ce genre de robe. De toute façon, comment faire tenir son arme dans une robe moulante, se demandait-elle. Puis, regardant l'heure, Ève commença à s'activer parce que, honnête ou non, le charmant Renaud passerait la prendre dans un peu plus d'une demi-heure. Et, quel que soit son rôle dans cette affaire, c'est vrai qu'il était absolument craquant...

* * * * *

En regardant par la fenêtre de la voiture banalisée qui roulait sur l'autoroute 40 vers Montréal, Goetting constata qu'ils étaient arrivés à hauteur de Rigaud.

Il serait largement à temps pour la soirée protocolaire.

Il venait d'avoir une conversation avec Laurent. Et ça lui avait déplu. Non seulement son équipe avait-elle échoué, mais l'ordinateur était maintenant entre les mains des policiers. Il avait été très clair en précisant que Laurent et ses hommes devaient se faire oublier pendant un certain temps. C'était un autre coup du sort avec lequel il devait maintenant conjuguer.

S'il savait que les fichiers cachés dans l'ordinateur seraient excessivement difficiles à retrouver, il devait présumer que les policiers y parviendraient quand même. On ne pouvait, dans ce genre d'opération, miser sur la chance. Il fallait donc obtenir les formulaires le plus tôt possible, faire sortir le paquet du pays et éliminer toutes traces qui pourraient avoir été laissées. Parallèlement, il devait évaluer s'il était faisable, en utilisant son poste aux renseignements, de reprendre pour lui les éléments en possession des policiers de la SQ. Alléguer une question de sécurité nationale??? Délicat et difficilement justifiable... Mais pas impossible s'il fallait se rendre jusque-là. Tout dépendait du temps qu'il avait devant lui.

Il allait donc d'abord, et dès ce soir, mettre Renaud au pied du mur et obtenir les papiers cette nuit même. Ce type n'était pas sûr. Il avait trop de principes. Les photos qu'il avait en sa possession de certains de ses voyages en Thaïlande devraient encore suffire à garantir sa coopération. Mais pour combien de temps? L'expérience de Goetting lui laissait croire que Renaud préférerait bientôt affronter le scandale plutôt que de continuer à collaborer. Un autre accroc à arranger. Pourtant, au début, tout avait semblé si simple. On avait trouvé le type parfait. Un haut cadre arriviste, carriériste et ambitieux qui avait des secrets cachés dans son placard. L'idéal. Et il avait fallu qu'un concours invraisemblable d'événements survienne pour que tout risque de s'écrouler. Mais la partie n'était pas terminée. Pas encore. Il restait encore quelques cartes dans le jeu de Goetting et il entendait bien les jouer si c'était nécessaire.

Il ne servait à rien de s'apitoyer sur ce qui était arrivé ou de s'en faire, à l'avance, sur ce qui arriverait peut-être. Cette approche était rarement constructive et conduisait directement à la panique. Il fallait se baser sur les faits. Seule la réalité dicterait les prochains gestes qu'il aurait à poser. Et il savait déjà parfaitement quel mouvement il ferait ce soir...

*****

On cognait à sa porte. Hilary venait de raccrocher. Elle n'aurait pas dû appeler Tony mais ça avait été plus fort qu'elle. Elle devait entendre le son de sa voix. Est-ce que ça aurait été trop difficile à l'époque d'être compréhensive? Pour une fois dans sa vie de penser que les autres aussi pouvaient avoir des aspirations et des obligations? Elle n'avait rien voulu entendre. Elle avait fait à sa tête. Comme d'habitude. Pourquoi n'avait-il pas voulu se plier à sa volonté? Les autres avant l'avaient fait. Il lui avait fallu longtemps pour comprendre quel monstre d'égoïsme elle était. Trop longtemps. Elle s'était rendu compte qu'elle était passée à côté de quelque chose de très fort. Et c'était entièrement de sa faute.

On insistait à la porte. Avant d'aller ouvrir, Hilary se contempla dans la glace. Elle avait choisi une robe signée Simon Chang. Elle aimait bien ce designer qui savait proposer des tenues d'une grande simplicité et d'une extrême féminité. La petite robe qu'elle portait ce soir, où dominait le vert corail profond, faisait ressortir l'éclat et la souplesse de ses cheveux. Elle était courte et passablement ouverte au dos, ce qui l'avait toujours avantagée.

Quand elle ouvrit la porte, Philippe, toujours aussi spontané, resta sans voix laissant simplement échapper un « wow ! » bien senti.

— Hilary, t'es magnifique, dit-il alors qu'elle se déplaçait pour le laisser entrer.

— Je te remercie, mais j'ai toujours pensé que t'étais pas très objectif...

— L'objectivité n'a rien à voir là-dedans, reprit-il en redevenant lui-même. Il faudrait être un aveugle atteint de cécité pour ne pas être ébloui par toi...

— Tu sais que t'es pas mal non plus, répliqua-t-elle après l'avoir examiné de la tête aux pieds.

Son smoking, probablement fait sur mesure, tombait parfaitement, faisant oublier sa petite bedaine et lui donnant une stature et une élégance magnifique.

Pendant quelques secondes, ils se regardèrent et un silence gêné appesantit l'atmosphère.

— Bon... Si on continue à se regarder comme ça, on n'ira nulle part. Quoique, c'est vrai que si ça ne tenait qu'à moi, dit Philippe pour briser la tension, on pourrait bien rester tranquille. Tu sais que je pourrais m'arranger très bien ici avec toi toute la soirée plutôt que d'aller dans je sais pas quelle soirée désagréable, remplie de gens désagréables et probablement gros.

— Tu n'abandonnes jamais, hein ?

— C'est comme ça que je suis. Et c'est comme ça que tu m'aimes.

— C'est vrai... Tu veux un verre avant de partir ?

— Je ne me souviens pas d'avoir dit non à une bière.

Hilary alla au petit bar de la chambre, se versa un verre de blanc frais et lui tendit une bouteille de bière.

— Toujours à la bouteille ?

— Yes sir, madame.

Elle lui prit le bras et l'invita à la suivre au salon.

— Merci Philippe. Merci pour tout.

— Tu sais que ça me fait plaisir. Je n'ai jamais rien pu te refuser... Mais cette fois, ajouta-t-il après une courte pause, je suis intrigué. Tu sais que je ne te demande rien. Si tu ne veux pas m'expliquer, ça va m'aller quand même. Je vais t'aider autant que je le pourrai. Mais, quand même, j'ai la drôle d'impression que tu es dans la marde...

— T'as toujours parfaitement su lire en moi et ton tact dans le choix des mots fait toute ta délicatesse... répondit-elle en détournant le regard. C'est pourtant vrai et t'as encore raison. J'ai d'ailleurs beaucoup hésité avant d'aller te voir. Je voudrais pas te mêler à quelque chose qui pourrait peut-être être dangereux.

— J't'en prie, joue pas à ce jeu-là avec moi. Je mérite pas ça. Si tu ne veux pas m'en parler, tu ne m'en parles pas. C'est tout. Je vais continuer à t'aider dans les limites de mes moyens, qui sont quand même considérables, dois-je le préciser, dit-il en souriant. Je tiens à toi. Je ne voudrais pas qu'il t'arrive quelque chose.

— C'est trop tard. C'est déjà fait... Et t'as raison. Le minimum que je te dois, c'est toute la vérité... J'ai fait des choses pas très belles ces dernières années. Par dépit ou par désillusion, je ne sais pas. Après t'avoir quitté pour... Enfin pour quelqu'un, l'histoire s'est, disons, mal terminée. Alors, je suis partie en Europe ou j'ai voyagé un peu. J'ai ouvert une petite entreprise pour convalescents. Je recevais des gens riches... Très riches. J'ai voulu vivre comme eux. Un jour, j'y ai fait une rencontre... Même pas une histoire d'amour qui a mal tourné. Juste une aventure entre deux personnes seules. Le bonhomme était pas parfaitement droit. Je me suis laissée entraîner dans certains milieux... Comment dire ? Pas faits pour moi. Je jouais un rôle que je pensais aimer mais qui m'éloignait de ce que je suis profondément. Bref, en un rien de temps je devais de l'argent à tout le monde. Alors, de fil en aiguille, pour rembourser certains « créanciers », je me suis retrouvée impliquée dans un réseau qui recrute des gens pauvres et leur achète la seule chose qu'ils peuvent vendre. Je t'en avais touché un mot à ma première visite. Je m'occupais des transactions. On travaillait et on recrutait en Afrique. Surtout au Mozambique. C'est certain que j'avais besoin d'argent, reprit-elle après une courte pause, mais, au fond, c'est pas pour ça que je faisais ce travail. Même si c'est très payant. De toute façon, tu sais qu'une fois qu'on a le doigt dans ce genre d'engrenage... C'est difficile d'en sortir... En tout cas ! Au fil des mois et des opérations, j'ai fini par me dire qu'au moins, il fallait que je fasse en sorte que les transactions soient les plus honnêtes possible et les moins désastreuses pour ceux et celles qui devaient vendre une part d'eux-mêmes. C'est ce que j'ai essayé de faire. Mais j'avais un contrat avec le diable. Et on est rarement gagnant dans ce genre de marché. Bon... Dernière-ment, ça a été trop loin. Alors j'ai décidé de sauver quelqu'un pour qui le marché initial a changé. Sans son consentement. Voilà. C'est tout. Je veux retrouver ceux qui commanditent ces opérations et essayer de sauver un brave bonhomme. Un gars que je connais presque pas. En fait, je ne veux pas seulement tenter de le sauver, je veux réussir. C'est une question de principe. Sans ça, je ne pourrai plus me regarder... Et, de toute façon, pour être parfaitement honnête avec toi, une fois que ceux qui tirent les ficelles sauront que je me suis lancée à leur poursuite, mon espérance de vie va diminuer très rapidement...

— Wow ! parvint-il seulement à dire. C'est un peu ce que j'avais compris. Mais maintenant, c'est beaucoup plus clair ton implication et ton rôle dans toute cette organisation. Wow ! répéta-t-il.

— C'est pour ça que, ce soir, je te demande de simplement me faire entrer là-bas, puis de t'en aller. Si jamais je le peux encore et si je suis certaine qu'il n'y a plus de risques pour toi, je te recontacterai.

— Ben oui, la malade ! On demande un service au gros Phil, et après on le remet dans son coin comme une vieille pantoufle en phentex qu'on oublie dans le fond d'une garde-robe. Je pense qu'il y a quelque chose que t'as pas compris dans la vie, ma grande. Bon... Viens ! On va être en retard. Et tu me conteras tout le reste en chemin.

14

C'était bien une salle de bal. Exactement comme celle qu'on voit dans les films. D'immenses lustres tamisaient l'éclairage. Une réunion officielle où des gens importants, dans le cadre d'une soirée protocolaire sérieuse, discutaient amicalement de graves affaires d'État en prenant un verre. On ne se contentait pas ici de musique enregistrée. Non, monsieur! Un orchestre de chambre reprenait des airs de Dvorak ou de Chopin que peu de gens écoutaient. Ça faisait un bruit de fond sympathique qui évitait surtout que des paroles soient entendues par trop de monde.

Il y avait, çà et là, quelques alcôves où, en plus petits groupes, des gens encore plus importants jasaient d'affaires encore plus sérieuses. La rumeur voulait que plus de traités se signent ou se brisent dans ce genre de soirée que durant des négociations officielles et planifiées. L'ambiance était aussi lourde que les tentures en velours qui garnissaient les murs en créant parfois des recoins d'intimité eux aussi généralement occupés.

Depuis une demi-heure qu'ils étaient arrivés à cette soirée, Palomino s'embêtait dans les grandes largeurs. Ève, au contraire, semblait passionnée par ce que lui racontait Jules Renaud. Une histoire incroyable et archi-pointilleuse sur une obscure négociation avec un tout aussi obscur pays pour un enjeu dont personne ne comprenait l'importance. En tout cas, Tony n'y comprenait rien. Seule une fille qui flirte peut trouver un intérêt au tas d'inepties que crachait le diplomate. C'est pathétique, se disait le policier.

— Je voudrais pas vous déranger, mais je vais aller faire un tour au buffet. Je vous rapporte quelque chose ? s'enquit-il.

— Non merci pour moi, répondit Renaud, contrarié de cette interruption à un point névralgique de son récit.

— Moi non plus. Merci Tony, répondit à son tour Ève avant de se tourner vers Jules. C'est incroyable cette histoire. Et qu'est-il arrivé ensuite ?

On dirait vraiment, se dit Tony, qu'elle est intéressée par ce qu'il lui raconte... C'est vraiment, mais vraiment pathétique.

— Alors je vous abandonne quelques instants, ajouta-t-il en s'éloignant pour les laisser à leur conversation.

De toute façon, ils ne faisaient pas plus attention à lui qu'un barman qui décide de ne pas vous voir.

Il y avait foule. Palomino allait lentement, pas tellement pressé de revenir jouer le chaperon de sa partenaire. Elle n'avait qu'à se débrouiller. C'était une grande fille après tout. En jetant un regard autour de lui, il constata que le gratin de Montréal avait accepté l'invitation. Partout des hommes en smoking et des femmes en robes longues donnaient l'impression d'apprécier ces rencontres. La plupart d'entre eux, constata- t-il, était, comment dire...

plus expérimentés – pour ne pas dire vieux – et venaient de ce qu'il est convenu d'appeler le grand monde. Des gens qui ont réussi dans la vie. Mais il y en avait, de façon surprenante, plusieurs dans la jeune trentaine, qui, soupçonnait-il, s'ennuyaient autant que lui. Quoiqu'à les regarder, ce n'était pas évident. Ils semblaient même plutôt s'amuser. Étonnant quand même.

Ses pas le conduisirent vers le bar comme s'ils avaient leur volonté propre. Tony continuait d'avancer doucement quand son regard croisa celui d'une magnifique jeune femme. Une belle grande blonde, à la taille de guêpe et à la poitrine généreuse que sa robe ne parvenait pas à cacher totalement. Il lui sourit et la salua d'un bref mouvement de tête. Il lut l'interrogation dans ses yeux. Qui était-il ? Est-ce que je le connais ? se questionnait-elle. Tony, lui, s'amusait en se demandant ce qu'elle pouvait faire ici. Elle était accompagnée d'un homme plutôt âgé et plutôt bedonnant. Il avait les cheveux gris et promenait son regard acier sur la foule en tenant la taille de la grande blonde comme on montre un trophée. Évidemment, se dit Tony, elle pourrait travailler pour une agence de lobbying. Il doit y avoir des tas de contacts à établir dans une soirée de ce genre. Et peut-être que l'homme cherche à l'introduire dans de nouveaux milieux. Si elle est lobbyiste, je me demande bien quel genre de dossier elle veut faire mousser auprès du gouvernement. Peut-être une compagnie pharmaceutique ? Ou une pétrolière qui veut convaincre le monde qu'elle ne pollue pas l'Ouest canadien ? Avec mon esprit tordu, se dit-il, je pense plutôt que c'est une escorte qui doit gagner dix fois mon salaire à se pavaner avec des vieux messieurs riches. Mais je suis vraiment plein de préjugés, se reprocha-t-il.

Tout en examinant les gens dans la salle, Palomino se commanda un Perrier.

* * * * *

— J'aimerais bien savoir comment tu vas procéder, demanda Philippe.

— J'en sais trop rien encore. Premièrement, je dois savoir qui est le type du Ministère et ensuite... Eh bien je verrai.

— Attends un peu, répondit Philippe en regardant à travers la pièce où tous ces gens bougeaient comme une mer légèrement houleuse et continuellement en mouvement. Je l'ai rencontré une fois comme je t'ai dit. Je devrais pouvoir le reconnaître.

— Assez grand, la cinquantaine, blond et beau bonhomme. C'est comme ça que tu me l'as décrit, dit Hilary en regardant un peu partout dans la salle pour tenter de trouver quelqu'un qui corresponde à cette description. Ça laisse à désirer comme signalement.

— Je pouvais pas savoir qu'un jour tu me demanderais un portrait-robot d'un gars qui m'intéressait pas et que j'ai rencontré une seule et unique fois, s'emporta-t-il. Pardonne-moi !

— Prends pas tes grands airs, Philippe. Tu sais bien que je ne te critique pas. Je remarque seulement que c'est pas facile de trouver, dans une foule, quelqu'un dont la description est quand même assez vague et qui peut correspondre à la moitié des mâles qui sont ici, ajouta-t-elle en fouillant du regard cette belle société qui se pavanait.

— Je l'ai ! Là-bas, coupa Philippe. Dans le coin là-bas, avec la rousse assez mignonne.

— Non, je vois pas. Où exactement ?

— Près de l'orchestre. À deux heures par rapport à notre position, comme y disent dans l'armée. Le type avec le nœud papillon. Tu le vois à l'autre bout de la salle ? demanda-t-il en se tournant vers Hilary.

Mais elle était déjà partie. Elle se dirigeait vers le couple. Elle marchait, très à l'aise et désinvolte, en saluant une femme près de laquelle elle passait ou souriant à cet homme comme s'il s'agissait de vieux amis, comme si elle avait déjà rencontré tous ces gens, comme si elle assistait tous les jours à ce genre de mondanités. Elle avait l'habitude de ce genre de réunion et ça paraissait.

* * * * *

— Tu comprends, pour le prince maori, le simple fait d'ajouter cette clause, qui finalement ne changeait absolument rien pour le reste du protocole, lui permettait de signer en toute confiance puisque nous respections une tradition ancestrale de son peuple, conclut Renaud avec un sourire vainqueur.

— Alors c'est comme ça que vous parvenez à signer des traités ? s'informa Ève qui n'avait pas compris toutes les subtilités que tentait de lui inculquer Jules.

— C'en est une facette. Chaque négociation est différente. Mais ce qui compte, ce sont les buts que nous souhaitons atteindre pour aider notre pays. C'est dans ce contexte...

Jules Renaud avait soudainement cessé de parler. Pendant l'explication, son regard errait un peu au hasard, dans la foule derrière Ève. Il était brusquement devenu muet et avait blêmi, comme si son sang avait arrêté de circuler.

— Il y a quelque chose qui ne va pas ? s'informa Ève en se tournant à son tour pour tenter de voir ce qui troublait son professeur.

— N... Non. Excuse-moi. Je croyais avoir reconnu quelqu'un, répondit-il. Mais je dois m'être trompé, continua-t-il tout en jetant un œil sur les gens qui circulaient un peu plus loin.

Son ton, cependant, contredisait ses paroles. Ève se retourna encore pour tenter de repérer ce qui avait pu troubler Renaud, et ne reconnut évidemment personne. Pas dans cette foule. Pendant ce temps, le cerveau de Renaud tournait à plein régime. Il venait de reconnaître Goetting. Impossible de se tromper. Que faisait-il ici ? Il venait ici pour le voir. Aucun doute là-dessus. Que pouvait-il s'être passé pour nécessiter une visite de cet homme sédentaire qui ne bougeait jamais de son bureau sans une obligation majeure. Les policiers avaient-ils découvert un élément nouveau ? Les plans avaient-ils changé pour le paquet ? Il lui fallait des informations. Et il était justement en compagnie de quelqu'un qui pouvait lui en donner, se rappela-t-il.

— Bon, assez parlé de moi, reprit Renaud avec un entrain un peu forcé. De ton côté, comment avance cette enquête ?

— Elle suit son cours. On fait des progrès. Nous avons réussi à trouver l'un des types qui a attaqué Étienne Borduas. Il est en détention et on l'interroge.

— Et il a dit des choses intéressantes ? demanda-t-il, soudainement captivé.

— Nous en avons appris pas mal, répondit-elle prudemment. Mais il reste des choses à éclaircir. On a toutefois la certitude que Borduas n'était pas une cible préméditée. Il n'était qu'une malheureuse victime dans cette affaire... L'exemple parfait du gars qui est au mauvais endroit au mauvais moment. Mais il y a des faits troublants, ajouta-t-elle après quelques secondes de réflexion en repensant à toute l'enquête. On a trouvé son complice assassiné. Du travail de professionnels. Quelqu'un d'autre que nous les recherchait, dit-elle en baissant la voix comme si elle se parlait à elle-même.

— Vous avez des soupçons ?

— Non... Pas vraiment, répondit-elle en sortant de sa bulle. Ou, au contraire, il y en a trop, c'est comme on veut. Mais on poursuit notre travail.

— C'est bien tragique tout ça.

— Ah ! En passant, on a aussi mis la main sur le portable, lança-t-elle pour voir sa réaction.

— Bravo ! répliqua-t-il en tentant de cacher son émoi. Mais il ne put empêcher Ève de remarquer cette brève hésitation. L'ordinateur est donc vraiment au cœur du problème, songea-t-elle.

— Les gars du labo sont en train de l'examiner, continua-t-elle. Malheureusement, les données ont été effacées. On ne sait pas si on parviendra un jour à récupérer des informations... compléta-t-elle, étudiant toujours la réaction de son compagnon.

— Dommage, dit Renaud qui semblait nettement soulagé d'entendre cette nouvelle. Et si j'allais te chercher un verre. Qu'en penses-tu ?

— Oui, certainement.

— Donne-moi quelques instants et je reviens... ajouta-t-il en se dirigeant aussitôt vers le bar.

Ève le suivit des yeux. Décidément, mon bonhomme, se dit-elle, tu nous caches des choses. J'ai bien hâte de savoir de quoi il s'agit.

Jules Renaud, de son côté, réfléchissait à toute allure. Il y avait un lien entre les découvertes des policiers et la venue de Goetting. Quand A suit B, il y a de fortes présomptions qu'il y ait une corrélation entre les deux. Il tentait d'évaluer ce que tout ça impliquait et comment il pourrait ensuite réagir.

* * * * *

Pendant qu'Ève regardait Renaud s'ouvrir un chemin dans la foule pour aller au bar, son cellulaire retentit.

— Ève Saint-Jean, répondit-elle.

— Ève? C'est le labo.

— Tiens, quand on parle du loup...

— Qu'est-ce que tu dis?

— Rien d'important. Avez-vous trouvé quelque chose?

— Oui et non. En fait, on sait que le receleur a utilisé un logiciel de... comment t'expliquer... de déchiquetage de données. On appelle ça du *shredding* dans le jargon. C'est le genre de technique utilisée beaucoup par les pédophiles qui veulent faire disparaître des informations de leur ordinateur. Mais c'est efficace pour n'importe qui. Ça travaille différemment d'un formatage. Tu sais certainement que les ordis travaillent en code binaire. Le *shred* modifie et transforme les 0 et les... Non, oublie ça, ajouta-t-il en se rappelant à qui il s'adressait. Il faut simplement que tu saches que ça change directement les données de base.

— Alors on a rien ?

— J'ai pas dit ça. Les gars du FBI ont mis au point un logiciel qui permet de restaurer et de récupérer la majorité des données pour peu que le *shredding* n'ait pas été fait trop souvent. Ça c'est la bonne nouvelle. Le gars a sûrement voulu faire vite et ne devait pas s'inquiéter outre mesure de ce que pouvait contenir le disque. Il voulait probablement simplement vendre l'ordinateur. Parce que c'est vraiment une machine extra. J'adorerais en avoir une. J'te jure, c'est le genre d'engin...

— Demande à ta mère. Elle t'en offrira une à Noël. En attendant, reviens donc au dossier, le coupa-t-elle.

— Oui... Bon... De toute façon, j'aurai jamais les moyens de me payer ça. Bref, pour revenir au disque dur, on pense qu'il a fait rouler le programme de *shredding* une ou deux fois. Tu comprends, c'est assez long à faire sur un disque de cette capacité, s'enthousiasma-t-il encore en parlant de son dada. Les données n'ont pas...

— Et qu'est-ce qu'on a ? trancha-t-elle.

— Ça, c'est la moins bonne nouvelle, reprit-il en revenant à l'essentiel, parce qu'on a pas grand-chose pour le moment. On est en train de recréer le tout mais on n'a pas terminé. On a bien retrouvé des éléments, mais pas la totalité. Pour l'instant, il y a des fichiers qui concernent le Ministère. J'ignore si c'est important ou non.

— Rien qui puisse orienter nos recherches ? Rien qui expliquerait pourquoi on a tué un gars pour récupérer cet ordinateur ?

— Il est encore trop tôt pour se prononcer. Mais dans ce que j'ai pu examiner, il n'y a rien d'important ou de vital. Mais je suis pas un expert sur ces questions, compléta-t-il. Puis, après une brève pause il continua. La chose étonnante c'est qu'on a aussi trouvé des dossiers cachés. Et ceux qui ont fait ça savaient parfaitement comment faire pour éviter les regards indiscrets. C'est certain qu'on va pouvoir percer les codes, mais ça risque de prendre du temps. Beaucoup de temps.

— Mais on a peut-être pas tout ce temps, lança Ève... Alors, attends que je résume. Vous pourrez récupérer l'ensemble des informations – ou une bonne partie en tout cas – qu'on croyait effacées. Et jusqu'à maintenant, rien ne vous semble ultra important dans ce que vous avez retracé. Par ailleurs, vous avez aussi trouvé des fichiers cachés. On peut penser que c'est là que nous aurons ce que nous cherchons. Mais vous n'arrivez pas à craquer les codes. C'est bien ça ?

— On peut rien te cacher. T'es la championne du résumé.

— Qu'est-ce que ça vous prendrait pour accélérer les choses ? Si on demandait un coup de main aux gars de la GRC, ça pourrait vous aider ?

— Écoute, personnellement je tiens pas à voir ces gars-là arriver ici avec leurs gros sabots comme s'ils étaient les seuls capables de découvrir la vérité. Je suis certain qu'on va y arriver par nous-mêmes et qu'on est aussi bien équipés qu'eux. Non, pour nous aider vraiment, il faudrait que tu nous trouves le cryptogramme ou les mots de passe. Sans ça, impossible de dire combien de temps ça peut prendre. Peut-être une heure, peut-être des semaines.

— Trouver un code ou un mot de passe... C'est bien ça ? J'en parle à Tony et on va voir ce qu'on peut faire. Beau travail les gars et continuez, ajouta-t-elle en refermant le cellulaire.

Concentrée sur la discussion avec le technicien, Ève n'avait pas remarqué que Renaud était revenu depuis quelques instants. Il se tenait près d'elle avec deux verres dans les mains. Ève ne doutait pas qu'il ait entendu une bonne partie de la conversation...

— Voici le verre de madame, dit-il simplement avec un doux sourire.

— Merci. Excuse-moi quelques instants, j'ai une petite urgence. Je dois trouver Palomino.

— Rien de grave j'espère ?

— Non... Le travail. C'est tout.

— Vous n'arrêtez jamais. Toujours en service.

— On peut dire ça, répondit-elle sans s'impliquer. Donne-moi quelques minutes et je reviens.

Sur quoi elle partit à la recherche de son partenaire en laissant Renaud seul avec deux verres dans les mains. Il avait toutefois appris quelque chose de vital.

* * * * *

Pendant qu'il laissait aller ses pas, porté par les courants de la foule, Palomino tentait, peut-être inconsciemment, de retrouver cette jeune femme qui l'avait ébloui tantôt. Mais on dirait qu'elle s'était évanouie. Qu'elle avait été avalée dans la marée humaine et qu'elle était introuvable. Et, c'est plutôt Ève qu'il vit s'approcher de lui.

— Tiens, t'as laissé tomber ton beau fonctionnaire?

— Jaloux va, lui lança-t-elle. Non, je viens de recevoir un coup de fil du labo. Ils ont réussi à récupérer la presque totalité des données. Bon... J'suis pas certaine d'avoir tout compris, mais je crois. Et, ce qui est intéressant c'est qu'il y a aussi des fichiers cachés. Mais ils n'ont pas encore réussi à les pénétrer ou à les lire. Je sais pas comment on dit.

— Et on peut donc estimer que ce qu'on voudrait savoir s'y trouve. C'est bien ça?

— C'est ce que je pense en tout cas... J'ai aussi l'impression que Renaud en sait pas mal plus qu'il ne le prétend. Aussitôt qu'on parle du portable, il change d'attitude.

— Tu m'étonnes d'avoir décelé ça. Tu me semblais plutôt prête à avaler tout ce qu'il disait comme une oie qu'on gave.

— Je vais franchement finir par penser que t'es jaloux. Mais j'ai pas le temps de m'occuper de tes états d'âme pour le moment. Au labo, ils pensent qu'il va falloir pas mal de temps pour craquer le code d'accès aux fichiers cachés. Ils auraient besoin du mot de passe ou d'un code ou de je ne sais pas trop quoi pour orienter leur travail. Et je pense que Renaud connaît la clé. C'est lui, si tu te souviens, qui fait le ménage des ordinateurs de son service. Il m'a même précisé qu'il était le seul à le faire. S'il y a quelque chose de dissimulé dans les tripes du portable de Borduas, il sait ce que c'est et comment y accéder. J'en mettrais ma main au feu. C'est peut-être même lui qui y a mis ces informations.

— Garde ta main pour le moment. As-tu une idée pour lui faire avouer ses secrets ?

— Pas la moindre. Mais on pourrait toujours l'emmener avec nous et l'interroger...

— C'est pas le genre de type qui va s'énerver parce qu'on lui pose des questions. N'oublie pas que son travail, c'est de négocier avec des gens qui sont aussi rapaces et décidés que lui...

Palomino laissa sa phrase en suspens. Il venait de voir Renaud qui s'éloignait en compagnie d'un homme qu'il savait avoir déjà vu.

— Ton chevalier s'en va faire un tour on dirait, indiqua-t-il en montrant Renaud plus loin dans la foule. Et je suis certain d'avoir déjà rencontré l'autre bonhomme... Mais où ?

Puis le souvenir d'une réunion à Ottawa lui revint.

— Je sais, dit-il. J'me souviens plus de son nom, mais c'est un des grands bonzes de l'Agence canadienne de renseignements. Je l'ai aperçu il y a quelques années à une rencontre sur la sécurité nationale... Écoute Ève, tente de savoir ce que l'agence peut avoir à faire ici. Je suis certain que c'est pas le genre de soirée qui les intéresse d'habitude. Moi, je vais les suivre discrètement.

Et il se mit en chasse avant qu'Ève n'ait eu le temps de réagir.

* * * * *

Arrivant de l'autre extrémité de la salle, Hilary tentait de se dépêcher pour atteindre Renaud. Or, elle était toujours bloquée. On dirait parfois que les foules ont une volonté propre qui les fait se mettre en travers du chemin de ceux ou celles qui visent un objectif précis. En plus, effectivement, elle connaissait des gens dans cette marée humaine. Étonnamment, quelques personnes l'avaient reconnue et l'avaient interceptée en lui demandant des nouvelles, surpris de la rencontrer ici. Aussi rapidement qu'elle le pouvait, Hilary répondait et souriait prétextant soudain avoir aperçu une autre connaissance et elle poursuivait son chemin. Elle venait juste de constater que la rousse quittait Renaud. C'était le moment. Encore quelques mètres et elle arriverait à lui.

— Tiens, bonjour Hilary. Il y a bien une éternité qu'on ne s'est pas vues. Je pensais que tu vivais maintenant en Europe, lui lança une ancienne patiente en lui barrant littéralement la route.

— Juste un petit voyage d'affaires, répondit-elle, incapable de se souvenir du nom de la dame. Je suis de passage.

— Dites-moi que vous allez recommencer à travailler un peu ici, dit la vieille dame en salivant d'envie. Vilaine, vous nous avez abandonnés, la chicana-t-elle. C'est pas très gentil de votre part.

— Ceux à qui je vous ai référée sont au moins aussi compétents que moi et probablement plus, répondit Hilary en souriant. Puis, elle leva les yeux et réagit comme si elle voyait quelqu'un d'autre. Veuillez m'excuser, je viens de voir un vieil ami que j'aimerais saluer.

— Bien sûr, dit la dame. Mais promettez-moi de me donner des nouvelles... Tenez, ajouta-t-elle en lui remettant une carte d'affaires tirée de son minuscule sac à main. J'ai changé de numéro et j'ai aussi déménagé. Ne m'oubliez pas

— Bien entendu. À bientôt, lança-t-elle en s'éclipsant.

Ce nouveau délai avait permis à un homme de s'approcher de Renaud. Il l'entraînait maintenant.

Merde, se dit-elle en tentant de les suivre.

*****

Jules Renaud regardait Ève partir à la recherche de son partenaire.

Il réfléchissait encore à la conversation qu'il venait de surprendre. Si les policiers réussissaient à ouvrir ces fichiers, on remonterait jusqu'à lui sans problème. Il sentait que le temps pressait, mais il hésitait. Il avait encore le temps de tout abandonner et de partir. Il y avait longtemps que tout était prêt pour un départ précipité. Mais partir serait aussi, et avec raison, interprété comme un aveu de culpabilité...

Perdu dans ses pensées, il n'avait pas vu l'homme s'approcher de lui. Il sursauta donc quand ce dernier lui mit la main sur l'épaule.

— Alors, monsieur le directeur, est-ce que les papiers de transfert sont prêts ?

Renaud s'était retourné d'un geste sec. Il était face à Mike Goetting. Rien chez cet homme ne trahissait ses fonctions. D'une taille et d'une grosseur tout à fait moyenne, il passait généralement inaperçu. Seules ses éternelles lunettes fumées qui lui cachaient les yeux lui donnaient un petit air singulier. Mais absolument rien de significatif. Dans la soixantaine, il aurait aisément pu passer pour un bon grand-père très en forme. Cependant, cette sympathie qu'il pouvait attirer au premier coup d'œil s'effaçait instantanément quand il parlait. Sa voix était rauque et sèche. Sans aucune trace de chaleur.

— Qu'est-ce que vous faites ici ? demanda Renaud.

— Pas tout de suite, dit-il en regardant autour. On va plutôt trouver un coin plus tranquille pour discuter.

— On ne devait jamais se rencontrer. On avait convenu que c'était trop dangereux.

— Les choses évoluent, Renaud. Et il faut s'adapter... C'est le paradigme de la vie. Oui, les choses évoluent. Allons, viens avec moi.

Rien dans son ton ne laissait entrevoir la moindre volonté de négocier. Goetting prit Renaud par le bras, comme un vieil ami, et l'entraîna vers une section plus tranquille de la salle de réception.

15

Se frayant un chemin dans la foule, Palomino ne perdait pas de vue Renaud qui s'en allait, bras dessus, bras dessous avec l'autre homme. Ce dernier jetait parfois un regard inquisiteur autour de lui, comme s'il voulait s'assurer que personne ne les remarquait.

Tony les voyait se diriger vers un coin de la salle dissimulé par d'épais rideaux. Il continua à s'approcher aussi discrètement que possible. Il s'arrêta brusquement quand il reconnut Hilary. Sur le coup, ses genoux fléchirent. De toute évidence, elle suivait aussi Renaud et l'homme du service de renseignement. Que venait-elle faire dans cette histoire ? Il ne put s'empêcher de remarquer qu'elle était aussi belle qu'à l'époque. Palomino s'avança, suivant cette fois autant les deux hommes que son ancienne maîtresse.

Renaud, toujours entraîné par l'agent des services de renseignement, se dissimula derrière en petit renfoncement formé par les draperies. La jeune femme s'approcha à son tour, puis, arrivée près des tentures, se tourna en direction de la salle, le dos aussi près que possible des rideaux. Elle cherchait visiblement à entendre ce qui se disait. Palomino la suivit du regard et s'approcha lui aussi pour se trouver aussi près que possible de la jeune femme et des deux hommes, sans toutefois se faire remarquer ni des uns, ni de l'autre. Pour quiconque regardait dans sa direction, le détective passait pour un homme un peu blasé par la soirée qui cherchait quelques instants de tranquillité en se dandinant doucement au son de la musique. Ce qui était loin de la vérité puisque Tony, tous sens aux aguets, surveillait la jeune femme en tentant, en même temps, d'écouter ce que les hommes se disaient à quelques pas de lui. Il était surtout excessivement troublé par la vue d'Hilary.

* * * * *

Si quelqu'un l'avait vu en ce moment, il lui aurait été impossible de douter de l'état de stress intense dans lequel Renaud se trouvait. C'était un homme de discussions, de négociations, de réflexion. Pas un homme d'action. Il avait peur, c'était évident. Il pouvait faire face à l'adversité et à la controverse sans aucun problème. Mais s'il y avait possibilité de violence, il perdait ses moyens. Or, il sentait parfaitement la menace qui planait.

L'homme qui lui faisait face, tout au contraire, était totalement en contrôle, calme et presque serein. Goetting toisait Renaud en lui tenant toujours le bras.

— Est-ce que je n'aurais pas été assez clair ? J'avais bien dit que toute erreur devrait être réparée, lui lança-t-il. Et perdre des informations vitales sur l'opération en cours entre définitivement dans la catégorie des erreurs majeures.

— Personne ne pouvait savoir que Borduas sortirait avec le portable et qu'il se ferait assassiner, tenta de répliquer Renaud.

— Comment t'as pu laisser autant d'informations dans l'ordinateur de quelqu'un qui était même pas impliqué dans l'affaire ? Je comprends pas.

— C'est simple pourtant. Je divise toutes les tâches pour que personne sache ce qui se passe et qu'on puisse jamais remonter jusqu'à moi. La seule exception, c'est le portable. Y fallait que l'opération soit résumée quelque part. La meilleure place, c'était dans l'ordi de Borduas qui est blanc comme neige. Personne n'aurait jamais pu soupçonner un gars comme ça. J'pouvais pas deviner qu'il se ferait tuer et qu'on le volerait. J'suis pas responsable de ce coup du destin.

— Tu peux pas savoir jusqu'où va ma facilité à trouver les autres responsables des erreurs qu'ils commettent et à leur en tenir rigueur... On n'en est pas encore là pour le moment, continua-t-il après une courte pause. Mais ça viendra. Faut pas t'en faire.

— Écoutez, Goetting, je suis ici avec deux détectives de la SQ. Ceux qui travaillent sur l'affaire.

— Et c'est comme ça que tu penses réparer ta gaffe ? lui cracha-t-il à la figure avec colère, en collaborant avec la police ?

— J'collabore pas. Je veux être tenu au courant des développements. La meilleure façon était de devenir ami avec Ève Saint-Jean, une des responsables de cette enquête. C'est ce que j'ai fait.

— J'ai toujours un problème à laisser entrer un loup dans la bergerie. Encore plus avec deux.

— J'ai quand même appris qu'ils ont récupéré l'ordinateur.

— Je le savais aussi. Pourquoi penses-tu que je suis venu personnellement te voir ce soir ?

— Mais ils n'ont pas réussi à trouver les fichiers protégés. J'en ai eu la certitude tantôt quand j'ai entendu Ève parler à son technicien.

— Qu'est-ce qu'ils savent exactement ? demanda-t-il, soudainement intéressé.

— Ils ont réussi à retrouver pas mal de données malgré le fait que celui qui était en possession de l'ordinateur ait tenté d'effacer le disque dur. Mais ils n'ont pas craqué les dossiers confidentiels. Personne ne le pourra. J'ai moi-même travaillé sur les protections avec un spécialiste de ces trucs de sécurité informatique. Un gars qui m'a été recommandé très chaleureusement et fortement par nos amis. Je l'ai jamais rencontré car tout s'est fait par internet ou par personne interposée. Mais, c'est blindé. Je le jure. Jamais ils n'en seront capables.

Goetting doutait de cette affirmation. S'il y en avait un qui savait quels miracles pouvaient parfois être faits en informatique, c'était lui. Combien de documents secrets, protégés, ultra confidentiels et inviolables son équipe avait-elle percés, mettant à jour des dossiers qu'on croyait impossibles à découvrir ? Des tas. Goetting savait pertinemment que c'était une question de temps. Les rats d'informatique perceraient toutes les défenses. Il restait à espérer qu'ils n'y parviendraient pas avant d'avoir terminé l'opération en cours. C'était le seul espoir qu'il conservait pour le moment.

— J'espère que tu as raison, répondit-il après une brève hésitation, mais sans pourtant en croire un mot. Il faut quand même accélérer les choses. J'ai besoin des documents ce soir. Il y a un changement à l'horaire et le paquet doit partir dès demain matin.

— C'est impossible. C'est trop risqué. Et puis à cette heure, il n'y a personne au bureau pour faire ça.

— Justement. On va profiter de cette tranquillité pour tout faire nous-mêmes. Dès ce soir !

— Mais ça va éveiller les soupçons. Jamais on ne fait ça en catastrophe. Et il y a des gardes qui surveillent l'édifice. Jamais on ne va au bureau en pleine nuit. Ce serait louche.

— Je suis convaincu que le patron du service international du ministère du même nom peut trouver une justification pour ça, railla-t-il. Tu dois quand même avoir suffisamment d'imagination pour régler ce détail. Et puis, tu n'as pas vraiment de choix.

Goetting ouvrit légèrement le pan de son veston pour permettre à Jules Renaud de bien voir le Glock 23 dans l'étui sous son aisselle. Puis, sans délicatesse, il poussa Renaud pour sortir de leur cachette.

*****

Palomino n'avait eu que le temps de s'écarter de quelques pas quand Goetting et Renaud émergèrent de leur refuge. Seul un coup de chance, ou peut-être l'état de panique dans lequel se trouvait le fonctionnaire, lui permit de ne pas se faire reconnaître. En passant près de lui, il entendit Jules Renaud dire à Goetting qu'ils pouvaient prendre sa voiture pour se rendre à son bureau. Il attendit quelques instants et se retourna pour les voir se diriger vers la sortie. Au même moment, Hilary, qui suivait aussi les deux hommes, passa près de lui. Suivant son instinct, Tony l'intercepta. Il lui attrapa le bras et l'attira vers lui.

— T'es bien la dernière personne que je m'attendais à voir ici ce soir, dit-il en essayant de contrôler le flot d'émotions qui le submergeait.

Hilary figea. Il n'a pas du tout changé, songea-t-elle. Tony était toujours aussi élégant. Toujours aussi beau.

— Antoine, parvint-elle à dire. Si tu savais comme je suis heureuse de te voir…

— Laisse tomber les Antoine, si tu veux bien, répliqua-t-il les dents serrées. Qu'est-ce que tu fais ici?

— Je me promène tout simplement, répondit-elle, sentant la froideur de Palomino. Je suis ici par hasard, invitée par des amis.

Elle avait toujours cette voix chaude, profonde et… vachement agréable, constata Tony.

— Arrête de me conter des histoires. Après tout ce qu'on a vécu, je sais quand tu mens. J'ai bien vu ton manège. Alors, je répète, pourquoi es-tu ici et pourquoi suis-tu ces deux hommes?

— Ça te regarde pas, Antoine. C'est une affaire personnelle.

— J'ai un gros défaut. Je suis excessivement curieux. Tu devrais pourtant le savoir. J'aimerais bien connaître cette affaire personnelle qui te ramène à Montréal à une soirée protocolaire. C'est pas mal loin de l'Europe et de tes précieux traitements pour gens riches et célèbres.

Il n'avait pu s'empêcher de laisser transpirer dans cette dernière phrase une partie de la rancune qu'il ressentait.

— Je comprends très bien que tu sois agressif, dit-elle doucement. Je sais que je t'ai fait du mal. Ça explique rien, et ça pardonne encore moins, mais je peux te dire que j'ai aussi eu très mal. J'ai fait une énorme erreur en partant et en te laissant.

Et, pendant une seconde, Tony put lire une grande tendresse et beaucoup de tristesse dans les yeux d'Hilary. Puis elle se ressaisit. Hilary ne savait pas ce que le détective faisait ici, mais elle n'avait certainement pas l'intention de l'entraîner dans cette aventure.

— Mais j'ai rien à t'expliquer, Antoine. Je n'ai rien fait de mal, continua-t-elle avec une assurance qui ne semblait pas feinte.

— Tu veux me faire croire que t'écoutes en cachette une conversation entre un fonctionnaire du ministère des Affaires étrangères et un agent des services de renseignements par pur hasard... C'est drôle, j'ai comme un doute.

— J'écoutais personne. T'es toujours aussi soupçonneux qu'avant, ajouta-t-elle offensée.

Palomino devait admettre qu'elle avait du cran. S'il n'avait pas été entièrement convaincu qu'elle mentait, il aurait presque pu croire qu'elle était par hasard près de ce rideau. Un malheureux geste du destin et qu'elle était blanche comme l'agneau qui vient de naître. Il aurait presque voulu la croire. Il aurait voulu que les choses soient différentes. Il aurait souhaité la prendre dans ses bras, l'embrasser et lui dire qu'ils pouvaient peut-être se donner une autre chance. Qu'il était prêt à le faire. Il aurait voulu oublier cette enquête. Elle n'avait qu'un mot à dire. Mais c'était impossible. Le détective savait qu'il avait peu de temps s'il ne voulait pas se laisser distancer par Renaud et Goetting. Mais comme il connaissait leur destination, il considérait avoir encore quelques minutes devant lui pour tenter d'apprendre ce qu'elle faisait dans cette histoire.

— J'ai encore failli me laisser prendre, avoua-t-il. Mais pas cette fois. Je pense malgré tout que tu ne me dis pas la vérité. Qu'est-ce que t'as entendu de la conversation derrière le rideau ? Et pourquoi est-ce que ça t'intéresse ? Tu t'occupes des affaires internationales maintenant ? Ça m'intrigue. Si on allait en discuter au poste ? bluffa-t-il. Qu'en penses-tu ?

— T'es pas sérieux, répliqua-t-elle. T'as pas le droit de me retenir sans raison ni de m'arrêter. Que tu m'en veuilles, je comprends. Mais de là à m'embarquer, comme une voleuse ou une criminelle... C'est un abus de pouvoir, répondit-elle un peu plus inquiète. C'est peut-être aussi de la vengeance. Et t'es pas comme ça. En tout cas, le Tony que j'ai connu et que j'ai aimé n'était pas comme ça.

— Qu'est-ce qui se passe ici ? intervint soudainement un géant. As-tu des problèmes Hilary ?

— Je suis de la SQ, lança Tony avec un air de défi. Qui êtes-vous ? le questionna-t-il.

— Ne te mêle pas de ça. Je t'en prie, dit Hilary à son ami Philippe. Ça ne te regarde pas, ajouta-t-elle presque suppliante.

— Si un petit policier t'embête, ça me regarde.

— Le petit policier pourrait bien décider de vous arrêter, répliqua Palomino en se tournant pour faire face à l'autre.

— Vraiment ? J'aimerais bien voir ça, lança Philippe en s'approchant du policier pour presque le toucher.

— Mais qu'est-ce que tu fais ici, intervint une autre voix que Tony reconnut tout de suite comme étant celle d'Ève. Je viens de voir Renaud sortir avec l'autre bonhomme. On devrait pas les sui…, laissant sa phrase en suspens, elle venait seulement de remarquer la présence du couple avec Tony et surtout le regard menaçant que lui lançait le colosse. Mais qui sont ces deux là ? s'informa-t-elle.

— Je te présente une vieille connaissance, Hilary Mento, lui répondit Palomino. Elle suivait Renaud. L'autre, je sais pas qui il est.

— Vous suiviez Renaud ? Et qu'est-ce que vous lui voulez ? répéta Ève en se tournant vers Hilary.

— Mais rien du tout. Je ne sais même pas de qui vous parlez, répliqua Hilary.

— Et lui, qui est-il ? s'enquit Ève à Tony en regardant le grand gaillard.

— Aucune idée. Il a surgi ici comme un preux chevalier qui vient défendre sa princesse en péril.

— Elle a besoin d'être défendue ? interrogea Ève.

— Absolument pas. Je lui posais seulement quelques questions.

— Et tu sais que t'as aucun droit de le faire, répliqua Hilary en fixant le détective.

— Et vous pourriez bien vous en mordre les doigts, continua Philippe en bravant le détective.

— Mais elle te tutoie, dit Ève surprise. Et l'autre, y a juste l'air de vouloir te bouffer. J'comprends pas. Et d'ailleurs qui êtes-vous ?

— Mon nom est Philippe Martel et j'accompagne Hilary à cette soirée. Et je ne tolérerai pas l'attitude cavalière et grossière de ce policier, répondit-il en crachant presque le dernier mot.

— Vaut mieux te retenir, le grand et changer de ton, répliqua aussitôt Palomino.

— C'est incroyable quand même. Je te laisse quelques minutes pour aller aux renseignements et tout ce que tu trouves à faire c'est de chercher des histoires, dit Ève à Tony.

— Mais tu dis des bêtises. C'est vraiment n'importe quoi. J'te dis qu'Hilary épiait Renaud et l'autre. J'ai seulement voulu savoir pourquoi.

— Tu l'appelles par son prénom maintenant?

— J'la connais bien, dit Palomino en s'excusant presque. En fait, je devrais dire que je l'ai très bien connue à une certaine époque, précisa-t-il.

— Merde, Tony, on dirait que t'as déjà été en amour avec elle...

Ève s'interrompit. Elle venait de comprendre.

— Mais oui, c'est clair. T'étais en amour avec elle... Et je pense que tu l'es toujours. Tu m'en as jamais parlé...

— Arrête Ève. Tu comprends rien et tu dis n'importe quoi, commença à expliquer Tony.

— De toute façon, ça n'a rien à voir pour le moment, le coupa-t-elle. Et pourquoi les suiviez-vous? redemanda alors Ève à la femme en se tournant vers elle.

— Mais je suivais personne. C'est ce que je m'acharne à répéter.

— Écoute Tony. On est pressés. On pourrait les confier au service de garde de l'hôtel et on les reprendra plus tard. Il faut y aller, suggéra Ève.

— Non! Vous ne pouvez pas me retenir. Il faut que je les voie. La vie d'un homme en dépend, plaida Hilary en s'interposant.

— C'est quoi encore cette histoire ? demanda Tony.

Hilary resta songeuse quelques instants, ne sachant pas quoi répondre.

— Je ne connais rien de ton enquête ou de ce que tu fais ici ce soir. Tout ce que je peux dire, c'est que la vie d'un homme est en jeu. Et si Philippe a raison, tous les deux vous pouvez certainement m'aider à le sauver.

— Qu'est-ce que tout ça a à voir avec Jules Renaud ? demanda Tony avec humeur.

— Il s'agit de trafic d'organes, éclata Hilary. C'est de ça dont il est question. Et si ce que je crois est exact, votre Jules Renaud trempe jusqu'au cou dans cette organisation. C'est peut-être même le chef.

— Jules Renaud ? Un haut fonctionnaire du ministère des Affaires étrangères du Canada ? Dans un réseau de trafic d'organes ? répéta incrédule Ève Saint-Jean. Vous êtes complètement folle !

— C'est pourtant la vérité. Je ne suis pas certaine que ce soit Renaud, c'est vrai. Mais si ce n'est pas lui, c'est quelqu'un de son bureau. Je le sais parce que moi aussi je faisais partie de ce réseau, avoua Hilary. Et tous les indices mènent à ce bureau, tenta-t-elle de les convaincre.

— Et le gars en danger ? poursuivit Ève.

— Un homme que j'avais recruté et qui vendait un rein. L'opération a été ajournée parce que quelqu'un quelque part avait plutôt un urgent besoin d'un cœur. J'espère seulement qu'il n'est pas trop tard et qu'on ne lui a pas encore volé son organe... Il faut me croire, supplia Hilary en plongeant son regard dans celui de Palomino. Tu sais quand je mens et quand je dis la vérité. Tu l'as dit toi-même.

— Bon. C'est vraiment pas clair tout ça, coupa Tony. Mais il se passe quelque chose de louche avec Renaud. Ça c'est certain. L'autre type, celui des renseignements, l'a menacé tout à l'heure. Ils sont partis au bureau de Renaud. Je les ai entendu le dire. Je sais pas si l'hypothèse du trafic pourrait expliquer ça, mais ça se pourrait.

— Alors je répète, tenta Ève. On les laisse ici avec le service de sécurité et on va tirer tout ça au clair avec Renaud et monsieur X.

— Il s'appelle Goetting, compléta Tony.

— Quel que soit son nom, on s'en fout. Il faut y aller, le pressa Ève.

— Non! Laissez-nous vous accompagner, supplia Hilary. Je vous raconterai tout pendant le trajet.

— Elle a peut-être raison. Si son histoire est vraie, on est mieux de la connaître, tu ne crois pas? plaida Tony en regardant sa partenaire.

— C'est vraiment n'importe quoi, répondit la détective avec colère. Tout ce que je sais, c'est qu'il faut partir. Alors si tu tiens à ce qu'ils viennent, tant mieux. Mais partons! Sinon ils vont nous glisser entre les doigts.

Une fois la décision prise, Tony redevint le policier efficace et confiant qu'il avait toujours été. Il prit les choses en main, entraîna Hilary et les autres vers le vestiaire et les força ensuite à presser le pas vers la sortie où se trouvait sa voiture.

*****

L'infirmière qui venait régulièrement le voir et qui prenait soin de lui était sa seule source d'information.

Il devait avouer qu'elle le traitait bien, avec beaucoup de douceur. Il récupérait physiquement très bien de son séjour dans l'eau glaciale. Il n'avait même pas attrapé un rhume. Cependant, psychologiquement, il était presque en détresse. Il se revoyait toujours englouti par l'eau noire et glaciale. Il se revoyait mourir. Il ressentait encore et toujours le froid intense de la neige et de la rivière sur son corps. Il éprouvait toujours cette sensation d'épaississement de son sang. Il revivait surtout le drame de savoir qu'il mourrait loin de chez lui, dans un endroit inconnu et horrible.

L'infirmière faisait des efforts louables pour parler portugais avec lui. Baragouiner aurait été plus exact. Saidi ne savait pas que les quelques phrases que l'infirmière lui disait provenaient d'un site web de traduction. Or, ces sites ne sont pas reconnus pour l'exactitude des formulations. Ce qu'elle lui disait, même si les mots étaient en portugais, ne voulait absolument rien dire. De toute façon, il ignorait à peu près tout de l'informatique et des ressources qu'on y trouve. Mais il sentait qu'elle faisait un effort et il lui en était reconnaissant.

Il était toujours maintenu attaché. Depuis sa tentative d'évasion, il était surveillé beaucoup plus étroitement. Il ne savait toujours pas ce qu'il faisait ici. Il avait bien tenté d'expliquer qu'il devait retourner voir son frère, qu'il devait absolument rentrer dans son village, qu'il ne voulait plus vendre son rein, qu'ils n'avaient pas le droit de le garder prisonnier, rien n'y faisait. L'infirmière était gentille, mais demeurait sourde à tout ce qu'il lui disait.

Saidi ne pouvait pas savoir qu'elle ne comprenait pas le quart de ce qu'il lui disait.

Pendant qu'elle reprenait le plateau de nourriture, Saidi, un pied solidement attaché au lit, faisait les quelques pas qui lui étaient permis et qui le ramenaient toujours à la fenêtre. Invariablement, il sentait la même crispation naître dans ses tripes en voyant cette neige qui couvrait tout le paysage. Le souvenir de la texture et surtout du froid de la neige le faisait encore trembler. Son infirmière avait tenté de lui expliquer ce qu'était la neige. Un exercice difficile à comprendre pour quelqu'un comme lui qui avait toujours connu des mois de janvier à trente degrés.

Il était aussi continuellement dérouté par le peu de noirceur qu'il y avait, même en pleine nuit comme maintenant. La faible lumière provenant de la lune réussissait toujours à se refléter sur la neige et permettait toujours d'y voir. À l'inverse cependant, il ne comprenait pas pourquoi il ne faisait jamais – ou si rarement – soleil le jour. Cet endroit était l'antichambre de l'enfer. Un enfer glacé. Il se sentait seul et désespéré.

Il se retourna en entendant la porte s'ouvrir. La seule autre personne qu'il avait vue depuis son arrivée entrait maintenant. Il y eut un bref conciliabule entre lui et l'infirmière. Depuis son aventure, il sentait que la relation entre ces deux personnes s'était transformée. Saidi aurait été bien en peine d'expliquer ce changement. Mais il savait qu'ils ne se regardaient plus de la même façon. Le son de leur voix était aussi différent quand ils discutaient. Il sentait une tendresse qui n'existait pas avant.

Saidi était aussi reconnaissant envers cet homme même s'il ne lui parlait jamais. Il avait compris, dans les explications de l'infirmière, ce qui s'était passé la nuit de sa fugue. Il savait qu'il lui devait la vie. À lui et aux soins que l'infirmière lui avait prodigués. Saidi n'était toutefois pas convaincu que le fait d'être encore vivant soit une bonne chose. S'il ne pouvait plus voir et aider son frère, à quoi servait de continuer à vivre ?

Il n'avait pas remarqué que la femme avait pris un air catastrophé quand l'homme lui avait parlé. Il n'avait pas compris l'homme qui disait que le transfert aurait lieu demain. Que son voyage prenait fin…

Andréanne Lafond avait écouté Paolo lui parler des nouveaux ordres. Elle s'était attachée à cet Africain qui ignorait toujours le destin qu'on lui réservait. Elle savait qu'elle n'aurait pas dû avoir ces sentiments, mais elle ne pouvait s'en empêcher. De plus, dans son esprit, sans ce patient et sa dangereuse escapade, jamais il n'y aurait eu ce rapprochement entre elle et Paolo.

— Est-ce qu'on est obligés de le laisser partir ? demanda-t-elle.

— Y a pas d'autres solutions, expliqua le garde. Ça me tente plus de le laisser aller à la mort, mais si c'est pas lui, ça va être nous autres. J'ai pas besoin de t'expliquer pour qui on travaille…

— Tu sais comme moi qu'il a pas mérité son sort, continua-t-elle.

— Ça marche pas au mérite. Ça s'appelle le destin.

— Il faut qu'on trouve une solution. Pour lui et pour nous.

L'homme souleva les épaules en signe d'impuissance.

— Si tu trouves une idée qui nous permette de nous en sortir, je suis partant. Mais j'y crois pas, ajouta-t-il en sortant de la pièce.

16

Les bureaux du Ministère étaient évidemment déserts à cette heure de la journée. Même la rue devant l'entrée principale de l'édifice, habituellement bondée de gens pressés et congestionnée par des voitures et des camions de livraison, était relativement calme. Bien sûr, il y avait de la circulation automobile. Comme sur toutes les rues importantes d'une métropole, quelle que soit l'heure du jour ou de la nuit. Mais rien à voir avec l'activité frénétique de la journée. Sur les trottoirs, seuls quelques badauds, probablement des touristes, y perdaient encore leur temps malgré le froid de l'hiver. Renaud avait stationné sa BMW à l'endroit que lui avait indiqué Goetting, une cinquantaine de mètres avant l'entrée du Complexe Guy-Favreau.

— Qu'est-ce qu'on attend? demanda Renaud.

— Ça ne coûte rien de vérifier les environs. On ne sait jamais...

Goetting examinait les gens sur le boulevard René-Lévesque où rien n'attirait particulièrement l'attention de Renaud. Puis, comme s'il était satisfait de ce qu'il voyait – ou ne voyait pas –, l'agent des services secrets lui fit signe de s'approcher pour arrêter la voiture directement devant l'entrée.

— Tu t'arranges avec la sécurité pour qu'il n'y ait pas de problème. Tu auras besoin de combien de temps pour préparer les formulaires ?

— Environ une demi-heure. Peut-être un peu plus.

— C'est bon. Allons-y, dit Goetting en sortant de la voiture.

Les deux hommes entrèrent dans le vaste hall ou un garde de sécurité était occupé à écouter, à la radio, le match entre le Canadien et Pittsburgh. Levant les yeux, il les vit s'avancer.

— Tiens ! Bonsoir monsieur Renaud. Qu'est-ce que vous faites ici à une heure pareille ?

— Un travail de dernière minute. Le Ministère m'a demandé un dossier d'urgence, répondit-il avec le sourire triste. Vous savez ce que c'est.

— C'est pas très régulier de venir ici à cette heure, mais je comprends que dans votre métier, le travail n'arrête pas à dix-sept heures. Vous en avez pour longtemps ?

— Moins d'une heure. Si tout va bien évidemment.

— Si vous voulez signer ici, ajouta le garde en présentant le registre des entrées et sorties. Et monsieur est avec vous ? demanda-t-il en pointant du menton celui qui demeurait discrètement un peu à l'écart.

— Effectivement. Il va me donner un coup de main. Ça ira plus vite.

— Il doit signer aussi, précisa-t-il en tendant le registre vers Goetting qui gribouilla un nom à son tour.

— C'est parfait, conclut le surveillant. Bonne soirée quand même.

— Quel est le compte ? s'informa Renaud en désignant la radio.

— Trois-trois. Les équipes sont en prolongation.

— J'espère que Montréal va gagner. Bonne fin de partie, termina Renaud en s'éloignant vers les ascenseurs.

* * * * *

Palomino se demandait encore comment Philippe avait réussi à se plier pour entrer sur la banquette arrière de sa voiture sport. Ce n'était pas précisément le genre d'auto prévue pour quatre passagers, particulièrement si l'un d'entre eux était plus grand ou plus gros qu'un pilote de formule 1. Hilary, assise à côté de Philippe, demeurait silencieuse et songeuse.

Ève Saint-Jean avait lancé la discussion pendant le trajet. Elle voulait en savoir plus sur cette histoire sans queue ni tête de trafic dirigé par un haut fonctionnaire.

— Comment vous êtes-vous trouvée impliquée dans le trafic d'organes ? demanda-t-elle.

— C'est une longue histoire pas très originale. En fait, je m'explique encore mal pourquoi j'ai fait ça. Quand j'ai quitté Montréal, et malgré ce que certaines personnes peuvent croire, ajouta-t-elle en lançant un œil à Palomino, j'étais assez remuée. Mais je ne pouvais pas refuser les défis qu'on m'offrait là-bas et je pensais qu'ils m'aideraient, en fait, j'en étais certaine, à passer au travers. Ce qui n'était peut-être pas vrai finalement, philosopha-t-elle en baissant le ton... De toute façon, reprit-elle, après avoir pris plusieurs mauvaises décisions et m'être liée d'amitié avec des personnes... disons, étranges, j'avais un énorme besoin d'argent. J'en devais à un peu tout le monde...

Et elle reprit encore une fois l'explication déjà donnée à Philippe. Avec peut-être un peu moins de détails. Tony écoutait en la regardant souvent dans le rétroviseur. Juste le fait de se retrouver avec elle, dans la même voiture, le troublait. Il avait l'impression de sentir son parfum, ce qui ne l'aidait pas à se concentrer sur ce qu'elle racontait. Elle était toujours aussi belle, d'une beauté classique, indémodable malgré les quelques années de plus, qu'elle portait d'ailleurs à merveille. Tony était partagé entre l'amour qu'il lui vouait encore et la peine qui l'avait dévasté quand elle l'avait quitté. Laisser aller son esprit ne mènerait à rien pour le moment. Il se concentra pour écouter la suite des explications.

— Et comment vous retrouvez-vous ici, à Montréal, à la poursuite d'un fonctionnaire ? reprit Ève.

— Juste une information qui m'est tombée sous les yeux un jour. J'ai compris que Montréal était le point de départ. Enfin, c'est ce que je croyais. Je suis revenue et Philippe m'a aidée à trouver la source. C'est comme ça qu'on est arrivé à Jules Renaud. Les courriels de convocation partent de ce bureau. C'est sûr que je ne sais pas vraiment qui tire les ficelles. Mais il me semble que le patron d'un bureau comme celui de Renaud ne peut ignorer ce genre de magouille. Ce qui est certain, c'est que là-bas, en Afrique, personne ne savait d'où venaient les ordres. Un courriel nous donnait les coordonnées de l'endroit où nous devions nous rendre et ce que nous devions trouver. Tout ce que je faisais ensuite consistait à m'assurer que les organes demandés soient sains. Après les opérations, je les remettais à un courrier – je ne vois pas quelle autre expression utiliser – qui les acheminait à destination. J'ignore absolument comment se faisait le voyage et jusqu'où se rendaient les organes.

— Alors, tout ce que vous aviez, c'est une adresse de courriel ? s'enquit Ève.

— Je sais que c'est pas grand-chose, mais c'était ça ou rien.

— Et vous, dit-elle en s'adressant à Philippe, avec une simple adresse courriel, vous avez déniché une adresse physique ?

— Je suis assez bien équipé, répondit-il, toujours maussade.

— On arrive, intervint Palomino.

En garant l'auto, Ève remarqua la voiture de Renaud. Celle dans laquelle il était venu la chercher plus tôt dans la soirée. La BMW grise était stationnée devant l'édifice.

— Ils sont déjà arrivés, nota la détective.

— C'est normal, constata Palomino. Ils ont quand même pas mal d'avance.

Le silence s'établit pendant qu'à son tour, Tony examinait les environs.

— Eh bien allons-y, déclara Hilary, pressée d'avoir des informations et de sauver son « patient ».

— Vous deux vous ne bougez pas, trancha le détective. On ne sait pas ce qui nous attend là-haut. Vous ne sortez pas de la voiture et vous patientez. C'est clair ?

— Mais il faut que je leur parle. Je dois savoir où est le donneur, plaida Hilary.

— On pourra leur poser toutes les questions qu'on veut après. Pour le moment, vous restez sagement ici.

— Mais il faut faire vite, Antoine. Ce genre de transaction et d'opération doit être réglé rapidement. C'est toujours comme ça. Il faut que je sache où ils le cachent avant qu'il ne soit trop tard.

— Pour une fois, Hilary, fais-moi confiance. Je sais ce que je fais. Si les gars en haut sont comme tu dis, ils peuvent être dangereux. Alors reste ici.

Puis se tournant vers Philippe.

— Et toi aussi, le grand. Je veux pas de cow-boy avec moi. Si tu veux protéger quelqu'un, protège Hilary.

— Fais-moi pas ton numéro de gros policier méchant. Fais ta job. On reste ici, rétorqua Philippe.

Ils quittèrent l'auto, s'avancèrent rapidement vers les grandes portes vitrées, entrèrent et s'approchèrent du garde de sécurité qui les regarda entrer d'un œil méfiant et soupçonneux. Qu'est-ce que ce couple en tenue de soirée pouvait venir faire ici ? Qu'est-ce qui se passait ce soir ? Toute la ville avait décidé de venir le déranger ?

Montrant sa carte de détective, Palomino entra directement dans le vif du sujet.

— Est-ce que Jules Renaud est à son bureau ?

— Il est arrivé il y a une quinzaine de minutes. Il était accompagné d'un homme, répondit le gardien en examinant la plaque du détective. Y a quelque chose qui va pas ?

— On a des questions à lui poser. C'est tout. Dites-moi, ils sont allés directement aux bureaux du Ministère ? s'informa Ève Saint-Jean.

— Autant que j'ai pu le voir, oui. Et ils y sont toujours.

— Alors, attendez ici. Si jamais un des deux hommes sort, essayez de le retenir et attendez-nous. Mais faites pas de zèle. Il y en a peut-être un qui est dangereux.

Sans plus d'explications, ils s'élancèrent vers les ascenseurs, laissant le gardien avec un mandat qu'il n'était pas certain de vouloir assumer.

* * * * *

Le haut fonctionnaire du ministère des Affaires étrangères était concentré sur ce qu'il faisait. Il n'avait pas l'habitude de remplir ce genre de formulaire et ne savait pas exactement où se trouvaient tous les papiers dont il avait besoin pour établir le certificat. Il devait fouiller un peu à chaque opération.

— Qu'est-ce qui ne va pas encore ?

— Ça prend le temps que ça prend, bougonna Renaud. C'est pas moi qui fais ça d'habitude. Je divise la tâche entre plusieurs personnes et j'ai ce que je veux à la fin. Sans que personne sache sur quoi il travaille. J'vous l'ai expliqué tout à l'heure. Ces documents doivent avoir l'air parfaitement authentiques si on ne veut pas qu'il y ait des problèmes aux douanes. Faire entrer un homme ici sans les bons papiers, c'était déjà une erreur. Le faire sortir de la même façon serait suicidaire, continua-t-il en s'affairant sur l'ordinateur. Les Américains sont moins négligents que nous. Il faut que je lui invente un passé canadien, des certificats médicaux et... Et puis crisse, laissez-moi travailler, c'est presque fini, lança Renaud, agacé de voir l'autre continuellement regarder par-dessus son épaule.

— Ça presse... Dépêche-toi !

Ses années au service canadien de renseignements lui avaient aiguisé les sens. Il sentait, sans pouvoir l'expliquer, que le temps manquait. Goetting était contrarié par Renaud. Mais pour le moment, il fallait faire avec. Mais il règlerait son cas bientôt. Très bientôt. En attendant, il décida de le laisser agir et sortit faire le tour des lieux. Il en profita pour donner un coup de fil. Il devait confirmer à Vince Campelli que tout se déroulait normalement. Il composa le numéro et attendit.

— T'as intérêt à me déranger pour me donner des bonnes nouvelles, dit aussitôt l'homme en répondant.

— Je vais avoir les papiers dans quelques minutes. Tout va être en ordre. Le paquet pourra partir demain, comme prévu.

— Tu iras les porter toi-même à l'endroit convenu. Et dis-toi bien que je te fais surveiller. À la moindre erreur, ton cas va être réglé.

— Y aura pas de couleuvre. Tout va être OK. Et il va falloir qu'on se voie pour la suite des choses. Y a des gens qui commencent à avoir des doutes.

— Réglons une chose à la fois, dit Campelli avant de raccrocher.

Goetting se retrouva seul avec son portable. Il n'avait aucune confiance en cet homme. Il faudrait qu'il prenne certaines précautions avant leur prochaine rencontre. Il savait bien toutefois que Campelli le tenait. Personne n'a un passé totalement parfait. Il était bien placé pour le savoir. Mais comment un chef de la Mafia avait-il pu découvrir qu'il avait reçu, il y a plusieurs années, d'importantes sommes d'une puissance étrangère pour fermer les yeux sur une transaction d'armes ? Il l'ignorait encore.

Au moment où le directeur des services de renseignements passait par le local de la réception, il entendit la sonnerie distinctive indiquant que l'ascenseur arrivait. La porte qui protégeait l'entrée du bureau était en bois massif, avec de chaque côté des panneaux en verre teint qui permettaient de voir dans le couloir. Goetting jeta un coup d'œil, s'attendant vaguement à ce que quelqu'un des services d'entretien sorte avec son chariot. Ce sont plutôt un homme et une femme qui apparurent. Et cette femme, c'était celle qui accompagnait Renaud ce soir. La policière. Rapidement, il se recula en se félicitant de ne pas avoir allumé la lumière. Et il se replia en courant pour retrouver le fonctionnaire qui terminait son travail.

— Voilà. J'ai tout. Visa, historique médical, la destination aux États-Unis, la durée et les raisons du voyage. Tout est en ordre et parfaitement réglementaire, résuma Renaud en montrant les papiers, tous plus officiels les uns que les autres, qu'il commençait à insérer dans une large enveloppe. Il s'aperçut alors du changement d'attitude de Goetting.

— Qu'est-ce qui se passe ?

— Vos petits amis policiers viennent de débarquer ici.

— Qui ? Ève Saint-Jean ? Mais c'est impossible.

— C'est peut-être impossible, mais ils sont ici. Y a-t-il une autre sortie pour atteindre l'ascenseur ou les escaliers ?

— Oui. On peut passer par mon bureau. Une porte donne directement sur le couloir près des escaliers. Ou on peut revenir aux ascenseurs si on préfère.

— Tous les papiers sont prêts ?

— Aussi légal qu'on peut le faire. Les formalités douanières ne devraient pas poser de problèmes… Mais qu'est-ce qu'on fait avec les détectives ?

— Attends-moi ici. Je vais m'en occuper.

— Comment ça « m'en occuper » ? Ça veut dire quoi ? Vous allez quand même pas vous en débarrasser ?

— Ils sont déjà trop proches. Ils sont entrés en terrain miné. Je vais aller les intercepter et on va les amener avec nous. On pourra laisser leurs corps quelque part. Les policiers pourront pas remonter jusqu'à nous.

— Mais tout le monde m'a vu avec Ève ce soir ! On saura que je suis impliqué.

— Oui… C'est un problème…, convint-il. Mais ça aussi on peut le régler, ajouta-t-il en sortant son révolver et en le pointant sur Renaud. Ça pourrait avoir l'air d'un triangle amoureux qui a mal fini. Une histoire sordide comme on en lit tous les jours dans les journaux à potins. Un policier jaloux, amoureux de sa partenaire qui le laisse pour un autre. Il décide de faire le ménage. Oui… C'est bien triste. Tragique même, ajouta-t-il avec un sourire carnassier bien visible sur son visage.

— Mais c'est complètement malade! lança Renaud.

— De toute façon, il fallait aussi régler ton cas. Ça va me permettre de faire d'une pierre deux coups.

— T'es devenu fou à lier rugit-il. Tu peux pas tuer tout le monde.

— J'te l'ai dit. Dans la vie, il faut savoir s'adapter. Alors je m'adapte. Tout simplement.

— Mais t'es complètement malade! C'est de la démence, cria-t-il en fonçant vers Goetting.

Ce dernier demeura imperturbable pendant que son Glock crachait deux balles, arrêtant Renaud en pleine course.

— Pauvre imbécile, se dit-il en s'emparant de l'enveloppe.

Tout allait de travers depuis le vol de ce maudit ordinateur, songea Goetting. Les événements, comme animés de leur propre volonté, s'étaient succédé selon le pire et le plus inattendu des scénarios. Ce qui venait de se passer n'était que la dernière en date d'une longue série de calamités. Il devait maintenant sauver sa peau. C'était son unique objectif...

* * * * *

Le silence complet régnait quand Tony et Ève émergèrent prudemment de l'ascenseur. Du doigt, Saint-Jean indiqua à son partenaire où se trouvaient les bureaux du Ministère. Ils étaient presque arrivés à l'entrée quand des coups de feu retentirent. Sortant leurs armes, les deux policiers se mirent à l'abri sur le mur chacun de leur côté de la porte. Pendant quelques secondes, ils attendirent. Comme aucun son ne leur provenait plus du bureau, Tony fit signe à sa coéquipière qu'il allait entrer.

Prudemment, il tâta la poignée. Verrouillée. Comme la section vitrée laissait suffisamment de place pour passer, il se serra sur la porte et avec la crosse de son révolver, donna un grand coup qui fit voler la vitre en éclats. Le verre n'avait pas fini de tomber que Tony, tête baissée pour se protéger les yeux, se précipitait déjà dans la réception, l'arme au poing et les bras tendus. Il balaya la pièce du regard avant de faire signe à Ève d'entrer à son tour.

Toujours en silence, elle pointa la porte qui donnait accès aux autres bureaux. Ils s'approchèrent et Palomino saisit la poignée en indiquant à Ève de se tenir prête. Il donna un grand coup et Ève s'élança pour assurer les lieux. Ils pénétraient dans la section où travaillaient généralement les employées de Jules Renaud. Rien ne bougeait et le silence s'appesantissait, semblant les envelopper. Travaillant de concert, ils avançaient côte à côte, les bras tendus, scannant tous les recoins et se protégeant mutuellement. À peine quelques secondes s'étaient écoulées depuis que les détonations avaient retenti. Ils étaient maintenant devant deux portes closes. L'une, Ève le savait, donnait sur le bureau de Renaud. L'autre pouvait ouvrir autant sur une salle de réunion que sur une simple armoire de rangement. Impossible à dire.

Ève se plaça près de celle qui donnait accès au bureau et agrippa la poignée. Tony s'installa pour donner l'assaut aussitôt que celle-ci serait ouverte. Ève tira de toutes ses forces pendant que Palomino se jetait dans la brèche. Avant d'avoir la chance de réagir, il fut accueilli par deux coups de feu dont un toucha la cible. La balle l'atteignit au côté droit laissant une profonde entaille qui saignait déjà abondamment. Ève s'élança à son tour et ouvrit le feu, couvrant ainsi son partenaire. Elle eut à peine le temps de voir la porte au fond du bureau se refermer. Le tireur était parti.

Palomino était tombé et Saint-Jean se précipita pour l'aider.

— Laisse-moi voir, dit-elle, inquiète.

— Ça fait mal, mais c'est pas très grave, montra Tony en retirant sa main ensanglantée de la plaie. Le pire c'est mon veston. Il est fini, sourit-il. Aide-moi à me relever... J'pense qu'il est parti.

Ève le saisit sous l'épaule et l'aida à se remettre sur pied. Tony fut encore une fois surpris par la force de cette jeune femme. Le détective s'appuya sur le cadre de la porte et fit signe que tout allait bien.

— Attends ici, dit Ève. Tu bouges pas d'ici pour le moment. Compris? Je vais faire un tour et sécuriser le reste.

Il y avait, dans le bureau, deux autres portes. Celle que le tireur avait utilisée pour s'échapper et une autre vers laquelle Ève s'avança. La pièce, sans fenêtre et largement éclairée, était occupée par une grande table – probablement utilisée pour les réunions d'équipe –, deux photocopieuses, des armoires de rangement et des terminaux d'ordinateur. Des papiers traînaient un peu partout. Son arme pointée, elle fit du regard le tour de la salle. Elle entendit alors un son. Une plainte ou un gémissement aurait été plus exact. Elle s'approcha doucement, tous ses sens en alerte, pour découvrir, étendu de l'autre côté de la table, Renaud qui gisait dans une mare de sang. Elle se précipita vers lui et le retourna délicatement. L'homme n'était pas mort, mais très grièvement blessé. Ève voulut le rassurer.

— Ne bougez pas. On s'occupe de vous, lui dit-elle.

Cependant, Tony s'était avancé et se trouvait maintenant tout près d'elle.

— Il a pas l'air en bon état, dit-il.

— C'est le moins qu'on puisse dire, murmura Ève Saint-Jean.

— Écoute, y a pas de temps à perdre. Je peux pas courir après celui qui m'a tiré dessus. C'est probablement Goetting. Il est très dangereux. Il faut que tu y ailles. Je reste ici et je m'occupe de lui.

— T'es certain que ça va ? T'as pas l'air très frais non plus.

— Pour qui tu me prends ? Je suis un Italien macho et insensible à la douleur. Fiche-moi la paix et surtout… attrape-le.

— Compte sur moi, répondit-elle en s'élançant.

Tony la regarda partir et soupira. Il avait mal. Il saisit son téléphone et composa le numéro spécial que les policiers utilisent pour faire savoir qu'ils ont besoin d'assistance. La discussion fut brève. Quand un sergent de la SQ contacte ce numéro, on ne le fait pas patienter. En quelques mots, il résuma la situation. Les secours arriveraient sous peu.

Palomino se pencha ensuite vers Renaud et tenta de l'installer le plus confortablement possible en attendant les ambulanciers. Il s'assit lentement par terre près du blessé. Renaud respirait encore mais perdait toujours du sang. Tony retira son veston et le comprima sur la plaie pour tenter de ralentir l'hémorragie. Il regarda ensuite sa propre blessure qui saignait abondamment. Mais son esprit était ailleurs. Il espérait de toutes ses forces qu'Ève serait prudente.

* * * * *

Les policiers devaient avoir demandé au gardien d'intercepter toute personne qui voulait sortir de l'édifice. C'est ce qu'il aurait fait. La base dans ce genre d'intervention. Goetting avait donc fait stopper l'ascenseur au troisième étage. Avant de le quitter, il avait programmé un arrêt au deuxième avant que l'ascenseur n'ouvre finalement ses portes au rez-de-chaussée. Ce court délai lui avait permis de dévaler l'escalier de service et d'arriver en bas en même temps que l'ascenseur. Ces quelques secondes faisaient toute la différence.

Goetting était dissimulé quand le tintement indiquant que l'appareil arrivait s'était fait entendre. Dans le hall silencieux, la sonnerie se répercuta et alerta aussitôt le garde. Lentement, il s'était approché, prêt à intervenir pour obéir aux instructions du policier et retenir celui ou ceux qui en sortiraient. Prêt à intervenir, mais dans une certaine limite quand même. Il n'était pas policier et, surtout, il n'était pas armé. Juste cette espèce de bâton matraque qu'il ne savait pas vraiment utiliser. Il n'avait donc pas l'intention de jouer à la vedette de cinéma. Comme son père s'amusait à le répéter, il vaut mieux être un lâche vivant qu'un héros mort. Et il était tout à fait d'accord avec cette philosophie.

Les portes s'étaient ouvertes, mais personne ne sortait de l'ascenseur. Avec encore plus de précautions, il continua à se rapprocher. « C'est pas normal tout ça », se dit-il. En arrivant devant la porte de l'ascenseur, il n'eut que le temps de voir la cage déserte avant que les portes ne se referment automatiquement.

Il entendit alors derrière lui un léger bruit, une espèce de sifflement. Il reconnut le son de la porte de l'escalier de service qui se fermait. Il n'eut jamais le temps de comprendre ni de réagir. Il commençait seulement à esquisser un mouvement pour se retourner quand il reçut un violent coup sur la tempe qui le mit K.O.

Laissant le corps à l'endroit où il était tombé, L'agent de renseignements se dirigea vers la sortie en marchant doucement comme s'il s'agissait de la chose la plus banale et la plus normale. Comme quelqu'un qui termine très tard une dure et longue journée de travail.

17

Les minutes s'écoulaient lentement, interminables. Hilary n'en pouvait plus de cette inaction. Elle détestait être laissée sur la touche. Ne pas contrôler la situation. Cette attente lui grugeait littéralement les entrailles. Les quelques mots de Philippe pour l'aider à se calmer avaient un effet totalement inverse.

— Arrête, je t'en prie. Ne joue pas au grand frère avec moi, dit-elle, irritée.

— Faut prendre notre mal en patience. On doit attendre. Je veux seulement t'aider. Je suis là.

— Oui, je sais, se repentit-elle. Mais je n'y peux rien. Je ne suis pas capable de ne rien faire. Ça va finir mal cette histoire, je le sens.

— Avec moi, tu n'as rien à craindre, fit-il en lui montrant un petit Beretta Px4 qui ne le quittait jamais.

— Qu'est-ce que tu fais avec une arme ? s'inquiéta-t-elle.

— Mesure de prévention. Quand t'as un peu d'argent, c'est fou les gens qui peuvent te chercher des problèmes, ajouta-t-il en souriant.

— Tu devrais pas... De toute façon, ça ne change rien. Il aurait fallu que je monte...

Elle se figea soudain. Elle venait d'apercevoir un homme qui s'approchait de la sortie. Elle le voyait qui s'avançait vers les portes une enveloppe à la main. Aucun doute. C'était le deuxième homme. Celui que Tony appelait Goetting. Comment se faisait-il que Palomino l'ait laissé sortir? Était-il arrivé quelque chose? L'homme ne donnait pas l'impression de paniquer ou de vouloir s'enfuir. Il ressemblait seulement à n'importe quel fonctionnaire ou homme d'affaires qui sortait du bureau après une fastidieuse journée au boulot. Quelque chose clochait. Hilary en était certaine.

Quand l'homme fut sur l'esplanade devant l'entrée, Hilary bondit hors de l'auto, laissant Philippe interdit, sans lui laisser le temps de réagir.

— Hey! Hey! Vous, là-bas, lui cria-t-elle en bondissant vers l'homme.

Ce dernier l'aperçut. Il ralentit, dans un mouvement tout à fait naturel et la laissa s'approcher un peu. On voyait dans ses yeux qu'il se demandait qui pouvait être cette femme. Dans la poche de son manteau, sa main serrait la crosse de son révolver.

— Qu'est-ce que vous voulez? demanda-t-il avant qu'elle ne soit trop près.

— Je veux vous parler du Mozambique. Je veux vous parler de l'homme que vous avez enlevé, lui cria-t-elle.

Goetting ne comprenait pas qui elle pouvait être. Comment savait-elle pour le paquet? Mais il n'avait pas l'intention de lui demander des explications. Il sortit son arme et tira. Sans attendre de voir Hilary qui s'écroulait, il s'enfuit en courant.

* * * * *

Malgré les douze étages, Ève Saint-Jean avait opté pour les escaliers. Elle redoutait d'être attendue en sortant de l'ascenseur et de n'être pas en position de se défendre. La prudence l'avait incitée à descendre à la volée les marches qui la séparaient de l'entrée principale. Arrivée au rez-de-chaussée, elle reprenait son souffle en écoutant, près de la porte, des signes qui lui révéleraient la présence du tireur dans le hall. Elle l'entrebâilla légèrement, risquant un œil dans l'embrasure. Tout était immobile et silencieux.

Progressant précautionneusement, son arme pointée vers toutes les cachettes possibles du petit couloir qui l'amenait dans le hall de l'entrée principale, elle se blottit enfin contre le dernier angle du mur. Centimètre par centimètre, elle avança la tête. Toujours aucun signe de vie. Elle aperçut alors le gardien, étendu près des ascenseurs. Penchée, elle courut jusqu'à l'homme et s'agenouilla près de lui. Ève mit sa main sur son cou pour sentir le pouls. Il vivait. Il avait été assommé. La détective faisait, du regard, le tour des lieux quand d'autres détonations retentirent à l'extérieur.

Ève s'élança vers les portes. Dehors, elle vit Hilary qui gisait dans le froid sur le ciment de l'entrée. En même temps, Philippe arrivait près d'elle en courant. Il avait l'air paniqué. Son visage était transformé par la rage et la peur. Il s'accroupit près de cette femme qu'il avait toujours aimée. Il se détestait de ne pas avoir pu intervenir. Il détestait surtout cet homme qui l'avait tirée à bout portant, ne lui laissant aucune chance. Puis, levant la tête, il aperçut Ève Saint-Jean qui accourait. Une nouvelle lueur s'alluma dans les yeux de Philippe. Celle de la vengeance.

— Occupez-vous d'elle, rugit-il à Saint-Jean. Je vais le retrouver.

— Non ! Attendez… cria-t-elle.

Mais il était déjà trop tard. Il s'était rué dans la direction qu'avait probablement prise le responsable des renseignements canadiens. Ève aurait voulu le suivre, mais elle ne pouvait abandonner Hilary sur place, en hiver. Elle retira son manteau, s'agenouilla à son tour et couvrit le corps de la victime. Celle-ci était inconsciente, mais vivante. Mais à quoi pensait ce grand épais en s'élançant aux trousses de Goetting, songea-t-elle ? Il n'espérait quand même pas l'arrêter tout seul. Les hommes sont tellement niaiseux quand ils s'y mettaient.

Pendant qu'Ève pestait d'être obligée de rester à attendre, les sirènes des véhicules de secours annoncèrent l'arrivée des renforts. Deux voitures de police et une ambulance débouchèrent sur le boulevard et s'arrêtèrent dans un crissement de pneus devant l'édifice.

La détective, sortant sa carte, s'avança vers les policiers et résuma brièvement la situation. Les ambulanciers intervenaient déjà auprès d'Hilary. Elle leur demanda de faire venir d'autres ambulances et de s'occuper des blessés à l'intérieur. Il faudrait aussi des effectifs policiers supplémentaires pour sécuriser le périmètre et ratisser le secteur pour trouver le tueur. Elle donna ses consignes, puis, les laissant rétablir l'ordre et organiser les secours, elle s'élança à son tour dans la direction prise par Philippe.

$$* * * * *$$

Son sang bouillonnait dans ses veines. Il avait toujours tout fait pour aider Hilary. Particulièrement au cours des derniers jours. Et voilà que ce salaud, sans sourciller, l'avait abattue. Il devait payer. Pour ça et pour tout le reste.

Philippe venait de tourner sur la rue Saint-Urbain vers le sud, juste à temps pour voir Goetting emprunter la rue De la Gauchetière, au cœur du quartier chinois. Courant jusqu'à l'intersection, il dut alors ralentir car la rue était bondée. Même à cette heure tardive, même en plein hiver, ce quartier de la ville grouillait toujours d'activités. Joyeux fêtards, couples d'amoureux sortant des restaurants, amateurs de spectacles y entrant après une soirée au théâtre, promeneurs solitaires à la recherche de compagnie, jeunes itinérants mendiant quelques sous pour manger, on trouvait toute une faune déambulant lentement sur cette rue piétonnière. Philippe se frayait lentement un chemin dans la foule, craignant d'avoir perdu la trace du tueur. Heureusement pour lui, l'homme qu'il pourchassait avait ralenti aussi. Philippe, qui, malgré sa taille, devait sauter pour tenter de voir plus loin parmi toutes ces têtes, le repéra soudain. Il redoubla d'ardeur et bouscula sans ménagement les passants pour percer cette marée humaine.

Goetting était presque arrivé à l'autre intersection quand il s'aperçut, en se retournant, qu'on le suivait. Sans hésiter, il se précipita à droite, sur la rue Clark. Il remarqua, dans ce secteur toujours en rénovations, qu'on effectuait des travaux de rajeunissement sur un ancien édifice. Il grimpa sur les échafauds et s'engouffra dans l'immeuble en construction par ce qui serait éventuellement une porte patio sur un balcon.

Philippe le talonnait maintenant. Il vit son manège et le suivit, empruntant le même chemin. Il grimpa rapidement l'échafaudage et s'immobilisa aussitôt entré dans le bâtiment. Il y avait, un peu partout, des matériaux, de l'équipement lourd, des pièces de bois, laissés là en espérant le retour des ouvriers. Des toiles de plastique avaient été accrochées pour tenter, sans grand succès, d'empêcher le vent de s'engouffrer.

Philippe prit quelques secondes pour reprendre son souffle en se dissimulant derrière une pile de planches de gypse qui attendaient d'être installées. Sa vue s'habituait doucement à la noirceur. Tout était silencieux. Il scrutait les lieux tentant de discerner un mouvement. Un craquement sur sa gauche le fit sursauter. Sans faire de bruit, il se dirigea dans cette direction. Des yeux, il fouillait les ténèbres à la recherche de sa cible. Il avançait silencieusement, sentant qu'il était tout près de son but.

Une détonation retentit soudain. Sur le mur, tout près de lui, un morceau vola en éclats. Il se jeta par terre en ripostant avant d'entendre son ennemi s'enfuir. Philippe n'avait qu'une idée en tête : venger Hilary. Il se lança à la poursuite du meurtrier, grimpa un escalier et effectua une culbute sur le palier pour éviter d'être une cible trop facile. Un autre coup de feu retentit. Mais cette fois non seulement le coup l'avait-il manqué, mais il en avait vu la provenance. Il visa et tira vers l'ombre dans l'angle de la pièce d'où il estimait que le tir provenait. Un hurlement déchira la nuit. Il avait fait mouche.

Se faisant aussi petit que possible et se protégeant derrière toutes les cachettes sur son chemin, Philippe s'approcha de la source des gémissements.

Allongé par terre, Goetting se tenait l'épaule. La balle lui avait fracassé la clavicule. Son arme était tombée à quelques pas. Philippe la saisit et s'approcha de l'homme. Il n'y avait aucune trace de pitié dans ses yeux.

Goetting releva la tête et examina cet homme qui l'avait pourchassé et qui le tenait maintenant à sa merci. Il n'avait pas peur. Il avait compris, il y a plusieurs années, que ses chances de mourir de vieillesse étaient bien minces.

— Sens-toi pas obligé de me lire mes droits, grogna-t-il.

— T'en as plus, des droits, lança Philippe. T'en as plus aucun depuis que t'as abattu Hilary.

— Tiens... J'ai fait bobo à ta partenaire, parvint-il à railler. J'suis vraiment peiné.

Goetting ne vit jamais le coup de poing partir. Il payait pour sa bravade. Il sentait déjà sa joue enfler. Et son épaule le faisait atrocement souffrir.

— On n'a plus les policiers qu'on avait, réussit-il à dire en se tenant la mâchoire de sa main valide. Dans mon temps, on respectait les consignes. On frappait pas ceux qui étaient déjà à terre... Enfin pas souvent...

— J'sais pas où t'as pris que je suis policier, répondit l'autre.

L'homme parvint à rire.

— C'est encore pire que je le pensais. J'me suis fait avoir par un novice. Je vieillis. Ça c'est sûr. La chance des débutants peut-être...

— T'as fait une erreur de trop. Jamais t'aurais dû tirer sur Hilary. Sans ça t'aurais peut-être eu une petite chance de t'en sortir. Plus maintenant.

— Le chevalier va se venger, le défia-t-il. Tu vas voir que tuer quelqu'un de sang-froid c'est pas mal plus dur que ça en a l'air.

— Tu devrais pas t'inquiéter pour moi, mais pour toi, répliqua Philippe.

Il s'accroupit à côté de Goetting et lui mit la main sur l'épaule blessée qu'il serra irrésistiblement. L'autre grimaçait de douleur mais parvenait à ne pas crier.

— Ça a l'air de faire mal. J'pense que je vais continuer pour que tu comprennes qu'il fallait pas tirer sur cette femme.

Philippe, les yeux fous, continuait de malmener l'épaule. Il voulait qu'il souffre, qu'il sente ce qu'est la souffrance, qu'il paie pour son geste. Voyant soudain que l'homme allait tourner de l'œil, il arrêta son jeu.

— Moi, je suis quelqu'un de loyal et de fidèle, mon gros. C'est des mots que tu connais pas. Et je vais me venger. Tu vas mourir.

Goetting parvint à sourire. Lui ne connaissait pas ce qu'étaient la loyauté et la fidélité ? Rien n'était moins vrai. Pas une loyauté éphémère comme quand on est en amour. La vraie loyauté. Il avait donné sa vie pour son pays. Il était allé très loin par « loyauté ». Peut-être trop loin. Il avait toujours obéi aveuglément aux ordres. Et il avait toujours obtenu les résultats qu'on lui avait demandés. Personne ne voulait savoir comment il parvenait à ses fins. Ses « patrons » préféraient ne pas s'en mêler. Ne pas savoir. Comme si ces questions ne les regardaient pas. Des hommes lui transmettaient les volontés des stratèges politiques et ils le laissaient ensuite se salir les mains. Ils ne voulaient pas connaître la manière. Ils voulaient exclusivement que Goetting et ses hommes arrivent à leurs fins. L'objectif seul comptait. On l'avait laissé mettre les mains dans la merde et le fumier et on ne voulait surtout pas que l'odeur remonte. Tout ça pour le bien du pays. Tout ça par loyauté. Et depuis des années, il le faisait. Il obéissait. Il accomplissait les gestes qu'il fallait faire.

Mais tout ça c'était le passé maintenant. Depuis deux ans, une commission d'enquête se penchait sur certaines allégations qui pourraient mettre le gouvernement dans le pétrin. Pour l'instant on parlait seulement d'interrogatoires musclés plutôt que de torture, de documents égarés plutôt que de détournement ou d'élimination de preuves, de personnes en fuite plutôt que d'élimination de témoins gênants. Mais au fil des mois, le nœud se resserrait irrésistiblement et Goetting serait bientôt livré en pâture aux tribunaux et aux médias. Les politiciens qui lui avaient demandé des résultats ne voulaient pas être éclaboussés. Alors, il servirait de tête de Turc. On l'enverrait à l'abattoir. Or, il n'aimait pas ce rôle. Vraiment pas ! Car malgré ses méthodes, il était dévoué et attaché à ce pays. Alors qu'on vienne lui parler de loyauté aujourd'hui était... Comment dire ? Amusant !

— Arrête de me faire chier. Tu veux me tuer ? Vas-y, cracha-t-il, y mettant toute la colère qu'il réprimait depuis des mois. Fais-moi pas la leçon. Tire !

— J'ai failli me demander si je pouvais simplement te remettre aux policiers. Un moment d'égarement qui est maintenant oublié. Tu viens de me donner la réponse, répondit Philippe.

— La mort ne me fait plus peur. Il y a des milliers de façons de mourir. C'est vivre qui est difficile...

— Ce ne sera bientôt plus ton problème.

Philippe leva lentement son arme et visa la tête de Goetting. Sans ciller, celui-ci continuait à fixer son bourreau dans les yeux. Tout allait être réglé. En un instant. Quand soudain, venant de la rue, ils entendirent crier le nom de Philippe. Il reconnut aussitôt la voix de la policière. Elle avait fini par les retrouver... Plus vite qu'il ne l'espérait.

— Tiens! On dirait que le destin prépare un autre de ses tours, ricana Goetting. La vie est pas facile!

— T'en fais pas, lui répondit-il. Puis criant à son tour à l'adresse d'Ève : « Je suis ici, en haut. »

— J'ai l'impression que ça va être moins facile de te débarrasser de moi, susurra l'autre

— Pas du tout...

Et il leva son arme et tira directement le cœur. Il saisit ensuite l'enveloppe qu'avait laissé tomber Goetting et la camoufla dans la poche de son manteau. Comme un trophée qu'il voulait conserver. Puis, il prit l'arme de l'agent qu'il lui remit dans les mains et, visant le gras de sa propre cuisse, ferma les yeux et appuya sur la détente. Il s'éloigna de quelques pas pour que la mise en scène puisse tenir la route. Alors la douleur le submergea et il s'écroula.

* * * * *

Il avait fallu quelques minutes à Ève pour retracer le parcours de Philippe. Heureusement qu'il y avait encore beaucoup de monde dans ce secteur et que le physique de Philippe ne passait pas inaperçu. Il n'avait pas été difficile de se renseigner. D'autant plus que plusieurs personnes l'avaient vu avec une arme au poing, ce qui demeure aussi un signe assez facilement identifiable. Elle avait ainsi pu demander des renseignements à de petits groupes qui commentaient encore le passage, quelques instants plus tôt, d'un homme avec un revolver au poing.

Elle reprit sa course et sourit en se demandant comment elle aurait pu faire une telle poursuite si elle avait porté une robe longue comme le souhaitait Tony, la veille. Elle se dit, du même souffle, qu'il était étrange d'avoir de telles pensées alors qu'on pourchassait un homme.

Quand elle déboucha, en courant, sur la rue Clark, la piste semblait toutefois avoir disparu. Elle promena son regard aux alentours à la recherche d'un indice. La rue ici, semblait vide. Elle fit quelques pas en direction sud et croisa un résident du quartier. D'origine chinoise, le vieil homme, emmitouflé dans une énorme parka, était assis dans les marches et fumait tout doucement une cigarette. Quand elle le questionna sur deux hommes qui couraient, il indiqua, laconiquement et sans un mot, la bâtisse en rénovation de l'autre côté de la rue qu'elle traversa en courant.

— Philippe ! Philippe ! cria-t-elle.

— Je suis ici, en haut, entendit-elle au loin.

Elle s'élança vers les échafaudages et grimpa à son tour dans les pièces sombres de l'immeuble.

Ève pénétra dans la salle remplie de matériaux en désordre. Elle tentait de s'orienter quand retentirent, séparés de quelques secondes, deux autres coups de feu. Elle partit en flèche vers la direction d'où provenaient les déflagrations et monta les escaliers. Arrivée sur la pallier, elle ralentit et avança lentement, son arme pointant en avant, tentant de percer la noirceur. Il n'y avait plus aucun bruit.

— Philippe! cria-t-elle à nouveau.

Elle perçut alors un geignement et s'approcha prudemment pendant que ses yeux s'habituaient aux ténèbres. Devant elle, apparurent deux formes étendues sur la poussière du plancher. Deux corps sur le sol à quelques mètres de distance l'un de l'autre.

— Ici... Je suis ici, murmura Philippe plus près d'elle.

— Je vous vois, répondit-elle.

Elle se rapprocha d'abord de l'autre forme pour pousser du pied l'arme que tenait encore la main inerte et s'accroupit ensuite près de Philippe.

— Que s'est-il passé?

— Il a bien failli m'avoir. S'il n'avait pas tiré et heureusement manqué son coup, je ne l'aurais jamais vu.

— Où êtes-vous touché?

— À la jambe. Ça fait crissement mal, haleta-t-il. Pourtant, dans les films, c'est le genre de blessure qui n'arrête même pas le héros. Ça doit prouver que j'en suis pas un, dit-il en grimaçant.

— Bougez pas. J'appelle des renforts. Ça va aller, ajouta-t-elle, comme si ces quelques mots pouvaient être d'un secours quelconque.

— Est-ce que Hilary est morte ? parvint-il à articuler.

— Elle est gravement blessée, mais je ne pense pas qu'elle soit en danger. On s'occupe d'elle. Faut pas avoir peur.

— Tant mieux, conclut-il en fermant les yeux et en grimaçant, emporté par une autre vague de douleur.

Ève se releva et alla voir Goetting pour s'assurer qu'il était bien hors d'état de nuire. Il gisait apparemment sans vie. Elle posa deux doigts sur la jugulaire pour sentir un battement, sans rien constater. Cependant, dans son examen sommaire, elle comprit immédiatement que l'homme avait reçu deux balles. Or, elle n'avait entendu que deux coups de feu depuis son arrivée. Pourtant, de toute évidence, au moins trois balles avaient été tirées.

— Il a reçu deux balles, constata-t-elle en se tournant vers Philippe et l'interrogeant du regard.

— Je l'avais déjà touché ? ? ? J'avais tiré au hasard sur une ombre un peu plus tôt... La chance des débutants, gémit-il en s'évanouissant.

Ève lui lança un œil méfiant... Mais au fond c'est possible, songea-t-elle. Il n'y a probablement là rien de plus que ce qui y paraît. Il a seulement voulu venger Hilary... Il a quand même été très chanceux d'avoir le dessus sur un spécialiste des services de renseignements. Goetting ne devait pas être le premier venu. Oui, ajouta-t-elle pour elle-même, il a été très chanceux de n'être que blessé. Il aurait dû être à la place de l'autre.

Elle prit son cellulaire et appela des secours. Ève s'agenouilla ensuite près de Philippe et tenta de l'installer au mieux en attendant les ambulanciers. Ses yeux continuaient d'aller de l'un à l'autre.

Elle se mit à songer aux événements des dernières heures. Comment leur enquête avait-elle pu déraper à ce point ? Elle se retrouvait avec le cadavre d'un directeur des services de renseignements ; le directeur d'une agence du ministère des Affaires extérieures gravement blessé et peut-être mort à l'heure actuelle ; un homme et une femme, rencontrés par hasard au cours d'une soirée protocolaire, qui gisaient également atteints par des balles. Sans compter évidemment que son partenaire avait aussi été touché et qu'il était blessé. Tout ça à cause d'une saleté d'ordinateur portable.

Ève savait que l'explication qu'exigerait son patron allait passer dans les pièces d'anthologie du genre. En tout cas, il pourrait jamais dire que l'enquête n'avançait pas. Mais elle ne parvenait pas encore à rassembler toutes les pièces de ce puzzle. Et, à bien y penser, où la Mafia intervenait-elle dans toute cette histoire ? Bien entendu, si ce que Hilary avait dit était exact et qu'il s'agissait effectivement de trafic d'organes, certains morceaux pourraient trouver leur place. Une partie de la solution devait se trouver dans les mémoires cachées de ce foutu ordinateur. On revenait toujours à ce sacré appareil de merde. Mais combien de temps ça prendrait maintenant pour percer ce mystère si Renaud était mort en emportant ses secrets et les mots de passe ? Il fallait espérer que les techniciens soient aussi bons qu'ils le disaient. Et enfin, se dit-elle, qu'est ce qu'on fait avec cet autre gars que Hilary cherchait à retrouver ? On n'a même pas l'ombre d'une piste.

Y a des journées, des fois, où on devrait pas se lever du tout, conclut-elle.

La détective s'inquiétait surtout pour son ami. Elle l'aimait bien malgré tous ses défauts. En fait, elle l'aimait plus que « bien ».

18

Paolo et Andréanne terminaient leur café dans la cuisine du manoir. Dehors, le vent soufflait en transportant la neige comme si une petite tempête faisait rage. Pourtant, le ciel était sans nuages en ce milieu d'après-midi. Paolo avait reçu deux coups de fil dans les dernières heures.

Le premier, un peu plus tôt en soirée, la veille, leur disait de préparer le patient qu'on viendrait chercher le lendemain à l'aube. Le second, Paolo venait de le recevoir d'un ami. Il lui avait dit qu'il semblait y avoir des problèmes. Tout le monde était en alerte. Il avait entendu parler d'une fusillade la nuit dernière dans le centre-ville de Montréal. L'ami ignorait qui avait été abattu, mais des rumeurs couraient laissant entendre que la filière n'était plus sure.

Paolo venait de raconter tout ça à Andréanne. Ils s'étaient beaucoup rapprochés au cours des derniers jours. Suffisamment en tout cas pour que le garde du corps raconte à l'infirmière ce qu'il avait appris.

— On n'a pas beaucoup d'options, déclara-t-elle.

— Qu'est-ce que tu veux qu'on fasse? lui demanda-t-il une fois de plus.

— Tu sais ce que j'aimerais, lui répondit-elle doucement en le regardant directement dans les yeux. J'aimerais ne pas être mêlée à tout ça. Mais il est déjà trop tard. Sinon, j'aimerais que ce pauvre jeune puisse repartir d'où il est venu. J'aimerais qu'il ne soit pas obligé de donner sa vie pour sauver quelqu'un qu'il ne connaît pas et qui ne le connaît pas. C'est trop injuste. J'aimerais surtout, poursuivit-elle, pouvoir changer de vie. Avoir la chance de repartir à neuf... Si possible avec mon fils... Et toi, ajouta-t-elle en baissant les yeux.

— Tu sais qu'on ne peut pas le sauver. Si jamais on faisait ça, ça voudrait dire qu'on les laisse tomber et ils se lanceraient à notre poursuite. Personne n'abandonne dans ce genre de partie. Tu le sais aussi bien que moi.

— On peut pas rester là à attendre qu'ils viennent le chercher. Il est condamné si on fait rien.

— Je pense qu'on peut rien faire pour lui. D'un autre côté, on peut peut-être faire quelque chose pour nous, lui dit-il en lui prenant les mains. On peut essayer de partir loin et d'oublier cette vie. On a un peu de temps. Il faut se décider vite.

Andréanne réfléchit quelques instants. La solution que lui proposait Paolo impliquait qu'elle abandonnait tout ce qu'elle avait et connaissait ici. Mais qu'est-ce qui lui restait au fond de si précieux ? Pourvu qu'elle soit avec son fils et Paolo. Ça devait pouvoir se faire. Même si elle ne le méritait pas vraiment, elle désirait cette seconde chance.

— D'accord... D'accord ! On fait comme tu dis. Mais ça m'écœure de laisser Saidi. Il vaut tellement plus que moi.

— Arrête de dire des bêtises. T'es la plus belle chose que la vie m'ait donnée... Et pour Saidi, on sait jamais. Peut-être un miracle le sauvera-t-il. Qui peut dire ce que nous prépare le destin ?

— T'as raison.

— Tu sais ce que tu as à faire ? Dans une heure, il faut être partis. C'est notre seule chance.

Ils se levèrent tous les deux, mais demeurèrent un moment sans bouger. Andréanne s'approcha de Paolo. Une larme coulait sur sa joue. Elle le serra très fort dans ses bras. Puis, sa décision prise, sans un mot de plus, elle partit préparer les choses pour le départ.

*****

Quand il parvint à ouvrir les yeux, il faillit poser l'éternelle question : « Où suis-je ? » Mais il savait très bien où il était et dans quel état. La chambre d'hôpital baignait de cette clarté terne qui semblait tant plaire au personnel médical du monde entier.

En bougeant, il constata qu'il était relié à tout un réseau de solutés et d'appareils qui devaient contrôler ses signes vitaux. Le mouvement qu'il venait de faire, même modeste, avait surtout éveillé une douleur aiguë dans le côté. La balle l'avait traversé sans toucher d'organes vitaux, mais ça faisait mal quand même.

Ève s'était assoupie dans une chaise près du lit. Quelle heure pouvait-il bien être ? se demanda-t-il, comme si ça avait pu avoir la moindre importance. Il fut distrait parce que des pas approchaient dans le corridor. Il leva les yeux au ciel, car il venait de reconnaître à qui ils appartenaient.

— Ma il est réveillé, mon tout petit. Y faut que tu te reposes. Né bouge pas, dit la Mamma à l'accent

italien encore plus épais que son gratin de macaronis.
Après avoir laissé deux cafés sur une petite table
qui complétait le décor standard de la chambre, elle
s'approcha pour replacer l'oreiller et les couvertures
sur le lit de son fils.

— Bonjour, Mamma, répondit-il.

— Ne te fatigue pas. Je suis venue dès qu'Éva m'a
téléphoné. Ça c'est une bonne fille, dit-elle à l'adresse
de celle que ces échanges venaient de réveiller.

— Salut, beau mec, lança-t-elle à son partenaire.
T'as pas l'air trop mal ce matin !

— Ça fait longtemps que je suis ici ?

— On t'a opéré d'urgence cette nuit. T'avais
perdu pas mal de sang, mais tu devrais récupérer
rapidement.

— Ça fait longtemps que je suis ici ? répéta-t-il,
un peu irrité.

— Je vois que ton petit accident t'a pas enlevé
ta légendaire patience... Ève consulta sa montre
et continua, Ça fait à peu près douze heures. On est
en après-midi.

— Ma il faut te reposer mon fils. C'est tout ce
qui compte, renchérit sa mère.

— Mamma, je pourrai pas me détendre si j'ai pas
un peu de nouvelles de ce qui s'est passé cette nuit.

— Le travail. Y a que ça qui compte pour toi.
Ta santé c'est bien plus important. Bon... Je
comprends... Alors, je vous laisse parler, dit-elle
faussement résignée, mais seulement dix minutes.
Pas plus. Après tu dois dormir.

Elle lui donna un gros bisou sur la joue, se
tourna, tapota délicatement la joue d'Ève et sortit

lentement de son pas autoritaire sans oublier de prendre un café au passage.

— Elle est formidable, dit Ève en regardant sa sortie majestueuse.

— Oui... Mais des fois, elle est un peu envahissante... Alors, raconte-moi ce que j'ai manqué.

Ève Saint-Jean lui conta tout ce qui s'était passé depuis qu'elle l'avait quitté. Le garde assommé, Hilary atteinte par deux balles, la poursuite, la mort de Goetting et la blessure de Philippe.

— Dans quel état est-elle ? s'enquit Tony.

— Tiens... C'est elle qui t'intéresse, se moqua doucement Ève.

— Pas du tout, dit-il embarrassé. C'est juste pour savoir.

— Ben oui !... C'est sûr... Cela dit, les médecins ne sont encore sûrs de rien, reprit-elle, la mine grave. Elle est dans une chambre près d'ici. Les docteurs ont travaillé fort. Elle avait un poumon perforé et elle a perdu beaucoup de sang. Mais les ambulanciers sont arrivés rapidement et ont réussi à la stabiliser avant de la transporter. Je vais être honnête avec toi, rien n'est encore gagné. Ses chances sont de l'ordre de cinquante-cinquante. Elle est gravement atteinte.

Tony tressaillit jusqu'au plus profond de son être. Un autre coup destin. Vraiment, entre Hilary et lui rien, mais absolument rien, n'était facile ou gagné.

— Et avant que tu poses la question, parce que je sais que ça t'intéresse aussi beaucoup, Philippe n'a été touché qu'à la cuisse. Assez superficiellement. Une blessure légère dans les circonstances. Il devrait même pouvoir sortir aujourd'hui.

— C'est quand même étonnant qu'il ait réussi à s'en sortir aussi bien. Goetting devait pas être un client facile.

— C'est aussi ce que j'ai pensé sur le moment. Mais je vois pas du tout quel autre rôle il pourrait jouer dans cette histoire à part que celui de l'amant repoussé qui voulait quand même venger sa belle. Outre le fait qu'il ait agi comme un imbécile, et qu'il ait eu le cul bordé de nouilles, comme disent les Italiens, on peut rien lui reprocher.

— Ouais, t'as raison.

— D'ailleurs on a pris sa disposition ce matin et ça correspond à ce que j'ai pu voir sur les lieux. Y a rien à dire... Y a eu échange de coups de feu. Il a tiré le gros lot.

Il y eut un bref silence pendant lequel les deux policiers semblaient perdus dans leurs propres pensées. Puis, Ève se reprit.

— Et de ton côté... On sait rien entre le moment où je t'ai laissé et celui où les secours sont arrivés.

— Y a pas grand-chose à dire... Mais avant, dis-moi... Renaud est bien mort, hein ? J'ai pas rêvé ça ?

— Non ! Quand les secours sont arrivés, tu étais inconscient et Renaud était mort à tes côtés. Il a été touché tout près du cœur. C'est même étonnant qu'il n'ait pas succombé immédiatement. Il devait être plus costaud qu'il ne semblait.

— Tu vois, il m'a parlé. Il voulait... Je sais pas... Se confesser peut-être ? Je lui disais de garder ses forces, mais je pense qu'il se savait fini. Il voulait se vider le cœur.

Tony resta silencieux pendant quelques secondes. Comme s'il tentait de revivre les minutes qu'il avait passées seul avec le fonctionnaire. Il se revoyait assis, ses mains ensanglantées sur la poitrine de l'autre pour essayer, sans grand succès, d'arrêter l'hémorragie. Renaud était conscient. Et il savait parfaitement ce qui lui arrivait. Les images de cet instant tragique défilèrent dans la tête de Tony :

— C'est peut-être mieux comme ça, avait-il murmuré. Je vais mourir. Ça va me libérer.

— C'est pas le temps de parler. Il faut garder tes forces. Les secours s'en viennent.

— J'ai commis plusieurs bêtises dans ma vie, avait-il marmonné de nouveau, comme s'il n'avait rien entendu. Des erreurs de jeunesse… Des voyages en Asie… Comment ils ont su ? Je sais pas. Mais ils me tenaient.

— Qui ? Goetting ?

— Lui ? C'est juste un messager. Un mercenaire. Ils devaient le tenir, comme ils me tenaient.

— Pourquoi t'avaient-ils recruté ?

— Les organes. Un nouveau marché. Très lucratif. Il fallait faire entrer les organes… Et parfois des personnes. Je faisais les papiers officiels. Des vrais-faux, sourit-il. Ça leur permettait de faire circuler les « colis » au pays ou vers les États-Unis. C'est pour ça que Goetting voulait les papiers ce soir. Il y a un client en transit. Le paquet devenait trop pesant.

— Qui est derrière tout ça ?

— Je ne sais pas. J'ai jamais eu d'autres contacts que Goetting. Lui doit savoir, avait-il gémi faiblement.

— Il y a une femme qui cherche un homme qui doit se trouver ici pour une opération. C'est lui votre « paquet » ?

— Oui.

Renaud sentait ses forces l'abandonner. Éton-namment, il avait l'impression d'être plus léger. Est-ce parce qu'il se vidait de son sang? Même les blessures ne semblaient plus lui faire aussi mal. Il se demandait à quoi ressemblait cette fameuse lumière que l'on est censé apercevoir dans un tunnel au moment où la vie vous quitte. La route qui est supposée nous mener à autre chose...

Est-il encore vivant? avait insisté Palomino en tentant de ramener Renaud à la réalité.

Qui?

Le paquet.

— Il devrait l'être, avait-il bafouillé.

— Et, où est cet homme?

— Dans l'ordi...

— Quoi? Dans l'ordi?

— Un fichier caché... Dans le portable de Borduas... Tout y est... avait-il marmonné.

— Comment y accède-t-on? avait demandé Palomino en se souvenant qu'ils avaient besoin d'un code ou d'un mot de passe.

Les yeux de Renaud s'étaient révulsés et il avait craché un caillot de sang. La fin approchait. Tony l'avait pris dans ses bras pour le soutenir.

— Quel est le code?... Pour l'ordi, avait-il imploré.

— Un cadeau... Prince maori... Ève saura...

— Quel cadeau? insista Palomino. Quel mot? Il faut tout faire pour sauver cet homme...

La tête de Renaud était tombée délicatement vers l'arrière. Le détective avait senti la vie qui quit-tait l'homme. Il était devenu complètement flasque. Tony l'avait déposé doucement sur le sol. Il avait vu étonnamment beaucoup de calme et même de la quiétude dans le visage de Renaud. Il lui avait fermé les yeux et avait continué à le regarder, se sentant lui-même assez faible. Tout ce dont il se souvenait par la suite, c'était qu'il s'était aussi allongé. Juste pour se reposer un peu. Il était tellement fatigué. Puis il avait entendu des bruits. Des bruits de pas ? Ça semblait venir de loin. Est-ce que ça s'approchait ? Ça ne le touchait plus. Il était alors rendu ailleurs, dans un lieu qui où on ne se préoccupe guère de la réalité. Finalement, ces sons n'avaient plus grande importance. Il fallait seulement qu'il se souvienne de demander à Ève. Lui demander quoi déjà ? ? ? Et il avait sombré dans l'inconscience.

* * * * *

— Vous ne devriez pas rester ici. Elle doit se reposer. Et vous aussi, lui dit l'infirmière en le regardant droit dans les yeux.

— Je la dérangerai pas. Je veux juste être certain que ça va, répondit Philippe.

— Soyez tranquille. Elle va aussi bien que possible après ce qu'elle a vécu. Si elle passe les prochaines heures, elle sera sauvée et elle s'en remettra très rapidement.

— Elle a l'air si faible, si pâle.

— Je m'en occupe. Retournez dans votre chambre et reposez-vous, lui dit-elle en poussant son fauteuil roulant vers le couloir. D'ailleurs, le médecin va probablement signer votre congé aujourd'hui, ajouta-t-elle pour lui remonter le moral.

— Je préférerais rester encore un peu. Pour être à ses côtés quand elle se réveillera.

— Pensez un peu à vous. Elle, il faut qu'elle se repose. Son corps doit reprendre des forces si elle veut guérir. Elle n'a pas besoin de vous pour le moment.

Philippe se laissa entraîner à l'extérieur. Il espérait tellement qu'elle survivrait. Le destin lui devait bien cela.

Entre-temps, Hilary était complètement imperméable à la réalité qui l'environnait. Elle flottait entre deux eaux. Entre le repos que lui procuraient les calmants qu'on lui avait injectés et le cauchemar qui la poursuivait. Elle se voyait, cherchant à atteindre un objet... Non... C'était plutôt quelqu'un, mais il se sauvait. Elle ne voyait pas son visage. Elle sentait qu'il s'agissait d'un homme, mais n'aurait pu le confirmer. Est-ce que ça pouvait être une femme ? Aussitôt qu'elle croyait s'approcher, l'ombre s'évaporait pour reprendre réalité plus loin. La course qu'elle faisait la mettait en sueurs. Des mains – en tout cas c'était l'impression qu'elle avait – la retenaient dans son élan. On voulait la clouer sur place. Sa quête semblait impossible. Et le paysage qui changeait continuellement, comme un kaléidoscope. Une seconde, elle se trouvait dans une zone désertique accablée par le soleil implacable. L'instant d'après elle pataugeait dans une neige épaisse qui la gelait et l'immobilisait. Elle avait beau se démener, plus elle s'agitait, plus elle ralentissait. Et il y avait tous ces gens qui la regardaient. Pas des gens, seulement des visages. Pourquoi ne l'aidaient-ils pas ?

Et soudain, elle sombra dans un sommeil sans rêve qui lui offrit la trêve que son corps et son esprit exigeaient.

* * * * *

La détective réfléchissait intensément. Qu'est-ce que lui avait raconté le fonctionnaire ? Il avait tellement parlé durant la soirée qu'il l'avait étourdie. Il avait aussi beaucoup parlé pendant le lunch à leur première rencontre. Une histoire n'attendait pas l'autre. Il était question de plusieurs négociations. Ils n'avaient pas été seuls tellement longtemps, mais il était intarissable quand il parlait de sa profession. Il y avait bien une histoire où il avait mentionné un prince maori. Quel était son nom d'ailleurs ? Ça ressemblait à un nom indien. Quelque chose comme « Watapiscu » ou « Taï Teka » ? Même soumise à la torture, elle savait qu'elle aurait été incapable de se souvenir. Et de quel traité s'agissait-il ? Elle pourrait toujours voir avec le bureau du Ministère. C'est le genre d'information qui devait rester en archives.

— Y a rien qui te revient ? questionna Palomino.

— J'y travaille. Ça paraît peut-être pas, mais j'y travaille.

— D'après moi, c'est pas une information officielle qu'on cherche. Évidemment je peux me tromper, mais je ne crois pas qu'il faisait allusion à un numéro de dossier ou quelque chose comme ça. J'ai eu l'impression que c'était quelque chose de plus intime. De plus personnel. Ça te dit vraiment rien ?

— Écoute, Tony, répliqua-t-elle un peu irritée. Laisse-moi vivre un peu. J'te dis que j'y travaille. Donne-moi un peu de temps, bordel !

— Mais on a peut-être pas beaucoup de temps...

— Je viens de te dire que j'y travaille. Tu crois que je sais pas que ça urge peut-être ? Je réfléchis à ce qu'il...

— Alors, ça suffit maintenant, coupa une voix forte. Il faut qu'il se repose.

— Mais Mamma, se défendit Tony, il faut qu'on trouve. La vie d'un homme est en jeu.

— Eh bien, la petite, elle va trouver toute seule. Elle est capable, tu sais. Elle a pas besoin de toi et toi tu vas te reposer.

— Vous avez raison, madame Palomino. Je vais le laisser, euh... vous laisser. J'ai beaucoup de travail en effet. Et puis, je peux pas réfléchir avec lui.

Ève ramassa ses affaires, fit la bise à Mamma et se dirigea vers la porte.

— Fais attention à toi, Tony. J'te donne des nouvelles, ajouta-t-elle. Je vais trouver de quoi il m'a parlé. J'te le jure.

— Voyons Ève... J'ai besoin de savoir. J'pourrai jamais me reposer si tu me dis rien. Tu peux pas me laisser comme ça, plaida-t-il.

— Certainement qu'elle peut, répondit sa mère. Tu vas écouter ta Mamma et te reposer. Si tu veux l'aider, il faut que tu guérisses. Et pour guérir, il faut que tu dormes. C'est tout. Pas de discussion.

— Ève, n'oublie pas la question des papiers, lança encore Tony dans une dernière tentative pour retenir sa partenaire. Renaud m'a dit qu'il les avait préparés. Est-ce qu'on les a trouvés quelque part ?

Ève s'arrêta et se tourna juste assez pour indiquer à son partenaire qu'elle avait entendu et compris le message. Elle allait faire le nécessaire.

Pendant ce temps, la mère de Tony continuait à parler et, tout en plaçant les oreillers et les couvertures, elle lui donnait des conseils pour qu'il récupère au plus vite après être passé à moins de deux doigts de la mort. Dans ce flot de paroles et de gestes protecteurs, Ève n'eut que le temps de voir le regard de Tony qui la fusillait avant de quitter la chambre.

* * * * *

Le docteur Tremblay était encore au chevet de Gabriel Dupont. Le jeune avait été transféré depuis quelques jours dans une clinique privée de l'État de New York où il serait opéré éventuellement si l'organe arrivait à temps. Ce genre d'intervention n'aurait pu être réalisée au Québec où la provenance et les renseignements sur les donneurs étaient soigneusement répertoriés.

Le cardiologue étudiait les rapports sur les derniers examens. L'état de son patient empirait plus rapidement que prévu. Le père venait d'arriver pour tenir compagnie à sa femme qui passait toutes ses journées près du lit. Le spécialiste remarqua que les deux parents avaient beaucoup vieilli depuis le début de ce drame. Mais comme dans beaucoup de cas du genre, ça les avait aussi beaucoup rapprochés. Ça arrivait souvent. Ce serait différent si l'enfant mourait. Ça dressait alors souvent un mur insurmontable qui les éloignait pour toujours. Le docteur espérait qu'il n'en serait pas ainsi cette fois. Qu'il pourrait sauver le jeune homme.

La vibration de son BlackBerry le ramena à la réalité. Il sortit l'appareil et regarda le message qui s'affichait. Il tenait en quelques mots : « La livraison de votre poulet est en marche. »

Le docteur Tremblay sourit. On avait le donneur. Il était peut-être encore temps de sauver le jeune.

Avant de sortir de la pièce, pour répondre à l'interrogation silencieuse que formulait le père de Gabriel, le docteur Tremblay sourit et fit signe que tout allait bien.

* * * * *

Méthodiquement, elle repassait les conversations qu'elle avait eues avec Renaud. La solution se trouvait quelque part là-dedans. Ses pas la conduisirent vers la cafétéria de l'hôpital où elle commanda un cappuccino. Elle se remémorait qu'il y avait une clause qui avait permis l'entente. Que tout s'était terminé à la satisfaction mutuelle et dans le respect des traditions... Et soudain, elle comprit.

Ève sortit rapidement de l'hôpital et contacta le technicien qui travaillait sur l'énigme.

— Simon ? As-tu réussi à percer le code ? lança-t-elle aussitôt qu'on répondit.

— Tiens ! Mais si c'est pas Ève Saint-Jean ! Alors toi, les formalités de politesse, c'est pas ton fort !

— Désolée. Mais le temps presse.

— On continue à creuser. On va y parvenir, mais ça peut prendre encore pas mal de temps. Pour être totalement franc, on nage quoi !

— Et si j'avais une piste... Ça pourrait t'aider ?

— Bien sûr. Je te l'ai déjà dit. On cherche un code numérique, ou un mot, ou un groupe de mots ou un mélange de tout ça. La piste est trop large.

— Alors regarde ce que tu peux faire avec « zircon rouge ».

— Un tuyau solide ?

— Je le pense.

— Bon. Je vais m'y mettre immédiatement. Je vais entrer ça dans mon logiciel de décryptage et voir comment il le digérera. Je te donne des nouvelles, dit-il en raccrochant sans saluer.

Elle avait fait le maximum de ce côté. Les autres continueraient à creuser.

En attendant, quelle était la prochaine étape ? Il aurait fallu qu'elle voie Hilary, qu'elle lui parle. Elle devait avoir plus d'informations sur le gars qu'on voulait trouver. Au moins une description. Comment se faisait-il qu'elle n'ait pas pensé à demander ce renseignement quand ils étaient dans l'auto ? Mais Ève était trop honnête pour ne pas connaître la réponse. Elle ne croyait alors pas un traître mot de cette histoire de trafic d'organes. Voilà tout.

Et maintenant, Hilary était inconsciente et on ne savait même pas si elle se réveillerait un jour. Pour une fois, l'instinct d'Ève l'avait trompée. Elle aurait au moins dû laisser le bénéfice du doute à Hilary. Mais si Tony n'avait pas été aussi scandaleusement amoureux d'elle… Ève aurait peut-être accordé un peu d'intérêt à ce que disait l'autre…

Hilary avait aussi dit qu'il fallait faire vite si on voulait avoir une chance de trouver le bonhomme. Si elle disait vrai dans un cas, elle devait aussi savoir pour la suite. Alors Tony avait raison. Le temps pressait. Il fallait vraiment qu'elle se grouille. Ceux qui détenaient l'Africain ne resteraient pas à rien faire. S'ils n'avaient pas les papiers officiels, ils ne pouvaient pas le faire sortir du Canada, il devenait un fardeau. Et sa mort ne pèserait certainement pas bien lourd dans la balance. Et s'ils avaient les papiers, ils le feraient sortir au plus vite. De toute façon, il était techniquement condamné. Restait à espérer que les gens qui le séquestraient n'auraient pas immédiatement l'information du décès de leurs deux collaborateurs.

Ce qui la chicotait, c'était que les papiers dont Renaud avait parlé à Tony étaient introuvables. On ne les avait pas retracés dans le bureau du Ministère quand on l'avait fouillé. Ils n'étaient pas non plus en possession de Goetting. Alors, ces papiers existaient-ils ou étaient-ils une invention de Renaud ? Mais pourquoi Renaud, qui se savait mourant, aurait-il parlé des papiers s'il ne les avait pas préparés ?

Elle revenait à la case départ, ce qui était embêtant, d'autant plus qu'Hilary ne pouvait être interrogée pour le moment. Elle pouvait rester inconsciente pendant encore longtemps... À moins qu'elle en ait dit plus à Philippe, se dit Ève. C'est son ami après tout... Voilà ! C'était tout à fait possible. Ils se connaissaient bien ces deux-là. Et lui, on pouvait le cuisiner. Dès maintenant. Et c'était aussi lui qui était à la poursuite de Goetting. C'était même lui qui était là quand l'autre était mort. Si les papiers existaient, il devait les avoir vus...

19

Toute l'équipe était arrivée. Prête à intervenir, Ève Saint-Jean examinait l'endroit qui semblait paisible... Presque abandonné. Quelques pâles lumières éclairaient timidement le rez-de-chaussée et la lumière d'une chambre au deuxième indiquait aussi une présence possible. Toute cette intervention avait débuté quelques heures plus tôt, où une fois revenue à l'hôpital elle interrogeait Philippe dans l'espoir de lui soutirer des renseignements qu'il pensait peut-être ne même pas posséder.

— Alors, avait alors demandé la détective, vous a-t-elle décrit celui qu'elle appelle le « paquet » ?

— Pas vraiment. Et j'ai pas pensé à lui demander des détails. Mais je dirais qu'il s'agit d'un homme... En plus, ce doit être un Noir. S'ils vont chercher des donneurs en Afrique, c'est sûr qu'ils doivent recruter auprès des plus pauvres. Et je mettrais ma main à couper que les Blancs, là-bas, ce sont pas ceux qui sont le plus dans la misère.

— De quel pays arrivait-elle quand elle vous a contacté ?

— Wow ! Bonne question. Bon... J'ai un vague souvenir qu'elle a parlé du Mozambique ou de la

Tanzanie. Dans ce coin-là en tout cas. Mais si vous regardez sur son passeport, vous verrez certainement. Non ?

— On l'a déjà fait. Je voulais juste savoir ce que vous, vous saviez. Vous ne vous rappelez de rien d'autre qui pourrait nous aider dans notre enquête ?

— Vite de même, j'pense pas... Y a rien qui me revient... On a pas été ensemble si longtemps que ça.

— Tiens, ça m'intéresse d'ailleurs, demanda Ève franchement curieuse. Comment vous êtes-vous connus et pourquoi, dès son arrivée à Montréal, c'est à vous qu'elle s'adresse ?

— Ça c'est simple. On a été un « couple » pendant une petite période il y a plusieurs années. Après, même si on s'est séparés, on est restés amis. De temps en temps, pas souvent, c'est vrai, elle me faisait signe et me racontait un peu ce qui lui arrivait dans sa nouvelle vie en Europe. Pour votre deuxième question, Hilary savait que j'ai une entreprise en informatique. J'pense qu'il est naturel qu'elle soit passée me voir si elle pensait que mes connaissances pouvaient l'aider dans ses recherches.

— C'est ça justement. Pourquoi n'a-t-elle pas appelé la police ?

— Ben, pour une détective, vous êtes pas forte ! Je pense pas que participer à une organisation de trafic d'organes fait partie des choses qu'on veut forcément partager avec des policiers. Les derniers qu'elle voulait voir, c'est vous.

— Mais elle semble bien connaître Palomino. Elle aurait pu s'adresser à lui, vous ne pensez pas ?

Il y eut un silence embarrassé. Ève fut surprise de constater que Philippe, toujours si frondeur et sûr de lui, était cette fois partagé entre la colère et la déception.

— Vous savez frapper où ça fait mal, vous, répondit-il. Aussi bien être direct, de toute façon vous allez apprendre la vérité. Comme je disais, on a été en couple, Hilary et moi. Pendant un bout ça été fantastique. Mais c'est une fille qui aime le changement, la nouveauté, les découvertes... Vous voyez le genre? Moi j'étais un peu trop pépère. Sympathique, mais ennuyant... Bref, c'est elle qui m'a quitté. Pour toutes les raisons que je viens de vous dire, mais aussi parce qu'elle avait rencontré un autre homme. Un policier. J'ai pas besoin de vous faire un dessin. Crisse que j'ai été jaloux! Mais je dois admettre qu'entre elle et lui ça avait l'air différent. Jamais j'avais vu Hilary comme ça. Elle avait l'air tellement... tellement amoureuse... J'ai aucune idée de ce qui est arrivé entre eux. J'ai été le premier surpris quand elle m'a dit qu'elle le quittait et qu'elle quittait le pays. Faut pas avoir les petites cellules grises d'Hercule Poirot pour comprendre que leur aventure a pas bien fini. Alors, quand elle est revenue au Québec, elle avait une raison de plus pour ne pas le contacter. Non seulement c'est un policier, mais en plus c'est une ancienne histoire d'amour qui s'est mal terminée...

— D'accord... Je reviens à la soirée d'hier. Quand vous avez poursuivi Goetting, il avait pas bien une enveloppe?

— Ça me dit rien.

— Réfléchissez, insista Ève.

— Ben... Il me semble que quand il est sorti du bureau de Renaud, il tenait quelque chose dans les mains. Mais il était loin, j'pourrais pas jurer de ce que j'ai vu. Et tout s'est passé si vite.

— Mais dans le bâtiment en construction, vous ne l'avez pas revu cette enveloppe ?

— Bordel. Quand vous avez une idée dans la tête, vous l'avez pas dans les pieds, comme disait mon père. Je viens de vous dire que ça me rappelle rien.

Bon, se dit Ève. Pas la peine de chercher plus loin. Elle n'avait pas de raison de douter de ce que lui disait Philippe. Cette enveloppe, si elle a existé doit se trouver ailleurs. Peut-être encore dans le bureau de Renaud. Ou dans l'édifice en construction... Elle pourrait toujours demander au patron d'envoyer quelqu'un faire des recherches.

— Merci Philippe, reprit Ève après un moment... Changement de sujet, vous devez quitter l'hôpital aujourd'hui ?

— J'attends le verdict du médecin. Mais je vois pas pourquoi je resterais ici... Sauf pour veiller sur Hilary.

— Je comprends...

Le téléphone d'Ève vibra, et, en s'excusant, elle gagna la porte de la chambre. Les renseignements qu'elle espérait recevoir l'avaient convaincue de garder son téléphone allumé même à l'hôpital.

— Ève Saint-Jean, dit-elle.

— Ève... C'est Simon, le technicien en informatique. On percé le code et découvert les informations dissimulées dans les entrailles de l'ordinateur.

— Bravo, lança la détective. Et qu'est-ce qu'on a ?

— Pour être franc, c'est vraiment un pro qui a conçu les défenses, dit-il d'entrée de jeu à Ève. Mais le mot de passe que tu nous as donné nous a mis sur la piste. J'sais pas comment on y serait arrivé sans ça. Ça nous a permis d'ouvrir les fichiers. C'est là qu'on s'est rendu compte que les données étaient cryptées. C'est un peu technique, mais, dans ce cas-ci, le cryptage était basé sur une séquence parfois utilisée dans les jeux vidéo. On appelle ça...

— Oublie le côté technique, veux-tu, le coupa Ève. Dis-moi si vous avez découvert quelque chose sur un trafic d'organes.

— Ahhh ! C'est de ça dont il s'agit. On se demandait à quoi correspondaient ces informations sur des lieux et commandes.

— Alors, qu'est-ce qu'on a ? répéta-t-elle.

— Eh bien... Tout. On sait comment fonctionne le réseau, comment on recrute les donneurs et où, par quelles villes et quels pays ils transitent avant d'arriver à Montréal... Tout quoi !

— Avec les noms de ceux qui tirent les ficelles ? demanda-t-elle avec enthousiasme.

— Ah non ! Pas de nom. Il n'y est question que du fonctionnement du réseau.

— Est-ce qu'on sait où sont gardés les gens qu'ils réussissent à faire entrer ?

— Attends voir ! Ben... Il y a trois adresses qui pourraient correspondre à ce que tu cherches.

— Est-ce qu'il y en a une qui est retirée, demanda-t-elle en suivant une des ses inspirations. Peut-être une ancienne maison ou une clinique ou quelque chose du genre. Probablement un endroit un peu isolé...

— Laisse-moi vérifier les localisations...

Quelques secondes s'écoulèrent pendant que Simon effectuait les recherches.

— Dans ce genre, il n'y en a qu'une. Dans la banlieue nord de Montréal. Les deux autres sont directement en ville.

— OK, dit-elle. Préviens le patron. Je passe voir Tony pour lui résumer la situation et j'arrive. Dis à Motret qu'il faut intervenir le plus vite possible, ajouta-t-elle en fermant son téléphone.

Elle sortit en courant de la chambre, laissant Philippe à ses interrogations.

* * * * *

La courte visite à Tony avait été houleuse. Elle lui avait expliqué les derniers développements et il avait aussitôt voulu sortir de la chambre. Ce à quoi le médecin, les infirmières, et bien entendu sa mère, s'étaient formellement opposés. Il était d'une humeur massacrante d'être tenu à l'écart. Ève s'était éclipsée aussi rapidement qu'elle l'avait pu, laissant la tempête faire rage et s'était rendue aussitôt au quartier général pour mettre au point l'intervention avec le directeur.

— Écoute, Ève, avait dit Motret, Y faut que ça marche. C'est peut-être pas directement en lien avec l'histoire de la succession de la Mafia montréalaise, mais si on peut mettre à jour une opération de trafic d'organes, on peut être certains que ça va nous permettre de respirer un petit peu. C'est un gros morceau.

— J'pense qu'on a tout prévu. L'escouade d'intervention se prépare et on va partir dans quelques minutes.

— Je vais coordonner les autres unités à partir d'ici.

Ève allait se lever pour aller s'occuper des derniers détails quand le directeur la retint.

— Un dernier point, dit-il un peu embarrassé. Y a quelqu'un qui va se joindre à ton équipe.

— Ah oui ? répondit-elle, surprise.

— Tu sais, ce journaliste qui est devenu une vedette de la lutte contre la pègre...

— Quoi ? Robert ?

— Ouais... Le gouvernement souhaite qu'on l'implique. Ça peut nous faire une meilleure presse et les politiciens en ont besoin.

— Et qu'est-ce que je dois faire de lui ?

— Rien. Il vous accompagne et pourra faire son reportage sur cette opération. Tu vois, c'est une raison de plus pour qu'il y ait quelque chose là-bas et que tu réussisses.

— J'imagine que je peux pas dire non ?

— C'est pas dans tes options. Il attend en bas avec son caméraman.

— Bordel, ajouta-t-elle simplement.

Sans ajouter un mot, elle quitta la pièce.

* * * * *

La maison était effectivement isolée.

Ève comprenait très bien pourquoi on avait choisi cet endroit. La demeure était vaste. On devait y trouver au moins cinq ou six chambres à coucher. Suffisamment pour recevoir plusieurs personnes et le personnel médical, en plus du personnel de surveillance, s'il le fallait. Le terrain autour était relativement dégagé, permettant de voir si des intrus s'approchaient, mais assez vaste et dénudé pour aussi, en cas de nécessité, permettre l'atterrissage d'un hélicoptère. La proximité de la rivière des Mille-Îles offrait également la possibilité d'y arriver – ou de s'enfuir – par bateau l'été ou par motoneige l'hiver. Oui, se dit-elle, on avait songé à tout.

Il était à peine dix-neuf heures, et il faisait nuit noire. Les nuages empêchaient la lune d'éclairer les alentours, ce qui allait faciliter une approche discrète. Elle savait qu'un peu plus loin, une équipe spéciale s'occupait à neutraliser les éventuels systèmes d'alarme qui pourraient protéger la maison. Des motoneiges attendaient en amont et en aval de la rivière, empêchant toute fuite de ce côté. Enfin, un hélicoptère venait de décoller et s'approchait pour patrouiller le ciel et aider les forces terrestres dans une éventuelle chasse à l'homme.

Elle eut une pensée pour Tony qu'elle était allée voir pour le tenir au courant des développements. Il était toujours cloué au lit, sans autre discussion, par son médecin. Il avait eu beau crier, rager, supplier, menacer, faire appel au sens du devoir de son doc, à son esprit civique : rien n'y avait fait. Ève avait bien cru un moment qu'il parviendrait malgré tout à fausser compagnie aux infirmières. Mais ça aurait été sans compter sur sa mère qui avait décidé de faire office de geôlière. Et dans ce rôle, elle était redoutable.

— Qu'est-ce qu'on attend ? demanda quelqu'un derrière elle.

Ève avait aussitôt reconnu ce journaliste qui la suivait comme un chien de poche depuis leur départ du poste. Il ressemblait moins à une star de la télé avec un casque d'intervention et un gilet pare-balle qui lui seyait assez mal.

— On attend que je sois certaine que tout est en place, répliqua-t-elle, irritée. Maintenant, et je le répète pour la dernière fois, vous restez en arrière tous les deux. Le sergent Thomas est responsable de vous. Si vous ne respectez pas ses consignes, je vous jure qu'on va vous en faire baver. C'est clair?

— Mais on doit pas être trop loin. Il faut qu'on puisse suivre les étapes de l'intervention et qu'on ait des images.

— Derrière, répéta-t-elle, mettant ainsi un point final à la discussion.

Ève réexamina la situation. Il était inutile d'attendre davantage. Elle donna le signal convenu. De gros spots, montés sur des camions spéciaux de la SQ, s'allumèrent aussitôt et inondèrent tout le secteur d'une lumière crue et éclatante. Ève s'élança en même temps qu'une vingtaine de policiers pour assiéger la porte principale de la maison. Au même moment, elle le savait, les autres équipes se lançaient vers leurs objectifs respectifs. En quelques secondes, tous atteignirent et contrôlèrent, selon la planification établie, toutes les entrées. L'hélicoptère, dont la venue avait été parfaitement synchronisée, surveillait le tout à basse altitude, soulevant des volutes de neige partout où il se déplaçait et donnant une atmosphère surréaliste à l'opération.

Après la sommation d'usage, les policiers, munis d'un bélier, enfoncèrent la porte. Ève fut la première à pénétrer dans la maison avec son équipe, imitée, presque simultanément, par celles qui attendaient aux autres entrées. Rapidement, les hommes, vêtus de leur équipement d'assaut, se déployèrent dans toutes les directions. Ève avançait lentement, dans ce qui était, selon toute vraisemblance, le salon.

L'ambiance était feutrée. Quelques toiles, des imitations de grands maîtres, occupaient les murs. Il y avait beaucoup de boiseries, comme dans la plupart des ces résidences cossues qui avaient été bâties pour les riches dans les années cinquante. D'épaisses draperies obstruaient les fenêtres et contribuaient à donner cette atmosphère de lourdeur qui régnait. Malgré tout, Ève sentait qu'il avait déjà dû faire bon vivre ici.

En quelques secondes, les hommes avaient fait le tour du rez-de-chaussée et n'avaient trouvé personne. Pendant que quelques-uns d'entre eux allaient sonder le sous-sol, les autres s'apprêtaient maintenant à passer à l'étage. L'escalier qui permettait d'y accéder était en bois riche et sombre. Une espèce d'œuvre d'art magnifiquement réussie, probablement réalisée par un artisan de la région qui y avait mis tout son cœur. Un tapis usé, mais qu'on savait de qualité, recouvrait les marches.

Ève était en tête du peloton. Elle grimpait, épiant les moindres bruits et surveillant d'éventuels mouvements prouvant que la maison était occupée. Mais il n'y avait rien. Seules les ombres jouaient avec eux, créant parfois des ennemis imaginaires prêts à attaquer. Sur le palier, le groupe se scinda, chacun se dirigeant de part et d'autre de l'escalier, vers une section de l'étage. Ici, toutes les portes étaient fermées et deux chandeliers éclairaient maigrement le couloir. Ève prit la tête du groupe qui s'approchait de la pièce qui correspondait, selon elle, à celle où elle avait vu de la lumière depuis son poste d'observation avant l'assaut.

Elle s'installa d'un côté de la porte pendant qu'un collègue prenait place de l'autre côté. Il prit la poignée et, au signal de la détective, l'ouvrit brusquement en se précipitant à l'intérieur. Le contraste avec le reste de ce qu'ils avaient vu de la maison était saisissant. Fini l'ambiance chaleureuse, familiale et feutrée. Ici, tout faisait penser à une chambre d'hôpital froide et réglementaire. Malgré le faible éclairage, on apercevait les murs blancs, les équipements médicaux, les rares meubles qui constituaient le décor qui faisait transiter dans un autre monde.

Un monde sans chaleur, fait essentiellement pour l'efficacité et surtout pas pour le confort.

Au centre de la pièce trônait un lit d'hôpital. Le plus surprenant était toutefois cet homme alité qui les regardait. Les murs pâles de la pièce et la blancheur des draps faisaient davantage ressortir le noir de sa peau. L'homme était attaché au lit par les poignets et les chevilles. Il regardait les intrus avec une peur irraisonnée dans les yeux. Comme s'il apercevait la mort en personne. Pendant une seconde, Ève crut qu'il allait défaillir.

— Il n'y a plus de danger, lui dit-elle d'une voix douce. Nous sommes là pour vous protéger. Vous êtes sauvé, continua-t-elle en s'avançant vers lui.

De toute évidence, l'homme ne comprenait rien. Il bredouilla quelques mots que les policiers ne savaient pas comment interpréter. Elle fit signe aux autres de rester un peu à l'écart pour ne pas l'effrayer davantage.

C'est le moment que choisirent Robert et son caméraman pour pénétrer dans la pièce. Le spot de la caméra déchira les ombres. Le caméraman s'avança directement vers Saidi, dont les yeux s'écarquillèrent de terreur.

— Faites-les sortir, cria la détective. Tout de suite.

Aussitôt, trois hommes intervinrent sans ménagement. Le premier prit la caméra et éteignit la lumière pendant que les deux autres saisirent le caméraman et le journaliste pour les pousser hors de la pièce.

— Vous avez pas le droit, plaida Robert. On a un travail à faire. Vous pouvez pas nous empêcher de prendre des images.

— Dehors, répliqua Saint-Jean. Et surveillez-les. Je veux plus les voir.

Les policiers les expulsèrent sans douceur de la chambre pendant qu'Ève se tournait vers un autre policier.

— Allez chercher l'interprète, ordonna Ève.

L'homme contacta immédiatement le poste de commandement pour demander qu'on fasse venir le spécialiste. La présence de l'interprète était une suggestion de Tony qui avait expliqué que, si jamais ils trouvaient le « paquet », il ne parlerait probablement pas notre langue.

Sans attendre son arrivée, Ève Saint-Jean s'approcha du lit, les mains devant, paumes vers le haut, en signe de paix. Elle continuait à parler doucement pour calmer l'homme et entreprit de lui délier les mains.

— Calmez-vous. Il n'y a plus de danger. Nous vous protégeons maintenant, répétait-elle tout en le libérant.

Ses paroles avaient en effet calmant, presque anesthésiant. Elle continuait sa litanie et l'homme y était sensible. De toute évidence, il se détendait.

Subitement, il se mit à parler. D'abord tout bas puis de plus en plus fort. Un flot de mots jaillit. Comme si un barrage s'était brusquement rompu. Comme si tout ce qu'il avait vécu dans les derniers jours et les dernières semaines revenait à la surface. Il parlait et parlait sans cesse. Puis, sans s'arrêter pour autant, il se mit à pleurer, les mots laissant place aux sanglots. Ève ne comprenait pas un traître mot de ce qu'il racontait, mais il ne fallait pas être devin pour réaliser qu'il était à bout de nerfs. Elle terminait de lui détacher les poignets quand l'homme lui prit les mains. Entre les pleurs et les gémissements, il lui jeta un regard qui transperça la détective. Elle y vit, pendant un instant qui dura une éternité, tant de désespoir et de souffrances qu'elle faillit ployer sous le coup.

Cet homme avait été brisé.

Il avait été broyé psychologiquement.

Ève s'assit simplement sur le bord du lit, laissa l'homme lui tenir les mains et elle l'écouta parler, sans comprendre.

* * * * *

Palomino en avait fait voir de toutes les couleurs aux infirmières. Dieu seul sait ce qu'il aurait dit ou fait si sa mère n'avait pas été là. Sa mise au rancart le mettait hors de lui.

Il avait toujours détesté ne rien faire.

Il avait beau se savoir inapte physiquement pour participer à l'intervention qui se déroulait, il affichait une mauvaise foi incroyable, faisant payer tout son entourage pour son immobilité forcée.

Il aurait bien reconnu être absolument injuste mais il aurait fallu qu'il prenne quelques minutes pour réfléchir objectivement. Or, il en était incapable.

Il se savait mauvais joueur, mais il ne pouvait pas faire autrement. À bout de patience, tout ce qu'il avait pu obtenir de ses cerbères, c'est de lui permettre d'aller voir Hilary Mento. On n'aurait pas dû l'y autoriser, mais les infirmières étaient prêtes à tout faire pour s'en débarrasser pendant un moment.

Il s'était fait conduire jusqu'à sa chambre en fauteuil roulant – autre signe, selon lui, du plaisir des autres à le diminuer et à vouloir l'humilier. Il pestait en estimant qu'il aurait fort bien pu y aller sur ses propres jambes. On me traite comme un handicapé ou un débile profond, se disait-il.

Sa colère s'évanouit d'un coup quand il vit Hilary. Elle était franchement mal en point. Heureusement qu'il était assis, sans quoi il aurait eu du mal à conserver son équilibre. Il avait l'impression de voir un cadavre. Allongée, un tube dans la bouche lui permettait de respirer, d'autres dans les bras lui injectaient sérums et médicaments. Mais c'est surtout son teint, cireux et verdâtre, qui avait ébranlé Tony.

Il resta un long moment près d'elle, en silence, à simplement la regarder et à se souvenir. Une infirmière entra pour vérifier les diverses machines et instruments qui lui permettaient de survivre.

— Est-ce qu'elle va mieux ? demanda-t-il à voix basse. Est-ce que son cas s'améliore ?

L'infirmière lui jeta un coup d'œil, comme si elle hésitait à répondre.

— On s'occupe d'elle du mieux qu'on peut, lui répondit-elle simplement. Elle a été très gravement touchée.

— Mais elle va s'en sortir ?

Il savait qu'il quémandait une bonne nouvelle. Il se sentait un peu pathétique. Mais il avait besoin qu'on lui dise qu'elle se remettrait. Qu'il lui fallait simplement un peu plus de temps.

— On fait tout ce qu'on peut. Médicalement on a fait tout ce qu'il était possible de faire. Maintenant, c'est à elle de décider…

— Qu'est-ce que vous voulez dire ?

— Rien d'autre que ça. Il faut qu'elle veuille vivre.

L'infirmière se remit à sa tâche. Enregistra les données dans le dossier et s'apprêta à sortir.

— Vous ne pourrez pas rester bien longtemps, lui dit-elle avant de partir. Mais si vous la connaissez bien, vous pouvez toujours lui parler.

— Elle m'entend ? Même dans le coma ? s'étonna-t-il.

— On peut jamais le jurer, mais il y a beaucoup d'exemples de patients, dans un état comme le sien, qui, une fois réveillés, ont raconté qu'ils entendaient tout ce qui s'était passé… Et puis, honnêtement, ajouta-t-elle plus bas, qu'est-ce que vous avez à perdre ?

Après un dernier regard à Tony, elle sortit pour vaquer à ses autres occupations. Palomino restait seul. Que pouvait-il lui dire ? Ils avaient eu de la difficulté à se parler quand tout allait bien, comment faire maintenant qu'il ne savait même pas si elle l'entendait ?

Il s'approcha et prit sa main. Il avait l'impression de tenir la main d'une morte. Elle était complètement molle. C'est seulement parce qu'elle était chaude que Tony savait qu'elle était vivante. Extrêmement faible et malade, mais vivante.

Il ne savait pas par où commencer. Que dire à quelqu'un qu'on aime et qui gît, alité ? Il ne savait pas comment s'y prendre. Il ne trouvait pas les mots.

— Hilary, tenta-t-il dans un murmure, tu vas t'en sortir. T'es capable. T'as les meilleurs soins qu'on peut recevoir. Tu vas guérir…

— Il faut lui parler vraiment, dit délicatement une voix derrière lui.

Palomino se tourna d'un bloc, gêné comme un jeune qui est pris en train de faire un mauvais coup. Philippe se tenait dans l'embrasure et les regardait.

— Elle a besoin de t'entendre dire des vraies choses, continua-t-il. Pas que tu lui dises qu'elle est bien soignée.

Tony savait qu'il avait raison. Il ignorait simplement comment faire. Il se tourna vers Hilary et la contempla. Il la revit telle qu'elle était quand ils vivaient heureux ensemble. Telle qu'elle était encore hier quand il l'avait aperçue. Comme il l'avait aimée. Comme il l'aimait toujours, se reprit-il. Oui, il l'aimait encore. Comme dans les premiers jours. Malgré la peine qu'elle lui avait faite en partant.

— Parle-lui, insista Philippe.

C'était difficile pour quelqu'un comme Palomino. Afficher ses sentiments n'avait jamais été son fort. En plus, parler à cette femme qu'il adorait – mais qui était dans le coma – et devant un inconnu, le mettait mal à l'aise. Il se leva cependant de ce fichu fauteuil roulant et s'assit sur le bord du lit en la dévisageant comme jamais il ne l'avait fait. Dieu qu'elle était belle !

— Hilary, commença-t-il. C'est moi. Je suis tout près. Je t'ai jamais quittée finalement. On s'est pas marié, mais ça change rien. Pour moi, tu es ma femme. Je suis ton homme... Ton mari. Aussi longtemps que je vivrai, tu seras celle que j'ai aimée... Non, se reprit-il, tu es celle que j'aime et que j'aimerai toujours. Tu dois vivre.

Tony sentit une larme sur sa joue. Il n'était pas du genre mélo, mais il ne pouvait retenir les émotions qui lui déchiraient le cœur.

— On peut recommencer... Si tu veux, on peut recommencer. On a le droit à une autre chance.

Soudain, Hilary se convulsa et des alarmes jaillirent de tous les appareils auxquels elle était branchée. En quelques secondes un médecin et une équipe d'infirmières firent irruption dans la chambre, tirant d'autres instruments.

Les choses se bousculaient. On avait rapidement éloigné Tony qui regardait ces spécialistes intervenir.

— On est en train de la perdre, lança le médecin. Vite. Vite tout le monde. Go! Go! Go!

Une infirmière voulut faire sortir le sergent qui refusa net de bouger. Il restait debout, légèrement à l'écart, attendant, tremblant de tout son être, de voir ce qui arrivait.

Hilary ne bougeait plus. Elle ne respirait plus.

Le médecin lui faisait une injection pendant qu'une infirmière l'obligeait à respirer à l'aide d'une pompe manuelle. À côté, on préparait le défibrillateur. Une intervenante avait écarté la robe de chambre laissant la poitrine nue pendant qu'une autre étalait la gelée conductrice sur les deux palettes. Aussitôt que l'appareil fut prêt à fonctionner, le médecin saisit les palettes et les plaça de chaque côté du cœur.

— Attention tout le monde!

Il appuya sur le bouton et le corps de Hilary se contracta soudain.

— Toujours pas de pouls, dit une infirmière.

— Go ! Go !, lança le médecin. On remet ça.

Incapable de rester plus longtemps à l'écart, Tony s'approcha de Hilary, toujours inerte.

— Bats-toi, lui cria-t-il, les yeux pleins d'eau. Bats-toi. Tu es capable. Tu dois vivre. Tu es capable, répéta-t-il. Bats-toi !

Autour, l'équipe médicale continuait son travail. Le médecin avait replacé les plaques conductrices.

— Attention tout le monde.

Le médecin actionna encore le défibrillateur.

— Toujours pas de pouls, dit une infirmière d'un ton neutre.

Tony s'avança encore et lui prit la main.

— Mais bats-toi donc, crisse, lui lança-t-il. T'es plus forte que ça ! Toute ta vie t'a fait chier tout le monde ! Bats-toi ! Tu peux vivre ! Tu dois vivre ! Tu peux pas me laisser seul ! Pas maintenant qu'on s'est retrouvés. Bats-toi, mon amour…

— Toujours pas de pouls, répéta l'infirmière.

— Voilà, c'est tout, dit sobrement le médecin. Heure du décès…

— Non ! hurla Tony. Vous allez continuer. Elle peut pas mourir comme ça. Faites votre job. Ranimez-la, pleurait-il. Essayez encore. Trouvez quelque chose…

Il poussait ceux et celles qui étaient autour de lui pour les forcer à agir.

— Bougez-vous, leur répéta-t-il.

Le médecin s'approcha de Palomino et le prit par les épaules.

— Je suis vraiment désolé. C'est fini…

Tony le repoussa. Il ne voulait pas qu'on le touche. Il ne voulait pas qu'on abandonne. Il y avait certainement encore quelque chose à faire. Il ne voulait pas qu'elle meure. Il ne pouvait pas l'accepter. Il s'approcha d'elle et lui prit la main.

— T'es capable, lui cria-t-il. T'as toujours été capable. Mais bats-toi donc !

Il la saisit par les épaules et la remua pour qu'elle réagisse. Puis il se tourna vers les infirmières qui demeuraient immobiles autour de la chambre. Il y voyait de la compassion, mais pas d'espoir.

Il s'assit alors à côté d'Hilary et lui caressa les cheveux. Tout le monde autour avait arrêté de respirer. Il n'y avait aucun son. Ils regardaient en silence la peine du policier. Même Philippe, toujours près de la porte, pleurait maintenant.

— T'as pas le droit de me faire ça... T'as pas le droit de t'en aller, lui dit-il avec un océan d'émotions dans la voix. Je t'aime ! Et je sais que tu m'aimes aussi ! Laisse-moi pas, mon amour ! Laisse-moi pas, murmura-t-il.

Il se pencha et l'embrassa tendrement sur la bouche. Hilary ne réagissait pas. À ce moment, Tony comprit enfin qu'elle l'avait abandonné pour toujours. Il sentit le vide dans son corps. Un vide qui, il le savait parfaitement, ne serait jamais comblé. Il se coucha à côté d'elle et pleura...

* * * * *

En sortant de la chambre, Philippe était lui aussi ravagé. Mais il était aussi en colère. On lui avait promis de la laisser tranquille. C'était le salaire qu'il avait demandé. Comment se faisait-il qu'elle soit morte ? Dès le moment où elle était venue le trouver et avait commencé à lui expliquer ce qu'elle cherchait, il avait compris dans quelle situation elle s'était fourrée. Il était bien placé pour comprendre dans quel engrenage Hilary avait mis la main. Il était lui-même impliqué jusqu'au cou. Surprenant quand même que leurs destins s'entremêlent encore. Son seul objectif depuis ce moment avait été de la sauver. De la laisser sortir saine et sauve de ce milieu. C'est le salaire qu'il avait exigé.

Il se dirigea vers la cafétéria où se trouvaient des téléphones publics. Il jeta quelques sous dans la fente et composa le numéro.

— Elle est morte, dit-il aussitôt que l'autre répondit. Vous m'aviez promis de la laisser tranquille.

— C'est pas de ma faute, Philippe. C'est Goetting le seul responsable et tu l'as fait payer, répondit Vince Campelli depuis le bureau somptueux de sa résidence.

Dans le bouleversement qui agitait ses pensées, Philippe faillit lui demander comment il savait. Il passa à un cheveu de s'emporter et d'engueuler vertement Campelli. Il se souvint, juste à temps, qu'il l'avait lui-même informé dès qu'il avait eu une minute de tranquillité à l'hôpital. Oubli probablement dû aux calmants qu'on lui avait administrés. Il se reprit à la dernière seconde et émit un léger grognement.

— Ni moi ni aucun de mes gars ne lui avons rien fait, continua Campelli.

— J'ai fait tout ce que vous m'avez demandé, dit-il avec une colère contenue. Je vous ai débarrassé de Goetting, comme vous le vouliez et j'ai récupéré les papiers que vous cherchiez.

— La mort de cette bonne femme est tragique, convint Campelli. Mais j'y suis pour rien. Y faut que tu te ressaisisses. On a encore du travail à faire ensemble.

— Je m'en fous complètement. C'est pu mes affaires maintenant.

— Bon... Tu prends une bonne respiration et tu te calmes, répliqua Vince. T'es pas le seul au monde à avoir des problèmes. On a perdu le paquet. Les policiers ont débarqué trop vite. Ça, ça veut dire qu'ils ont réussi à trouver les informations dans le tabarnak d'ordinateur. Tu m'avais juré qu'ils seraient jamais capables. Ils l'ont fait.

— Pour réussir, il fallait qu'ils aient le mot de passe de Renaud. Autrement, jamais ils auraient pu percer les sécurités. C'est pas ma faute si Renaud a parlé.

— Comme c'est pas ma faute si ta gonzesse est morte. On a tous les deux perdu dans cette affaire. Il faut penser à l'avenir maintenant.

— Ça m'intéresse pu, Campelli. J'viens de te le dire. J'débarque.

— Bon... Là, le gros, j'vais faire comme si j'avais rien entendu. J'vais mettre ça sur le dos de la peine du moment... Est-ce que j'ai besoin de te dire qu'on t'a débarrassé de tes actionnaires, reprit-il après une brève pause. Qu'on a fait en sorte que ta compagnie ait des contrats ? Qu'on a financé le développement de tes programmes ? Que tu fais de l'argent comme de l'eau ?

— En retour vous prenez une part des bénéfices qui est pas négligeable et j'ai préparé des logiciels pour toutes vos affaires. J'ai aussi bâti un autre réseau pour votre trafic. Un réseau pas mal plus solide. J'ai fait ma part. C'est assez.

— Non ! C'est pas comme ça que ça marche. T'es avec nous ou t'es plus rien. Ta vie vaut pu une cenne si je le décide. On est partenaire et mes partenaires ne me quittent jamais. C'est compris ?

Ébranlé, Philippe avait oublié cette réalité que jamais il ne serait plus maître de sa destinée. Le contrat était signé sur sa vie, avec son sang.

— Bon... c'est correct. On fait comme si j'avais rien dit, se reprit-il.

— J'espère pour toi que ce sont pas des paroles en l'air, menaça Campelli.

— Non ! J'ai compris. J'prends mon trou.

— Parfait. Prends une journée pour te reposer, après tu iras voir tu sais qui. On a un autre arrivage à préparer. Tu vas t'arranger pour que tout soit prêt, cette fois.

Il y eut un déclic et la tonalité se fit entendre. Philippe était seul, debout dans une cafétéria. Il jeta un coup d'œil autour de lui. Il y avait quelques personnes, surtout des membres du personnel de l'hôpital qui prenaient leur pause.

« Bon, se dit-il. De toute façon, elle m'aimait pas. J'peux toujours me dire ça pour me consoler. J'ai tout fait pour essayer de la protéger... Mais la vie continue, comme on dit. »

Il replaça le combiné sur l'appareil et se dirigea vers sa chambre. Il ramasserait ses affaires et retournerait chez lui. Si le docteur ne lui avait pas donné son congé... eh bien, il se passerait de son avis.

Il avait du travail et il y avait surtout de l'argent qui l'attendait…

*****

Ève avait passé une bonne partie de la nuit au poste à régler les détails de l'intervention de la veille. Elle y était toujours quand un appel de la mère de Tony lui parvint. Ève répondit aussitôt. Comment se fait-il que sa mère me téléphone à cette heure, se demanda-t-elle, inquiète.

— Dites-moi qu'il est rien arrivé de grave à Tony ? s'informa d'emblée la détective.

— Non, répondit-elle dans un français encore plus italien si la chose avait été possible, physiquement, il va aussi bien qu'on peut l'espérer.

— Qu'est-ce que vous voulez dire par « physiquement » ?

— Tu sais, ma petite, l'autre femme, Hilary…

— Oui, je sais très bien de qui vous parlez.

— Elle est morte au début de la nuit.

— Merde ! fut tout ce qu'elle put exprimer.

— Et Tony, il était près d'elle. Tu le sais peut-être pas, mais il a été très amoureux d'elle il y a quelques années.

— Oui. Je l'avais compris… Comment va-t-il ?

— Pas très bien. Il dit que tout va, mais moi, sa mère, je sais qu'il va pas du tout. J'ai dû revenir à la maison. Il faut que je me repose un peu. Je me demandais si tu veux aller le voir. Je pense qu'il t'apprécie beaucoup…

— Je pars tout de suite. Reposez-vous, madame Palomino. Je vais aller voir votre fils.

— Et s'il y a quelque chose, tu m'appelles. Alors, je reviens tout de suite...

— Inquiétez-vous pas. Tout va bien aller. Je m'en occupe.

Elle laissa tous les papiers sur son bureau, saisit son Kanuk et sortit en courant.

* * * * *

À cette heure du matin (ou de la nuit, c'est comme on veut), l'aéroport était presque désert. Paolo, Andréanne et son fils déjeunaient dans un petit casse-croûte en attendant leur avion. Ils avaient réussi à trouver des billets pour le premier vol du matin. Ils iraient passer quelques mois à Cuba, en attendant de se faire oublier ici. Toute la nuit, ils avaient couru pour rassembler les affaires indispensables pour ce voyage. Leurs bagages se limitaient essentiellement à quelques vêtements jetés en vitesse dans des valises et à tout l'argent liquide et les bijoux qu'ils avaient en leur possession. Ça représentait malgré tout une somme rondelette qui leur permettrait de tenir et de se créer une nouvelle vie. Cuba ne serait qu'une étape. Ensuite, ils partiraient probablement pour l'Europe. Les pays de l'Est, où Andréanne avait des amis.

— Tu crois que ça va aller pour lui ? demanda tout bas Andréanne en regardant le reportage de Richard B. Robert sur l'intervention policière au Manoir.

— Y a pas à s'inquiéter. Il est sauvé, ajouta-t-il en regardant sa montre. Et si on peut décoller d'ici, ça va aller pour nous aussi.

— On a fait le bon choix, n'est-ce pas ? ajouta-t-elle en regardant son fils engloutir ses œufs pour le déjeuner.

— Ça c'est certain. J'ai juste hâte de partir. Tant qu'on est à Montréal, on est en danger. Personne n'abandonne la *Cosa Nostra*. On a fait le plus attention possible. Y devrait pas y avoir de problèmes. J'aurais mieux aimé que le reportage dise pas qu'il y avait personne dans la maison... Mais c'est comme ça.

— Tu penses qu'ils vont nous rechercher tout de suite ?

— Non... Je crois que ça va prendre encore quelques heures avant que quelqu'un pense à nous. On sera en vol à ce moment-là... Attends-moi ici, reprit-il après quelques secondes, je vais aller au comptoir d'enregistrement avec les bagages. Après, on passe de l'autre côté et on attend le départ. C'est aussi simple que ça.

Paolo se leva et s'éloigna. Andréanne lui jeta un coup d'œil avant de se retourner et de sourire à son fils qui mangeait avec un bel appétit. Peut-être la vie pouvait être bonne malgré tout.

* * * * *

Quand elle entra dans la chambre, Ève aperçut Tony qui semblait somnoler. Aussi silencieusement qu'elle le pût, elle retira son manteau et le déposa sur la chaise. Le léger bruit créé par le froissement du tissu suffit à réveiller Palomino.

— Oh ! Je t'avais pas entendu arriver, répondit Tony en se tournant.

— On m'a dit que tu as joué au bébé gâté après mon départ ? dit-elle en tentant maladroitement de prendre un ton désinvolte. Même ta mère avait l'air découragé de toi !

— C'est elle qui t'a demandé de venir ?

— Elle m'a donné un coup de fil. Elle est très inquiète pour toi.

— Ça va bien. Ne t'en fais pas.

— J'ai appris que tu étais là quand Hilary est morte...

— Il fallait que je la voie. C'était plus fort que moi. Pis t'as raison, ajouta-t-il avec un triste sourire, j'étais pas du monde. Alors j'ai voulu la voir. Pour me calmer...

— Je suis désolée... pour elle et pour toi.

— Ne t'en fais pas. J'ai de la peine. Beaucoup de peine. Mais j'en aurais eu encore plus si j'avais pas été là et si j'avais pas pu lui parler. Si j'avais pas pu lui dire ce qu'elle représentait pour moi. Là, ç'aurait été tragique... Maintenant, j'ai juste de la peine. Mais une bonne peine.

— Je viens de l'apprendre. J'aurais aimé être avec toi plus tôt.

— T'avais autre chose à faire. Et c'est tant mieux comme ça. Je préfère que tu m'aies pas vu. Y a déjà eu assez de témoins comme ça pour que mon orgueil prenne des années à se remettre, dit-il avec un étrange sourire.

Ève sentait que son partenaire allait effectivement assez bien. Ébranlé, profondément, mais il n'était pas au plancher. Il avait eu juste assez de temps pour mettre les choses en perspective. Parfois, se dit-elle, c'est une bonne chose d'être aussi terre à terre qu'une borne-fontaine et d'avoir aussi peu d'imagination qu'un fer à repasser. Les coups sont pas plus faciles à accepter, mais on s'y résigne plus facilement. Il lui faudrait de temps pour assimiler le choc. Mais il survivrait à la peine qu'il conserverait comme un petit trésor.

— Bon... On change de sujet, veux-tu ? Dis-moi ce qui s'est passé hier soir, reprit-il.

— T'es certain que ça t'intéresse ?

— Non seulement ça m'intéresse, mais ça va me changer les idées. Alors, raconte-moi. Tout ce que j'ai vu, c'est le reportage de l'autre. Celui que t'aimes bien. Comment ça se fait d'ailleurs qu'il ait été là au bon moment ?

— Ça c'est une autre histoire, répliqua-t-elle en imitant un haut-le-cœur. On verra ça plus tard.

— J'sais pas pourquoi, mais j'ai l'impression qu'y a eu du tordage de bras... C'est pas grave, raconte-moi le reste.

— Ben, on a trouvé le type, dit Ève. Il va physiquement assez bien. Il a été sous anesthésiques pendant des jours, mais il est solide et il va passer au travers. C'est le côté psychologique qui sera plus difficile à guérir. En passant, continua-t-elle, bonne idée, l'interprète. J'sais pas trop comment on aurait pu le calmer sans lui.

Ève Saint-Jean raconta tout ce qui s'était passé. La maison qui avait été abandonnée par ses occupants. En toute hâte, c'était évident. Mais ils avaient eu le temps de détruire ou d'emporter tout ce qui pouvait être compromettant. Quant à l'homme séquestré, dès le moment où il avait pu, enfin, parler à quelqu'un dans sa langue, tout avait été beaucoup plus facile.

— Le gars s'appelle Saidi, compléta Ève. C'est une histoire comme tu vois dans les romans. Il se fait recruter pour une opération. Il a d'ailleurs reconnu Hilary sur des photos. Il ne savait pas vraiment ce qu'on allait lui enlever, mais c'était pas important, il a besoin de l'argent pour son frère. Bref, quand il se réveille, il ne sait pas du tout où il est, il constate qu'on ne lui a rien pris. Il n'a aucune cicatrice et n'a pas mal. En fait, il a beaucoup de mal à dire ce qui s'est réellement passé parce qu'il a été groggy la plupart du temps. Il n'a pas vraiment de souvenirs de son voyage. Bref, finalement, il se réveille un jour dans cette chambre au Québec. Il n'a aucune idée de l'endroit où il se trouve et là, il voit de la neige dehors. Il ne sait même pas ce que c'est.

— Et il n'y avait plus personne d'autres dans la maison ? interrogea Palomino.

— Quand on est arrivés, non. Aussi vide que mon compte en banque. Je sais pas comment ils ont pu apprendre notre intervention. Tout s'est décidé en si peu de temps.

— Alors on se retrouve avec rien.

— Pas tout à fait, quand même. À partir des informations de l'ordinateur, on a pu reconstituer le *modus operandi*. C'est quand même pas rien. Et, même si on n'a pas les noms des pions, le seul fait de connaître les étapes du trafic va nous permettre de resserrer les mailles du filet et de colmater les trous. Le patron a une réunion demain avec les responsables de la GRC pour leur remettre les informations.

— Bref, poursuivit Tony, on n'a pas grand-chose.

— Ultimement, t'as raison. Les pistes s'arrêtent avec la mort de Goetting et de Renaud. C'est certain qu'on va perquisitionner dans leurs bureaux, mais j'ai pas l'impression qu'il va en sortir quelque chose. Je ne crois pas qu'on puisse jamais savoir et encore moins prouver qui sont les commanditaires de ces opérations. Même si tout le monde est convaincu que ça sent la Mafia à plein nez, on peut pas faire grand-chose... Quoique j'ai trouvé une information qui va beaucoup te plaire, continua Ève avec un sourire complice.

— Qu'est-ce qui va arriver avec Saidi? s'informa Palomino comme s'il n'avait pas entendu.

— Pour le moment, on va le remettre sur pied. Le ministère des Affaires étrangères tente de contacter les autorités du Mozambique pour qu'on aille aux nouvelles pour son frère. C'est ça qui l'inquiète le plus pour l'instant. On va continuer à l'interroger pour comprendre comment tout ça lui est arrivé et on va lui montrer des photos pour tenter d'identifier ceux qui le gardaient ici, mais j'ai peu d'espoir. Même si on retrace quelqu'un, ce dont je doute, y a peu de chances qu'on puisse remonter plus loin.

— Au moins il est vivant, dit-il avec soulagement. Hilary aurait été contente.

Dans le silence qui suivit, le rôle joué par Hilary dans toute cette affaire revint à l'esprit des deux détectives.

— Tu sais qu'elle était impliquée jusqu'au cou dans ce trafic, reprit Ève.

— Je sais, répondit Tony tout bas. D'un côté elle était impliquée jusqu'au cou, comme tu dis. D'un autre, elle nous a aidés et ses actions, même maladroites, ont permis de sauver un homme qui était certainement condamné à mort et de démanteler un réseau. J'espère seulement qu'on ternira pas sa mémoire dans l'enquête. Qu'elle servira pas de bouc émissaire...

— Difficile à dire, répondit Saint-Jean. J'ai peur que les prochains mois ne soient pas faciles pour toi. Tu vas en entendre de toutes les couleurs et tu vas te faire interroger aussi. Ça va brasser des souvenirs.

— En tout cas, je vais tout faire pour l'aider, ajouta Tony. Pour qu'elle passe pas pour la grosse méchante. Elle était pas comme ça Ève. J'te le jure.

— J'en suis certaine, répondit Ève. Jamais tu serais tombé amoureux d'une méchante, ajouta-t-elle avec un sourire. Même si tu voulais, t'es trop honnête et droit. Tu serais pas capable.

— Ève, crisse! Mets-en pas trop épais. J'suis déjà à terre. Laisse-moi une chance...

En le regardant pour s'excuser, Ève lut une lueur d'amusement dans ses yeux. Elle sourit à son tour. Elle allait bientôt retrouver son partenaire.

— Bon! Assez pour le moment. Ta mère m'a fait promettre que tu te reposerais et j'ai bien l'intention de tenir parole. Alors toi tu t'endors et moi, je m'installe sur ce merveilleux et extra confortable fauteuil.

Alors qu'il s'apprêtait à obéir, une remarque exprimée un peu plus tôt par Ève lui revint en mémoire.

— Qu'est ce que tu voulais dire tantôt quand tu as parlé d'une nouvelle qui me ferait plaisir?

20

La veille, une tempête avait balayé la ville. Vingt centimètres de nouvelle neige s'étaient ajoutés aux restes de la chute précédente, rendant les rues encore plus impossibles que d'habitude. Moins d'une semaine s'était écoulée depuis que Palomino avait reçu son congé de l'hôpital. Et il attendait patiemment cet après-midi, assis dans la voiture avec sa coéquipière, que Vince Campelli quitte son gymnase.

Il s'en était passé des choses dans ces quelques jours. D'abord, à la lumière des informations cachées par Jules Renaud dans l'ordinateur, les autorités avaient compris que le système gouvernemental comportait quelques failles qu'il fallait obstruer. Même si rien n'avait été ébruité dans les journaux, les responsables faisaient l'impossible pour minimiser les risques que de telles situations ne se reproduisent. Et ils le faisaient rapidement, ce qui était inaccoutumé pour des politiciens et des fonctionnaires. Pour une fois, tout le monde était d'accord sur les objectifs. Il était donc plus facile de s'entendre sur les moyens d'y parvenir.

Des enquêtes discrètes avaient aussi été entreprises auprès de tous les employés et collègues de Renaud et de Goetting. On avait examiné leur passé, leurs relations, leurs revenus, pour tenter d'y trouver des éléments incriminants ou des leviers qui pourraient éventuellement être utilisés comme moyen de pression.

Au fédéral, comme le bureau du responsable des services de renseignements ne pouvait rester inoccupé, Goetting avait évidemment été remplacé. Son poste était dorénavant occupé par un ancien militaire reconnu pour son intégrité, son honnêteté et, surtout disait-on, sa loyauté au gouvernement. Il en allait autrement pour le poste de Jules Renaud. Le Ministère était plus tatillon et il faudrait quelques jours, sinon quelques semaines, pour qu'un autre titulaire n'entre en fonction.

De son côté, Saidi était toujours sous observation médicale et continuait d'être interrogé sur les aventures qui lui étaient arrivées. Toutefois, si certains éléments de son témoignage corroboraient les informations décodées dans le portable, il restait difficile, pour ne pas dire impossible de pointer un ou des coupables. Palomino avait cependant appris qu'une enquête avait été ouverte en Turquie auprès de certaines cliniques privées qui seraient mêlées à cette histoire. Une rumeur circulait voulant que les responsables d'une ou deux de ces cliniques se soient soudainement évaporées dans la nature.

Pour ce qui était de la situation au Mozambique, les autorités policières s'intéressaient peu à cette affaire. Ils avaient bien reçu les doléances officielles, mais ils avaient bien d'autres chats à fouetter. Que quelques personnes décident de vendre un organe était officiellement réprimandé par le gouvernement, mais on minimisait l'importance d'un éventuel réseau, limitant l'événement à un simple incident de parcours. Un cas d'espèce n'impliquant pas une organisation bien implantée et qui n'avait certainement pas de ramifications dans les couloirs du pouvoir. En somme, le gouvernement ne ferait rien, pas plus que les autorités policières. Strictement rien. Ils ne s'étaient même pas donné la peine de rechercher le frère de Saidi. Ils ne voulaient pas entendre parler de cette histoire et comptaient bien continuer à faire comme si ça ne les regardait absolument pas.

Quant à Hilary Mento, son enterrement ne réunit que quelques intimes. Elle n'avait plus de famille, ce qui limitait encore le nombre de personnes. Bien entendu, Tony y était et Ève l'avait accompagné. Elle avait puisé dans son expérience de psychologue pour l'aider à traverser ces moments. La mise en terre marque souvent le moment le plus pénible. C'est là que les gens se rendent compte que la disparue est, comment dire... effectivement disparue. Le symbole est très fort, mais Ève savait qu'il était aussi très souvent salutaire pour faire le deuil. Après on pouvait passer à autre chose. Philippe était également présent parmi les rares personnes. Il était resté en retrait et semblait plus détaché. C'est en tout cas l'impression qu'eut Ève.

Le nom de Hilary Mento était aussi très peu sorti durant l'enquête officielle. Ève avait, dès le départ, expliqué la situation à son directeur et Motret était intervenu personnellement auprès de certaines personnes haut placées pour qu'on taise, dans la mesure du possible, son rôle dans cette histoire. Il avait toutefois avoué plus tard à Ève que la plupart des personnes qu'il avait contactées avaient déjà eu la même demande d'un homme d'affaires influent de Montréal qui contribuait largement à toutes les caisses électorales. Cet homme était, évidemment, Philippe Martel. Quoi qu'il en soit, ces deux interventions suffirent pour qu'aucune mention ne soit faite publiquement sur le rôle d'Hilary. Ce qui avait plu à Palomino.

C'est surtout à ce dernier aspect que le détective réfléchissait en patientant, confortablement assis dans la chaleur de la voiture.

— T'es certain que c'est une bonne idée d'être ici? lui demanda Ève un peu lasse de cette attente.

— Certain. On ne pourra jamais prouver qu'il est au cœur de cette organisation, mais on peut au moins lui dire qu'on sait qu'il est impliqué et qu'on l'a à l'œil.

— Tu sais, ajouta-t-elle, que ta relation avec ce type ça ressemble un peu à de l'acharnement. C'est sûr que tout le monde souhaite pouvoir lui faire disparaître ce sourire du visage et le retirer de la circulation pour les prochains siècles, mais on est les bons, tu te souviens? On ne doit pas utiliser les mêmes moyens qu'eux pour arriver à nos fins.

— Je le sais, répondit-il calmement. Je déteste ce gars-là et tout ce qu'il représente. Mais c'est pas de l'acharnement. Plus exactement, je dirais que c'en n'est plus... Tu comprends, continua-t-il autant pour lui que pour sa partenaire, c'est la première fois que j'étais blessé sérieusement. Quand j'attendais les secours et que je me sentais faiblir en me vidant de mon sang, que je voyais l'autre agoniser dans mes bras, bon, ben à ce moment-là, il y a eu comme un déclic dans ma tête. Un peu comme si j'avais pas nécessairement l'obligation de porter sur mes épaules toutes les fautes que faisait un gars avec lequel j'ai joué quand j'étais jeune. C'est difficile à expliquer, mais j'ai changé. Pis ça, c'est sans compter la disparition d'Hilary. La vie, c'est aussi apprendre qu'on peut perdre quelqu'un qu'on aime. D'une seconde à l'autre. Sans qu'on s'y attende. C'est la deuxième fois qu'elle me quitte. Alors, je me suis dit qu'il faut savoir profiter du moment présent. Et c'est ce que j'ai bien l'intention de faire à l'avenir.

— Alors qu'est-ce qu'on fait ici à l'attendre?

— J'ai changé, mais je veux pas qu'il le sache. Je veux aussi qu'il comprenne qu'on n'ignore rien de son implication dans un réseau de trafic d'organes. Qu'on puisse pas le prouver, c'est pas grave. Je veux seulement qu'il sente toujours une pression sur ses épaules.

— Parce que tu penses que c'est le genre de gars à avoir des remords ou à se sentir stressé par ce genre de niaiseries?

— Probablement pas, mais pour moi c'est important... Et puis, juste le fait d'être là, ça pourrait nuire à son accession au titre de parrain. Les gars de la pègre n'aiment pas beaucoup voir des policiers continuellement roder autour d'eux... De toute façon, on fait comme j'ai dit, termina-t-il en voyant le gros VUS de Campelli se ranger devant le gym.

Les deux policiers descendirent de leur voiture et s'approchèrent de l'entrée du gymnase. Ève regardait son partenaire et devait admettre qu'il était magnifique et impressionnant avec son feutre Borsalino, son manteau long noir Versace et son foulard de soie. En fait, il était impérial. Il n'avait peut-être pas très chaud, mais il avait de la classe. Ils arrivèrent près du 4X4 presque en même temps que Campelli sortait de l'édifice. Le garde du corps de Campelli s'interposa aussitôt et mit la main sur l'épaule du policier pour l'arrêter.

— T'enlèves ta main de là... Tout de suite, lui ordonna Tony.

— C'est bon, autorisa Campelli, je les connais...

Le gorille recula un peu, mais restait prêt à intervenir aussitôt qu'il le faudrait ou que son patron le lui demanderait. Palomino l'ignora complètement et s'avança vers Campelli.

— On m'a dit que tu avais eu un petit souci de santé, lui lança Campelli en affichant son éternel sourire. Mais on dirait que ça va mieux. J'en suis bien content.

— Je savais que tu étais mouillé dans des combines pourries depuis longtemps. Mais je pensais pas que tu descendrais jusqu'à faire du trafic d'organes humains.

— J'ignore complètement de quoi tu parles, répliqua-t-il.

— Je suis certain du contraire.

— Écoute Tony, tu peux pas toujours venir m'embêter et m'accuser, sans avoir de preuves, d'avoir commis tous les crimes du monde. J't'aime bien parce qu'on a été élevés ensemble et que je connais bien ta mère, mais un de ces jours je vais être obligé de piler sur mes bons sentiments et d'impliquer mes avocats pour t'empêcher de continuer.

— Laisse tomber tes grands airs, répliqua le policier. Ça m'impressionne pas. Joue à ça avec tes nouveaux amis, mais pas avec moi, continua-t-il en s'approchant davantage.

Aussitôt, le chien de garde s'interposa et remit sa main sur l'épaule de Palomino.

— C'est pas que je sois très à cheval sur les principes, lui lança Palomino, mais si tu retires pas ta main tout de suite, j't'éclate la cervelle.

— Ça va bien, dit Campelli à son garde. Il est pas dangereux.

L'homme se recula à nouveau.

— Tu sais, continua Tony, qu'on a démantelé le réseau de trafic d'organes ?

— Comment veux-tu que je sache ce genre de choses ?

— Et tu sais, continua-t-il comme s'il n'avait pas été interrompu, à qui appartient la maison où nous avons fait la perquisition et où se trouvait encore une victime de ton trafic ?

— Aucune idée, répondit Campelli qui semblait complètement indifférent à ce que l'autre racontait.

— À Franky... Franky Moniari, compléta-t-il. Ça te dit quelque chose maintenant ?

— Alors il était vraiment impliqué dans des affaires illégales, s'offusqua l'autre.

— On sait très bien qu'il travaillait pour toi.

— Ça, ce sont des accusations gratuites et sans aucun fondement, s'emporta Campelli. Je t'ai déjà prévenu. Je te laisserai plus salir ma réputation, Palomino. Surveille tes arrières dorénavant.

— Des menaces ? interrogea le policier.

— Pas du tout. Un simple conseil, répliqua Campelli en faisant signe à son chauffeur d'ouvrir la porte du véhicule.

— Je t'ai à l'œil, Vince. Et un jour ou l'autre, on trouvera ces maudites preuves.

— Bonne chance, lança l'autre alors que le VUS se mettait en marche, laissant Ève et Tony sur le bord du trottoir à regarder s'éloigner la voiture. Le policier affichait un grand sourire de satisfaction.

— Ça n'a peut-être rien donné, dit Tony, mais ça m'a fait du bien ajouta-t-il.

— Je pense au contraire que ça va lui donner matière à réflexion, chuchota Ève. J'espère qu'on paiera pas trop cher pour tes farces.

— J'tai déjà dit de pas t'en faire. Allons, ma belle. Viens, je te paye le capuccino.

* * * * *

À bord de sa voiture, Campelli était irrité. Il ne souriait plus. Ce policier l'énervait. Un peu comme un moustique qui tourne autour et dont le bourdonnement siffle dans les oreilles. Embêtant, mais pas dangereux. Il savait très bien que le policier ne pourrait jamais remonter jusqu'à lui. En tout cas, pas avec cette histoire de trafic d'organes. Et de toute façon, rien n'était terminé à ce chapitre non plus. La sonnerie de son BlackBerry l'interrompit dans ses réflexions.

— Campelli, répondit-il.

— Tout est en ordre. On peut reprendre les opérations dès maintenant.

— Et j'espère qu'il n'y aura plus de délais désormais ?

— J'ai rebâti la structure sur d'autres bases. Sur celles dont nous nous étions déjà parlé il y a déjà plusieurs semaines et qui sont beaucoup plus sûres.

— Je te fais confiance... Et arrange-toi pour que je la perde pas. Tant qu'on marche ensemble, tu vas faire de l'argent. J'oublierai pas les services que tu me rends.

— Pas de problème. Vous avez raison de me faire confiance.

— J'oublierai pas quand même, fit Campelli. Ta compagnie va continuer à prospérer, et on va faire beaucoup d'argent ensemble. Tiens-moi au courant, termina-t-il en raccrochant.

Confortablement assis dans son bureau de la rue McGill, Philippe souriait de satisfaction. Tout allait comme prévu. Il était maintenant le seul responsable de cette branche de l'organisation. Il avait pris un énorme risque en aidant Hilary à remonter la filière. Mais en contrôlant l'information qu'elle recevait, il avait espéré pouvoir la sauver. Bien sûr, Campelli avait été au courant depuis le début. Philippe n'était pas assez fou pour tenter de doubler son influent patron. C'est d'ailleurs au cours de ces discussions qu'ils avaient convenu de la fragilité du réseau en place et qu'il fallait, si l'occasion se présentait, mettre Goetting et Renaud sur la touche. Le chef de l'Agence de renseignements avait fait une partie du travail, et Philippe avait ensuite eu le plaisir de liquider l'agent des renseignements. Et le plus beau de cette histoire était que tout le monde continuait d'être convaincu qu'il avait agi sous le coup de l'émotion et en légitime défense. Il s'en sortait blanc comme neige.

* * * * *

Tony venait d'aller reconduire Ève chez elle. Il la suivit des yeux pendant qu'elle rentrait. C'était vraiment une chic fille, se dit-il. Et maintenant... Il ne savait pas trop quoi faire. Il attendait, tout simplement. Puis, il tourna la clé et fit ronronner le moteur de sa Fiat. Il aimait bien ce bruit.

Il était malgré tout serein. Il se sentait bien. La vie n'est pas si mal après tout, se dit-il. Il regarda dans le coffre à gants et sortit un CD de chansons qu'il aimait. Il l'inséra dans le lecteur pour sélectionner la chanson *Feeling good* de Michael Bublé. Il pensait à Hilary et à ce qu'ils auraient pu être ensemble. Il monta le volume et écouta les paroles :

Birds flying high
You know how I feel
Sun in the sky
You know how I feel
Breeze driftin' on by
You know how I feel
It's a new dawn
It's a new day
It's a new life
For me
And I'm feeling good

Il sourit, mit l'embrayage en première et démarra. « Ça fait longtemps que j'ai pas été faire un tour dans les Cantons-de-l'Est, se dit-il. La journée est magnifique. C'est le moment ou jamais. » Et la Fiat, docile, vrombissait de plaisir.

* * * * *

La maison était trop grande aujourd'hui. Ève, appuyée sur la porte d'entrée, regarda autour et se dit qu'il faudrait bien qu'elle prenne le temps de faire le ménage. Ça ressemblait de plus en plus à la résidence d'un homme. D'un célibataire en plus. C'était vraiment pas attirant. Et pourtant, elle était généralement très méticuleuse. Elle aimait bien que sa maison soit rangée. Mais les derniers jours et les dernières semaines ne lui avaient pas laissé le temps. Et l'idée même de faire du ménage aujourd'hui lui donnait la nausée. Toute cette histoire lui laissait un arrière-goût amer.

Sans enlever son manteau, elle prit son cellulaire et composa le numéro de Serge L'Écuyer.

— Salut, mon amour, répondit-il dès la première sonnerie.

— Tu sais toujours quand c'est moi qui te téléphone, n'est-ce pas? dit-elle.

— Y a pas de magie là. J'ai un afficheur.

— Je préfère penser que tu sais quand je pense à toi et quand j'ai besoin de te parler.

— Oups… Ça va pas comme tu veux?

— Dis-moi, Serge. Est-ce que certaines vies valent plus que d'autres?

— Non! Tu ne vas pas bien du tout. C'est pas ton genre de te poser ces questions.

— Sérieusement, Serge. Penses-tu qu'une vie peut avoir plus de valeur qu'une autre? Comme médecin t'as déjà dû être confronté à ces questions. La vie d'un fœtus vaut-elle plus que celle de sa mère? Est-ce qu'on doit faire attendre une personne âgée qui attend une greffe au profit d'un jeune qui attend la même greffe? Tu comprends ce que je veux dire... Est-ce qu'un riche vaut plus qu'un pauvre ? Est-ce qu'une personne intelligente vaut plus qu'un imbécile ?

— Qu'est-ce qui te fait penser à tout ça ?

— On vient de terminer une enquête sur un réseau de trafic d'organes. C'est certain que légalement, le cas est réglé. C'est interdit. Mais la question demeure. Moralement, une vie peut-elle être prise pour en sauver une autre ?

— Je suis désolé. Y a pas de réponse à ta question. Pour y répondre, il faudrait savoir combien vaut une vie... Et je pense pas qu'il y ait de méthode d'évaluation. Nietzsche, le philosophe, a d'ailleurs écrit que « la valeur de la vie ne saurait être évaluée ». Pour ce faire, il faudrait qu'on soit à l'extérieur pour être objectif. Or, chacun de nous vit. Chacun de nous est trop impliqué pour qu'un jugement neutre puisse être prononcé. C'est pas seulement chaque cas qui est unique, c'est aussi chaque vie. Je ne crois pas qu'il puisse exister une règle générale qui orienterait nos actions.

— Mais il doit bien arriver que vous deviez prendre une décision qui fait qu'on élimine une vie au profit d'une autre. Comment prenez-vous cette décision ?

— Heureusement, et je touche du bois, j'ai jamais été dans cette situation. J'ignore comment je réagirais.

— Mais si... le poussa-t-elle.

— Je serais certainement déchiré. C'est le genre de situation où tu ne peux prendre qu'une mauvaise décision... Dans l'enquête que tu viens de terminer, quelqu'un devait être tué pour en sauver un autre, c'est bien ça ? Et même si légalement il n'y a pas de zone grise, tu crois que moralement il faut se poser la question… C'est bien ça ?

— C'est le sens général. On ne connaît pas le receveur, mais j'ai participé à sauver le donneur. Quelqu'un qui devait donner son cœur pour sauver une autre personne qu'elle ne connaissait pas du tout. On a sauvé quelqu'un qui ne voulait pas du tout mourir. Mais je suis certaine que l'autre non plus ne veut pas mourir… Qui a raison ?

— Je pense pas que la question se pose dans ces termes-là. On peut imaginer une situation où un père veuille donner son cœur à son fils malade pour lui sauver la vie. Moralement, ça peut se justifier. Mais même dans un tel cas, personne ici ne ferait cette opération. Même si on peut penser que moralement c'est défendable, ce dont je doute, personne n'effectuerait cette greffe. Dans le cas dont tu me parles, c'est encore bien pire. Il n'y a aucun lien entre le donneur et le receveur. Seulement quelqu'un de probablement riche qui est prêt à faire affaire avec des bandits pour trouver un cœur pour se sauver ou sauver la vie de quelqu'un de proche. Ça réduit l'équation à une question d'argent. Et je ne pense pas que tu puisses jamais être d'accord avec une telle approche. Sachant qu'une personne va mourir, quel est le prix d'un cœur ?

— Mais, tu comprends, Serge, quelqu'un est mort ou risque de mourir à cause de notre intervention.

— Si vous n'étiez pas intervenu, quelqu'un serait quand même mort. Le méritait-il ?

— Ben non, évidemment, répondit-elle.

— On joue assez souvent comme ça au Bon Dieu sans tenir compte des conséquences. Quand on sauve un fœtus de quelques semaines, on parle d'un exploit médical. On se félicite d'avoir arraché une vie à la mort. Mais est-ce qu'on se demande quelle qualité de vie aura cet enfant ? On le sauve même si on sait pertinemment qu'il aura des séquelles importantes toute sa vie. A-t-on bien fait ? Quand on prolonge la vie d'une personne âgée et souffrante, simplement parce qu'on est capable de le faire, est-ce que tout le monde est gagnant ? Là non plus je ne connais pas les réponses. Mais je sais que voler le cœur de quelqu'un pour le donner à une autre personne quels que soient ses mérites ou ses qualités, ça ne devrait jamais arriver.

— Merci, ajouta simplement Ève.

— Veux-tu que je descende faire un tour ? Je pourrais être à Montréal demain après-midi.

— Qu'est-ce que tu dirais plutôt si j'allais te voir ? Je pourrais être là dans six heures.

— Y'a déjà une bouteille de vin qui t'attend.

— Si ça te dérange pas, j'arrive.

— Rien ne me ferait plus plaisir. Et moi qui me disais ce matin que la journée était plate. C'est fou comme on peut se tromper des fois. Arrive. Je t'attends.

Elle raccrocha, se sentant soudain débordante d'énergie. Elle prit quelques t-shirts et des pantalons qu'elle fourra dans un sac et se prépara à sortir. Au dernier moment, elle vit la petite robe noire moulante qui traînait sur une chaise. Elle sourit, s'approcha et décida de l'enfiler. C'est vrai quoi ! se dit-elle, jamais Serge ne m'a vu habillée en femme. J'ai hâte de voir sa tête.

ÉPILOGUE

Dans un salon mortuaire, une mère éplorée et inconsolable pleurait agenouillée près du cercueil de son fils. L'endroit était somptueux, rempli de fleurs et de témoignages d'affection.

Il y avait du monde dans tous les coins, venus montrer leur compassion pour le couple dans ces cruels moments. La plupart de ces gens, il est vrai, étaient des relations d'affaires ou des collègues de bureau. On a souvent bien peu d'amis quand on consacre toute sa vie à son travail.

Dans quelques minutes, on allait fermer le cercueil pour aller à l'église. Marguerite Dupont regardait son fils Gabriel. Malgré le travail des embaumeurs, il était encore amaigri et loin de ressembler au jeune, insouciant et en pleine santé d'il y a quelques mois. Près d'elle, son mari regardait aussi pour une dernière fois son fils. Il tendit la main pour toucher l'épaule de son épouse. Discrètement, mais fermement, elle la repoussa.

— Tu m'avais juré qu'il serait sauvé lança-t-elle. Tu me l'avais juré.

— Tu sais que j'ai tout essayé pour trouver un cœur pour notre fils.

— Ne l'appelle plus comme ça, trancha-t-elle. Tu n'as plus ce droit, continua-t-elle, le visage grimaçant de colère et de dégoût.

— Tu es injuste Margot, dit-il à voix basse.

Sa femme resta silencieuse pendant un moment. Puis, ayant repris le contrôle, elle se releva et ajusta sa robe. Une magnifique robe noire simple et classique qui lui allait merveilleusement. Son mari la trouvait aussi belle qu'aux premiers jours de leur union. Marguerite fit un signe de croix et déposa de la main un baiser sur le front de son fils. Elle resta ainsi quelques secondes à le contempler. À admirer cet enfant qu'elle n'avait pas vu vivre assez longtemps. Elle se retourna ensuite vers son mari. Elle s'approcha et le serra dans ses bras pour lui parler à l'oreille.

— Probablement que je suis injuste, lui dit-elle. T'as peut-être encore raison. T'as toujours raison, de toute façon. Mais je te pardonnerai jamais de m'avoir promis qu'on lui trouverait un cœur. De m'avoir juré, sans l'ombre d'un doute, qu'il aurait une transplantation à temps. De t'être engagé à ce qu'il redevienne comme avant. Alors c'est vrai que je suis peut-être injuste. Mais tu m'as volé mon fils. Je te le pardonnerai jamais.

Marguerite Dupont se recula un peu, jeta un dernier regard sur son Gabriel et sortit de la pièce dans le brouhaha des conversations murmurées. Son mari la regarda sortir, tenté de la suivre pour lui faire entendre raison. Mais quand elle était dans cet état, il n'y avait que le temps qui pouvait apaiser les choses. Il vit alors un important client de sa boîte entrer. Il se prépara mentalement, se créa un sourire mélancolique et alla à sa rencontre.

Pendant qu'il serrait la main au nouveau venu et qu'il entendait pour la centième fois ces mêmes formules de condoléances toutes faites, une détonation retentit. Georges comprit aussitôt. Il s'élança vers la source du bruit. Dans une pièce attenante, il découvrit sa femme, étendue par terre sur le dos, tenant à la main une arme de fort calibre qui lui avait fait disparaître la moitié du visage. Elle gisait dans une mare de sang. Il s'écroula en pleurant pendant que tout le monde accourait pour voir la scène.

* * * * *

Au même moment, à des milliers de kilomètres de là, dans un pays de l'Afrique profonde, un homme regardait la salle, couverte de moisissures, et respirait un air lourd et chaud. Le regard qu'il jeta autour de la pièce le déprima encore. Pourquoi fallait-il toujours qu'on intervienne dans des taudis de la sorte. La pièce était différente, la ville était différente, le pays même était différent, mais le travail restait le même. L'équipe était occupée à monter la salle autoportante pendant que sa nouvelle assistante le mettait au courant des interventions de la nuit. Un poumon, une partie d'un foie et deux reins. Le docteur Keller n'avait jamais su pourquoi il avait une nouvelle infirmière, ni qu'une partie du réseau avait été modifiée. Ce n'était pas son affaire. Pourvu qu'on le paye… C'était tout ce qui importait. Pour lui, la vie continuait. Il acheva de se laver les mains et pénétra dans la salle… La première cliente était sur la table quand Keller s'avança. Sous anesthésie, elle ne verrait jamais le scalpel s'approcher et ne sentirait pas la coupure… Du moins pas pour le moment.

REMERCIEMENTS

Pour plusieurs, écrire n'est pas une tâche facile. On s'imagine l'auteur, seul devant son clavier, regardant avec anxiété l'écran où la représentation d'une feuille demeure inexorablement blanche. Il avance la main et appuie sur quelques touches. Il relit ce qui vient d'apparaître, et, comme d'habitude efface le tout pour recommencer à réfléchir en se mâchouillant les ongles. Un cheminement long et pénible qui au bout, sera jugé par ceux et celles qui, un jour, liront ce roman qui cherche désespérément à devenir.

Pour être honnête, je ne me reconnais pas du tout dans ce portrait. Ce n'est pas toujours facile d'écrire, mais ça reste un processus grisant. J'ai surtout la chance d'être entouré de certaines personnes extra-ordinaires qui me poussent à continuer, parce que, au fond, je suis probablement un peu paresseux.

Parmi ces personnes, je remercie Pierre H. Richard, écrivain lui-même, en plus d'avoir été chroniqueur judiciaire pendant plus de 20 ans pour des quotidiens montréalais. Il a été le premier à officiellement faire les commentaires (parfois dévas-tateurs mais toujours fondés) qui m'ont permis d'aller plus loin. Il m'a entre autres corrigé sur plusieurs aspects liés aux enquêtes, aux policiers, à leur travail, à leur titre et à leurs fonctions, rendant le tout plus crédible.

Je remercie également Daniel et Philippe, informaticiens extraordinaires, qui m'ont alimenté sur tout ce qui touche les ordinateurs ainsi que sur ces logiciels qui existent mais qui m'étaient totalement inconnus.

Merci aussi à Chantal qui s'est tapé les corrections et qui m'a fait de nombreuses suggestions tout à fait à propos, et à Geneviève qui a créé la page couverture.

Je tiens également à remercier Jacques Larouche, éditeur de profession et véritable colosse dans son domaine, qui a cru que je pouvais écrire et qui m'a fait confiance.

Bien sûr, il y a aussi ma muse et ma femme, réunies en une seule et unique personne extraordinaire sans qui j'aurais régulièrement abandonné. Elle m'a redonné courage pendant ces longues heures de recherches sur internet à confirmer telle ou telle facette de l'action, et m'a inspiré quand l'imagination tombait en panne. Elle est ma critique, ma fan et l'amour de ma vie. Merci Sylviane.

Merci enfin, et surtout, à vous lecteurs, en espérant que vous aurez passé quelques bons moments à découvrir cette nouvelle aventure de Tony Palomino et Ève Saint-Jean.

Christian Morissette

Recyclé
Contribue à l'utilisation responsable
des ressources forestières
www.fsc.org Cert no. SGS-COC-003153
© 1996 Forest Stewardship Council
FSC

Marquis imprimeur inc.

Québec, Canada
2010

Imprimé sur du papier Silva Enviro 100% postconsommation
traité sans chlore, accrédité Éco-Logo et fait à partir de biogaz.